DE NINGUNA PARTE

JULIA NAVARRO

DE NINGUNA PARTE

PLAZA & JANÉS

Primera edición: agosto de 2021

Impreso en Mexico - *Printed in México*

ISBN: 978-1-64473-454-4

21 22 23 24 25 10 9 8 7 6 5 4 3 2 1

A mi querido Fernando Escribano.
Siento como un privilegio ser su amiga.

Con Jesús Barderas y José María San Juan llevo décadas
de amistad compartida. Puede que esta novela
se empezara a fraguar hace muchos años durante
un viaje que hicimos juntos por Oriente Medio.

Y cuando creía que ya no tenía hueco para más amigos,
apareció como un torbellino José Manuel Lorenzo
con su vitalismo contagioso.

También Enrique Arnaldo, siempre pródigo a la hora
de repartir amistad.

Para Alba Fernández, cuya vida está por escribir,
y para Juan Manuel, que es su abuelo.

Libro I

París. Medianoche
Abir

Nunca he dormido con ninguna mujer. No puedo permitírmelo. Podría soñar, decir en voz alta cualquier cosa que me pudiera delatar. Mi vida se resume en matar y huir. Matar y huir. Matar y huir.

La mujer que conocí anoche me ha despedido en la puerta mientras bostezaba. Parecía aliviada de verme marchar. Dentro de unos minutos no recordará mi rostro ni yo su nombre.

Siempre busco profesionales, puesto que lo único que pretendo es un desahogo rápido. En alguna ocasión han querido alargar la noche, pero yo no me lo he permitido por temor a caer en el sueño.

Disfruto del paseo en soledad. Me cruzo con mujeres que exhiben su carne en las esquinas mientras los hombres para los que trabajan aguardan fumando en cualquier portal.

Me pregunto cómo será dormir con una mujer la noche entera. Quizá no lo llegue a saber nunca. Cuando era adolescente soñaba con un futuro en el que compartiría las noches y los días con Marion.

Camino hacia el distrito X, pasaré cerca de la casa donde ella vivía con su hermana Lissette. No es que espere verla. Hace años que se marchó, pero pisar su calle consigue que la sienta cerca.

Marion... pronto nos volveremos a ver. Le prometí que haría algo grande.

Esta noche el pasado me visita como tantas otras noches y me cuesta reconocerme en el adolescente que fui. Aún siento un temblor cuando recuerdo el día en que llegué a París con mi hermano y el tío Jamal...

Abir e Ismail, dos huérfanos asustados que no podíamos elegir. Era consecuencia de la tragedia. Mi tragedia. El asesinato de nuestros padres en Ein el-Helwe. Aquel comando israelí nos dejó huérfanos.

Cierro los ojos para recordar mejor, aunque temo revivir lo que sucedió entonces y que en el presente forma parte de la pesadilla que me impide dormir.

Abir respiró hondo y dejó que los recuerdos le arrastraran al pasado.

Seguía reteniendo en la retina aquella madrugada en Ein el-Helwe cuando los judíos irrumpieron en el sueño de la familia. No los buscaban a ellos, sino al jeque Mohsin. El jeque visitaba a un cuñado de su madre.

Su padre, Jafar, les ordenó que huyeran y Abir cogió de la mano a Ismail mientras su madre, Ghada, los seguía con su hermana pequeña en brazos, la dulce Dunya. Saltaron por una ventana. El ruido de los disparos envolvía la madrugada. Su madre tropezó y cayó de bruces. La cabeza de Dunya se estampó contra el suelo y empezó a manar sangre mientras su madre gritaba. Abir se dio la vuelta y quiso socorrerlas, pero en ese momento escucharon disparos seguidos de una explosión y al jeque Mohsin chillándoles que corrieran. Pero él se agachó e intentó tirar de la mano de su madre. Vio con horror que estaba herida, porque cuando el jeque disparó a los judíos, ella se interpuso para evitar que le mataran. Y allí murió. Entonces Abir cogió una piedra y, levantando el puño, gritó a los perros judíos que los mataría. Cumpliría su promesa. La estaba cumpliendo.

Después del asesinato de sus padres, siguieron viviendo un tiempo en Ein el-Helwe, un pueblo mísero, pero donde se sentían seguros porque nada les resultaba ajeno. Más tarde la familia decidió que estarían mejor en Beirut. Sus primos, Gibram, Sami y Rosham, hicieron lo posible por aliviar su dolor.

Allí estuvieron hasta que los reclamó Jamal Adoum, tío de su padre. Cuando se enteró de lo sucedido no dudó en regresar al Líbano para hacerse cargo de los dos huérfanos de su sobrino Jafar, casado con Ghada. Era su obligación para con la familia.

Su tío Jamal era un hombre humilde con un oficio, electricista. Primero había emigrado a Francia en busca de trabajo y luego... luego, a causa de Noura, tuvo que probar suerte en Bélgica, asentándose en Bruselas. La tía Fátima era una buena mujer y el primo Farid se había ganado el respeto de la familia por su piedad y sabiduría. En cuanto a Noura, Abir no podía dejar de querer a su prima, por más que le avergonzara su comportamiento indecente.

Se sentía agradecido a su tío porque los había adoptado. Les dio sus apellidos y les enseñó a ser buenos creyentes temerosos de Alá. Puso especial empeño en que ni Abir ni el pequeño Ismail faltaran a la mezquita. Cuando alguno de ellos enfermaba y su esposa le pedía que les permitiera quedarse en casa, Jamal ni siquiera la escuchaba. No había excusa para no acudir cada viernes a rezar junto a los hermanos que mantenían su fe en aquella ciudad pecadora.

Su tío no creía que tuviera que estarle agradecido a los infieles. Le habían permitido vivir entre ellos, sí, pero bien que se ganaba el pan. Nada le habían regalado, así que nada debía. Trabajaba duro y le pagaban. No le consideraban uno de ellos ni tampoco él quiso sentir que pertenecía a aquel lugar. Algún día Europa caería como fruta madura en las manos de los creyentes.

Jamal nunca perdonó a los judíos y educó a sus hijos y a sus dos sobrinos en el odio a los asesinos. Nunca les permitió olvidar, ni siquiera sanar las heridas.

Y él, Abir, en París tuvo que aprender a sobrevivir. Procuró sacar buenas notas para contar con el aprecio de los profesores, se esforzó por hacer lo mismo que hacían los otros chicos; incluso, sin que su tío lo supiera, llegó a fumar y a beber. No quería confesárselo ni a él mismo, pero aún recordaba lo mucho que le gustaba el sabor del vino. Sus amigos del liceo se reían de él porque no se atrevía a intentar meter la mano bajo las faldas de las compañeras de clase. Hasta que un día lo hizo.

En realidad imitó el comportamiento de aquellos muchachos para sentirse parte de ellos, y llegó a evitar a otros musulmanes como él. No quería ser diferente. Se empeñó en que le consideraran un buen francés, pero aquellos chicos nunca dejaron de verle como un «árabe», decían, y se reían de él. Su color de piel, su ropa, su acento gutural al hablar francés... Por más que lo intentara, no lograba ser como los demás. Incluso había pasado una etapa de rebeldía en la que se negaba a hablar árabe en casa. Sólo quería hablar francés y abominaba de las comidas de su tía Fátima. En unas cuantas ocasiones su tío le castigó pegándole con el cinturón. Aún le quedaba alguna marca en la espalda. Jamal le conminaba a comportarse como un buen musulmán y a no pretender convertirse en lo que nunca sería.

«¿Por qué hemos de renunciar a nuestras creencias y a nuestras costumbres para agradarles? Algún día toda Europa será nuestra y los infieles se convertirán.»

Cuánta razón tenía su tío. Ahora estaba seguro de que lo

conseguirían. Los europeos eran débiles, pusilánimes. Estaban demasiado ensimismados en parecer lo que creían ser. A regañadientes, habían abierto las puertas del continente y antes de que se dieran cuenta formarían parte del islam.

Encendió un cigarrillo y aspiró el humo para que se fundiera con los pulmones. Volvió a hablar consigo mismo permitiendo que fluyeran sus pensamientos.

Le hubiera gustado acercarse hasta la casa donde antaño vivió con sus tíos. Pero alguien podría reconocerle y eso le pondría en peligro.

Metió la mano en el bolsillo y palpó la llave de la casa donde podría descansar. Pertenecía a un hombre que ni siquiera conocía. Era el encargado de buscar lugares seguros a los «hermanos» que formaban parte de alguno de los grupos del Círculo en Europa.

El hombre alquilaba apartamentos y casas para los combatientes y los integrantes de las células dormidas.

Abir se había convertido en uno de los lugartenientes del jeque Mohsin, que era quien guiaba a los combatientes del Círculo. El jeque no olvidaba que los padres de Abir habían sacrificado sus vidas para protegerle. Además, como les unían lejanos lazos de parentesco, confiaba en él, tanto como para permitirle organizar atentados en los que a veces participaba y en otras se marchaba antes de que se llevaran a cabo. El jeque Mohsin decía que «aún» le quería vivo, que ya llegaría el momento del martirio.

Él se sentía orgulloso de contar con la confianza del jeque; esto suponía que los hombres le respetaran, pero también le obligaba a exhibir su valor sin flaquear.

Había caminado casi dos horas y se sentía cansado. Llegó a la calle donde se encontraba su escondite. Se paró a encender otro cigarrillo para observar si veía algo que le llamara la atención. La calle estaba desierta y se dirigió con paso tranquilo hasta el portal. Abrió la puerta y con aire sigiloso subió las escaleras. Sintió alivio al hallarse a salvo.

En unos días viajaría a Bruselas, pero antes tenía que preparar minuciosamente los pormenores de la operación que iba a llevar a cabo. El mundo entero se doblegaría ante él. Iba a humillar a los infieles como nunca nadie se había atrevido a hacerlo, y Marion, a su pesar, le admiraría por ello.

Tel Aviv. 5 de la mañana
Jacob

«¡Te encontraré! ¡Os mataré a todos y pagaréis por lo que habéis hecho…!» Aquellos gritos que retumbaban en su cabeza le despertaron. Entre las sombras de la habitación creyó ver dibujarse el rostro de aquel adolescente desesperado mientras él sostenía un arma en la mano.

Era un sueño recurrente que nunca lograba vencer. Aún temía la mirada cargada de lágrimas y dolor de aquel crío con el puño cerrado amenazante.

No había vuelto a ser el mismo. No podía serlo. Se cuestionaba quién era, qué hacía, qué quería. Sin embargo, no encontraba las respuestas y sentía que había perdido las riendas de su vida, si es que en algún momento realmente las tuvo en sus manos.

Se reprochó la tendencia que tenía a revisar cada hecho vivido por insignificante que fuera. Intentó despejar los pensamientos del pasado. Le sucedía muy a menudo. Se abstraía pensando en lo que era y en lo que podía haber sido, y desmenuzaba cada instante seguro de que su vida había tomado un rumbo que sabía equivocado. No dudaba de que el nuevo Silicon Valley era Tel Aviv y, por tanto, para su trabajo era el mejor lugar, sólo que no era una ciudad normal, porque Israel no era un país normal, aunque los israelíes parecían no darse cuenta y habían hecho de la anomalía que se vivía en el país su normalidad. Aun así, los admiraba.

Lo que más le preocupaba era perder la perspectiva y terminar siendo parte de ellos, porque eso significaría renunciar a ser lo que siempre quiso ser. De ahí que no dejara de reprocharle a su madre que hubiera decidido dejar atrás París para instalarse en Israel. No es que recordara París con nostalgia. Tampoco se había sentido parte de la ciudad, aunque en realidad su madre no le dio tiempo ni opción para intentarlo y construirse una vida propia.

Le hubiera gustado tener una actitud igual de despreocupada que la de tantos otros compañeros suyos de trabajo. Pero no podía evitarlo: necesitaba desmenuzar cada minuto vivido para entenderse, aunque no era el momento de pensar en el pasado. A las siete y media tenía una cita en el departamento de psiquiatría del hospital Sheba de Tel Aviv. Le costó decidirse a hablar con la psiquiatra, hasta que su jefe, Natan Lewin, le convenció de que debía hacerlo. «Te ayudará a enfrentarte con los fantasmas. Además, tiene autorización para conocer información confidencial. A ella puedes decirle cualquier cosa. A mí me trató durante algún tiempo. No serás ni el primero ni el último de nosotros que necesita poner su cabeza en orden, y te aseguro que la doctora Tudela es especial.»

De acuerdo, iría, pero si resultaba ser una charlatana, no perdería ni un minuto con ella.

Se dio una ducha rápida y se sentó ante el ordenador. Tenía que terminar de perfilar un programa informático antes de ir al hospital. No le importaba; le gustaba su trabajo, y si no fuera por los fantasmas que poblaban su cerebro, casi podría llegar a ser feliz.

Pasó un buen rato antes de que mirara el reloj. Llegaría tarde. Esperaba que la doctora Tudela no se lo tomara a mal si se presentaba con aquel viejo pantalón de cuando estaba en el ejército. Era cómodo y servía para combatir el frío y la humedad de las primeras horas del día.

Cuando llegó al hospital ya habían pasado cinco minutos de la hora convenida. Le indicaron dónde estaba la consulta de la doctora Tudela y corrió por los pasillos hasta dar con ella.

Nada más golpear la puerta con los nudillos escuchó una voz agradable y rotunda: «Adelante». Entró y se encontró con una mujer de la edad de su madre, o al menos eso le pareció. Llevaba el cabello corto, sin teñir; debió de ser castaño, pero en ese momento estaba salpicado de canas. Los ojos oscuros y el color del rostro aceitunado. Ni guapa ni fea, pero su mirada atraía como un imán.

—¿Jacob Baudin?

—Sí... Disculpe el retraso.

—No se preocupe. ¿Dudaba en venir?

—No... Bueno, la verdad es que no estoy del todo seguro de que hablar con usted sirva para algo.

—Tendrá que averiguarlo.

La respuesta le desconcertó. No había acritud en el tono, pero sí la firmeza de una mujer que no estaba dispuesta a ser cuestionada.

—Usted sabe a qué me dedico, pero ¿qué hace usted en realidad? ¿Curar almas enfermas? —preguntó Jacob con un deje de impertinencia.

—Almas... Le recomiendo una novela, *El maestro de almas*, escrita por Irène Némirovsky. Le gustará.

—No sé quién es Irène Némirovsky.

—Lea el libro y la conocerá. Es una novelista extraordinaria, de gran sensibilidad. Murió en Auschwitz.

Se quedaron en silencio y de nuevo la doctora le hizo regresar de dondequiera que estuvieran sus pensamientos:

—Necesitamos que nos escuchen. A veces, cuando trasladamos a palabras nuestros problemas, nuestros pensamientos más íntimos, estamos iniciando el camino para conocerlos y en algún caso abordarlos.

—Así que usted es una «maestra de almas»...

—Bueno, espero que no, o al menos no querría que me compararan con el personaje de la novela de Némirovsky. Aunque no todo era malo en él... Engañaba a sus pacientes, pero también ayudó a algunos a salvarse de sí mismos. Le aseguro que yo no engaño a mis pacientes.

—No quería molestarla.

—No lo ha hecho... Bien... Trabaja usted en IAI. Tiene suerte, es una de las mejores empresas tecnológicas del mundo. ¿Qué hace exactamente?

—Diseño, ordenadores, drones, programas... Un poco de todo.

—Debe de ser muy bueno; su jefe, Natan Lewin, sólo contrata a los mejores.

Jacob se encogió de hombros. No iba a contradecirla. Sí, era bueno en su trabajo, muy bueno. Comprendía mejor los algoritmos que a las personas.

—Bien... no ha venido a hablar de drones, o eso creo.

—No... En realidad... bueno, mi problema son los sueños.

—No le gusta lo que sueña.

—Son un auténtico tormento.

—¿Porque forman parte de algo que ha vivido o que tiene miedo de vivir?

—Puede que las dos cosas.

—El pasado nos acompaña en el presente y lo hará en el futuro. No podemos cambiarlo, pero sí intentar que ese pasado no se convierta en un problema sin resolver o al menos aprender a sobrellevarlo.

—Suena fácil... pero no lo es.

—No, no lo es. Por eso está usted aquí.

Se miraron. Él dudó, pero luego permitió que las palabras brotaran sin tiempo para pensarlas:

—Mi problema es que no entiendo este país. Soy judío, pero no sé qué es ser judío. Tengo enemigos que no he elegido. No sé si quiero estar aquí, pero tampoco sabría adónde ir.

—¿De dónde siente que es?

—De ninguna parte.

La doctora Tudela dejó que el silencio se instalara unos segundos entre ellos mientras parecía meditar sobre las palabras que acababa de escuchar.

—De ninguna parte... ¿Siempre ha sentido que no era de ninguna parte?

—Mis padres, André y Joanna, nacieron y se criaron en Francia; yo nací en Beirut y crecí allí porque mi padre trabajaba en esa ciudad. Mi idioma materno era el francés, pero mi mundo era libanés. La lengua en la que hablaba la mayor parte del día era el árabe. Mis amigos, mis maestros, la gente con la que se trataban mis padres, la ciudad, los sabores, los ruidos, el olor del mar... todo era parte de Beirut. Allí me sentía seguro, feliz. Para mí fue una tragedia que me llevaran a Francia.

—¿Qué sucedió?

Y entonces Jacob recordó para ella. Le habló sobre el desgarro que supuso dejar Beirut.

«Una noche su padre le explicó que sufría una enfermedad, un cáncer de páncreas, que a lo mejor no tenía solución, pero que iba a intentar hacer todo lo posible por sobrevivir. Por eso dejaban el Líbano para instalarse en París, donde, dijo, podría recibir un tratamiento adecuado.

Le costó adaptarse a la ciudad. Al principio los chicos del liceo se reían de él porque, decían, hablaba francés con «acento», pero hizo amigos y poco a poco fue acomodándose a vivir en una casa señorial del distrito XVI, aunque echaba de menos el mar. Además, la enfermedad de su padre ensombrecía cualquier atisbo de alegría que pudiera llegar a sentir. Le costaba admitir que aquel hombre fuerte y decidido apenas pudiera moverse de la cama. Que su rostro bronceado hubiera adquirido un tono amarillento, que los músculos de sus brazos se hubieran reducido dejándole sin fuerza.

Después llegó lo peor, cuando lo trasladaron al hospital y ya nunca regresó. Su padre murió el día en que él cumplía doce años y desde entonces no había vuelto a celebrar ni uno solo de sus cumpleaños. Sentía ese día como una maldición.

Recordó que su madre le despertó antes de la hora habitual pidiéndole que se diera prisa. «Tenemos que ir al hospital», le dijo. Apenas le habló durante el trayecto. Cuando llegaron, un médico los aguardaba en la puerta de la habitación donde se encontraba su padre.

—Siento haberla alarmado, pero me temo que no le queda mucho tiempo y su esposo nos ha rogado que la avisáramos y que trajera a su hijo... quiere despedirse de él. Acaba de confesarse y de recibir la extremaunción. El padre Antoine me ha dicho que está a su disposición... Ahora iba a la capilla a rezar por él. Sepa, señora, que al recibir la extremaunción ha recobrado el ánimo... —les informó el médico.

Su madre frunció los labios al tiempo que apretaba la mano del hijo y entró en la habitación, donde inmediatamente cambió el gesto de amargura por una sonrisa.

—André, aquí estamos, y Jacques ha venido a darte un abrazo... Ya sabes que hoy es su cumpleaños.

Su padre le acarició el rostro y, haciendo un gran esfuerzo, alcanzó a decir:

—Jacques, cuando yo no esté, tendrás que cuidar de tu madre. Sé bueno y paciente con ella... Los dos sabemos que tiene mucho genio, pero nos quiere bien. Ella... ella... ha sufrido mucho... Obedécela y no la dejes sola nunca. ¿Me lo prometes?

—Sí, padre... sí... Pero tú no te vas a ir, ¿verdad?

Su padre le cogió la mano y quiso incorporarse.

—¡Por Dios, André, no te muevas! —dijo su madre mientras intentaba ahuecar las almohadas ayudando a que su marido se incorporara.

—Hijo, no me queda mucho tiempo... He luchado, pero la enfermedad es más fuerte que yo... Pero he luchado, Jacques, y lo haré hasta el último minuto. Debemos pelear sin rendirnos, aunque sepamos que no podemos ganar.

—Padre... por favor, no te vayas...

Pero su padre cerró los ojos y el médico se acercó a la cama mirando a Jacques para que le dejara sitio. Luego hizo un gesto que sólo pareció entender la enfermera, que se aproximó con una jeringuilla en la mano.

Le pusieron una inyección y su padre se sumió en el sueño. Y allí permanecieron su madre y él durante el resto del día. De vez en cuando su padre abría los ojos y parecía querer sonreír. El médico le visitó varias veces a lo largo de aquel día interminable, que se convirtió en una noche más interminable aún, hasta que por fin expiró.

Su madre y él no se habían movido de aquella habitación acariciando su rostro, apretando sus manos, murmurándole palabras de cariño. Cada vez que él dejaba asomar las lágrimas, su madre le miraba con tanto enfado que lograba reprimirlas. No, no podía llorar, le susurró al oído, su padre tenía que marcharse en paz sintiéndolos a los dos junto a él. Y así fue.

La pérdida de su padre le trastornó de tal manera que estuvo unos días sin querer hablar. Su madre no insistía para que lo hiciera. Ella también se enfrentaba a su propio duelo. Cada uno hallaba alivio en el silencio de su habitación y ni siquiera hacían por compartir el almuerzo. Jacques iba a la nevera y se conformaba con lo que encontraba. En realidad no tenía hambre.

Y así fue durante una semana. Luego, un día, su madre irrumpió en su habitación. Le pareció que había envejecido.

—Nunca dejaremos de llorarle, pero ahora tenemos que seguir viviendo y acostumbrarnos a que él ya no estará. Mañana volverás al liceo.

—No quiero ir —se atrevió a decir.

—Pero irás. Y yo buscaré un trabajo. No tenemos otra opción que la de vivir, y puesto que es la única que tenemos, lo haremos de la mejor manera posible.

—¿Y si ya no quiero vivir?

—No tienes esa opción, Jacques, de modo que hazte a la idea de que deberás soportar la ausencia de tu padre.

—¿Cómo pudiste vivir cuando se murieron tus padres? Nunca me has contado nada de los abuelos...

Entonces ella calló y salió de la habitación. Pero al día siguiente le obligó a levantarse y le acompañó al liceo.

Tuvieron que pasar seis meses antes de que su madre le desvelara el «gran secreto»:

—Somos judíos, Jacob.

—¿Jacob? ¿Por qué me llamas Jacob, madre? Sabes que mi nombre es Jacques...

—Es lo mismo Jacques que Jacob.

—Pues si es lo mismo, llámame Jacques.

Ella le dijo que había llegado el momento de regresar a «casa». Para él no había más casa que aquella que habían dejado en Beirut. Pero entonces descubrió que, para su madre, su «casa» era Israel, donde, dijo, tenía un primo. No pudo negarse. Aún no había cumplido trece años, de manera que tuvo que acompañarla y emprender una vida nueva en un país en el que le resultaba extraño el idioma y, sobre todo, que el vínculo entre los israelíes fuera primordialmente la religión.

Cuando sus padres se casaron habían pactado sus diferencias religiosas. Como hasta ese momento no supo que su madre era judía, tampoco sabía que había contado con el visto bueno de su padre para que le circuncidaran, aunque también le bautizaron. No fue fácil aceptar que era judío. Muchos de sus compañeros del liceo abominaban de ellos y, de repente, su madre le decía que él lo era. Se rebeló. Insistió en que era católico, que había hecho la primera comunión, que en Beirut había ido a un colegio católico, y por tanto no tenía ningún interés en convertirse en judío.

—No es que tengas que convertirte, Jacob, es que lo eres, y lo eres porque yo soy judía, y es a través de las madres como se adquiere la condición de judío.

—Pero yo podré elegir...

—No, no puedes, eres lo que eres.

—Soy católico como mi padre.

—Bueno, también eres católico, pero ahora serás judío.

En Israel, Jacob se sintió a disgusto desde el primer día. Todo le resultaba ajeno. La gente, directa y ruda, no perdía ni un segundo en circunloquios como en Beirut ni tampoco practicaba los buenos modales parisinos. El hebreo se le antojó imposible de aprender, aunque finalmente logró dominarlo. Pero en Israel, por primera vez, sobre todo supo lo que era sentirse solo. Al principio la lengua le separaba del resto de los habitantes, aunque su madre, para que no se sintiera perdido del todo, había decidido elegir lo que calificó como un «lugar cosmopolita», un kibutz en Galilea, el Ein Gev, «La perla del mar de Galilea», que funcionaba como hotel. Algo de razón tenía, puesto que allí se alojaban viajeros de todas las latitudes.

Su madre encontró trabajo en la recepción. Su elección estaba destinada a facilitar el aterrizaje de Jacob en un país que se le antojaba tan extraño como Marte. Ella dedicaba su tiempo al trabajo y a hacer de su hijo un «buen judío». Le obligó a que aceptara pasar el Bar Mitzvá. En cuanto cumplió los trece años, el rabino le explicó que había llegado el momento, puesto que su alma pasaría a otro nivel llamado *neshamá*; se trataba de empezar a asumir responsabilidades.

A la ceremonia del Bar Mitzvá asistieron algunos de los nuevos amigos de su madre; todos ellos pertenecían al kibutz.

De vez en cuando Jacob le preguntaba por su primo: «¿Por qué no viene a vernos o vamos nosotros a visitarle?». ¿Acaso no estaban allí porque aquel primo era su única familia? Ella respondía que su primo viajaba mucho y estaba muy ocupado, pero que algún día le conocería.

No era desgraciado, pero tampoco feliz. Admiraba a los fundadores del Israel reciente, pero no lograba dejar de sentirse un extraño. «Eres judío», le repetía su madre, y esa afirmación le abrumaba de tal manera que, si hubiese podido, habría huido.

Un día, mientras paseaba con ella por la orilla del mar, se atrevió a preguntarle por qué nunca le había dicho que era judía, pero sobre todo por qué cuando vivían en Beirut, y después en París, iba a la iglesia y participaba en sus ritos, incluso por qué quiso que él hiciera la comunión cuando cumplió los ocho años.

—Porque fui católica.

—O sea, ¿como yo? Eres judía y eres católica. No lo comprendo. ¿Cómo se pueden ser las dos cosas? A mí me educaste como católico y luego te has empeñado en que profese el judaísmo.

Fue entonces cuando ella, endureciendo el gesto para contener cualquier emoción, le desveló su secreto:

—Nací en París. Mis padres, cuando los nazis entraron en París, se escondieron en casa de una amiga de mi madre llamada Claudine, y aunque era mayor que ella, habían congeniado y se tenían un afecto sincero. Claudine se había quedado viuda y se había ido a vivir al campo, a la granja de sus padres. Al principio éstos no querían que mis padres se quedaran allí demasiado tiempo. Tenían miedo. Pero eran buena gente y terminaron por aceptar que se refugiaran en la granja. Los acomodaron en el altillo del granero, donde colocaron un colchón para que durmieran y una mesa con un par de sillas, un armario viejo... En fin, hicieron lo que pudieron para que mis padres estuvieran bien. Pero poco antes de que los nazis perdieran la guerra, mi madre, que se había quedado embarazada y había dado a luz, enfermó y tuvieron que buscar un médico que la asistiera. Aquel hombre los denunció... Cuando la policía fue a buscarlos, mi madre le pidió a su amiga que me salvara.

»Claudine me envolvió en un pedazo de sábana y mandó a su hija, que por aquel entonces tendría unos diez años, que me llevara al convento situado en un pueblo cercano. En aquella zona no eran pocos los huérfanos acogidos por las monjas. No era exactamente un hospicio, sino más bien un refugio en el que llegamos a vivir hasta una docena de niños... Aquella niña, Élise, la hija de Claudine, se jugó la vida por mí. Me llevó abrazada a su cuerpo y me depositó en la puerta del convento, llamó al timbre y después salió corriendo. Fue un 30 de mayo, el 30 de mayo de 1944... Faltaba muy poco para que los Aliados liberaran París. Mis padres y la familia de Élise tuvieron peor suerte.

»Las monjas me cuidaron y decidieron bautizarme con el nombre de la santa del día, nada menos que santa Juana de Arco, pero sobre todo guardaron una cadenita de oro de la que colgaba una estrella de David que mi madre me había colocado en el cuello. Naturalmente, las monjas me criaron como católica, no podría haber sido de otra manera. He de confesarte que incluso estuve tentada de ser monja. La vida en el convento siempre fue plácida y aquellas buenas mujeres nos dieron al resto de los huéspedes y a mí todo el afecto del que eran capaces.

»Cuando cumplí dieciocho años, la madre superiora me mandó llamar. Unos meses antes yo le había manifestado mi deseo de ser novicia y luego de convertirme en monja y quedarme allí para siempre. Pero sor María del Niño Jesús era una mujer sabia que sabía leer dentro de mí e intuía que yo tenía miedo a enfrentarme a la vida. Salir del convento me producía vértigo. Ella me convenció de que debía probar suerte "fuera" y si al cabo de un tiempo realmente sentía una vocación firme, podía regresar, pero eso sólo lo sabría si conocía la vida seglar. Antes de marcharme, la madre superiora me entregó la cadena con la estrella de David. La guardé sin saber qué hacer con ella e intenté que la superiora me desvelara algo sobre mis padres. Pero fue sincera al afirmar que sólo sabía que la noche de un 30 de mayo alguien había llamado a la puerta del convento y cuando abrieron encontraron un bulto en el suelo... Allí estaba yo, una criatura recién nacida... No podía darme ninguna información. Me tenía que conformar con esa cadenita y la estrella de David. Le pregunté con temor si creía que mis padres podían haber sido judíos. Me dijo que era probable. Así que me enviaron a París, a una residencia de señoritas donde me daban habitación y comida a cambio de hacerme cargo de la biblioteca. Era un lugar modesto, para chicas de provincias sin muchos medios económicos que querían estudiar en París. Yo me matriculé en Historia en la Sorbona... En realidad no tenía ninguna vocación definida salvo la de monja. Además de la biblioteca de la residencia de señoritas, encontré un empleo para cuidar por las tardes a unos niños. Sus padres trabajaban y necesitaban a alguien que los recogiera del colegio y los ayudara con sus tareas escolares. Eran un par de horas, pero suficientes para obtener unos cuantos francos. Yo tenía veinte años. Fue allí, en aquella casa, donde conocí a tu padre.

—Parece todo de novela lacrimógena —le dijo Jacob con cierta desconfianza.

—Sí, pero así fue. Tu padre estaba emparentado con la madre de aquellos niños... Eran primos, e incluso habían coincidido en la universidad estudiando en la ENA.

—¿Y os enamorasteis y os casasteis?

—Nos conocimos... nos empezamos a tratar... y sí, nos enamoramos, pero no inmediatamente. En realidad hubo un tiempo en el que dejamos de vernos. Tu padre viajaba mucho por Oriente Medio puesto que trabajaba para una empresa de importación y exportación con intereses en varios países, y yo terminé la carrera y dejé de cuidar a los niños, aunque no perdí el contacto con la familia. De cuando en cuando me invitaban a merendar, y habían pasado seis o siete años cuando en una de esas meriendas nos volvimos a encontrar. Fue a principios de los setenta. Así que no fue todo tan rápido como crees. Lo que sí sucedió es que cuando le conocí se había tambaleado mi decisión de ser monja. Se lo conté a sor María del Niño Jesús, que se rio diciéndome: «Ya lo sabía yo. Me alegro; lo único que deseo, y rezaremos por ello, es que cuando te cases, formes un hogar cristiano». Pero ya te digo que pasaron varios años antes de que nos volviéramos a ver. Aun así, tu padre no tardó en pedirme que nos casáramos. Tuve que sincerarme con él y contarle que en realidad no sabía quién era. Él me preguntó qué quería hacer y yo le dije que me gustaría saber por qué me habían dejado abandonada con una estrella de David colgada del cuello.

»Se le ocurrió poner un anuncio en los periódicos de la región donde estaba el convento. Un anuncio muy simple: "El 30 de mayo de 1944, una persona dejó en las puertas del convento de Santa Teresita a una niña que portaba una fina cadenita de oro con una estrella de David. Por favor, si alguien sabe algo, rogamos se ponga en contacto con la superiora del convento". Yo no confiaba en que aparecieran mis padres, quizá estaban muertos o las circunstancias los habían obligado a deshacerse de mí, y si no habían ido a buscarme en tantos años, difícilmente iban a dar señales de vida. Pasó un tiempo y cuando ya habíamos desechado la posibilidad de que alguien se presentara, apareció Élise... Sí, la hija de Claudine, la amiga de mi madre. Pidió hablar con la superiora y le contó que había sido ella quien me dejó allí el 30 de mayo de 1944.

—¿Y la llegaste a conocer?

—Sí... Las monjas organizaron un encuentro. Lloramos abrazadas un buen rato. A su madre y a sus abuelos los detuvieron por haber ocultado a mis padres, que eran judíos... Los torturaron, los encarcelaron y los sometieron a toda clase de oprobios. Élise se quedó huérfana. Su madre murió a manos de la Gestapo. Una tía lejana se hizo cargo de ella y de su hermano, pero se los llevó a vivir a Burdeos. Hasta hacía dos años no había vuelto a la región de París. Se había empeñado en recuperar la granja de sus abuelos; no lo había conseguido, pero había decidido quedarse en la zona. Al leer el anuncio en el periódico había dudado; había querido mucho a mis padres cuando era pequeña, pero al mismo tiempo los hacía culpables de su desgracia. Si su madre y sus abuelos no hubieran acogido a mis padres, no habrían perdido la vida. Pero Élise es buena y decidió que aquella niña que ella había salvado bien merecía saber quién era. Lo más difícil para ella fue decirme que a mis padres los enviaron a Auschwitz. Tu padre me ayudó a afrontar la desesperación que para mí supuso saber que mis padres habían muerto en un campo de exterminio.

»Viajamos a Polonia, a Auschwitz, y allí tuve que asumir mi condición de judía. Pero ¿qué era ser judía? Se lo pregunté a sor María del Niño Jesús y aquella buena mujer, que no era ninguna intelectual, intentó consolarme diciendo que daba lo mismo ser judío que cristiano, que al fin y al cabo Nuestro Señor Jesús había sido judío, y por tanto ser judío no era nada malo. Me pidió que rezase y que encontrara dentro de mí el camino que debía seguir. Sólo me dio un consejo: "Da lo mismo cómo llames a Dios, lo importante es que creas en Él y que sigas Sus mandamientos".

»Haciéndome esa pregunta he vivido como católica, y luego, ya de adulta, cuando tu padre enfermó y nos fuimos a París, empecé a estudiar a fondo el judaísmo. Nunca he dejado de sentirme católica, pero ahora también me siento judía, aunque sea una contradicción. Cuando tu padre murió, decidí que había llegado la hora de asumir lo que de verdad somos. Por eso he querido venir a Israel. No puedo cambiar el pasado, pero tampoco huir de él.

—¿Y por qué fuisteis a vivir a Beirut?

—Porque a tu padre le ofrecieron en su empresa ser el delegado en Oriente Medio. No podía negarse. Era un buen puesto con un excelente sueldo, y además le daban acciones de la compañía. Tenía una oficina con una veintena de empleados. Tú naciste en Beirut y fuimos muy felices allí. Pero mucho antes de irnos... cuando tu padre y yo aún éramos novios, un día me llamó la superiora del convento. La Comunidad Judía de Francia se había interesado por aquel anuncio publicado en el periódico y quería saber qué había detrás. Sor María les dio mi teléfono pidiéndoles que se mostraran prudentes conmigo... y así lo hicieron. Me ofrecieron apoyo, trabajo, lo que pudiera necesitar, y desde luego me abrían la puerta al judaísmo.

—¿Y les dijiste que no?

—Les dije la verdad, que no estaba preparada para dejar de ser quien era, para cambiar de identidad, para asumir una religión distinta y llamar a Dios de otra manera. Lo comprendieron y no insistieron. Eso sí, ni ellos ni yo quisimos romper el contacto. Incluso cuando acompañaba a tu padre en sus viajes a París, procuraba acudir a las actividades de la Comunidad Judía... Allí fui conociendo a algunas personas que con el tiempo se hicieron nuestros amigos.

»Además, no habría sido conveniente renegar del catolicismo justo cuando iba a vivir en el Líbano. Tuviste la suerte de nacer un año antes de la guerra del 82. Te bautizamos en San Simón. Cuando eras pequeño solíamos ir allí a celebrar las festividades religiosas... Está en el barrio de Sabtieh, ¿lo recuerdas? También solíamos ir a rezar a San Chárbel. Un lugar especial, pues lo mismo van cristianos que musulmanes a pedir protección al santo.

—Lo único que recuerdo es que me gustaba vivir en Beirut —respondió Jacob de malhumor—. Allí era feliz, tenía muchos amigos.

—No podíamos quedarnos. Los negocios de tu padre empezaron a ir mal por culpa de la situación política, pero sobre todo su enfermedad fue lo que nos hizo regresar a Francia.

—Me acuerdo de nuestra casa en La Raouché, veíamos las dos rocas desde la terraza...

—Sí, era el mejor barrio de Beirut. Cuando la guerra del 82, nuestro barrio parecía ajeno a cuanto sucedía.

—No he vuelto a probar un humus mejor que el que hacía Karima.

—También te gustaba mucho su *kibbeh*. Era una chica estupenda. Pero no miremos atrás. Ahora estamos aquí, recuperando nuestra identidad.

Jacob no estaba seguro de que lo hubieran conseguido. Aún añoraba el Beirut de su infancia porque le había costado encontrar un lugar en París. No le dio tiempo a sentirse del todo francés. Todavía sentía la ira que le provocaban aquellos chicos que imitaban su acento y su manera de hablar francés salpicado de expresiones árabes.

Tuvo dos lenguas maternas, la de su madre y la de Karima. Ella se ocupaba de él cuando era niño. Salir a la calle con Karima era una aventura porque le llevaba a lugares a los que jamás irían sus padres. Sobre todo disfrutaba de las visitas que hacía a su familia, que vivía en un barrio al sur de la ciudad: Bourj el-Barajneh.

Hoy ese barrio pertenece a Hezbollah, pero entonces era el barrio de Karima. Ella le permitía jugar junto a otros niños en la puerta de la casa donde vivían sus padres.

El árabe era su lengua, la lengua de jugar, la que compartía con los amigos elegidos por él y no por sus padres. La lengua que se hablaba en los barrios. Pero en París su acento beirutí se convirtió en un inconveniente. Aquellos compañeros del liceo murmuraban diciendo que en realidad no era francés sino árabe, y en sus palabras había un desprecio que rayaba el insulto.

En París le costó adaptarse a la formalidad que imperaba en las relaciones sociales. Los amigos de sus padres carecían de la jovialidad de sus amigos de Beirut. En cuanto a sus maestros, le trataban con condescendencia, como si el hecho de haber nacido en el Líbano marcara una diferencia con el resto de los otros críos.

Tampoco llegó a tener ningún amigo de verdad. Su madre dedicaba todas las horas del día a apoyar a su marido en su lucha contra el cáncer y de cuando en cuando le obligaba a invitar a casa a algunos compañeros de colegio, «para que te entretengas», decía. Pero no fueron muchas las ocasiones en que esos compañeros aceptaron la invitación. Al principio lo hicieron más por curiosidad que por simpatía. Pero aún recordaba cuánto le hirió escuchar al director del liceo explicarle a la madre de uno de los alumnos que no debía preocuparse por permitir que su hijo fuera a la casa de los Baudin porque era una familia «francesa» de verdad y, además, muy bien situada. No, no eran «árabes» emigrantes, sino franceses, aunque hubieran vivido en Beirut.

Sin embargo, él procuró que sus padres no atisbaran lo difícil que le resultaba sentirse extranjero en París. No se quejaba, pero rezaba para que su padre se curara de aquel cáncer que le consumía y así poder regresar a Beirut. Sentía que la ciudad no le quería y él correspondía en el desafecto, aunque terminó acostumbrándose y reconociendo su belleza. Pasaba muchas horas solo en su cuarto con el ordenador, viajando a través del clic del ratón a lugares que sus padres ni siquiera sospechaban que existían.

Tenía talento, según decían sus maestros, y su padre solía bromear llamándole «genio», aunque se enfadó cuando se enteró de que se había convertido en un pirata informático. Hackeó el ordenador del director del colegio, el del dueño de la tienda donde compraban comida, incluso llegó a acceder al de un amigo de su padre que era diputado. Le fascinaba saber que con un ordenador podía descubrir cualquier clase de secretos. Y aunque prometió a su padre que no volvería a hackear, lo cierto es que lo continuó haciendo.

Pero si difícil fue adaptarse a Francia y asumir que era francés, mucho más difícil fue sentirse israelí. Llegar a Israel con casi trece años fue como saltar al vacío. Pero su madre insistía en que tenían que superar quiénes habían sido, lo que le llevó a la conclusión de que él no era de ninguna parte. Había dejado de ser beirutí, no le habían dado tiempo a sentirse francés y ser judío no era fácil. La historia del pueblo judío estaba forjada de exilios y persecuciones. No dejaba de preguntar por qué los habían perseguido a lo largo de los siglos, qué era lo que los hacía odiosos a los ojos de los demás.

Ser judío no era fácil, pero al parecer los judíos tenían la virtud de la resistencia. Habían resistido todo tipo de ignominias, asesinatos en masa y destierros. Nunca los habían querido en ninguna parte y habían tardado siglos en regresar a aquel pedazo de tierra que les entregó nada menos que Yahveh, el dios de Israel. Así que era cuanto tenían, le decían los maestros, y si no querían volver a convertirse en parias, debían luchar por preservarlo. Era su único hogar. Pero, para él, esa defensa pasaba por compartir ese pedazo de tierra con los palestinos.

Mientras vivieron en Ein Gev, Jacob alternaba la escuela con el trabajo dentro del kibutz. Ayudaba con el programa informático de la comunidad, reparaba los ordenadores... Desde que era niño sentía que las horas se evaporaban delante del ordenador. Soñaba con viajar a California, a Silicon Valley, pero su madre insistía en que el nuevo Silicon Valley era Tel Aviv. Y tenía razón.

Poco antes de que llegara el momento de incorporarse al servicio militar, su madre decidió trasladarse a la capital. Jacob dudaba entre la ingeniería cuántica o convertirse en ingeniero informático. Si por algo tenía interés era por el mundo virtual, que se le antojaba más fascinante que el mundo real.

Lo que su madre no pudo prever es que él iba a negarse a servir en los Territorios Ocupados y que eso iba a acarrearle un sinfín de problemas. Ser objetor de conciencia en un país como Israel, que está en permanente estado de guerra, era una osadía o acaso una estupidez, como ella se encargó de reprocharle. Y quizá tenía razón. En cualquier caso, no dudó de que debía aprender a defender ese pedazo de tierra que era lo único que los judíos tenían como propio.»

El sonido del móvil interrumpió su relato. La doctora Tudela le hizo un gesto invitándole a responder. Lo hizo. Durante unos segundos escuchó la voz alterada de uno de los programadores de IAI. Había un fallo en uno de los programas diseñados por él para un hospital sueco, que estaba previsto que mostraran ese mismo día a un grupo de directivos del centro. Le necesitaban de inmediato; al fin y al cabo, el programa lo había creado él.

No podía negarse, de manera que Jacob se disculpó con la doctora:

—Se me ha pasado el tiempo volando.

—Viene bien explicarse a uno mismo en voz alta. Ayuda a dimensionar los problemas —dijo ella.

—¿Cuándo tengo que volver?

—Cuando usted quiera.

—Entonces, volveré.

Al salir de la consulta de la psiquiatra empezó a pensar en por qué se había sincerado con aquella extraña. Se preguntó si el hecho de que llevara una bata blanca ayudaba a generar confianza.

Se había confesado como si estuviera con un sacerdote. Y de repente se dio cuenta de que echaba de menos la confesión. Cuando era adolescente le tranquilizaba arrodillarse en el confesionario y contarle al sacerdote lo que él creía que podía ser pecado. Al terminar su confesión se sentía limpio y dispuesto a seguir.

Pensó que ésa era una de las ventajas de los católicos: podían depositar en los oídos del sacerdote todas sus angustias, temores, dilemas y vergüenzas con la seguridad de que allí permanecerían y no irían más allá.

Condujo deprisa y, para cuando llegó a IAI, Natan Lewin se había puesto él mismo a intentar arreglar el programa.

—¿Lo has conseguido? —preguntó Jacob con ironía.

—¡Claro que no! ¡Menudo invento el tuyo! No hay manera de ponerlo en marcha.

—De eso se trata, de que cualquiera no pueda ponerlo en marcha. Simplemente no sabéis cuál es la puerta de entrada.

Se sentó delante del ordenador y unos minutos después el programa funcionaba. Sus compañeros parecían aliviados y alguno que otro le dio una palmada en la espalda, pero se notaba que a su jefe le molestaba no haber sido él mismo capaz de encontrar la «puerta de entrada» al programa. Se suponía que era el mejor experto en cuestiones informáticas.

—Y ahora que nos has fastidiado un buen rato, ponte a trabajar, el avión de los suecos acaba de aterrizar.

París
Noura y Marion

Abir daba vueltas en la cama, incapaz de conciliar el sueño. No lograba dormir más de tres o cuatro horas.

Llevaba dos días en París y casi había terminado su cometido. Un día más y viajaría a Bruselas. Confiaba en los hombres que le ayudarían en la que iba a ser la humillación más grande que hubiera sufrido Occidente.

No había vuelto a buscar la compañía de ninguna mujer. El jeque Mohsin le había educado insistiéndole en la moderación. Malo era que buscara el placer fácil, pero aún sería peor convertirlo en necesidad.

Cerró los ojos buscando el sueño, pero hasta la memoria le llegó la imagen de su prima Noura. Se había convertido en una vergüenza para la familia, sin embargo él no lograba despreciarla. Recordaba su amabilidad y dulzura cuando Ismail y él llegaron a casa de sus tíos. Ella procuraba ayudarlos y guiarlos durante sus primeros meses en la ciudad. Noura se parecía a su madre, Fátima; era alegre y confiada, y siempre dispuesta a estar al lado de quien lo necesitara. Pero renegaba de quién era. En el liceo se hacía llamar Nora e hizo suyas las costumbres impúdicas de sus compañeras francesas.

Su tío mostraba una especial aversión por Marion. Era, junto a Noura, la más guapa de la clase. Ambas eran objeto de la atención de todos sus compañeros y ellas se divertían «seduciéndolos». Las chicas las envidiaban, los chicos las adoraban. Los profesores se desesperaban con ellas porque apenas prestaban atención a los estudios, aunque en el caso de Marion su inteligencia la llevaba a aprobar todos los exámenes con sobresaliente.

Y él, Abir, como otros chicos, se había enamorado de Marion. Su cabello castaño casi rubio, los ojos del color de la miel, sus piernas interminables, el busto abundante. Y sobre todo el descaro con el que miraba.

Marion había sido una mala influencia para Noura. Era ella quien le prestaba sus minifaldas, aquellas camisetas ajustadas y los zapatos de tacón. Quien compartía con Noura una caja de pinturas con las que se emborronaban el rostro coloreando los labios de rojo. Lucían las uñas de los pies de distintos colores: una uña verde, la otra roja, amarilla, azul...

Cuando Noura salía de casa lo hacía con el hiyab, pero en cuanto llegaba al liceo corría al cuarto de baño donde la aguardaba Marion y procedía a su transformación. Él sabía de la metamorfosis diaria de su prima, pero estaba demasiado enamorado de Marion para acusar a Noura. Habría perdido el escaso aprecio que le mostraba su amiga.

En aquellos días él también quería ser como los demás chicos y sufría cuando le recordaban que no era francés de verdad. Algunos de sus compañeros ni siquiera se dignaban a hablarle, como si fuera inferior. Incluso en alguna ocasión le habían excluido de los juegos en el patio del liceo.

Marion tampoco le prestaba atención. Si le hablaba era por ser el primo de Noura, pero en realidad no sentía por él ninguna consideración. Hasta que sucedió «aquello». Debían de tener dieciséis años... Marion había organizado ese fin de semana una fiesta en su casa, donde vivía con su hermana mayor. Su padre, que se ganaba la vida dando clases de inglés, las abandonó cuando eran adolescentes y su madre, hija de una emigrante española, había muerto de cáncer hacía tan sólo un par de años, dejándolas huérfanas. La autoridad de Lissette sobre Marion era escasa. Además, tenía un novio que vivía a las afueras de París con el que de cuando en cuando solía pasar un fin de semana, momento que Marion aprovechaba, como en aquella ocasión, para disfrutar de esa libertad regalada.

Noura convenció a su padre para que le permitiera ir a casa de su amiga a «merendar», y éste aceptó con la condición de que la acompañara su primo Abir y, desde luego, que regresaran no más tarde de las siete. Ella aceptó. No tenía otra opción. Lo que pasó fue... Aún se avergonzaba al pensarlo. Marion había pedido a los chicos de la clase que llevaran algo fuerte para beber. Así que, de camino a su casa, Noura le obligó a entrar en una pequeña tienda y gastar sus ahorros en una botella de vino. Otros chicos llevaron whisky, ginebra... Bebieron, bailaron, y cuando iban a ser las siete y Abir le recordó a su prima que debían marcharse, Marion se lo impidió diciendo que había llegado el mejor momento de la fiesta. Apagaría la luz y en la oscuridad, sin verse, se formarían parejas. La luz estaría apagada una hora y cada cual podría hacer lo que quisiera con quien se hubiera emparejado.

Las chicas protestaron. Lo de apagar la luz estaba bien, pero querían saber con quién iban a compartir esa hora. Marion se mostró inflexible; ésa era la sorpresa: cuando se encendiera la luz, descubrir quién había sido su pareja. También ellos protestaron, pero al final aceptaron.

Aquella hora... nunca la olvidaría. Abir se había colocado cerca de Marion calculando los movimientos que tenía que hacer para ser su pareja. Una hora. Toda una hora en la que se escucharon risas y gemidos, palabras altisonantes y murmullos lacrimosos. Una hora en la que Marion, él sabía que era Marion, hizo que se sintiera como un hombre. Una hora. Sólo una hora. El timbre de un despertador fue la señal para que ella se escapara de sus brazos y encendiera la luz. Algunas chicas intentaban abrocharse el sujetador, otros buscaban a toda prisa los pantalones, y risas, sí, risas nerviosas, las risas culpables. Noura estaba vestida y parecía tranquila. Nada más salir de la fiesta, Abir le preguntó a su prima si había hecho «algo indebido». La joven se puso colorada y se rio de él diciéndole que se metiera en sus asuntos.

Regresaron a casa sabiendo que el retraso tendría consecuencias. Y las tuvo.

Su tío Jamal los esperaba con el cinturón en la mano. De nada valieron las excusas ni los ruegos de Fátima a su marido para que no se ensañara con ellos.

El cinturón se estrellaba contra sus cuerpos. Abir intentaba que ningún golpe llegara a su prima, pero no pudo evitarlos todos. En cuanto a él... le sangraba la cara.

Cuando el lunes fueron al liceo, Abir se acercó temblando a Marion. Suponía que después de lo sucedido durante aquella hora por lo menos estaban comprometidos. Él estaba dispuesto a casarse con ella cuanto antes. Marion se rio. ¿Cómo podía pensar que eran novios? ¡Qué idea tan ridícula! Sí, se había dado cuenta de que para Abir había sido su primera vez. «Fuiste muy torpe y aburrido», le dijo, y él sintió que aquellas palabras le herían más que los golpes del cinturón de su tío.

Aun así, no se rindió y se convirtió en la sombra de Marion. La seguía a todas partes, y aguardaba expectante a que ella le mirara. Le favorecía ser el primo de Noura, así que en algunas ocasiones las dos amigas dejaban que las acompañara. Hablaban delante de él como si no existiera y escuchó sus confidencias sobre lo mal que besaban algunos chicos o las habilidades de otros. Las dos compartían con descaro sus experiencias. Abir intentaba estar tranquilo diciéndose que al menos su prima no parecía haber entregado su virginidad.

Besos sí, permitir que alguna mano se deslizara por debajo del sujetador también, incluso por debajo de la falda, pero aún no había entregado su virginidad o eso quería creer, porque a veces le asaltaban dudas sobre qué habría hecho exactamente Noura aquella tarde en casa de Marion cuando se apagaron las luces... Desechaba estos pensamientos porque su prioridad era lograr que Marion se interesara por él.

Un día Abir le pidió a su prima que intercediera ante Marion. Temía que se burlara; sin embargo, Noura le cogió la mano con afecto y le dijo:

—Pero ¡cómo es que te has enamorado! Abir, tienes que comprender que nosotras no nos casaremos nunca. Queremos ser libres, hacer con nuestra vida lo que nos venga en gana sin tener que obedecer a un marido. No pongas esa cara. Abir, no conoces a Marion, por ahora ella sólo quiere divertirse.

—¿Y tú?, ¿eres como ella? —preguntó con tanta rabia como desolación.

—¿Sabes, primo?, yo quiero ser cantante, y es lo que seré. Me niego a pasar el resto de mi vida ocultándome con una gabardina y tapándome el pelo. Y Marion nunca será de nadie. Quiere ser importante. Lo conseguirá. Aún no sabe qué hará cuando termine el liceo, pero si algo tiene claro es que no quiere vivir en un suburbio, ni convertirse en dependienta, ni ser maestra de niños insoportables, ni casarse y dedicarse a lavar la ropa de su marido. Olvídate de Marion.

Pero Abir se negaba a rendirse ante las palabras de su prima y le suplicó que intercediera por él. Noura le acarició el rostro y, con un suspiro de resignación, le prometió que hablaría con ella.

No pasaron muchos días cuando volvió a insistir a su prima. Noura bajó la mirada; parecía no encontrar las palabras para no herir a Abir, hasta que por fin dijo:

—Verás... no siente nada por ti. Se ha molestado cuando le he preguntado si está segura de que nunca podrá quererte... Me ha dicho que no hay nada en ti que le guste, que sólo eres un chico más, que no tienes nada que ofrecerle. Cree que jamás saldrás del barrio, que no tienes porvenir. Debes aceptarlo, Abir, no le gustas y nunca te podrá querer. Ella no es para ti ni tú para ella. Te lo ruego, primo, olvídala.

Pero nunca se olvidó de aquella hora con Marion. Nunca se olvidó de su indiferencia. Nunca se olvidó de cuánto le humillaba verla con otros. Nunca se olvidó de cuánto había soñado con ella.

Un año después, cuando estaban en el último curso, sin previo aviso, su tío se presentó una tarde en el liceo. Salían de clase; Noura iba sin el hiyab, lucía su cabello cobrizo al aire, y llevaba puesta una minifalda que le había prestado Marion. Los botones de la blusa estaban desabrochados dejando ver el comienzo de los senos, los labios pintados de carmín rojo, y por si fuera poco iba cogida de la mano de un compañero.

Su tío palideció y se acercó furioso hasta su hija, a la que agarró de un brazo tirando de ella mientras la insultaba. Abir no sabía qué decir y aguantó el golpe que su tío le dio en la cara reprochándole su ingratitud.

Lo peor fue cuando llegaron a casa. Noura no mostró arrepentimiento a pesar de los golpes que estaba recibiendo. Jamal tuvo que escuchar de labios de su hija que podía matarla si quería, pero que nunca más se pondría el hiyab. También le anunció que en cuanto cumpliera dieciocho años se iría. Aquello era Francia y no podría retenerla contra su voluntad. Cuando ya no soportó que la golpeara más, se revolvió diciéndole que si seguía pegándole, iría a la comisaría a denunciarle y pediría protección a los servicios sociales.

Abir se sentía avergonzado. Había estado engañando a

sus tíos. Había permitido el deshonor de Noura. Había sido cómplice de sus mentiras a Jamal y a Fátima. Se arrodilló y le suplicó a su tío que cayera en él todo el castigo. Le confesó que se había apartado de la religión, que ansiaba ser como los demás chicos, que no le vieran como un pobre musulmán sin patria, por eso fumaba, por eso bebía... por eso... sí, por eso había estado dispuesto a quebrar todas las enseñanzas del Profeta y había faltado al Altísimo. Noura no era culpable, lo era él, porque en su afán de ser aceptado por los otros había sacrificado la honra de su prima permitiéndole que al salir de casa guardara en una bolsa el hiyab y tomara prestada la ropa de Marion. Jamal se quedó quieto al escucharle. Fátima lloraba lamentando la desgracia que estaba arrasando su hogar.

Farid se ofreció a castigar a su hermana por sus pecados. Tenían que hacerlo, le dijo a su padre.

—Nos ha deshonrado. ¿Qué clase de hombres somos si lo permitimos? —argumentó, y en sus palabras se asomaba desprecio y odio.

Abir temió el castigo. Sabía que podían arrebatarle la vida y se vio suplicando a sus tíos que le castigaran a él y perdonaran a Noura.

Su tío dijo que consultaría con el imán. Él sabría lo que había que hacer.

Encerraron a Noura en su habitación y Jamal amenazó a su mujer con repudiarla si consentía que su hija saliera de su encierro.

Noura pareció aceptar el castigo de su padre. Pero su actitud sumisa era un engaño. Sólo aguardaba a que se abriera la puerta de su habitación.

El imán aconsejó a Jamal que casara de inmediato a Noura. Un marido era lo que necesitaba, pero antes había que determinar si había perdido la virginidad. Fátima le preguntó a Abir si existía esa posibilidad, pero él no quiso hablar de aquella tarde en que se apagaron las luces en casa de Marion. Mintió. Dijo que nunca había visto a Noura dejar que ningún chico se sobrepasase con ella, pero su tío no le creyó y aceptó que el imán enviara a una mujer para examinarla. Para alivio de la familia, la mujer aseguró que Noura estaba intacta. Durante unos días, tanto Noura como Abir se quedaron en casa, Jamal les había prohibido salir. Finalmente, Jamal le dijo a Abir que podía volver al liceo, pero a Noura no se lo permitió. Se quedaría en casa hasta que le encontraran un marido, y comentó que el hijo de un amigo podría estar interesado.

Cuando Abir regresó al liceo, Marion le salió al paso.

—¿Dónde está Nora? —preguntó enfadada—. ¿Por qué no ha vuelto a clase? Llamo a tu casa y tu tía Fátima me cuelga el teléfono cuando pregunto por ella.

—Deja de llamarla Nora, sabes que se llama Noura y no va a volver. Se tiene que casar. Así lo ha decidido su padre y hasta que le encuentren un marido se quedará en casa. No le van a permitir salir.

—¡Pero no pueden hacer eso! ¡No pueden obligarla!

—Sí pueden, es lo mejor. Tiene que casarse cuanto antes. Ha deshonrado a la familia.

—¿Deshonrado? Pero ¿qué dices? —Marion elevó el tono de voz.

—Tú no lo entiendes. No eres como nosotros. Las mujeres no hacen... no hacen lo que vosotras hacéis.

—¿Y qué es lo que hacemos, Abir? Dime, ¿qué es lo que hacemos?

—Fumar, beber, llevar la falda corta enseñando... El cabello descubierto... No mostráis modestia, os exponéis a la vista de cualquiera en vez de guardaros para vuestro esposo.

—¡Qué estás diciendo! Nunca te he tenido por muy listo... siempre me has parecido un árabe estúpido y baboso, pero ahora veo que eres algo mucho peor.

Marion le miró con tanto odio que Abir se sintió un ser inferior. No supo cómo encontró valor para responderle.

—Tú eres una mala influencia para Noura. Ella te ha imitado y...

—¡Nora no me imita! ¡Serás estúpido!

—Eres una chica fácil, Marion... yo lo sé bien. Te vas con cualquiera y... y... bueno, aquel día en tu casa... Yo he sido el primero, ¿verdad?

—¿El primero? ¿Tú? —Marion empezó a reírse mientras apartaba un mechón que le caía sobre el rostro.

—¡No te rías! —gritó Abir.

—Me das pena... mucha pena. No, no fuiste el primero, y aquel día tuve la mala suerte de que tú estuvieras cerca. Lo hiciste a propósito... Yo no quería estar contigo... tuve que hacer un esfuerzo porque me echaba para atrás tu olor a sudor y tu aliento con sabor a especias. Si seguí adelante fue por Nora... para que ella no se sintiera humillada si yo te rechazaba.

La odió. Sí, en ese momento sintió tanto odio que la habría matado. Pero el desprecio que ella sentía por él le dejaba inerme.

—¿Sabes, Abir?, no podréis con Nora. No podréis. Tendréis que matarla porque no vais a poder obligarla a casarse.

—Sí que podemos. Y es lo que hará. Ya lo ha aceptado.

Marion le miró y soltó una carcajada que fue como una bofetada.

—No la conoces, Abir... no la conoces. No se casará... Nora no es como tú.

—¿Cómo soy yo? —preguntó Abir, desafiante.

—Un pobre chico que no llegará a nada. Nunca saldrás del barrio. Harás siempre lo que te manden. No eres nadie, Abir, nunca serás nadie. ¿Sabes?, lo más importante que te va a pasar en la vida es haber estado una hora conmigo. No lo vas a olvidar el resto de tus días.

Marion tenía razón. No iba a olvidarla el resto de su vida. No era capaz de llevar la cuenta de las noches en que se despertaba sintiendo que estaba con ella. No podía quitársela de sus pensamientos. Pero al mismo tiempo, con su desprecio había plantado en él la semilla del odio. También acertaba al decirle que no era nadie, y no lo era porque no era de ninguna parte. Ya no pertenecía a Ein el-Helwe, el pueblo donde había nacido, en el que había crecido, en el que se había enfrentado a la muerte. Tampoco era francés. Ni un solo día le habían permitido siquiera soñar con ser uno de ellos. No, no era de ninguna parte y eso hacía que no fuera nadie. Pero lo sería, demostraría a Marion de lo que era capaz. No, no sería un chico más de un barrio de emigrantes.

Despejó las brumas del pasado mientras regresaba al presente. Encendió la televisión con la esperanza de que le ayudara a conciliar el sueño. Miró el reloj. Habían pasado casi un par de horas. Sí, dos horas en las que no había dejado de pensar en Marion.

Encendió otro cigarrillo y volvió a fijar la mirada en el televisor mientras, sin pretenderlo, su mente le llevaba a aquellos días en que tan sólo era un adolescente.

Una noche, su tío Jamal les anunció que el viernes, después del rezo en la mezquita, iría a visitarlos su buen amigo Alí Amri acompañado de Brahim, su hijo menor. Llegarían a un acuerdo para casar a Noura con Brahim, aunque su tío decía preferir un marido libanés, pero dadas las prisas el imán les había recomendado a Brahim, que era un joven devoto y temeroso de Alá y, sobre todo, siempre dispuesto a obedecer a su padre. Además, Alí Amri era primo lejano del imán, y para Jamal representaba un honor el emparentar a Noura con alguien de la familia del imán.

Alí Amri era un carpintero honrado y cabal que había logrado tener un pequeño taller de su propiedad con el que mantenía a su esposa y a sus cinco hijos. Había dejado Argel a finales de los noventa huyendo del islamismo radical que estaba asolando el país. Quería un futuro seguro para sus hijos y creyó que en Francia lo alcanzarían. No le resultó fácil conseguir un empleo ni tampoco legalizar su situación en el país. Al principio había sobrevivido gracias a la solidaridad de parientes y amigos instalados en Francia, y con tesón y esfuerzo se había asentado hasta conseguir una modesta vivienda situada cerca de la avenida de la Chapelle. En aquel barrio se sentía cómodo porque la mayoría de los vecinos eran emigrantes musulmanes como él. A veces parecía que el barrio ni siquiera era parte de París.

Su mujer sentía nostalgia de Argel y en alguna ocasión habían hablado de regresar, pero ahora que tenía su propio taller y trabajo para dar de comer a su familia no encontraba el momento de dejar París.

Jamal conocía a Alí porque coincidían en la mezquita y a veces conversaban sobre la dificultad que entrañaba vivir fuera de sus países, teniendo que acomodarse a una sociedad tan diferente.

La tarde elegida para que Noura conociera a Brahim, la tía Fátima no podía ocultar su preocupación. Noura le había asegurado que no se casaría, que lo único que ansiaba era terminar sus estudios en el liceo y luego buscar una buena academia de canto donde le educaran la voz. No estaba dispuesta a que nadie truncara el camino que se había marcado.

Cuando Fátima abrió la puerta eran las siete en punto. Jamal entró seguido de su hijo Farid, de Alí y de Brahim.

También Abir e Ismail estaban presentes. Los hombres hablarían de los detalles del enlace y luego presentarían a los novios. Sería un encuentro breve, pero suficiente para que se conociesen.

Jamal había pedido a su esposa que Noura se cubriera el cabello con el hiyab. Debía parecer una joven modesta. Si no hubiera sido por la recomendación del imán, Alí no habría accedido a aceptar a Noura como nuera porque había oído murmuraciones sobre ella.

Abir estaba nervioso. Conocía a su prima y, aunque reprobaba su comportamiento, la quería bien. Sabía que no aceptaría aquel matrimonio impuesto y temía lo que pudiera suceder.

En el pequeño salón, Fátima dispuso unas tazas de té y unos dulces que ella misma había cocinado. Luego dejó solos a los hombres para que hablaran. Ya la llamarían para que acompañara a su hija cuando se hicieran las presentaciones.

Una hora después, Jamal pidió a su esposa que acudiera con Noura.

Madre e hija entraron en la sala. Noura llevaba puesto el hiyab, pero eso no tranquilizó a Abir. Tenía serias dudas de que hubiera terminado por aceptar que no podía rebelarse contra su padre.

—Ésta es mi hija Noura —dijo Jamal.

Lo que no podía prever, ni él ni ninguno de los hombres, es que con un gesto rápido Noura se deshiciera del hiyab dejando su cabello cobrizo a la vista de todos. Tampoco que, con un gesto más rápido aún, se desabrochara la gabardina que tapaba su cuerpo y mostrara su figura delgada enfundada en unos jeans y una camiseta ajustada que dejaba parte del vientre al aire.

Su madre emitió un grito y su padre la empujó, avergonzado.

—¡Llévatela de aquí! —ordenó a su mujer.

—Pero... no comprendo... —alcanzó a decir Alí.

Su hijo Brahim bajó la mirada evitando cruzarla con la de Noura. En cuanto a Farid, iba a alzar la mano contra su hermana, pero Abir se interpuso instando a la muchacha a que saliera de la sala. Y fue lo que hizo, pero en vez de ir a su habitación se escapó de entre los dedos de su madre y llegó a la puerta de casa, la abrió y salió corriendo escaleras abajo. Todo sucedió con tanta rapidez que ni Fátima ni los hombres supieron reaccionar.

Jamal se deshizo en excusas con Alí y éste las aceptó con gesto serio, aunque dejó claro que no podía considerar el compromiso de su hijo con Noura. Le agradeció su hospitalidad y salió muy digno, seguido por Brahim.

Fátima, asustada, lloraba, mientras su hijo Farid, lívido, acuciaba a su padre para que adoptara una decisión firme respecto a Noura:

—O la envías al Líbano y que allí la casen o... ya sabes lo que hay que hacer con una mujer que deshonra a su familia. Yo estoy dispuesto a vengar con su sangre nuestra vergüenza.

Abir intervino atemorizado. Sabía lo que significaba vengar con sangre la honra de una familia. Además, se sentía culpable por haber permitido que Noura se comportara como una descarada sin advertir a sus tíos. Ni Jamal ni Fátima merecían su deslealtad. Le habían acogido junto a Ismail dándole un hogar y él no había impedido que su prima hiciera lo mismo que las otras chicas del liceo, que no dudaban en enseñar las piernas y el pecho y dejarse toquetear por los chicos.

—Ella... ella no es mala chica... sólo está confundida... No hace nada diferente a sus compañeras de clase... nada importante... sólo que tienen otros principios... no tienen nuestra moral —intentó defenderla.

La ira en los ojos de Farid le hizo bajar la mirada.

—Tú lo sabías, tú conocías el comportamiento de mi hermana y nos lo has ocultado, ¿es así como pagas la generosidad de mi padre? Ismail y tú tenéis una deuda de gratitud que nunca podréis pagar.

Abir sintió que le ardía el rostro, un ardor de vergüenza y de rabia. Las palabras de Farid le habían herido. No supo qué más podía decir, así que aguardó a que su tío tomara una decisión. Fue su hermano Ismail el que interrumpió el repentino silencio que se había instalado entre los hombres.

—¿Adónde ha ido Noura? —preguntó a nadie en concreto.

Fátima lloró con más fuerza. Ella sabía que en aquel momento comenzaba el verdadero problema. ¿Dónde estaba Noura? ¿Adónde habría podido ir? Jamal y Farid miraron a Abir, aguardando una respuesta.

—Yo... no sé dónde ha podido ir... —se atrevió a decir el chico.

—Habrá que buscarla —propuso Farid—. Seguramente habrá ido a casa de alguna de sus compañeras de clase... Si no la encontramos, tendremos que denunciar su desaparición. Y si la encontramos y no quiere regresar, igualmente pondremos una denuncia; aún es menor de edad, y ni siquiera en Francia permiten a un menor de edad vagar por donde le venga en gana —sentenció.

Abir dudó de si debía hablar. Si Noura se había refugiado en casa de una amiga, sólo podía ser en la de Marion.

La angustia de su tía y la ira de su tío le llevaron a decirlo:

—Puede que esté en casa de Marion. Es su mejor amiga.

—¿Y dónde vive esa Marion? —preguntó Farid con voz meliflua.

—Cerca de la estación de Strasbourg - Saint-Denis —respondió Abir en voz baja.

—Bien, pues vayamos. Tú, Ismail, te quedas en casa con tu tía y nosotros, tú también, Abir, iremos a casa de esa chica.

Abir se arrepintió de haber revelado la dirección de Marion. Sabía que ella los trataría con desprecio y se les reiría en la cara, y si era cierto que Noura se había refugiado en su casa, la protegería a toda costa.

Pero ya no podía dar marcha atrás. Tenía que acompañar a su tío Jamal y a su primo Farid.

¿Qué diría Lissette, la hermana de Marion? Abir sólo la había visto en una ocasión y le pareció antipática; había ido a buscar a Marion al liceo y ambas se enzarzaron en una discusión elevando la voz.

Lissette era más guapa que Marion, pero le faltaba su mirada provocativa; la de Lissette era una mirada de hastío.

Cogieron el metro. Abir los guio temiendo la escena que podría hacer Marion, además de preguntarse por la reacción de Noura si es que estaba allí.

Fue Lissette quien abrió la puerta, mirándolos de arriba abajo con desconfianza.

—¿Qué quieren? —preguntó con sequedad.

—Mi hija Noura está aquí —afirmó Jamal—, he venido a buscarla.

—¿Nora?

—Noura —la corrigió Farid.

—Nora... sí... ha estado aquí, pero se ha marchado con Marion.

—¿Y adónde han ido? ¿Volverán? —preguntó Jamal, compungido.

—Han ido al despacho de una abogada. Nora quiere exponer su caso... Al parecer, usted pretende casarla a la fuerza... y eso está prohibido en Francia. Pueden quitarle la tutela de su hija. —La voz de Lissette era helada.

Jamal se sintió aturdido por lo que estaba escuchando,

pero Farid dio un paso al frente y empujó la puerta haciendo retroceder a Lissette.

—Mi hermana está aquí. Dígale que salga. Ni usted ni su hermana ni el Estado francés pueden entrometerse en los asuntos de una familia.

—Yo no me he entrometido, simplemente les informo de que Nora está en el despacho de una abogada experta en cuestiones de mujeres.

—Está aquí —insistió Farid alzando la voz.

—Mire, no está aquí, pero sepa que su hermana cuenta con mi simpatía y que me parece una monstruosidad que intenten casarla con un tipo al que no ha visto en su vida. No soy abogada, pero conozco bien las leyes que protegen a las mujeres.

—¿Y Marion? —preguntó Abir, expectante.

—Ya les he dicho que Marion la ha acompañado a un centro público de ayuda a las mujeres. Y ahora váyanse, no tengo por qué hablar con ustedes. Bastante tengo con mis problemas.

—Mi hija es menor de edad. —Jamal intentó imprimir seguridad a sus palabras.

—Lo sé, pero eso no le resta derechos, todo lo contrario. Obligar a una menor a contraer matrimonio es una aberración castigada por la ley. Estamos en Francia, señor, no se olvide.

El tono de Lissette era tan impertinente como el que solía gastar Marion.

—Usted está cobijando a una menor que se ha escapado, tendrá que responder ante la ley —replicó Farid.

—Y usted no tiene ni idea de leyes. Su hermana no está aquí, ya se lo he dicho, y son ustedes los que tendrán que responder ante un juez por maltrato a una menor. Si no se van, yo añadiré otra denuncia a la que en este momento estará haciendo Nora.

—¡No se llama Nora! —gritó Farid.

—Si ella quiere llamarse Nora, no podrá hacer mucho para evitarlo.

—¡Noura! ¡Noura! Nora no es un nombre nuestro —le recriminó Farid.

—Márchense o los denunciaré por venir a amenazarme a mi casa.

—¡No la hemos amenazado! —se defendió Jamal.

—Lo están haciendo; intentan intimidarme y no lo consentiré. Si no se van ahora mismo, pondré una denuncia.

Empujó a Farid hacia fuera y cerró la puerta dando un portazo.

Los tres hombres bajaron las escaleras sin hablar. Cada uno pensando en qué más podían hacer. Al llegar al portal, la portera les salió al paso.

—Hagan el favor de marcharse o avisaré a la policía. La señorita Lissette me acaba de llamar para decirme que la han amenazado.

Farid respondió de malas maneras a la portera y luego salieron del edificio.

Abir no se atrevía a decir nada. Lissette había demostrado tener tanto o más carácter que Marion. No era fácil tratar con las hermanas. Observó el rostro descompuesto de su tío y sintió pena por él. Su autoridad se había puesto en entredicho y eso le provocaba tanta rabia como dolor.

De camino hacia el metro fue Farid quien rompió el silencio:

—Esa mujer puede decir lo que quiera. Noura tendrá que obedecer. Iremos a denunciar que se ha escapado de casa. La obligarán a volver.

—Calla, hijo, hay que saber cuándo se pierde. Los franceses tienen unas leyes opuestas a las nuestras. Permiten que una hija no cumpla con la voluntad de su padre. Si Noura ha dicho que queríamos casarla y ella se niega, se pondrán de su parte, dirán que es una niña... No sé qué hacer para recuperarla... —se lamentó Jamal.

—¿Y tú qué dices, Abir? —preguntó Farid clavando una mirada dura en su primo.

Abir prefirió no decir lo que pensaba, que Noura no regresaría y mucho menos se casaría. La habían perdido para siempre. De haberlo dicho, habría provocado la ira de su primo y el dolor de su tío, de manera que optó por encogerse de hombros y respondió sin convicción:

—Puede que vuelva...

Sin embargo, los tres hombres sabían que eso no sucedería.

Jamal y Farid se fueron en busca del imán para contarle lo sucedido, pero mandaron a Abir a casa para tranquilizar a Fátima y a Ismail.

Cuando regresaron, Jamal pidió a su sobrino que al día siguiente fuera al liceo e intentara hablar con Marion. Debía decirle que convenciera a Noura para que volviera con los suyos, que sus padres aplazarían su boda... Ése había sido el consejo del imán.

Lo que no esperaban fue recibir una llamada de un Centro Asistencial de Menores comunicándoles que Noura estaba bien pero que iba a ser evaluada por un psicólogo. La familia no debía preocuparse. Una asistente social les dio cita para el día siguiente y así tratar, dijo, «el futuro de Nora». Jamal protestó diciendo que su hija no se llamaba Nora sino Noura, pero la mujer que estaba al otro lado de la línea telefónica no pareció escucharle porque siguió refiriéndose a ella como Nora.

A la mañana siguiente, Abir se dio de bruces con Marion en el liceo aunque ella intentó esquivarle.

—Oye, que yo no he hecho nada... —dijo mientras le ponía la mano en el brazo para que se parara.

Marion dio un respingo como si le hubiera picado una avispa. Pareció dudar, pero decidió escuchar a Abir, aunque antes le apartó la mano de un manotazo.

—Sólo quiero saber cómo está mi prima.

—No… no la vais a encontrar. La abogada se ha hecho cargo de ella… Hay lugares de acogida para chicas con problemas como el suyo. Afortunadamente, esto es Francia.

—¿Y no va a regresar al liceo?

—Terminará el curso en otro liceo, pero eso ya se lo dirán los servicios sociales a tus tíos… Y ahora déjame en paz o le diré al director que me estás acosando.

—¡Pero yo sólo te he preguntado por mi prima! —protestó Abir.

—Sois… sois… sois unos bárbaros… ¡Habéis intentado casarla y sólo tiene diecisiete años! No tenéis respeto por las mujeres, creéis que os pertenecen. ¡Qué asco! —Y se volvió dándole la espalda.

Fátima se puso a llorar cuando Abir les contó su encuentro con Marion. Estaba nerviosa. Debía acompañar a Jamal al centro de acogida donde estaba Noura. Temía por lo que pudieran preguntarle, pero sobre todo por si no volvía a ver a su hija. Por primera vez, Abir oyó a su tía reprochar a su marido la decisión de casar a Noura. La mujer se lamentaba de que hubieran escuchado los consejos del imán.

—¡Noura no había hecho nada malo! —gritó Fátima.

—¡Vestirse como una desvergonzada!… ¡Salir a la calle sin hiyab… enseñando el cabello!… ¿Es que puedes ignorar que llevaba una falda tan corta que le dejaba los muslos al descubierto? Y la cara… ¿no te importa que se hubiera pintado los labios de rojo? ¡Se ha comportado como una ramera!

—El que no comprendes eres tú, ella sólo imita a sus compañeras… Sólo hay otras dos chicas que lleven hiyab en el liceo… Vivimos en Francia, Jamal… Si no te gusta cómo se comportan los franceses, entonces volvamos al Líbano, a Argelia o a donde quieras... pero si vivimos aquí, nuestros hijos imitarán a otros jóvenes. —Fátima defendía a su hija con tanta vehemencia que tanto Abir como Ismail la observaban atónitos. Nunca hubieran imaginado que fuera capaz de enfrentarse a su marido.

—¡No es cierto! ¿Acaso Farid no es un ejemplo? ¡Jamás ha hecho nada de lo que podamos avergonzarnos! Trabaja, estudia, se está convirtiendo en un hombre sabio. Será un imán respetado.

Pero Fátima no atendía a las razones de su marido. Lo único que sentía era dolor por la pérdida de su hija. No se engañaba; al igual que Abir, sabía que no recuperarían a Noura.

Abir e Ismail, que compartían un pequeño cuarto, hubieran preferido no escuchar la discusión de sus tíos. Después del asesinato de sus padres habían cimentado una nueva vida sobre Jamal y Fátima, les proporcionaron seguridad y afecto, pero sobre todo la ilusión de tener y pertenecer a una familia, y si ésta se resquebrajaba, para ellos su existencia volvería a quedar en suspenso.

—¡Noura es mala! —se atrevió a decirle Ismail a su hermano.

—No, no lo es. ¿Cómo puedes decir eso de tu prima? —respondió Abir, enfadado.

—Mira lo que está pasando, todos estamos sufriendo.

—Lo que pasa es que no la comprendemos.

—¿No comprendemos a Noura? —Ahora era Ismail quien no lograba entender las palabras de su hermano.

—Ella es diferente, quiere ser como las chicas de aquí, vestirse como quiera, y eso no significa que sea mala —se explicó Abir.

—Pero está mal lo que hace. Las chicas buenas no llevan minifalda ni se pintan la cara —insistió el pequeño Ismail.

Abir no encontraba más argumentos para defender a Noura. Lo que decía Ismail era lo que les habían enseñado desde niños, lo que escuchaban del imán, pero aun así se negaba a aceptar que su prima fuera mala. No, no lo era. Siempre se había mostrado cariñosa con ellos. Cuando Jamal llegó con ellos desde el Líbano, tanto Fátima como Noura los acogieron con entusiasmo, mientras que Farid siempre los había tratado con deferencia pero sin mostrar afecto.

—Noura es buena, Ismail, no lo olvides. Y ahora estudia, que por lo que sé no vas muy bien en Lengua ni en Matemáticas.

—Me gustaría ser electricista como el tío Jamal.

—¿No es mejor ir a la universidad? Podrías ser ingeniero.

—Pero es que yo no quiero ser ingeniero, me gusta arreglar cosas.

—Vale, pero ahora déjame estudiar. Mañana tengo un examen de Química y con todo lo que ha pasado ni siquiera he abierto el libro.

Pasaban unos minutos de las siete de la tarde cuando Fátima y Jamal regresaron del Centro Asistencial de Menores donde se encontraba Noura.

Fátima lloraba desconsolada, mientras que Jamal parecía haber envejecido.

—Nos han permitido verla, pero Noura se ha negado a hablar con nosotros a solas, estaba acompañada de una psicóloga. Nuestra hija dice que prefiere permanecer en ese sitio bajo la tutela del Estado, aun sabiendo que no podrá salir hasta que no cumpla los dieciocho años. Y la psicóloga... bueno, esa mujer nos ha tratado como si fuéramos unos monstruos diciendo que vivimos en Francia y que aquí hay leyes que impiden que a una menor se la pueda obligar a contraer matrimonio. También ha dicho que no se puede castigar a una chica por su manera de vestir y que no hay nada malo en llevar minifalda o en pintarse los labios de rojo. Se ha atrevido a decir que si hubiera que «casar» a todas las adolescentes que llevan minifalda, no quedaría ninguna joven soltera en Francia.

Mientras Jamal hablaba con tanta pena como rabia, Farid escuchaba en silencio. La ira se le reflejaba en cada músculo del rostro.

—Es una falta de respeto a nuestra religión y a nuestras tradiciones. Los musulmanes tenemos que defendernos. No podemos admitir que nos impongan costumbres que nosotros consideramos perniciosas. Y luego hablan de libertad... Sí, libertad para ser como ellos, pero no nos permiten ser como somos. ¿Tiene el Estado derecho a decidir cómo los padres educan a los hijos? Eso no es libertad —insistió Farid.

—¿Y por qué no quiere venir Noura? —preguntó Ismail.

—Pues porque no quiere obedecer, no reconoce la autoridad de su padre para decidir sobre su futuro —respondió su primo.

—Nos han robado a nuestra hija —acertó a decir Jamal.

—No, no es cierto... Somos nosotros los que hemos provocado todo esto —intervino Fátima llorando.

Jamal y Farid la miraron escandalizados.

—¡Mujer, cómo te atreves a culparnos! ¿Acaso no hemos hecho lo que cualquier padre debe hacer cuando está en peligro el honor de la familia?

—Yo sólo sé que mi hija se ha ido porque no quiere casarse, y no había hecho nada tan grave como para que tuviéramos que obligarla —respondió Fátima mientras las lágrimas inundaban su rostro.

—Madre, comprendemos tu dolor, pero eso no es razón para que pongas en cuestión la voluntad de mi padre. Si

Noura no se casa, quedará en entredicho el honor de la familia —le recriminó Farid.

—¿El honor de la familia? ¿Porque Noura se ha atrevido a llevar minifalda? ¿Quieres decirme que ninguna familia francesa tiene honor? Que todas las jóvenes...

De pronto, Jamal levantó la mano y luego dirigió un dedo acusador hacia su esposa.

—¡Cómo te atreves a cuestionar mi autoridad en esta casa! —exclamó—. ¡Cómo te atreves a defender a esa hija que nos ha avergonzado! ¡Mi propia esposa defendiendo que mi hija se pueda vestir como una ramera! No somos nosotros quienes tenemos que copiar las costumbres de los franceses... Este país se va pudriendo poco a poco como el resto de Europa porque son ateos y no tienen moral. ¡Te repudiaré si vuelves a hablar como lo has hecho! El dolor por la pérdida de tu hija no te justifica. Prepara la cena y no hables más.

Abir e Ismail habían permanecido callados. Sorprendidos por el atrevimiento de Fátima, sabían que la actitud de su tía le traería consecuencias. Jamal no iba a permitir que volviera a cuestionar su autoridad. Le había humillado delante de la familia.

Esa noche, durante la cena, Jamal les dijo lo que esperaba de todos ellos. Nadie volvería a mencionar el nombre de Noura. Todos tenían prohibido ir a verla, ni siquiera podrían hablar con ella por teléfono. El que se saltara esas reglas sería expulsado de la familia para siempre.

—Noura ha muerto para nosotros —dijo sin dar lugar a respuesta.

Fátima servía la cena con la cabeza baja, los ojos enrojecidos y un leve temblor en las manos. Ni Jamal ni Farid la miraban, pero Ismail y Abir no podían evitar observarla de reojo. A los dos les dolía el sufrimiento de su tía.

La ausencia de Noura dejó un vacío en la familia. Todos cumplieron las órdenes de Jamal, pero Abir intentaba saber de su prima a través de Marion.

Cuando la veía en clase, se acercaba a ella y le suplicaba que le dijera cómo se encontraba. Marion siempre le trataba con desprecio y altivez y se permitía insultarle.

—Déjame en paz, no pienso decirte nada, y no me eches ese aliento asqueroso que tienes.

Podía soportar sus insultos, pero no lo que ocurrió unos meses más tarde, cuando Marion se bajó de un pequeño descapotable que conducía un tipo unos cuantos años mayor que ella. La dejó en la puerta del liceo y la besó delante de todos sin que a ninguno de los dos pareciera importarle.

Abir sintió deseos de matar a aquel hombre y sin pensárselo se acercó a Marion, la agarró de un brazo y se lo apretó obligándola a pararse y a que le mirara de frente.

—¿Quién es ése?

—¡Cómo te atreves a preguntarme! Suéltame o gritaré y diré que me has amenazado con violarme.

Pero Abir no sólo no la soltó, sino que le apretó con más fuerza el brazo.

—No quiero volver a verte besándote con nadie, ¡con nadie!

—¡Tú estás loco! Haré lo que quiera, con quien quiera y donde quiera. No eres nadie... ¡nadie! ¿Es que no te das cuenta del asco que me das? ¡Suéltame!

—¿Y aquel día en tu casa... también te di asco? ¿Por qué quisiste que hiciésemos lo que hicimos?

—Te lo he repetido muchas veces. Nunca te habría elegido, tuve mala suerte... No te di un empujón por Nora, se habría entristecido si te hubiese despreciado. Y yo quiero a Nora. Es mi mejor amiga, mi alma gemela. Fíjate si la quiero que tuve que soportar tus babas sobre mi cara. Tú no eres nadie, Abir, y no llegarás a nada. ¿Serás electricista como tu tío? ¿Camarero quizá? No sé... yo te veo en el servicio de limpieza de la ciudad. Hay muchos como tú... tipos que no servís para nada que no sea quitar la mierda de los demás.

Marion le empujó, pero él no la soltó del brazo. La acercó hasta que no quedaba ni un centímetro de distancia entre sus dos rostros.

—Te casarás conmigo. No harás con otro lo que hiciste conmigo... Puedo perdonarte los besos que has dado, pero no que hagas eso con ningún otro hombre...

—Eres un imbécil, Abir. Nunca me llegarás a la suela del zapato. No serás nada, nada.

—¿Y tú qué serás, Marion?

—Yo seré lo que quiera ser.

—¿Sabes?, algún día te arrepentirás de todo esto. Me admirarás a tu pesar. Yo seré alguien grande, Marion, y tú te arrepentirás.

Poco antes de terminar el curso, Jamal anunció a su familia que se irían de París. No soportaba las miradas de algunos amigos, tampoco el pesar que se había instalado en su casa. Fátima le obedecía y nunca más se había permitido discutir su autoridad, ni siquiera defender a su hija. Todos cumplían la orden de no mencionar a Noura.

—¿Y adónde iremos? —se atrevió a preguntar Ismail.

—A Bruselas. Me han ofrecido un trabajo mejor que el que tengo aquí. Voy a asociarme con un hermano de nuestro imán que vive allí. El hombre se está haciendo mayor y tiene un negocio de electricidad con un par de empleados. Además... bueno, tengo planes para vosotros... Ya es hora de que completéis vuestra formación. Mañana vendrá a cenar alguien a casa... Le conocéis bien, es el jeque Mohsin.

Abir e Ismail sintieron una sacudida interior. El jeque Mohsin… el hombre por el que sus padres habían dado la vida. Su nombre era respetado por los musulmanes de bien. Sabían que el nombre de Mohsin estaba unido al del Círculo y que solía refugiarse en Afganistán, en aquellas montañas benditas desde las que siempre derrotaban a los invasores.

¿Cómo se atrevía el jeque a venir a París? Podrían detenerle. Los dos hermanos vieron cómo se dibujaba en los labios de Farid un gesto de suficiencia.

—Pero ¿no corre peligro viniendo a Francia? Los judíos le quieren matar. Cuando… cuando fueron a nuestra casa le buscaban a él… —Ismail se atrevió a expresar sus temores.

—Es un valiente, un enviado de Alá para hacer grandes a los musulmanes —respondió Jamal—. Sí, se juega la vida viniendo a París. Pero no es la primera vez que viene a Europa. Dirige un ejército de combatientes en todo el mundo. Servidores valientes del Círculo. Cada golpe que reciben los infieles ha sido planeado por él. Nos hace un gran honor viniendo a nuestra casa, y más aún por estar dispuesto a llevaros con él. Farid os acompañará a Afganistán, allí os enseñarán a convertiros en buenos soldados de Alá.

Ismail estuvo a punto de protestar, de decirle a su tío que no quería ir a Afganistán, ni siquiera quería ir a Bruselas. Sentía que su vida volvía a ponerse del revés. Pero no se atrevió a quejarse, ni mucho menos a confesar que no quería convertirse en un soldado de Alá, sino que prefería ser electricista, nada más.

Abir tampoco dijo nada. Pensó en Marion. Si se marchaba a Afganistán, no volvería a verla en mucho tiempo y eso le provocaba un dolor profundo porque temía que ella se casara con otro, pero al mismo tiempo disfrutaba pensando que acaso algún día podría vengarse de todos esos chicos que tanto le habían despreciado.

La visita del jeque Mohsin cambió sus vidas para siempre.

Fátima se esmeró preparando varios platos para la cena, aunque Jamal le había advertido que Mohsin era un hombre frugal. Pero ella respondió que a un hombre de la categoría del jeque Mohsin había que honrarle debidamente y aunque no probara bocado, al menos debía darse cuenta de lo mucho que valoraban su visita.

Jamal tuvo que admitir que su esposa tenía razón y la dejó hacer.

Las seis en punto. La primavera les estaba regalando una tarde lluviosa. Abir estaba estudiando en su cuarto cuando escuchó el timbre. Se puso en pie y acudió junto a Ismail a la sala de estar.

Jamal entró seguido de Farid y un hombre al que no reconocieron. Alto, bien afeitado, cabello entrecano peinado con un toque de gomina, un traje azul marino de lana de buen corte, aunque no lo suficientemente elegante para llamar la atención, y una corbata azul con topos.

Jamal hizo las presentaciones y Mohsin abrazó a los dos hermanos dirigiéndoles palabras de afecto:

—Sois hijos de unos mártires, los creyentes tenemos una deuda con vosotros. Aquel día os comportasteis como héroes, lo recuerdo bien. Por eso he querido veros, necesitamos hombres capaces de hacer los mayores sacrificios. Es un honor estar aquí.

Los dos hermanos se sintieron halagados. Pero ¿de verdad ese era el jeque? Ismail no le recordaba bien, pero Abir sí guardaba en la memoria la imagen de un hombre de barba espesa, cejas pobladas, manos encallecidas, cabello oscuro, vestido con unos pantalones marrones desgastados y una camisa de color verduzco. Aquel Mohsin no se parecía a este

Mohsin, que se asemejaba a un ejecutivo o a un comerciante en vez de a un jefe de la yihad. Incluso la manera de hablar les pareció diferente. El Mohsin al que trataron en su casa de Ein el-Helwe, allá en el Líbano, hablaba deprisa y con acento afgano; en cambio, la forma de hablar de este Mohsin era la de alguien cultivado.

Fátima, oculta tras la puerta de la cocina, intentaba alcanzar a escuchar lo que los hombres hablaban en la sala. Jamal le había recordado que Mohsin era profundamente religioso y que, por tanto, no sería presentada. Pero, además, le insistió en que se cubriera bien el cabello con el hiyab en caso de que no pudieran evitar que Mohsin la viera. Incluso Farid se lamentó de que las costumbres de los franceses hubieran corrompido las costumbres de los musulmanes en todo lo referente al papel de las mujeres.

—Menos mal —dijo— que al menos yo no tengo que afrontar la vergüenza de que mi madre salga de casa a trabajar, y si sale para ir a comprar, siempre lleva el hiyab.

Mohsin se mostró amable con los dos huérfanos durante la cena, pero no cesó de indagar sobre sus conocimientos del Corán y no pareció satisfecho con las respuestas que le daban.

—No tienen la formación adecuada, pero pronto lo corregiremos. Haremos de ellos dos hombres buenos y, además, tendrán el honor de aprender a ser soldados del Círculo.

Abir e Ismail escuchaban en silencio sin atreverse a contrariar a Mohsin. Asentían a cuanto decía, aunque ninguno fue capaz de mostrar el suficiente entusiasmo cuando les explicaba cómo sería su nueva vida. Porque Mohsin los estaba alertando de que vivirían con grandes privaciones y consagrarían cada minuto de su tiempo a aprender a ser buenos soldados. Abir quería servir al Círculo, lo anhelaba, pero le preocupaba que para lograrlo tuviera que curtirse en las montañas afganas, donde su lecho sería un recodo entre las rocas, y sin más horizonte que rezar al Todopoderoso y aprender a disparar, preparar explosivos y, sobre todo, obedecer, obedecer porque su vida estaría a disposición del jeque.

Farid dijo estar inquieto por la seguridad del jeque.

—Si los perros infieles te encontraran, sería una catástrofe para nuestra causa —dijo.

—Ellos buscan a Mohsin, pero no buscan a Nael Safady —respondió sonriendo—. Mi pasaporte es auténtico y la empresa que digo representar, también. Compro material médico que se distribuye por todo Oriente a través del Líbano. Mis credenciales no pueden ser mejores.

—Aun así, te arriesgas mucho —insistió Farid.

—Hijo, Alá protege a nuestro «guía» y no consentirá que caiga en manos de nuestros enemigos —afirmó Jamal con total convicción.

—Muy pronto este país temblará, al igual que otros países infieles. Necesitamos hermanos dispuestos a dar la vida para lograr vencer en la batalla final. La guerra santa exige hombres valientes y piadosos, hombres capaces e inteligentes, hombres a los que repugne tanto como nos repugna a nosotros esta vida de pecado y depravación de los occidentales. Perderán porque están corrompidos, porque son infieles y porque nos tienen miedo. Los venceremos.

—Así será —sentenció Jamal, satisfecho de las palabras de Mohsin.

Luego dedicaron el resto de la conversación a ultimar los detalles del viaje que iban a emprender Abir e Ismail. Quedarían bajo la tutela del jeque.

—Por salvarme la vida murieron sus padres. No sería un hombre de honor si no me hiciera cargo de estos dos jóvenes. Os los devolveré como auténticos soldados de Alá. Honrarán a vuestra familia y os sentiréis orgullosos de que lleven vuestra sangre.

Los labios de Jamal se llenaron de agradecimiento. Farid rogó insistentemente al jefe del Círculo que le permitiera unirse a él, pero el jeque rechazó su petición:

—Te necesitamos aquí, en el corazón de la podredumbre, para que nos ayudes a derrotar a los infieles. Eres necesario, Farid. Hombres de tu sabiduría y piedad son un ejemplo para los jóvenes. Hay hombres que deben empuñar un arma y otros cuya arma es su inteligencia. Por eso debes quedarte. Confío en ti.

—Había pensado que Farid podría acompañar a Abir y a Ismail... —dijo Jamal.

—No será necesario —concluyó el jeque.

Mohsin se marchó a eso de las nueve. Abrazó a Abir y a Ismail, recordándoles que volverían a verse en unos días.

Cuando se quedaron solos, Fátima entró en la sala de estar y abrazó a Ismail.

—Esposo —dijo dirigiéndose a Jamal—, no me habías dicho que los chicos iban a marcharse... Yo sólo soy una pobre mujer, pero creo que no tienen edad para hacer ninguna guerra...

—¡Calla! ¿Cómo te atreves? —le cortó Jamal.

—El jeque tiene razón... nos dejamos contagiar por las costumbres de Occidente. Madre, ¿dónde se ha visto que una esposa pida cuentas a su esposo? —intervino Farid.

No sólo Jamal estaba indignado, sino que en la mirada de su hijo había aflorado el desprecio por su madre.

—Pero si sólo digo que aún son muy jóvenes... —insistió Fátima.

La furia reflejada en los ojos de Jamal fue suficiente para que la mujer bajara la cabeza y regresara a la cocina.

Aquella noche, Abir e Ismail apenas durmieron. Los dos hermanos hablaron durante horas sobre el futuro que les habían dibujado. Mientras que Abir sentía atracción por el abismo que se abría ante ellos, Ismail le reconoció a su hermano mayor que tenía miedo. No quería ser un soldado, no quería combatir, confesó con vergüenza. Abir le recriminó su cobardía. Nada menos que el jeque Mohsin se había interesado por ellos asumiendo su tutela. Era un gran honor el que les hacía. Le recordó a sus padres asesinados por los «perros judíos» y su obligación de vengarlos. Aprenderían a ser soldados y formarían parte del Círculo, vengarían a su familia y, además, contribuirían a la expansión y el triunfo del islam.

Ismail escuchaba a Abir sintiendo vergüenza por su miedo. Por primera vez se dio cuenta de que no era dueño de su vida y eso le sumió en una profunda desesperación; sin embargo, no se atrevió a seguir hablando de su pesar delante de su hermano.

Abir contaba emocionado los días que faltaban para terminar el curso; Ismail lo hacía con aprensión. Mientras Abir había concluido su etapa en el liceo, a Ismail aún le faltaban unos cuantos cursos para terminar su formación. No es que tuviera muchos amigos, pero ya los echaba de menos. En realidad, casi siempre jugaba con otros chicos musulmanes como él. Los franceses, aunque no tuvieran muchos más medios económicos que ellos, menos a la hora de pelearse procuraban evitarlos. Y aunque no le gustaba estudiar, Ismail prefería seguir con su vida rutinaria. No le había sido fácil adaptarse a París. Al principio de llegar, cada noche luchaba contra la misma pesadilla: veía a su padre caer al suelo, a su madre agacharse gritando, a alguien ordenándoles que salieran de la casa, a Abir cogiéndole de la mano. Noche tras noche se despertaba sudando sin poder contener las lágrimas.

Había pasado un tiempo hasta que comprendió que su tío Jamal, aunque seco en sus formas y poco dado a mostrar afecto, era un hombre bueno. A Farid siempre le había temido porque lo notaba contrariado por que su padre los hubiera llevado a vivir con ellos. Las mujeres de la casa, su tía Fátima y su prima Noura, los habían colmado de ternura.

Noura siempre encontraba tiempo para enseñarle algún juego y se enfrentaba a los chicos de la escuela que se metían con él. Si no hubiera sido por ella y por Fátima, su vida en París le habría resultado insoportable. Ahora Noura ya no estaba; ella se habría opuesto a que los enviaran a Afganistán, aunque tanto habría dado porque la opinión de Noura y la de Fátima no contaban. Eran mujeres, y en su casa decidían los hombres, aunque Ismail hubiese preferido lo contrario.

Semanas después, Marion llegó al último día de clase vestida con unos jeans tan apretados que se le marcaba cada pliegue de las piernas. Una camiseta igualmente ajustada y un suéter en la mano completaban su vestimenta, que no era diferente a la de las otras chicas.

Era un día de despedidas. Se acababa una etapa de la vida de aquellos adolescentes para entrar definitivamente en la edad adulta. Muchos no volverían a verse jamás, otros quizá lograran mantener la amistad, pero, en cualquier caso, el futuro se presentaba ante todos ellos sin que aún estuviera escrito.

Abir había terminado su ciclo de estudios con unas notas excelentes, lo mismo que Marion. El director del liceo los felicitó ante los demás alumnos recalcando que con sus calificaciones tanto Abir como Marion tenían abiertas las puertas de cualquier universidad. Y aunque les preguntó qué pensaban hacer, ambos esquivaron la respuesta. Abir no podía confesar que iba a formarse como muyahidín en Afganistán y Marion guardaba con celo la decisión que había tomado respecto a su futuro.

—¿Has visto a Noura? —le preguntó Abir.

—Sí.

—¿Y está bien?

—Sí.

—Oye, yo quiero a mi prima, no sé por qué te niegas a decirme cómo se encuentra.

—Porque no soy tu recadera.

—Mi tío no nos permite ir a verla.

—Mejor para ella.

—No creo que Noura reniegue de nosotros —protestó Abir.

—Mira, yo no quiero meterme en vuestras cosas. Bastante hice por ella.

—Creía que erais las mejores amigas...

—Lo somos... Bueno, lo éramos... Es difícil tener una mejor amiga cuando no la ves.

—¿Cuándo saldrá de ese centro donde la tienen?

—Supongo que esta misma semana. Nora está a punto de cumplir los dieciocho; tendrá que buscarse la vida.

A él le dolió la indiferencia que Marion mostraba sobre el porvenir de Noura.

—¿Te ha dicho qué piensa hacer?

—Si lo supiera, tampoco te lo diría. Mira, ya somos todos mayorcitos y cada cual tiene que organizarse su vida. Las amistades del liceo dejan de tener importancia. Aprecio a Nora, pero ahora ella tiene que hacer su vida y yo la mía.

—Pero no tendrá a dónde ir cuando salga de ese centro —protestó Abir.

—Bueno, seguro que la ayudarán a encontrar un sitio. Yo no soy responsable de los servicios sociales... Y ahora desaparece, Abir, no tengo ganas de hablar contigo.

—¿Sabes, Marion?, algún día te arrepentirás de tratar tan mal a las personas. Te crees superior, pero no lo eres.

—Me es indiferente lo que pienses de mí. No eres nadie, Abir, nadie.

—Soy el chico con el que te acostaste por primera vez. Estoy seguro de que perdiste la virginidad conmigo.

—Pero ¡qué idiota eres! Jamás te habría elegido para algo así.

—Algún día te arrepentirás de haberme tratado así. Seré un hombre importante, Marion, muy importante.

Ella comenzó a reír y su risa estaba repleta de desprecio. Dio media vuelta sin despedirse de él, ni tan siquiera mirarle. Abir no existía para ella.

Pocos días después de haber concluido el curso, su tío Jamal comunicó a los dos hermanos que comenzaran a preparar el equipaje. Viajarían con un buen amigo de Farid hasta la India, de allí irían a Pakistán y pasarían la frontera hasta Afganistán. El viaje sería largo e incómodo, pero seguro. Les aconsejó que utilizaran una mochila porque a donde iban no necesitarían demasiada ropa, aunque sí algunas prendas de abrigo y unas buenas botas.

Fátima también andaba preparando el equipaje porque, tal y como Jamal había anunciado, se irían a vivir a Bruselas. Para Jamal suponía la oportunidad de ser socio de un pequeño negocio; para Fátima, un pesar, puesto que eso significaba alejarse de Noura. No había vuelto a ver a su hija, pero aguardaba impaciente a que cumpliera los dieciocho años y saliera del centro de jóvenes donde estaba tutelada. Siempre había obedecido a su esposo, pero estaba dispuesta a no hacerlo en lo que a su hija se refería. Jamal le había prohibido volver a verla. «Para nosotros ha muerto», le decía. Aunque Fátima no le contrarió, estaba decidida a ver a su hija. Se verían a escondidas, pero se verían. Sin embargo, la decisión de Jamal de trasladar a la familia a Bruselas la alejaba de ella. Temía no poder despedirse y que no supiera dónde encontrarlos. No podía confiar en su hijo Farid, puesto que era un riguroso cumplidor de la ley y creía que Noura debía ser castigada con severidad. Pero aun sin el apoyo de nadie estaba resuelta a ver a su hija antes de partir, a decirle que su padre había decidido trasladar a la familia a Bruselas, a rogarle que encontrara la manera de ir a visitarla alguna vez.

Fátima se atrevió a compartir con Abir su angustia y él le confesó que no quería marcharse a Afganistán sin despedirse antes de su prima.

Y por fin llegó el día.

París
Noura

Noura desayunó una taza de café con leche, pero rechazó el cruasán. No tenía hambre. Estaba deseando recuperar su vida.

Aquel día cumplía dieciocho años. La abogada le había dicho que podía ayudarla a encontrar alojamiento en algún centro para mujeres en riesgo. Lo había rechazado. Dieciocho años. A partir de aquel día era mayor de edad y su padre ya no tendría poder sobre ella. Le había ganado la partida. Agradecía haber nacido en Francia. Ser francesa. Gracias a eso el Estado la había protegido frente a la voluntad de su padre de casarla.

Estaba deseando ver a Marion. Harían planes y los llevarían a cabo. Estaba segura de que Marion y Lissette la acogerían en su casa. Al menos hasta que encontrara un trabajo que le permitiera pagarse los estudios y una habitación donde vivir. En realidad pensaba pedirles a las dos hermanas que fueran ellas quienes le alquilaran una habitación. La casa era grande y disponía de cuatro habitaciones. No las molestaría, pero sobre todo estarían juntas.

Cuando llegó la abogada firmó todos los papeles que le permitían volver a hacerse cargo de su propia vida.

—Bueno, Nora, espero que seas juiciosa. Nadie te puede obligar a casarte si no quieres, pero deberías intentar hablar con tus padres, puede que estén deseando reconciliarse contigo.

—Lo dudo. Mi padre no es un hombre que cambie de opinión. No es mala persona, pero cree que tiene derecho a decidir con quién debo casarme y obligarme si me niego. Mi madre es otra cosa... Siempre le ha obedecido, nunca le ha contrariado, pero sé que me quiere y que en el fondo está de acuerdo conmigo.

Cuando, acompañada por la abogada, salió a la calle, corrió hacia su madre. Sí, allí estaban ella y Abir. Fátima llevaba el hiyab y una gabardina azul marino que le cubría todo el cuerpo. Se abrazaron y no evitaron el llanto.

—¡Mi niña! Te he llamado, pero no me pasaban contigo. ¡Soy tu madre! Estaba tan preocupada. Llevo aquí desde las ocho. En cuanto tu padre se ha ido al trabajo hemos venido a esperarte. ¡Ay, Noura, qué vamos a hacer!

Caminaron hasta encontrar un pequeño café. Fátima se resistía a entrar. Temblaba al pensar que alguien pudiera verlas.

—Pero, madre, no vamos a hacer nada malo, sólo sentarnos a hablar y pedir una taza de café... No creo que nadie nos reconozca, no estamos cerca de casa y, además, nos acompaña Abir.

Fátima terminó cediendo, aunque insistió en sentarse dentro del café, en un rincón discreto que no estuviera a la vista de los transeúntes.

—¿Pedirás perdón a tu padre y regresarás a casa? Él no habla de ti, pero te echa de menos tanto como yo.

—Tú sabes que no puede ser. Padre no va a cambiar... y yo tampoco. Lo siento, madre, pero tengo que intentar hacer lo que de verdad me gusta... Nunca te he ocultado que quiero ser cantante.

—¡Pero ése no es un trabajo decente! Si haces eso, nunca encontrarás un hombre que quiera hacerte su esposa. Además… bueno, tu padre ha decidido que nos instalemos en Bruselas.

—¿Bruselas? ¿Por qué?

—Pues porque… ¡ay!, ya sabes cómo es… Cree que tu comportamiento nos ha sumido en la vergüenza y quiere ir a un sitio donde no nos conozca nadie. El hermano de nuestro imán tiene un pequeño negocio de electricidad en Bruselas, es mayor y quiere dejarlo pronto. Tu padre se va a asociar con él y luego le comprará el negocio.

—Está bien que quiera prosperar. Trabaja mucho y cobra poco, y hemos sido muchas bocas a las que ha dado de comer. Me alegro por él, pero ¿tú quieres ir a Bruselas?

—Yo quiero estar donde esté mi familia. Tu hermano Farid se quedará en París, pero Abir e Ismail se irán. El jeque Mohsin quiere que se conviertan en soldados de Alá.

Noura cogió de la mano a Abir.

—Pero ¿adónde iréis? —preguntó Noura, alarmada.

—A Afganistán —respondió él con un deje de orgullo.

—Ya… siempre he sabido que Mohsin era un jefe del Círculo… Por lo que parece, no le importa sacrificar a dos críos. ¡Es una vergüenza! ¡Y mi padre lo consiente!

—Noura, es un gran honor que nos hace el jeque Mohsin… —la interrumpió Abir.

—¿Un honor? ¿Sabes lo que os van a enseñar allí? Yo te lo diré: harán de vosotros unos terroristas.

—¡No digas eso! ¡Alá no lo permita! —exclamó Fátima.

—Madre, intenta convencer a padre para que Abir e Ismail vayan con vosotros a Bruselas. En cuanto a Farid… Mi hermano ya es mayor y es un fanático.

—¡No digas eso de Farid! —le pidió Fátima, asustada por lo que escuchaba.

—Le quiero porque es mi hermano y siento que sea como es. Sabes mejor que yo las cosas que dice el imán. Farid justifica la guerra santa, cree que todos los que no son musulmanes son poco menos que carroña. Siento que mi hermano sea tan fanático como él, y siento mucho más lo que el imán Adel Alaui y el jeque Mohsin van a hacer con Abir e Ismail.

Hablaron un buen rato. Noura les pidió a su madre y a su primo que le escribieran y llamaran a casa de Marion. Ella se quedaría en París, pero le prometió que en cuanto pudiera, iría a verla a Bruselas. Jamás, dijo, se rompería el vínculo entre las dos. Fátima insistió en darle un puñado de euros.

—Es todo lo que he podido ahorrar —dijo—. Te vendrá bien, aunque no es mucho —añadió colocando unos cuantos billetes en la mano de Noura.

Los dos primos se abrazaron prometiéndose que no se olvidarían.

Fátima, Abir y Noura cogieron el metro hacia Strasbourg - Saint-Denis, aunque una vez allí tomarían direcciones opuestas. Marion y Lissette vivían en una zona que tenía cierto encanto, cerca del canal Saint-Martin.

Lissette abrió la puerta y se sorprendió de ver a Noura, y mucho más del abrazo afectuoso que ésta le dio.

—Pero ¿qué haces aquí? No sabía que salías hoy…

—Es mi cumpleaños. ¡Dieciocho! Se supone que ya puedo hacerme cargo de mi vida. ¿Y Marion? ¡Tengo tantas ganas de verla!

—Marion… Bueno, mi hermana vendrá más tarde. Se marcha.

—¿Se marcha?

—Sí, dice que está harta de París y yo la comprendo. Mira, ya es mayorcita y tiene que hacer frente a la vida. Yo… bueno, yo me voy a vivir definitivamente con mi novio y hemos decidido vender esta casa. Pero ya te lo contará ella. Anda, siéntate.

Y Marion se lo explicó en cuanto llegó. No le ocultó ni un detalle. Había conocido a un joven británico y se iba con él a Londres. Trabajaría, estudiaría y comenzaría una nueva vida. Paul, así se llamaba su nuevo novio, compartía un apartamento con un amigo a las afueras de Londres y se instalaría con ellos.

—Pero... no te puedes ir... ¿Qué vas a hacer allí? —preguntó con un deje de angustia.

—Lo primero, buscar trabajo. Paul dice que no es difícil encontrar un empleo de camarera. Él trabaja como recepcionista en el Savoy y a lo mejor puede recomendarme.

—Pero siempre has querido estudiar...

—Y lo voy a hacer, Nora, lo voy a hacer. Sé que sin estudios no seré nada, de manera que mi objetivo es matricularme en alguna universidad de Londres. Ya sabes que mi inglés es razonablemente bueno gracias a Lissette.

—No, gracias a mí no —interrumpió su hermana—; al fin y al cabo, papá era profesor de inglés en el liceo y se empeñaba en hablarnos en inglés en casa.

—Y mamá en español —recordó Marion.

—¡Menuda mezcla tenemos! —apostilló Lissette.

—Pero además de papá, mamá siempre insistió en que el inglés era imprescindible si queríamos ser algo en la vida.

Noura escuchaba con preocupación a las dos hermanas, sintiéndose excluida.

—En el liceo siempre sacabas buenas notas en inglés —acertó a decir.

—Lo único en lo que fallo es en el acento. Paul dice que tengo un poco de acento. Pero lo superaré. Seguro que puedo hacerlo.

—Y... ¿cuándo te vas? —preguntó temerosa de la respuesta.

—En cuanto vendamos la casa, la agencia inmobiliaria ya

nos ha traído a un par de personas interesadas... Es una pena la mala fama de Saint-Denis, aunque nosotras vivamos en la mejor parte. No te ofendas, Nora, pero los musulmanes, con vuestras costumbres, habéis cambiado este barrio.

Noura se sentía confundida. De repente Marion le resultaba una extraña. Le hablaba como si no fueran amigas íntimas, como si de repente esa amistad ya no contara.

—¿Y tú qué piensas hacer, Nora? —preguntó Lissette.

—Yo... bueno... quería alquilar una habitación. Mi madre me ha dado algo de dinero... Pensaba que... pero ya no puede ser... pero pensaba que a lo mejor vosotras me la podíais alquilar. No sé... nunca me habías dicho que tenías intención de irte de París.

—¡Vamos, Nora, no me hagas reproches! Ya hemos terminado la etapa del liceo, se acabó, cada una tiene que buscarse la vida como pueda. ¿Creías que íbamos a estar el resto de nuestra vida juntas? ¡Qué tontería! Las amistades de la escuela y del liceo no suelen tener futuro. Lo hemos pasado bien, pero se acabó. Ahora cada una a lo suyo. Mira, si a Lissette no le importa, te puedes quedar unos días hasta que encuentres una habitación. Yo... bueno... yo me marcho dentro de cuatro días. Paul tiene que reincorporarse a su trabajo y me voy con él.

—Pero... ¿cuándo le has conocido?

—Hace un mes. Él estaba en Le Sully tomando una cerveza y yo pasaba por ahí... El caso es que tropecé, me ayudó y... bueno, ahora es mi novio.

Noura no dijo nada. Conocía el truco de Marion cuando quería ligarse a un chico. Tropezaba a propósito y, si era necesario, incluso se torcía de verdad el tobillo. Siempre la ayudaban, y así iniciaba una conversación hasta que lograba su objetivo. Decidió rechazar el forzado ofrecimiento de Marion de quedarse algunos días en su casa. No tenía a dónde ir, pero se sentía herida y humillada. Acababa de descubrir que su amistad con Marion era parte del pasado y aceptarlo le iba a costar unas cuantas lágrimas.

—Me alegro de que tengas novio. Seguro que te irá muy bien en Londres y conseguirás lo que quieras.

—Bueno, ¿te quedas unos días? —preguntó Lissette.

—No, gracias. Estaréis muy ocupadas vaciando la casa. No quiero molestar. Me las arreglaré.

—Lo mismo un día eres una cantante famosa —comentó Marion con sorna.

—Puede, ¿quién sabe? —dijo, y salió de la casa sin pronunciar ni una palabra más.

En aquel momento sintió que se había quedado sin nada.

Fátima estaba ajetreada en la cocina cuando entró Abir acompañado de Ismail. Su tío les había dado algo de dinero para que se compraran unas buenas botas; según les dijo, las necesitarían más que ninguna otra cosa en Afganistán. Se las enseñaron a su tía, que apenas les prestó atención; después Ismail pidió permiso para ver un rato la televisión antes de que llegara Jamal.

El timbre del teléfono sonó y Fátima le pidió a Abir que respondiera. Le extrañó que durante unos segundos la línea permaneciera en silencio. Luego escuchó la voz de Noura preguntándole si su padre no se encontraba en casa y, en ese caso, si podían hablar. Quedaron en un café y allí le contó a su primo su desengaño con Marion.

—Siempre creí que me quería, que nuestra amistad era sincera, y ya ves…

Abir se sentía doblemente humillado. Marion se iba con un hombre a Londres y, además, había despreciado a Noura.

—Te prometo que algún día pagará por lo que nos ha hecho.

—No le desees ningún mal, Abir. Ella es así... Es sólo que yo creía que la nuestra era una amistad de verdad. Fallo mío, tendría que haber comprendido que para Marion sólo cuenta lo que en cada momento le conviene. ¿Sabes, primo?, me alegro de que te rechazara, porque habría terminado haciéndote daño.

Hablaron durante una hora; después ella le dio el teléfono de la pensión donde se iba a alojar.

—No sé qué voy a hacer... Quizá vaya también a Bruselas para estar cerca de mi madre. Aquí ya no me queda nada, Abir.

A la mañana siguiente, Abir se presentó en casa de Marion. Ella abrió la puerta todavía en camisón.

—Pero ¿qué haces aquí? Oye, si me persigues te denunciaré —amenazó.

—Te has portado como una cerda con Noura sabiendo que no tiene a dónde ir.

—Podría haberse quedado unos días, pero a tu prima le dio un ataque de dignidad... Al parecer, pensaba que íbamos a estar juntas el resto de nuestras vidas. No sé dónde está ni me importa. Ya hemos acabado el liceo y cada cual tiene que buscarse la vida.

—Sabes perfectamente que a su casa ya no puede volver... Te tenía por su mejor amiga.

—No me importa lo que haga con su vida. Sois una familia un poco pesada. Además, yo no era su única amiga, Nora se llevaba bien con otras chicas de la clase.

—Sí, sí eras su mejor amiga. Noura te quería y te admiraba, y te seguía a todas partes. Tú decidías con quién hablabais y con quién no, y te gustaba demostrar a todo el mundo que eras tú quien mandaba.

—¡Vaya parrafada! No te creía capaz de decir tantas palabras juntas —se burló.

—¿Por qué eres así, Marion?

—¿Cómo soy, Abir? Me parece que tú y tu prima sois un par de idiotas. Las amistades del liceo no tienen importancia.

—Yo he sido más que un amigo para ti. ¡Te acostaste conmigo! —gritó él con rabia.

—¡Oye, a mí no me grites! Y olvídate de lo que pasó ese día. Para mí es como si no hubiera existido. Ya te lo he dicho, Abir, no eres nadie, nunca serás nadie. Bueno, a lo mejor tienes suerte y tu tío te enseña el oficio de electricista, o quizá puedes poner un puesto de ropa vieja en Le Passage. Pero hagas lo que hagas, ¡olvídate de mí! Nunca estarás a mi altura, Abir, nunca. Vete, te he dicho más de una vez que tu olor me repugna. Hueles a especias y a sudor. Vete o te denunciaré por acosarme.

—Te arrepentirás, Marion. Te lo juro.

—¡No vuelvas a amenazarme o te denunciaré! —gritó ella.

Marion cerró dando un portazo. Abir no reprimió las lágrimas de rabia.

Habían pasado muchos años de aquella escena. Años en los que bajo la tutela del jeque Mohsin, en Afganistán, Abir había aprendido a combatir, a preparar explosivos, a fundirse con el paisaje para no caer en manos del enemigo.

Había sido un aprendizaje duro, exigente, en el que lo único que importaba era seguir vivo para cumplir con la siguiente misión. Aprendió la diferencia entre la estrategia y la táctica. Aprendió a vivir con lo imprescindible. Aprendió a no quejarse. Aprendió a sortear fronteras y llevar armas de un país a otro. Aprendió a manejar transacciones comerciales fraudulentas. Aprendió a falsificar documentos. Aprendió a vivir en la clandestinidad. Aprendió a llevar mensajes a las distintas células esparcidas por el mundo. Aprendió a engañar. Aprendió a matar. Aprendió a sobrevivir y a golpear. A golpear y a sobrevivir. El jeque Mohsin decía estar orgulloso de él, se había ganado su confianza. Abir le acompañó en sus viajes clandestinos por Europa y Estados Unidos. Porque para el jeque la guerra había que librarla contra Occidente, contra los infieles.

Se levantó de la cama y se preparó un whisky con hielo. Pensó que el alcohol le ayudaría a encontrar el sueño.

Tel Aviv
Jacob

Había vuelto. Se dijo que sería la última vez, pero quizá merecía la pena que aquella mujer le ayudara a indagar en las profundidades de su ser. La doctora Tudela le recibió detrás de la mesa de su consulta mientras terminaba de escribir en el ordenador.

—Siéntese.

Él obedeció en silencio. La mujer apenas tardó unos segundos en apagar el ordenador.

—Disculpe.

Jacob se encogió de hombros. No le había molestado que le restara unos segundos de su tiempo.

—Me alegro de que haya vuelto —dijo la psiquiatra esbozando una sonrisa.

—¿Pensaba que no lo iba a hacer?

—Pensaba que dudaría.

—Pues la verdad es que no he dudado. Al menos hoy, pero tampoco estoy seguro de lo que decidiré en el futuro.

—Usted decide si le puedo ser útil o no.

—Quiero hacerle una pregunta: ¿hay otros como yo? Me refiero a gente que no sepa muy bien qué es esto de ser judío.

—No es el único. Este país no es fácil. Hay judíos llegados de todas partes. Hasta que decidieron venir eran franceses, rusos, alemanes, iraquíes... Tenían otro idioma, otras costumbres, estaban más o menos arraigados en la sociedad en la que vivían. Venir a Israel entraña aprender hebreo, adoptar nuevas costumbres, otra visión de la vida y, sobre todo, luchar por la supervivencia del país. Todo esto crea conflictos. Es normal. Dígame, ¿tiene amigos?

Jacob dudó. ¿Tenía amigos? A veces pensaba que, salvo con Efraim, las relaciones que había ido tejiendo carecían de profundidad. Se habían conocido cuando ambos cumplían el servicio militar. Habían participado en operaciones en los Territorios Ocupados y habían sentido la misma desazón cuando se enfrentaban con aquellos palestinos, jóvenes como ellos. Efraim y él solían pensar que no era mucho lo que los diferenciaba de esos muchachos, que querían lo mismo, un lugar propio donde vivir. Sólo que se sentían incapaces de compartir aquel sentimiento, aquella desazón. Y así comenzó a explicárselo a la doctora.

—¿No se adaptó al ejército?

—No dejaba de preguntarme qué sentido tenía lo que estaba haciendo. No me refiero a aprender a luchar para defender a Israel, de eso no tengo duda. Este país merece ser defendido porque merece pervivir, pero creo que en ocasiones no lo hacemos de la mejor manera. Además... pasó algo que no puedo olvidar. Es mi peor pesadilla. Ya le dije que hay un sueño que no me deja dormir ni tampoco vivir.

—¿Quiere contármelo?

Y entonces Jacob recordó.

—Una tarde, el comandante de mi unidad nos reunió a un grupo de soldados. Parecía dudar, pero quizá sólo fuera una impresión. Sus órdenes fueron tajantes. Íbamos a formar parte de una unidad de acción cuya misión consistía en entrar en el sur del Líbano e intentar secuestrar a un dirigente islamista. Nos dijo que era uno de los mayores traficantes de armas de Oriente, que era él quien surtía de armamento a todos los grupos radicales de la región.

«Jacob se atrevió a replicar diciendo que eso era imposible puesto que había una fuerza de Naciones Unidas en el Líbano, y añadió que no contaran con él, pues no sólo no tenía experiencia en secuestros ni en operaciones especiales, sino que además no quería participar en nada que pusiese en peligro la vida de nadie. Le miraron como si hubiera dicho una *boutade*. Al final, no le dieron opción: se uniría al grupo que estaban formando. Serían cinco hombres. Entrarían clandestinamente en el sur del Líbano, llegarían hasta el campo de Ein el-Helwe, secuestrarían al objetivo y saldrían de inmediato.

—Cuatro hombres entrarán en la casa y tú, Jacob, te quedarás fuera para evitar que nadie escape. Las cámaras incrustadas en los cascos te enviarán imágenes al ordenador de cuanto sucede dentro. Nada más —dijo el comandante, y añadió—: Ese hombre, además de ser un traficante de armas, posee información valiosa. Sospechamos que es el verdadero jefe de la organización El Círculo. No hace falta que te recuerde todos los atentados firmados por esos terroristas. De modo que puedes guardarte tus delicados escrúpulos.

Jacob no se atrevió a preguntar por qué le había elegido para esa misión. Con el paso de los años llegó a la conclusión de que era una forma de probarle. En alguna ocasión había comentado con sus compañeros el malestar que le producía participar en determinadas operaciones, las que tenían lugar en los territorios palestinos; incluso se había atrevido a decírselo al comandante, quien le había preguntado si sus reticencias eran cuestión de escrúpulos o de miedo.

De manera que le había estado dando carrete durante unos meses, pero no iba a permitir que pudiera escaquearse y eludir lo que creía que era una responsabilidad de todos los judíos para con Israel.

Jacob calló. No estaba convencido, pero sabía que tampoco podía tensar del todo la cuerda.

Dos días más tarde, al poco de amanecer, cinco hombres entraron en el sur del Líbano. No les costó llegar a Ein el-Helwe, un campo de refugiados cerca de Sidón.

Aquel campo en realidad era un pueblo de miseria donde también había libaneses que no podían vivir en un lugar mejor. Los cinco hombres de la unidad parecían saber bien lo que había que hacer. Tomaron posiciones rodeando una casa situada a unos cientos de metros del campo mientras Jacob permanecía alerta. Al poco las imágenes empezaron a llegar al ordenador que llevaba consigo. Los hombres estudiaron detenidamente lo que veían y luego entraron con sigilo en la casa interrumpiendo el sueño de los que allí moraban. Y entonces al levantar la mirada fue cuando le vio. Un chico de unos catorce o quince años saltó por la ventana. Sujetaba de la mano a un niño, que no tendría más de diez, que lloraba. Un hombre los seguía gritando que corrieran. Pero el chico permanecía quieto tirando de una mano... la mano de una mujer a la que le costaba saltar la ventana porque estaba herida. Además, la mujer llevaba en brazos a una criatura que parecía una niña.

El hombre comenzó a disparar mientras echaba a correr, dejando a la mujer y a los dos críos. Pero aquel chico seguía allí. Se acercó a la mujer, que había tropezado al saltar por la ventana. Estaba herida. Intentó ayudarla a ponerse en pie. La niña se había desprendido de sus brazos y yacía en el suelo con el rostro ensangrentado. Jacob permaneció rígido, incapaz de moverse. Todo transcurría a cámara lenta. Otro hombre apareció en medio de la confusión disparando hacia donde se encontraba Jacob.

El comandante le instó a que apuntara hacia ellos, aunque

no le ordenó disparar. ¿Disparó? No lograba recordarlo. Entonces aquel chico le miró y levantó una piedra que lanzó hacia donde él estaba, pero no dio en el blanco. Luego cogió otra y volvió a tirarla. Se miraron. El crío con odio, Jacob con curiosidad. De repente, una de las piedras se estrelló contra su cuello y un hilo de sangre comenzó a recorrerle la piel. De la casa salieron dos de los soldados y corrieron hacia su posición. Jacob aguardaba junto al camión en el que habían entrado en el Líbano. Le llegó el sonido de disparos. Gritos. Voces de mujer. Luego se escuchó un ruido ensordecedor y aquella casa miserable estalló en llamas. El pueblo se había despertado y había gente corriendo hacia ellos.

Aquel chico y Jacob se volvieron a mirar, y entre el crepitar de las llamas y los gritos escuchó su voz: «Os voy a matar a todos». Su mirada reflejaba rabia, una rabia mezclada con un odio intenso y profundo. A su lado, la mujer no se movía y la niña que llevaba en brazos yacía con la cabeza sangrando... Al caer la mujer, la cría se había golpeado la cabeza, ¿o acaso la había matado él? El chico intentaba poner en pie a su madre. Podía oír sus gritos, «*Um! Um!*»,* suplicándole que se levantara. Pero la mujer no respondía. No podía hacerlo porque se le había escapado la vida. Sus ojos abiertos miraban la eternidad. Pero aquel chico no se resignaba y la incorporó. Intentó levantarla, pero no tenía fuerza suficiente para cargarla en brazos. Protegió su cuerpo con el suyo y volvió a mirar a Jacob mientras levantaba el puño gritando: «¡Te encontraré! ¡Os mataré a todos y pagaréis por lo que habéis hecho, perros judíos!». Jacob no era capaz de moverse. De repente sintió una mano empujándole y una voz que le ordenaba subir al camión. Volvió la vista atrás y su mirada se cruzó de nuevo con la de aquel muchacho que intentaba arras-

* *Um* significa «madre» en árabe.

trar el cuerpo inerte de su madre. La misión había terminado y, además, habían fracasado. El hombre al que buscaban los había burlado y había logrado escapar. Mientras, la gente de aquel mísero lugar corría hacia ellos. No podían perder ni un segundo más o de lo contrario tendrían que disparar para contenerlos.

—¿Por qué hemos hecho esto? ¿Era necesario volar esa casa? ¿A cuántos más hemos matado? —le recriminó Jacob al comandante.

—Si hubiesen podido, nos habrían matado. Son ellos o nosotros, Jacob.

—¿Y las mujeres y los niños? ¿Ellos tampoco eran inocentes? Ese chico... ese chico nos odiará el resto de su vida. Y yo comprendo que lo haga.

El comandante no respondió. Sacó un paquete de tabaco y les ofreció cigarrillos a todos. Jacob no fumaba, pero ese día empezó a hacerlo. Los otros soldados le miraban expectantes. Ninguno hablaba. Cada uno se ensimismó en sus pensamientos. ¿Qué podían decir? ¿Qué podían decirse?

Cuando regresaron a la base, otra vez en territorio de Israel, preguntó al comandante quiénes eran los que vivían en aquella casa junto al hombre al que habían intentado secuestrar. Al final logró que le diera unas cuantas migas de información: la familia con la que se había refugiado el jeque Mohsin era libanesa. Libaneses pobres, muy pobres. El padre era de un pueblo cercano a Sidón y la madre, de un lugar más al norte, era hija de una libanesa y nieta de una refugiada palestina. Su hermana estaba casada con un afgano, precisamente al que había ido a visitar el hombre huido: el jeque Mohsin. Cruzaba las fronteras como si no existieran y, como le había dicho, se le tenía por uno de los principales proveedores de armas de los grupos islamistas que operaban en Europa y en Oriente Medio. ¿A qué insistir?, le recriminó el comandante.

Mucho después, Jacob supo que la mujer muerta era la madre de aquel chico, y que había intentado salvar al jeque interponiéndose entre él y los soldados. La habían herido. El apellido de la familia era Nasr, el chico se llamaba Abir y su hermano pequeño Ismail. La mujer era su madre, Ghada, y su padre, Jafar. El padre había muerto dentro de la casa al enfrentarse a los soldados para dar tiempo al jeque a escapar.»

—Nos pidieron que hiciéramos un retrato robot de aquel chico, pero los soldados del comando no supieron dar muchos detalles, no se habían fijado en él porque escapó apenas habían entrado en la casa. Además, no era el objetivo. Pero yo sí había podido verle la cara y sobre todo había sentido el peso de su mirada. No sé por qué no quise darles más detalles a los encargados de hacer el retrato robot. El comandante sabía que yo estaba mintiendo cuando decía que no me acordaba de sus rasgos, pero no insistió.

»Desde entonces en mis pesadillas aparece el rostro de ese chico y puedo escuchar su voz diciendo: "Te encontraré. Pagaréis por lo que habéis hecho". Nunca he dudado de que lo hará.

—¿Le tiene miedo? —preguntó la doctora Tudela observándole fijamente.

Jacob sopesó la respuesta mientras sentía la mirada de la doctora rebuscando en la suya.

—Creo que no es miedo, sino la convicción de que la ira de ese muchacho caerá sobre nosotros. Pienso en cómo me habría sentido yo si a su edad hubiese vivido una situación tan terrible, me pregunto en qué clase de persona me habría convertido. ¿Usted no se lo preguntaría?

La doctora no respondió, bajó la cabeza mientras escribía algo en su cuaderno de notas y luego miró de nuevo a Jacob.

—Y a partir de ese momento, ¿qué pasó...?

—Empecé a tener pesadillas y, además, cada vez me costaba más someterme a la disciplina del ejército. Me sentía un extraño. No era mi lugar. Empecé a tener problemas con los soldados de mi unidad, salvo con Efraim, que era mi único amigo, y lo continúa siendo, aunque no podemos ser más diferentes. Pero entonces...

»Un día, cuando a mi unidad la enviaron a cruzar la Línea Verde y entrar en Belén, me dirigí al comandante para decirle que no iba a participar en aquella misión. No, no estaba dispuesto a responder a la ira de los niños que nos tiraban piedras, ni a contemplar el horror en la mirada de las mujeres que corrían al oír las sirenas, ni a enfrentar el odio de los hombres que se sentían impotentes ante la superioridad del ejército de Israel. Quería elegir a mis enemigos y hacía tiempo que había decidido que los palestinos no lo eran. O al menos no quería que lo fueran. Así que desobedecí y eso me llevó a prisión.

»A mi amigo Efraim no le costaba tanto como a mí obedecer, y por eso intentó disuadirme cuando le confesé que simpatizaba con los *refuseniks* y que había tomado la decisión de formar parte de un movimiento que se llamaba Valor para Negarse. Porque la realidad era que había que tener valor para negarse a hacer el servicio militar en los Territorios Ocupados. Dar ese paso le convertía a uno en poco menos que un apestado.

»Efraim intentó disuadirme. No, a él tampoco le gustaba lo que hacíamos en Gaza y en Cisjordania, pero había que hacerlo, estábamos en guerra.

»"Te encarcelarán", me advirtió Efraim. Y respondí que me daba igual: "Yo no he venido a Israel a oprimir a nadie. ¿No somos judíos? ¿No nos han oprimido y perseguido por el hecho de serlo? Entonces resolvamos el problema con los palestinos de otra manera que no sea ésta. Ellos tienen que aceptar que Israel existe, que es una realidad, que no permitiremos que nos echen, pero nosotros tenemos que compartir parte de esta tierra".

»Me sorprendió que Efraim me preguntara si detrás de mis prejuicios se escondía el miedo. Entonces le dije la verdad: claro que sentía miedo cuando me enfrentaba a otros hombres, claro que temía por mi vida, pero también temía por la de esos otros jóvenes. Pero sobre todo tenía miedo de llegar a no reconocerme. Estaba dispuesto a defender Israel, sin duda, pero sólo detrás de la Línea Verde, es decir, si éramos atacados.

«No, su amigo no le comprendió y eso los alejó. Efraim incluso sintió vergüenza cuando Jacob se atrevió a unirse a quienes antes que él se habían negado a hacer el servicio militar en los Territorios Ocupados. También le decepcionó cuando apareció junto a otro grupo de soldados ante la opinión pública manifestando sus ideas. Porque no estaba solo. Había otros muchos israelíes que pensaban como él. En el año 2002 se había puesto en marcha el movimiento llamado Ometz LeSarev (Valor para Negarse) y, veinte años atrás, en 1982, durante la invasión del Líbano, otro grupo de soldados mostró su disconformidad agrupándose en el Yesh Gvul (Hay un Límite) o en Profile, amén de algunas oenegés que querían tender la mano a los palestinos.

No, no estaba solo, pero aun así, cuando le enviaron al calabozo por su conducta, Efraim intentó visitarle e hizo lo imposible por explicarles a quienes quisieron escucharle que su amigo Jacob no era un cobarde.

En aquellos años ninguno de los dos imaginaba que terminarían trabajando para Dor; Efraim de manera permanente, Jacob de cuando en cuando.

Fue su madre la que consiguió que le sacaran de prisión antes de lo previsto. Ella conocía a Dor. Al principio esquivó contarle de qué le conocía, pero el caso es que Dor apareció en su vida por culpa de su madre.

Estaba en prisión cumpliendo el castigo de haberse convertido en un *refusenik* cuando la puerta de la celda se abrió y entró un hombre alto, fuerte, de mirada infinita que parecía capaz de escudriñar sus pensamientos más recónditos. Jacob pensó que se asemejaba a un oso y por eso no le sorprendió cuando se presentó tan escuetamente: «Soy Dor». Le comunicó que en un par de días saldría de allí, que pasaría el resto del tiempo que le restaba del servicio militar trabajando para él. Aquel hombre imponía y no se atrevió a preguntar de qué trabajo se trataba.

Dor tampoco se molestó en darle ninguna explicación. Durante una hora se entretuvo haciendo preguntas sobre literatura, historia, política internacional y, sobre todo, acerca de sus dotes con las redes y el mundo virtual, sin que Jacob supiera qué era lo que realmente quería.

Dos días más tarde, un hombre vestido de paisano se presentó en su celda y le ordenó que le acompañara. «Dor le espera», dijo sin más.

Fueron en coche hasta una casa de dos plantas oculta entre árboles frutales y palmeras. La Casa de las Palmeras. Allí estaba Dor. Ésa fue la segunda vez que se encontraron.

—Hablas perfectamente francés y árabe con acento del Líbano, lo que nos viene muy bien —afirmó Dor.

—Soy libanés... Mi padre era francés —acertó a decir Jacob.

—Sé muy bien quién eres, Jacob Baudin. Tu padre era francés, André Baudin, aunque vivió buena parte de su vida en Beirut donde se dedicaba al comercio. Tú naciste en Beirut y allí pasaste los primeros años de tu vida hasta que tu padre enfermó y decidió regresar a Francia cuando el Líbano dejó de ser la Suiza de Oriente. Así que eres francés y libanés, pero sobre todo eres judío porque tu madre lo es, lo mismo que los padres de tu madre y el resto de tus antepasados.

Dor le pareció un ser extraño y no imaginaba qué podía querer de él... hasta que le habló con absoluta franqueza: podía seguir lo que le restaba de servicio militar en prisión puesto que el comandante de su regimiento estaba muy enfadado por el mal ejemplo que había dado al resto de su unidad. Pero aún podía ser útil a Israel trabajando para él en un departamento de inteligencia virtual; había llegado a sus oídos que era un «genio» con los ordenadores, y sus profesores así lo avalaban.

—La guerra no sólo se libra en el frente, necesitamos gente que «piense», que sea capaz de hacernos saber qué se habla en Gaza, en Bagdad o en El Cairo... Tu misión será escuchar.

También le explicó que tendría que intervenir en «operaciones sencillas», posiblemente en el Líbano. Y no, no tendría que matar a nadie, salvo, dijo, si en algún momento peligraba su vida, y entonces tendría dos opciones: o dejarse matar o defenderse. Lo dejaba a su elección.

No supo negarse porque tampoco sabía exactamente en qué consistirían esas «operaciones sencillas». Pronto lo supo, y comprendió que aquel hombre no pretendía hacerle ningún favor, sino utilizarle en beneficio de la misma causa contra la que se había rebelado.

Por aquel entonces todavía vivía con su madre. Al principio ella no le dijo que conocía a Dor ni él le explicó que aquel hombre se había presentado en su celda, pero al final terminaron hablando de lo sucedido. Ella le reprochó su actitud: «Te debes a Israel», le dijo. Él respondió que había muchas maneras de defender a Israel; además, no le importaba su opinión y, por tanto, era mejor que no gastara palabras.

Tuvieron una intensa y desagradable discusión. Ella no comprendía sus objeciones de conciencia y se lo reprochó de la peor manera posible.»

Jacob miró a la doctora Tudela, que parecía ensimismada escuchándole. No pudo evitar sentirse momentáneamente incómodo y preguntarse qué sentido tenía estar hablando con una desconocida, por muy psiquiatra que fuera.

—Bueno, esto es más o menos todo. Quizá le he contado cosas sin interés —se disculpó Jacob.

—Tiene buena memoria para los detalles y me queda claro que la relación con su madre es complicada; incluso, por el tono de voz, tampoco parece que le caiga bien Dor.

—¿Le conoce usted?

La doctora Tudela pareció buscar la respuesta adecuada mientras mantenía en los labios la sonrisa, hasta que por fin la encontró:

—Sí. Nos conocemos.

—Debí imaginármelo. No me habrían aconsejado venir a verla si no tuviera usted el visto bueno de Dor. Usted sí simpatiza con él… —quiso saber Jacob.

—La cuestión no es lo que yo opino de Dor, sino lo que opina usted —afirmó aún sonriente.

Jacob dudó si debía responder directamente.

Durante unos segundos él y la doctora permanecieron en silencio. Ella aguardaba a que Jacob decidiera por dónde seguir. Él se preguntaba de qué conocía la doctora a Dor. Que él tuviera tratos con Dor era normal, puesto que había terminado su servicio militar en La Casa de las Palmeras. Después, cuando Natan Lewin le contrató para trabajar en IAI, le advirtió que La Casa de las Palmeras era uno de sus clientes habituales, como también lo eran otras empresas punteras en inteligencia artificial. Además, Lewin en el pasado había sido un agente de Dor.

—No sé si me puedo fiar de usted —repuso Jacob.

—Soy médico. Estaría incumpliendo mi compromiso de

confidencialidad si aireara lo que me cuenta. Si lo que quiere saber es si colaboro con La Casa de las Palmeras, la respuesta es sí. Colaboro con mi país cuando me reclaman. En ocasiones me piden que haga perfiles psicológicos de ciertos individuos a los que tenemos como enemigos. Pero nunca se me ha pedido, ni yo lo aceptaría, que cuente lo que escucho aquí. Hay algo que se llama ética, Jacob, ética profesional, ética para andar por la vida. Y ahora... bueno, creo que por hoy debemos terminar. Usted tiene que pensar si puede confiar en mí y ahora mismo no está seguro de hacerlo. Pero es su decisión. Cuando la tome, llámeme.

Bruselas
Abir

Abir caminaba con paso tranquilo por el Barrio Europeo. No quería llamar la atención. Vestía como cualquier joven de su edad que trabajara en alguno de los muchos organismos internacionales de la ciudad. Pantalón gris, camisa a rayas azules, chaqueta y corbata, y unos zapatos que había lustrado con esmero. Llevaba una cartera de piel de aspecto anodino en la mano. Nadie parecía fijarse en él y eso le hizo sonreír. Llevaba dos días en Bruselas, pero aún no se había reunido con ninguno de los «hermanos» que iban a ayudarle en su misión. Ni siquiera había ido a ver a sus tíos, aunque pensaba hacerlo aquella misma tarde. Su casa era su único hogar. Cruzó por la rotonda de Schuman, para luego pasar por delante del edificio Berlaymont, sede de la Comisión Europea. Dejó atrás el Consejo Europeo y caminó por el parque Leopold, luego dio vuelta atrás hasta llegar al Parlamento Europeo.

Le gustaba la ciudad, por más que hubiera preferido odiarla. Aun así, no se habría atrevido a admitirlo delante de ninguno de sus amigos. Donde él veía armonía otros veían la causa de sus desdichas. Era la capital de Europa, la capital de los infieles que antaño les habían combatido; no podía haber piedad. Correría la sangre purificadora.

París era hermosa, pero Bruselas tenía algo especial. Él cumpliría con ese anhelo de destrucción y al hacerlo estaría castigándola no sólo por su ambiente cosmopolita y por ser la capital de Europa, sino por ser también sede de la OTAN. Salvo Nueva York, donde está la sede de las Naciones Unidas, ninguna otra ciudad del mundo tenía mayor número de funcionarios extranjeros. Y eso era lo que le convenía a sus planes.

Después de la voladura de las Torres Gemelas, las autoridades habían blindado la ciudad. Abir sabía que no había objetivos imposibles, pero prefería no arriesgar hasta el límite del fracaso. Y, en su opinión, Bélgica era un país fallido que si permanecía en pie era porque su capital albergaba un buen número de instituciones europeas. Por eso había elegido Bruselas. El jeque Mohsin le había felicitado por su elección, aunque también le instó a ser prudente.

«Que los éxitos obtenidos no se conviertan en soberbia y la soberbia te ciegue», le había dicho cuando Abir le expuso el plan ideado.

No, no era la soberbia lo que le impulsaba a llevar a cabo aquella acción. Era la venganza. Un deseo íntimo e irreprimible de ajustar cuentas con quienes le habían arrebatado a sus padres, su infancia y cualquier futuro que no fuera el que se había convertido en presente.

No olvidaba que cuando era niño su padre le decía que si estudiaba podría salir de Ein el-Helwe, que no tendría que vivir en aquel lugar donde la seña de identidad de quienes lo habitaban era la pobreza. «Seré médico o ingeniero, o, mejor aún, astronauta», respondía él, seguro de que su futuro estaba por escribir. Su madre sonreía orgullosa. Ella prefería que fuera ingeniero y le auguraba un buen futuro en alguno de los países del Golfo donde, aseguraba, necesitaban gente con talento.

Quería estudiar, pero no irse de Ein el-Helwe. Allí estaban sus padres, sus hermanos, sus amigos, sus tíos. Sería ingeniero y haría de Ein el-Helwe un pueblo hermoso. Sin embargo, no era ni ingeniero ni médico ni astronauta. Era un combatiente del Círculo. Sabía que moriría joven. Algún día tendría que sacrificar su vida, por más que no quisiera morir. Porque no quería. Ansiaba vivir. Se preguntaba cómo sería tener una vida como la de aquellos hombres con los que se cruzaba mientras paseaba. Un trabajo, una esposa, hijos. La rutina.

No, no se lo podía permitir. Si se encariñaba con alguna mujer y ésta le daba hijos, ¿tendría valor para morir? Quizá porque temía la respuesta prefería dedicar cada minuto de su vida a la causa, a ser un soldado del Círculo, sin más ambición que golpear con fuerza a los enemigos.

Pensó en Noura. Su prima formaba parte de la ciudad. Había seguido a sus padres hasta Bruselas; en realidad sólo se relacionaba con su madre, la buena y dulce Fátima. Jamal se negaba a verla; la había desterrado de su vida, lo mismo que Farid. Sabía que su tío y su primo no tenían otra opción si querían contar con el respeto de la comunidad. Ni siquiera él se atrevía a pronunciar su nombre en casa de Jamal. Noura había torcido su vida. No se comportaba como una mujer de bien. Renegaba del hiyab, vestía como cualquier chica occidental y en su manera de proceder no quedaban rastros del decoro. Fumaba y bebía y jamás pisaba una mezquita. Ya no era una de ellos y saberlo le dolía, pero aun así la echaba de menos.

Por unos instantes se sintió libre. Parecía un hombre normal que daba un paseo por la ciudad. El pitido del móvil le devolvió a la realidad. Era una llamada perdida de un número que en aquel mismo momento sería destruido. Un aviso. El jeque Kamal ya había llegado a Bruselas. Abir desconocía cómo lo había logrado, y tampoco debía preguntar. Lo mismo que el jeque Mohsin o que él mismo, Kamal se movía a lo largo y ancho del mundo y su seguridad dependía de que nadie supiera nada, ni siquiera los suyos.

Respetaba a Kamal, pero sabía que el jeque Mohsin no permitía improvisaciones y le enviaba a Bruselas para asegurarse de que la operación planeada se atendría a lo que él mismo había autorizado. Sólo una vez había desobedecido al jeque, cuando le envió a una reunión en Beirut para tratar de una venta de armas. Disfrutaba de la ciudad sobre todo porque encontraba cobijo en casa de su primo Gibram. Cuando mataron a sus padres, Ayman, primo de su madre, le acogió junto a Ismail en su casa. Ayman también era un combatiente del Círculo y seguidor del jeque Mohsin, y sus hijos Gibram y Sami habían heredado el valor y el compromiso de su padre y se habían convertido en los ojos del jeque en Beirut.

Gibram era viudo; su esposa era palestina y había muerto durante el parto de su primer hijo. No se volvió a casar. La herida de su pérdida no había cicatrizado y dedicaba toda su energía a luchar en las filas del Círculo. Abir admiraba a Gibram y disfrutaba del tiempo que compartían. Por las mañanas salían a desayunar y les gustaba sentarse a leer los periódicos en un café de la calle Gemmayzeh.

Pero hay días en que el destino te asalta. Una mañana, mientras apuraba su segunda taza de café, Abir leyó en un periódico un reportaje sobre los objetores de conciencia de Israel. Varios de esos objetores, algunos ya veteranos, hablaban de su decisión y relataban su experiencia. Formaban parte de una organización con sede en Tel Aviv. Y entonces le vio. Sí, era él. Estaba seguro. No le había olvidado. Guardaba su rostro dibujado en la retina. Lucía algunas canas, pero estaba seguro de que era el soldado que se le quedó mirando cuando él huía junto a Ismail. Sí, era el soldado al que él amenazó, ante el que juró venganza por el asesinato de sus padres. Aquel perro judío explicaba que cuando cumplía con el servicio militar había tomado la difícil decisión de negarse a actuar en Cisjordania y Gaza. «Actuar», aquel perro utilizaba la palabra «actuar» enmascarando de qué se trataba cuando «actuaban». «Actuar» eran los tanques entrando en los Territorios, la demolición de las casas de los sospechosos de pertenecer a Hamás. «Actuar» fue el asalto a su casa en Ein el-Helwe. «Actuar» fue asesinar a sus padres y a sus tíos. Ésa era la manera de actuar de los soldados israelíes. Y allí, desde las páginas del periódico, aquel hombre se presentaba a sí mismo como alguien con conciencia. Escupió con rabia en el suelo como si su saliva hubiera dado sobre el rostro de aquel soldado.

Empezó a imaginar la manera de matarle. No sería difícil encontrarle, ya que formaba parte de esa asociación de veteranos que se habían declarado objetores. Durante varios días y varias noches dedicó todos sus pensamientos a lo que en principio se le antojaba poco más que un sueño. Hasta que tomó una decisión. No la compartió con el jeque Mohsin, aunque sí con su primo Gibram. Matar al judío sería difícil pero no imposible. Ninguna frontera era infranqueable, lo sabía bien. Y aunque los judíos creían que tenían sellada la frontera entre Israel y el Líbano, él la traspasaría. Buscaría a aquel soldado. Le mataría.

Gibram le conminó a que lo consultara con el jeque. No debían poner en marcha operaciones que no fueran aprobadas por él. «No puedes desaparecer, ni siquiera unos días, sin que el jeque lo sepa. Sabes que se enterará y entonces…», le advirtió. Pero Abir no atendía a razones. Esperaba que el jeque lo comprendiera. Aquel judío que de nuevo se asomaba a su vida a través de las páginas del periódico había participado en el asalto a su casa, era responsable de su orfandad, de perder a buena parte de su familia. Así que, pese a las protestas de Gibram, sacó del doble fondo de su maleta un pasaporte francés. Era falso pero perfecto. Había viajado por distintos países con aquel pasaporte a nombre de Rémi Dufort. Comerciante. Soltero. Católico.

Iría a Jordania y desde allí intentaría burlar la frontera con Israel.

A la mañana siguiente voló hacia Ammán. Le gustaba aquella ciudad. Conocía a unas cuantas personas que le podían ayudar, pero decidió actuar solo para no comprometer a los hombres del Círculo.

Se dirigió hacia un lujoso hotel, el Intercontinental, y pidió una habitación. Una vez instalado, salió a pasear. Como en tantas otras ocasiones, prefería caminar sin rumbo y sus pasos le llevaron hasta Jabal al-Qala'a, la Ciudadela. Era un recorrido largo y cansado, pero merecía la pena. Desde el mirador podía contemplar toda la ciudad. Conocía bien el lugar y tenía preferencia por el Templo de Hércules. Se sentó un rato a pensar mientras observaba a los turistas que con sus cámaras de fotos intentaban captar la esencia de aquel enclave habitado desde la Edad del Bronce, y donde romanos y omeyas habían dejado su huella.

Sin pretenderlo, escuchó a dos chicas hablar de la excursión que harían al día siguiente a Petra. Una le decía a la otra que las ruinas de la Ciudadela estaban bien, pero que sin duda el plato fuerte del viaje era primero Petra y después Jerusalén.

Así terminó de cuajar la decisión que había tomado cuando decidió ir a Israel. Tenía que mimetizarse con algún grupo de turistas y pasar la frontera por el puente Allenby, como si fuera uno más de ellos. Eso significaba mantener la calma y ser paciente, algo que había aprendido en las Montañas Blancas de Afganistán. Esperar. Esperar con el dedo sobre el gatillo. Esperar horas, días. Esperar.

El jeque Mohsin insistía en que la impaciencia era la antesala del fracaso. Tenía razón, aunque a él le había costado lágrimas domeñar la suya.

Bajó de la Ciudadela y decidió regalarse una buena ración de *kunafa*, queso frito con miel y pistachos, uno de sus platos favoritos, y el mejor sitio para comerlo era Habibah: barato, discreto y donde no solían ir turistas.

Una vez saciado el apetito, puso rumbo a la cafetería del Wild Jordan Center. Pasaría ahí el resto de la tarde antes de la hora del rezo. Le gustaba asistir a la mezquita del Rey Abdalá, donde los occidentales tenían prohibida la entrada.

Cuando regresó al hotel ya había caído la tarde. Pidió al recepcionista que le aconsejara cómo hacer una excursión a Jerusalén, pero prefería, le dijo, hacerla en grupo, con un buen guía que explicara cuanto hubiera que ver. La propina fue lo suficientemente generosa para que el recepcionista se tomara interés. Al poco de llegar a su habitación, mientras se estaba quitando los zapatos sonó el timbre del teléfono. El recepcionista había encontrado una excursión que le podía convenir.

—Lo peor es la incomodidad de pasar la frontera por el puente Allenby; los judíos lo ponen difícil, pero al ser un grupo de peregrinos lo mismo se muestran menos exigentes.

—¿Peregrinos?

—Sí, es lo mejor que he podido encontrar. Tengo un amigo que es guía y trabaja con grupos de peregrinos franceses e italianos. En el tour se visitan los Lugares Santos de los cristianos, aunque también van siempre a Petra. En Jordania suelen estar entre tres y cuatro días, y otros tantos en Israel. Y tiene suerte porque este grupo es sólo de franceses. Le costará setecientos dólares y le incluye el hotel de Petra, dos noches en Jerusalén y otra en Galilea. ¿Le interesa?

Abir aceptó de inmediato. No se olvidaría de darle otra propina al recepcionista.

—¿Cuándo comienza el tour?

—En realidad ya ha empezado, hoy es su primer día: han

visitado Gerasa, la Ciudadela, la ciudad moderna, y mañana irán al monte Nebo y los castillos del desierto, Madaba... y terminarán en Petra.

—¿A qué hora tengo que encontrarme con ese grupo?

—A las siete en punto. Se alojan en este hotel, de manera que no tendrá que desplazarse. Mi amigo, el guía, llegará a las seis y media; lo mejor es que esté a esa hora en el hall y así ajusta los detalles con él.

Aún no eran las seis cuando Abir paseaba impaciente por el vestíbulo. Estaba malhumorado porque ni siquiera había abierto el restaurante para desayunar. Había dormido inquieto y además sentía unos pinchazos en el pecho y en la boca del estómago.

Empezó a sentirse mejor en cuanto pudo tomar una taza de té y servirse en un plato un poco de humus. No tenía hambre, pero sabía que la jornada resultaría agotadora y, por tanto, era mejor evitar que el estómago terminara protestando.

A las seis y media en punto salió de nuevo al hall y preguntó por el guía del grupo de peregrinos franceses. El hombre dijo llamarse Saleh. Era bajo de estatura, tenía algún kilo de más y una mirada inteligente, y no le puso ninguna objeción para que se incorporara a su grupo, a lo que Abir respondió con palabras de gratitud y con una buena propina.

El grupo no era numeroso: una treintena de personas, con mayoría de mujeres. Saleh le presentó a los peregrinos aduciendo que ya estaba previsto que se les uniera un viajero más, Rémi Dufort, un respetable comerciante de París. Algunos no mostraron interés por la nueva incorporación, otros parecieron recelosos. Abir sabía que tenía que ganárselos para no despertar sospechas y, sobre todo, para que cuando llegara el momento de cruzar el puente Allenby le trataran como a uno más. A las siete en punto salieron hacia el monte Nebo, y aunque no le interesaban las explicaciones del guía sobre el lugar, santo para los judíos y para los cristianos, escuchó pacientemente que allí había estado Moisés contemplando desde lejos la Tierra Prometida que nunca llegó a pisar.

Después continuaron hacia Madaba, donde el guía se entusiasmó explicando la importancia de aquel mosaico del siglo VI que era un detallado mapa de Oriente Medio, desde el Líbano hasta el norte y el sur de Egipto. Además, el guía les anunció que iban a tener la «gran suerte» de oír misa en la iglesia de San Jorge.

Abir se sobresaltó. Nunca había entrado en una iglesia, salvo en la catedral de Notre Dame durante sus años del liceo cuando la profesora de Historia se empeñó en que sin Notre Dame no se podía entender Francia.

Escuchó la misa sin mover un músculo. Pendiente de los movimientos del resto de los participantes de la excursión. Cuando salieron de San Jorge, una de las mujeres se le acercó y, sonriendo, le preguntó:

—¿Desde cuándo no va a misa?

La hubiera abofeteado, pero él también sonrió.

—Le confieso que hace demasiado tiempo... Ya sabe... la vida le lleva a uno a apartarse de las creencias de cuando era niño.

—¿Y qué le lleva a hacer este viaje? —insistió la mujer.

—Precisamente el deseo de saber si aún queda dentro de mí algo de lo que me enseñaron mis padres.

—Me llamo Loana Rémilly —dijo, y le tendió la mano.

—Rémi Dufort.

—Encantada, señor Dufort. ¿Y a qué se dedica?

Estuvo tentado de decirle que era una entrometida, pero sabía que no se lo podía permitir. La mujer tendría unos cuarenta años, alta, delgada, con el cabello ondulado, segura de sí misma. Optó por seguirle la corriente:

—Busco oportunidades de negocio en esta parte del mundo —respondió—. No es fácil, pero hay que intentarlo. De vez en cuando hay que parar y mirar dentro de uno mismo... Por eso decidí que me vendría bien hacer un tour por los Santos Lugares. Quién sabe... puede que recobre la fe. Le aseguro que nada me gustaría más.

—Su acento... habla un francés gutural...

—Paso mucho tiempo en esta parte del mundo, señora Rémilly —respondió conteniendo la ira que empezaba a recorrerle por todo el cuerpo.

—¿Y dónde vive en París?

—No vivo en París... viajo constantemente. Paso la mayor parte de mi tiempo en el Líbano, nuestra antigua colonia.

—¿Tiene familia? ¿A qué se dedican?

—Señora Rémilly, ¿y usted a qué se dedica? ¿Dónde vive? ¿Está casada? ¿Tiene hijos? ¿Qué la ha llevado a hacer esta peregrinación?

Su tono de voz había cambiado. O cortaba de raíz la curiosidad de la mujer o terminaría insultándola.

—¡Oh! ¡Lo siento! Pensará que soy una maleducada... Es que me ha extrañado tanto que se uniera a nuestro grupo... Saleh, nuestro guía, no nos había dicho nada. Y... bueno... en realidad no parece usted francés...

—Si usted lo dice... Pero no me ha respondido a las preguntas que le he hecho.

—Sí, tiene razón... Soy médico, señor Dufort. Trabajo en el hospital de la Pitié-Salpêtrière, está en el distrito XIII. ¿Lo conoce?

—Desde luego. ¿Y cuál es su especialidad?

—Trabajo en Urgencias. Es muy estresante.

—Lo supongo. ¿Y dónde vive?

—Bueno, señor Dufort... no creo que eso importe.

—Desde luego que no, pero usted me lo ha preguntado a

mí... ¿Acaso sí puede decirme qué la ha llevado a hacer esta peregrinación?

Loana Rémilly le miró molesta. Sabía que su curiosidad era un defecto que la hacía antipática y le había ocasionado no pocos problemas. Era evidente que había logrado contrariar al joven Dufort. Le había interrogado sin ningún derecho y ahora él hacía lo mismo.

—Siento haberme comportado como una entrometida... no he sido muy amable con usted. ¿Podrá disculparme?

—Desde luego que sí, y ahora vayamos con el resto... están subiendo al autobús.

Se sentaron juntos. Ella no le dejó otra opción porque ni siquiera intentó sentarse junto a la mujer con la que no había dejado de hablar desde que comenzaron el tour. Pensó en cambiarse de asiento, pero eso habría sido demasiado desconsiderado y habría llamado la atención del resto de los viajeros. Optó por sacar un folleto sobre Petra y leerlo. Loana Rémilly, por su parte, se quedó quieta y callada a su lado sin atreverse a decir una palabra más. Aquel joven la intrigaba sin saber por qué. Bueno, en realidad sí lo sabía: le recordaba a un compañero de universidad. Mohamed... sí... un chico listo de origen marroquí; el mejor de su curso. Había logrado romper las estadísticas sobre la suerte de los musulmanes inmigrantes y pobres. Hijo de una familia de ocho hermanos, no se había rendido a lo que el destino tenía previsto para él. Ahora era un cirujano reputado, nadie podía negarle que tenía unas manos únicas para abrir el tórax de los pacientes y operar sus corazones, mientras que ella no había pasado de ser una médico del montón.

Mohamed nunca había mostrado interés por ella y ella no se permitía sentirlo por él, pero su solo recuerdo hacía que se sintiera atraída por el joven del tour.

El autobús hizo otra parada. «Vamos a visitar el parque

arqueológico de Umm ar-Rasas. Sus mosaicos son realmente espectaculares. Sepan que este lugar fue declarado Patrimonio de la Humanidad en 2004. Les gustará tanto o más que Madaba», les aseguró el guía, quien, entusiasmado, iba explicando la importancia de los restos arqueológicos. «Fíjense bien, aquí está el complejo de San Esteban, los mosaicos son de los siglos VI al VIII...» Los hizo parar ante los restos de una fortaleza romana y contemplar una torre estilita de trece metros de altura donde los santones del desierto hacían penitencia y oración.

Abir procuró alejarse de Loana Rémilly; se colocó cerca del guía, mezclándose con otros viajeros. Escuchaba con atención no sólo las explicaciones de Saleh, sino también los comentarios de sus compañeros del tour que mostraban un entusiasmo sincero por cuanto estaban viendo. Pensó en las muchas ocasiones en que había estado en Jordania y, sin embargo, desconocía lo que estaban visitando. Nunca había dedicado tiempo a nada que no fueran reuniones clandestinas con líderes islamistas o con traficantes de armas. Además, el jeque Mohsin no era hombre que empleara ni un minuto, ni permitía que lo malgastaran quienes estaban con él, en nada que no estuviera encaminado a la destrucción de los enemigos. Se habría reído o acaso enfadado si alguno de sus hombres hubiera propuesto dedicar unas horas a hacer turismo. Abir se sentía avergonzado de haberse embarcado en aquel tour pero se dijo que era por necesidad, aunque en lo más recóndito de sí mismo tenía que admitir que estaba disfrutando de cuanto estaba viendo. Saleh era competente en su trabajo y transmitía verdadera pasión por aquellas ruinas que eran parte de la historia de Jordania.

Cuando dejaron atrás Umm ar-Rasas se dirigieron al castillo de Kerak, uno de los más visitados por los turistas. Saleh les explicó con orgullo que el castillo había estado en poder de los cruzados hasta que el Gran Saladino lo conquistó.

Una vez que terminaron la visita de Kerak y aunque algunos de los peregrinos parecían cansados, Saleh insistió en llevarlos a visitar el castillo de Shobak. «No sólo porque está en el programa —dijo—, sino porque es un lugar singular. Se construyó bajo los auspicios del rey Balduino I de Jerusalén para controlar las caravanas que se movían entre Siria y Egipto. Pero los cruzados no pudieron resistir los ataques de Saladino, que los derrotó.»

Ya había caído la tarde cuando llegaron a Wadi Musa, la población que había ido creciendo a la entrada de Petra. El hotel donde se alojaban era el Movenpick, muy cerca de la ciudad antigua. Saleh les aconsejó que descansaran porque al día siguiente tendrían que madrugar. A las cinco y media estaría esperándolos en el hall. Les prometió un espectáculo único: contemplar Petra al amanecer. También les recordó que la cena estaba incluida en el tour y que el bufet estaba a punto de cerrar, de manera que debían darse prisa.

Abir se dirigió a su habitación y después de darse una ducha decidió salir. No estaba cansado y no tenía sueño; además, prefería cenar solo en Wadi Musa.

Salió a la calle y enseguida se vio envuelto por el bullicio de los turistas. Había puestos callejeros donde comprar algo de comer, pero también cafés y restaurantes, además de tiendas con esos objetos de recuerdo que gustan a los turistas. Paseó sin rumbo y sin preocuparse por nada. Hacía mucho tiempo que no se sentía tan libre. Desde que Mohsin trazó la ruta de su vida no había tenido ni un solo instante para él, sobrevivir se había convertido en su principal objetivo. El jeque no le había permitido disponer ni de un segundo de su vida para nada que no fuera luchar. Por eso, mientras paseaba por las calles abarrotadas de Wadi Musa tuvo la sensación extraña, por primera vez desde que dejó París, de que esos minutos estaban siendo solamente suyos.

Se quedó rígido cuando sintió una mano apretándole el hombro y obligándole a parar.

—¿Qué haces aquí?

Reconocer la voz de aquel hombre no le tranquilizó. Se dio la vuelta y encaró su mirada.

—¿Y tú, Mousa? ¿A quién vas a matar?

El hombre retiró la mano del hombro de Abir al tiempo que dejaba escapar una carcajada seca. Era más alto y más fuerte que Abir y también contaba con más años. Pero, sobre todo, ante Mousa cualquiera se sentía en peligro, tal era la fiereza que emanaba por todos y cada uno de los poros de su cuerpo.

—Nos dedicamos a lo mismo, Abir, a luchar contra los infieles. Me sorprende encontrarte en Wadi Musa. ¿Acaso no debería sorprenderme? —El tono de voz ahora era frío como el hielo.

—Yo no tengo que darte explicaciones, Mousa. —Abir intentaba mantener la serenidad.

—Bien, pues no me las des... pero al menos compartirás mi cena. Tengo a mi gente en uno de los desfiladeros de Siq al-Barid, la pequeña Petra. Podrás comer un buen cordero, mucho mejor que el que encontrarás aquí. Wadi Musa se ha corrompido, parece una ciudad de infieles.

—No puedo acompañarte, Mousa. Tu invitación me honra, pero no puedo.

—Éste es mi territorio, Abir. No puedes andar por aquí sin que yo sepa qué has venido a hacer. El jeque Mohsin no nos ha avisado de tu llegada.

—¿Tenemos que pedir permiso para viajar a Jordania? No, no necesito vuestro permiso, pero aun así responderé a tu pregunta: he venido a conocer Petra, ¿te extraña?

Mousa no respondió a la pregunta de Abir sino que reiteró su invitación sonriendo y colocándole un brazo sobre los hombros:

—Abir, debes honrarnos con tu presencia. Mi padre no me perdonará que no te agasajemos como mereces. Tengo el coche muy cerca; cenarás con nosotros y si quieres, puedes quedarte a dormir en nuestro campamento o yo mismo te traeré de regreso a Wadi Musa. Dime, ¿has viajado con tu verdadero nombre o debo llamarte de otra manera...?

Si algo había aprendido Abir del jeque Mohsin es que hay momentos en los que más vale no contrariar a tus enemigos, de manera que aceptó.

—De acuerdo, Mousa, me honras con tu invitación y más sabiendo que tu padre, el jeque Afaf, se encuentra en Siq al-Barid. En cuanto al nombre, mientras estemos solos o con los tuyos sigo siendo Abir.

No tardaron más de media hora en llegar cerca de Siq al-Barid. El jeque Afaf había instalado su campamento en un lugar desde donde ver y no ser visto. Conocía el terreno. En realidad, desde el Cuerno de África hasta el Mediterráneo no había un metro de tierra que tuviera secretos para él. Pertenecía a una estirpe de hombres nacidos en el desierto, sus antepasados habían guiado caravanas llevando mercaderías y personas de un lugar a otro. Afaf había modernizado el negocio y su principal mercancía eran las armas. Quienes habían hecho de la yihad la razón de sus vidas sabían que podían confiar en Afaf, por más que él se negara a que sus hombres participaran en la guerra santa. No le gustaban los infieles, pero tampoco los odiaba.

Su única regla cuando vendía armas era que los compradores no actuaran dentro de Jordania. Tanto le daba lo que algunos jefes de la yihad pensaran de la monarquía hachemita. Él era un beduino leal a su rey y cortaría el cuello de quien osara levantar la mano contra el rey Abdalá.

El campamento estaba formado por casi medio centenar de tiendas, jeeps y camellos. Y a esa hora en la que el sol ya se había ocultado, las hogueras donde se asaban los corderos iluminaban el lugar. Afaf no mostró sorpresa por la presencia de Abir. Le recibió como se recibe a un huésped en el desierto, ofreciéndole agua y alimentos además de honrarle sentándole a su lado. Durante la cena hablaron de todo y de nada, por más que Mousa se empeñaba en que Abir explicara por qué se encontraba en Petra.

—Hace tiempo que el jeque Mohsin no hace negocios con nosotros —dijo Mousa.

Su padre le miró con desagrado. Mousa estaba faltando a la hospitalidad que se debe a un invitado.

Durante unos segundos Abir dudó si responder al hijo del jeque, pero sintió la mirada de Afaf y supo que él también aguardaba una respuesta.

—Al margen de los negocios, Mousa, supongo que no estarás cuestionando el respeto y el aprecio del jeque Mohsin por tu padre... Los lazos de la amistad nada tienen que ver con los del comercio.

Afaf contuvo una sonrisa. Abir había salido airoso del envite de su hijo Mousa sin dar una respuesta precisa. Él también se preguntaba qué hacía Abir en Jordania. Sabía que el joven era un combatiente. Había luchado en Afganistán, en Irak y en Siria, dejando patente su valor en cada lugar. Era inteligente y rápido, y el jeque Mohsin le protegía. Pudiera ser que Abir se encontrara en Jordania para tener algún encuentro secreto con alguien. Sí, ésa tenía que ser la razón por la que estaba allí y, naturalmente, no iba a desvelarla.

Terminada la cena, Mousa insistió en que Abir debería quedarse a dormir en el campamento, pero no logró convencerle y tuvo que hacer honor a su palabra devolviéndole a Wadi Musa.

Cuando llegaron a la puerta del hotel, Mousa le abrazó como si de un hermano se tratara.

—Éste es nuestro territorio, Abir... Recuérdalo.

—Lo tengo presente, Mousa, por respeto a tu padre y por respeto a ti y a vuestra familia. Le transmitiré al jeque Mohsin el saludo de tu padre.

Justo cuando se abría la puerta del ascensor sintió la presencia de una mujer por el aroma de su perfume. Sin siquiera volverse sabía que era Loana Rémilly.

—Buenas noches, señor Dufort, ¿ha disfrutado de su paseo? —le preguntó cuando Abir subió en el ascensor.

—Buenas noches, señora Rémilly...

—Ya es tarde... Mañana tenemos que madrugar.

—Tiene razón. Que descanse.

Cuando llegó a la planta donde tenía su habitación, Abir salió sin mirarla. Aquella mujer le irritaba.

A la mañana siguiente, el grupo apuraba sus tazas de café en el restaurante repleto ya de turistas como ellos. Eran las cinco y media y aún el cielo se resistía a dejar atrás la noche. El guía los apremiaba:

—Vamos, vamos... no se entretengan... pero desayunen, que el día será largo y necesitarán mucha energía. Ayer les expliqué que existe la posibilidad, para quien así lo desee, de visitar las ruinas a caballo. Si alguien quiere hacer el papel de Indiana Jones, que me lo diga. Para los que no les guste andar les recomiendo una calesa...

Algunos sonrieron, otros ni siquiera se molestaron: aún no habían despejado del todo las brumas del sueño.

Abir se notaba cansado y con el estómago revuelto. Quizá había cenado demasiado en el campamento del jeque Afaf. Le palpitaba el pecho y tenía una sensación de ahogo que achacó a los nervios. El encuentro con Mousa había supuesto un contratiempo. No había podido dormir pensando en cómo reaccionaría el jeque Mohsin cuando se enterara de que había ido a Jordania sin su permiso. Sintió un pinchazo a la altura del costado, pero reprimió el gesto de dolor.

—Saleh, ¿debemos llevar agua? —preguntó una de las turistas.

—Desde luego, señora. Aunque podrán comprar durante el recorrido, siempre es mejor que lleven consigo una botella pequeña.

Petra no se encontraba lejos del hotel. Caminaron en silencio mientras escuchaban las explicaciones entusiastas de Saleh: «La ciudad de los nabateos... un pueblo dedicado al comercio pero que, como comprobarán, además de comerciantes eran grandes artistas. Se preguntarán cómo se les ocurrió construir una ciudad en el desierto y la razón es que este lugar tiene agua... Ya saben que en siglos pasados se la conocía como la ciudad perdida... Pero en realidad nunca estuvo perdida: los beduinos y la gente de esta zona sabían perfectamente dónde estaba, pero ustedes los occidentales creen que la "descubrieron" en el siglo XIX cuando un explorador suizo, que por cierto era un enamorado del islam y se convirtió en un buen musulmán, logró convencer a unos beduinos para que le llevaran hasta la ciudad rosa... Bueno, ¿preparados? ¿Dispuestos a caminar?».

Caminaron más de kilómetro y medio casi sin atreverse a respirar, tal era la belleza del Siq, el desfiladero que daba entrada a Petra. Las paredes de más de doscientos metros de altura se antojaban inalcanzables. Saleh aguardaba expectante la reacción de su grupo cuando se toparan con el tesoro. El «¡Oh!» que salió de todas las gargantas le producía siempre la misma satisfacción. Les explicó que aquel lugar era una tumba y les dio detalles precisos de sus proporciones:

«La fachada mide veintitrés metros de largo por treinta de ancho y…».

Abir no podía dejar de admirar cuanto veía y se reprochaba no haberlo visitado anteriormente dado que habían sido varias las ocasiones en que había estado en Jordania. Claro que sus visitas no daban lugar a nada que no fuera reunirse con algún jefe de la yihad o comprobar que alguna remesa de armas llegaría a su destino. En la vida que había iniciado bajo la tutela del jeque Mohsin no había sitio para nada que no fuera el combate contra los infieles. Pensar en el jeque le produjo un estremecimiento. Sabía que tendría que responder ante él por haberse ido del Líbano sin avisarle, y más aún para llevar a cabo una venganza personal sin su permiso. Además, el jeque no habría aprobado que se distrajera con ninguna actividad que no fuera la de pensar y hacer la guerra.

Sin duda el jeque Mohsin tenía razón. Era un hombre sabio y justo, pero, aun así, no podía dejar de admirar lo que estaba viendo.

—Tiene usted mala cara. ¿Se encuentra bien?

El sonido de la voz de Loana Rémilly interrumpió sus pensamientos y sobre todo la posibilidad de disfrutar del silencio del amanecer contemplando el tesoro de los nabateos.

—Sí, me encuentro bien —respondió con sequedad apartándose de ella.

Continuaron caminando mientras escuchaban atentos las explicaciones de Saleh: «Aquí, el gran teatro de los nabateos con capacidad para tres mil personas… los romanos lo ampliaron… Aquí, las tumbas reales… visitaremos la Urna, la Corintia y la de Palacio… ¡Ah!, y para los valientes que me sigan… subiremos a un mirador desde donde van a contemplar todo Petra… Se tarda una hora en subir, pero merece la pena llegar hasta la cima de Jabal al-Khubtha…».

Mientras subían hacia el mirador, Abir notó que la respiración le fallaba. Apretó los labios y no paró. Estaba cansado, se repetía. Sólo eso. Cansado. Cuando llegaron al mirador se sentó en el suelo.

—Tenga, beba un poco de agua... —Loana Rémilly le tendió un botellín.

—Gracias —dijo sin rechazarlo.

—Sé que piensa que soy una entrometida, pero... en fin... tiene mala cara... Ya sabe que soy médico.

—No me pasa nada, señora Rémilly. Simplemente estoy cansado. Anoche cené demasiado y no he dormido bien —se excusó él con un deje de irritación que no pudo o no quiso evitar.

—Quizá debería regresar al hotel y descansar —le aconsejó ella.

—¿Y perderme todo esto? Desde luego que no. Estoy bien. No se preocupe.

—Si usted lo dice... —Loana Rémilly se alejó inquieta.

Saleh no parecía notar el cansancio y aunque de cuando en cuando preguntaba a los turistas de su grupo si querían parar unos minutos, en realidad no les daba opción para que lo hicieran. Los llevaba de un lado a otro y los hacía subir por los riscos para ver los detalles de alguna tumba. Insistió en que disfrutaran de la visión de Qasr al-Bint, el Santuario Principal: «Sus muros tienen veintitrés metros de altura y está dedicado al dios Dushara... no está esculpido en la roca, ésa es una de sus singularidades...».

Cuando Saleh anunció que pararían a comprar algo de comer antes de subir al «Monasterio», el grupo le aplaudió. Llevaban desde antes de las seis de la mañana caminando y desafiándose a sí mismos subiendo por los riscos. Todos compartían a partes iguales agotamiento y entusiasmo.

Abir no tenía hambre. El estómago le dolía, pero sí sentía la boca seca, así que se bebió seguidos dos botellines de agua. Percibía la mirada de Loana Rémilly y cómo cuchicheaba con otros de los viajeros mientras le miraban sin disimulo.

Al cabo de una hora, Saleh los invitó a reanudar la marcha. «Sólo son ochocientos escalones hasta llegar al Monasterio, no tardaremos más de cuarenta o cuarenta y cinco minutos. Si alguien prefiere subirlos en burro, por mí no hay problema... el problema es para el burro», dijo, y rio lo que consideraba una frase ingeniosa.

Ochocientos escalones. Abir iba contándolos uno a uno mientras subía con dificultad. Casi no podía respirar. De repente sintió que se le doblaba un pie, tropezó y todo se hizo oscuro.

Él no lo supo hasta mucho más tarde, cuando recuperó el conocimiento, pero a punto había estado de despeñarse.

—¿Cómo se encuentra?

Un hombre con bata blanca le hablaba en inglés. ¿Dónde estaba? Detrás del hombre vio dibujarse las siluetas de Saleh y de Loana Rémilly.

—Yo... yo...

—Si no puede, no hable. Soy el doctor Odwan, nos ha dado un buen susto pero ya ha pasado el peligro. Yo diría que de ésta va a salir. Ha tenido suerte de que la doctora Rémilly estuviera allí, y sobre todo de que llevara la pastilla milagrosa consigo.

Abir no comprendía a qué se refería aquel hombre cuando hablaba de «la pastilla milagrosa».

—Ha sufrido un infarto. Creíamos que le perdíamos... Su corazón está en muy mal estado. Necesitamos avisar a sus familiares.

El hombre hablaba, pero a Abir le costaba escucharle. No comprendía lo que le estaba diciendo, aunque lo hacía en un inglés impecable.

Loana Rémilly se dio cuenta rápidamente de la confusión de Abir y empezó a traducirle al francés las palabras del doctor Odwan:

—Señor Dufort, está usted en el hospital Reina Rania de Wadi Musa. El doctor Odwan le ha atendido y le ha salvado la vida. Sufrió un amago de infarto y... bueno, siempre llevo en el bolso una pastilla de Cafinitrina... Deformación profesional. Se la puse debajo de la lengua y eso ayudó a parar el primer envite del infarto. Aquí está bien atendido, pero hay que operarle del corazón, necesita que le cambien unas válvulas... Pueden hacerlo aquí o en Ammán.

—No... no...

—Entiendo que quiera irse a casa, señor Dufort, pero no creemos que sea conveniente... No puede viajar y, en opinión del doctor Odwan, hay que colocarle un marcapasos, y si me lo permite le diré que opino igual que él. Debe saber que hay muy buenos médicos en Jordania y sus especialistas son muy competentes, le aseguro que estará en buenas manos. Si nos dice cómo podemos avisar a su familia...

Infarto. Hospital. Operación. Jordania. Familia. Las palabras iban adquiriendo sentido para Abir mientras se le clavaban en el cerebro provocándole un fuerte dolor de cabeza. Tenía que pensar. Tenía que tomar una decisión. Tenía que salir de allí.

—Señor Dufort, díganos en qué ciudad de Francia vive, llamaremos al familiar que usted nos diga. Seguro que se siente mejor cuando se encuentre con los suyos —insistió el doctor Odwan.

Pero Abir cerró los ojos apretándolos con fuerza. No podía pensar ni decidir, no en ese momento.

—Dejémosle descansar. Está confundido —afirmó el doctor Odwan.

—Ya, pero nosotros nos vamos mañana... y él... no creo que pueda acompañarnos... —se lamentó Saleh.

—Mi consejo es que no se mueva de aquí al menos en unos días, tenemos que hacerle algunas pruebas. En cualquier caso, tendrá que operarse, aunque comprendo que prefiera hacerlo en su país, cerca de su familia —respondió el médico.

—En mi opinión, debería operarse cuanto antes —afirmó Loana Rémilly.

—Respeto su opinión, doctora, y más sabiendo como me ha dicho que trabaja en Urgencias, pero hay que ponerse en la piel del paciente. Es importante que localicemos a algún familiar para explicarle la situación en que se encuentra el señor Dufort. Por mi parte, no garantizo nada, pero haré todo lo que esté en mi mano para estabilizarle y, si es posible, para que pueda regresar a Francia y que le operen allí.

—Si usted lo dice, doctor...

—Coincido con usted en que lo más sensato sería atenderle aquí, pero hay que comprender la situación del señor Dufort: enfermo, lejos de casa, de su familia... Si fuera estrictamente necesaria la intervención aquí y ahora, le aseguro que no le permitiría decidir, estaría ya en la mesa de operaciones. Bien... Y ahora les dejo, tengo otros pacientes a los que atender.

Cuando el doctor Odwan salió de la habitación, Saleh le preguntó preocupado a Loana Rémilly qué debían hacer.

—Si yo fuera el señor Dufort, no tendría dudas en quedarme aquí. El doctor Odwan me ha parecido muy competente y, como he dicho, creo que hay muy buenos especialistas en Jordania. Sin embargo, no podemos tomar la decisión por él...

—Pero ¿está en condiciones de viajar?

Loana Rémilly se encogió de hombros. No quería insistir en que Dufort debería permanecer en el hospital.

—Usted es médico, señora Rémilly, y se puede decir que le ha salvado la vida al señor Dufort; hágale comprender que debe quedarse aquí —insistió el guía.

Abir entreabrió los ojos. Le había costado un buen rato recordar que aquel Dufort del que hablaban no era otro que él. Rémi Dufort era el nombre del pasaporte tras el que se ocultaba.

—Por favor... —alcanzó a murmurar—, no quiero quedarme aquí. Lamento el susto que les he dado, pero mi deseo es seguir el viaje. Si en Jerusalén me sintiera mal, les aseguro que no protestaré e iré directo al hospital. Pero si el doctor dice que la operación a la que debo someterme puede esperar... permítanme continuar.

—¿Aguantará, señor Dufort? Nos ha dado un gran susto. Sufrir un amago de infarto en las escaleras del Monasterio... no era el mejor lugar —se quejó Saleh.

—Sin duda no era un buen lugar, pero eso no lo decidió el señor Dufort —intervino Loana Rémilly.

—Ya... ya... Pero ¿y si se repite? Yo no puedo asumir esa responsabilidad.

—Que yo sepa, señor Saleh, nos despediremos de usted en el puente Allenby... Cuando lo crucemos, nos estará esperando un guía israelí que nos acompañará los tres días que faltan para terminar el viaje —dijo Loana Rémilly—. Aunque... en fin, señor Dufort, insisto en que es una temeridad.

Abir permaneció en silencio. No se sentía con fuerzas para discutir ni con el guía ni con la doctora.

—Ustedes mandan. Yo ya les he dado mi opinión. Mañana a mediodía les dejaré en el puente Allenby... Bien, entonces esperaremos hasta mañana para ver cómo se siente el señor Dufort. Podemos venir a buscarle a las nueve, y si cree que está en condiciones de seguir... —concluyó Saleh.

—Yo meteré sus cosas en la maleta... ¿le parece bien? —le preguntó Loana al enfermo.

—No... no hará falta. Les agradezco su preocupación... ¿Pero podrían llevarme al hotel?

—De ninguna de las maneras, esta noche la pasará aquí —afirmó la señora Rémilly en su calidad de médico.

Abir intentó pensar con rapidez si había algo en su bolsa de viaje que pudiera delatarle. Luego recordó que llevaba lo imprescindible y que el arma con que pensaba matar al judío la compraría en alguna tienda de Tel Aviv. Un cuchillo de trinchar carne era cuanto necesitaba.

Aquella noche no durmió bien; su corazón latió desacompasado y la enfermera no tuvo otro remedio que avisar al doctor Odwan.

Después de examinarle y ordenar hacerle unas pruebas, el médico concluyó que Abir debía permanecer en el hospital.

—Lo siento, pero no puede continuar el viaje. Tiene que informar a su familia de su estado —le recomendó el médico.

Abir decidió llamar a Gibram, al que despertó. Su primo se alarmó al saberle ingresado en un hospital y le aseguró que cogería el primer avión hacia Ammán. Si no había contratiempos, esperaba llegar pronto a Wadi Musa.

A las ocho y media de la mañana, Loana Rémilly fue a visitarle a la habitación del hospital.

—He venido a despedirme. El doctor Odwan nos ha comunicado que no le va a dar el alta. ¿Puedo hacer algo por usted?

Abir estuvo tentado de decirle que lo único que podía hacer por él era desaparecer, pero se limitó a asegurarle que estaba bien y esperando a que un familiar viniera a acompañarle.

—Me alegro de que haya entrado en razón. Es usted muy voluntarioso, pero no se puede jugar con el corazón. Comprendo que prefiera que le traten en París, pero le aseguro que aquí está en buenas manos. Los médicos jordanos tienen un gran nivel. En fin, le dejo mi tarjeta... —dijo, y salió de la habitación para alivio de Abir.

Durante un segundo pensó en deshacerse de la tarjeta, pero luego decidió guardarla; a lo mejor un día podía utilizar de algún modo a esa mujer.

Luego telefoneó al hotel para solicitar que le conservaran la habitación al menos un par de días. El resto de la mañana lo pasó sometido a diversas pruebas ordenadas por el doctor Odwan.

Su primo Gibram no llegó hasta por la tarde. Cuando entró en la habitación se acercó a la cama y se abrazaron.

—Pero ¿qué ha pasado?

Abir le contó lo sucedido, además del pronóstico del doctor Odwan. Gibram le escuchó con gesto preocupado.

—Si tienen que operarte, cuanto antes, mejor —le recomendó con toda sinceridad.

—No, aquí no, prefiero que me operen en Beirut. Para eso necesito tu ayuda.

—Tendrás que hacer lo que digan los médicos —protestó Gibram—. Y, por cierto, el jeque Mohsin ya sabe de tu aventura y está disgustado por haber tomado una decisión sin consultarle. Eso no le deja en buen lugar delante de los hombres. Los combatientes obedecemos, nada más.

Discutieron un buen rato y Gibram no aceptó llevarle a Beirut hasta que el doctor Odwan no le aseguró que quizá en unos días podría emprender el viaje, aunque insistió en que deberían operarle cuanto antes.

Cuatro días después, en el aeropuerto de Beirut les aguardaban impacientes Sami y Rosham, los hermanos de Gibram. Ella trabajaba como pediatra en el hospital Sacré-Coeur, donde, dijo, tenían cita con un cardiólogo.

—Pero es un hospital católico —se quejó Abir.

—Es un hospital donde te atenderán bien. Yo trabajo allí y nunca he tenido ningún problema por ser musulmana. Entre el personal hay católicos, ortodoxos, musulmanes, y tengo que admitir que las monjas no manifiestan ningún prejuicio contra nosotros. Estarás bien. El equipo de cardiólogos es muy bueno. Ya verás.

Gibram tampoco parecía convencido, pero su hermana Rosham era la mayor y solía comportarse como una madre, ya que había ejercido como tal desde que ésta había muerto.

—A mí tampoco me gusta que Rosham trabaje en ese hospital —admitió Gibram.

—A ti lo que te gustaría es que me quedara en casa y no saliera ni a la calle. Pero afortunadamente mi marido no es como vosotros.

—No te comportas como una buena musulmana —protestó Gibram.

—No seréis vosotros los que me digáis lo que es ser una buena musulmana —replicó Rosham.

—No hace falta discutir. Abir puede elegir otro hospital. A mí tampoco me gustan los hospitales de los cristianos —intervino Sami.

—Tú decides, Abir, ¿vamos al Sacré-Coeur o buscamos otro hospital? —preguntó Rosham enfadada.

—Prefiero otro hospital —admitió Abir con cierta vergüenza por contrariar a su prima.

—Podríamos llevarle a La Makassed —sugirió Sami.

—Sí, es un buen hospital y es de los nuestros —afirmó Gibram.

—¿De los nuestros? ¿A quién te refieres? —El tono de voz de Rosham estaba cargado de ira.

—Sabes que pertenece a la Asociación Filantrópica Islámica —respondió de mal humor su hermano.

—Ya... y que yo sepa, la Asociación Filantrópica Islámica mantiene excelentes relaciones con las organizaciones cristianas... Pero no voy a pelearme con vosotros. Se trata de tu corazón, Abir, de manera que tienes derecho a elegir. Yo he intentado ayudar, pero… vosotros no necesitáis mi ayuda.

—Vamos, hermana, no te enfades —le pidió Sami.

—No me enfado, querido hermano. Sólo que me bajo aquí, estoy cerca de mi hospital y tengo mucho trabajo. Llamaré a Nabil, le preguntaré si puede ayudaros.

Sami paró el coche y Rosham se bajó sin mirarlos siquiera, lo que los entristeció. No sólo la querían, sino que la respetaban, a pesar de que se había occidentalizado tanto que casi no parecía musulmana.

—Tiene demasiado carácter —se quejó Gibram.

Rosham aceleró el paso. Por muy enfadada que estuviera, no iba a dejar de ayudar a Abir. Era su primo y sabía lo mucho que él e Ismail habían sufrido al perder a sus padres. Jamal, el tío del padre de Abir, era demasiado rígido y su esposa Fátima, demasiado débil, de manera que la vida de Abir e Ismail en París no había sido fácil, pero además Jamal se los había entregado al jeque Mohsin, que había hecho de Abir un fanático al igual que lo eran sus hermanos Gibram y Sami. Ella no quería saber de sus actividades, pero intuía que al estar bajo la tutela del jeque pertenecían al Círculo, un grupo que utilizaba el terrorismo como medio para lograr sus fines.

Rosham se dijo que tenía que agradecer a Alá que hubiera puesto en su camino a su esposo Nabil Abbadi. Se habían conocido cuando estaban dejando la adolescencia. Nabil era hijo de un comerciante al que su padre compraba productos para vender en su tienda.

Pensar en su padre la irritó. No se había vuelto a casar cuando perdió a su esposa y, por tanto a ella le correspondió hacer de madre de sus dos hermanos, a los que había mimado en exceso y a los que no supo inculcarles el valor de la tolerancia y el respeto a quienes no piensan o rezan de manera diferente.

Si ella había llegado a estudiar fue porque Nabil Abbadi la pidió en matrimonio y eso le abrió la puerta a la libertad. Sonrió. Había conseguido ser libre pero a la inversa que otras mujeres, para las que casarse significaba renunciar a muchas de sus aspiraciones.

Se casó con Nabil cuando él ya estaba estudiando la especialidad de neurología, y él mismo la animó a que fuera a la universidad. Logró con esfuerzo ser médico pediatra y no estaba dispuesta a dar ni un solo paso atrás.

Cuando por fin llegó al Sacré-Coeur, se fue directa a su consulta y desde allí telefoneó a su marido.

—Nabil, mi primo no ha querido quedarse en el Sacré-Coeur y los he mandado a La Makassed, estarán a punto de llegar.

—Ya te he dicho que no querrían ir al Sacré-Coeur —le recordó él.

—Sí... me lo has dicho... pero siempre mantengo la esperanza de que dejen de ser tan obtusos.

Nabil Abbadi recibió a los hermanos y al primo de su mujer con afabilidad. No le caían bien, pero eran parte de su familia, de manera que debía prestarles toda la ayuda que necesitaran. Le inquietaba el fanatismo de Gibram y Sami. No quería saber demasiado de sus actividades, pero sólo escucharlos hablar era suficiente para intuir que formaban parte de algún grupo de la yihad. Los dos hermanos se habían hecho cargo del negocio de su padre en Souk al-Ahad, un lugar a su juicio deprimente y promiscuo, sin el encanto de los zocos. Vendían de todo: camisetas, perfumes, zapatos, hiyabs... cualquier cosa se podía encontrar en su tienda.

A veces pensaba cómo era posible que del mismo padre y madre hubieran nacido tres hermanos tan diferentes, porque

Rosham era el anverso de Gibram y Sami. En cuanto a Abir, sentía compasión por él lo mismo que por su hermano Ismail. El asesinato de sus padres los había condenado a no poder ser más que lo que otros querían que fueran. Cuando Rosham le contó que el jeque Mohsin se los había llevado a Afganistán, pensó que se habían perdido para siempre.

En el departamento de cardiología se hicieron cargo de Abir y le ingresaron de inmediato. El doctor Haidar leyó detenidamente el informe de su colega jordano.

—Bien, mañana le haremos dos pruebas más y cuando estén los resultados irá directamente al quirófano. Por lo que dice el informe del doctor Odwan, necesita con urgencia un marcapasos. Lo que me sorprende es que hasta ahora no haya tenido usted ninguna molestia...

Abir bajó la cabeza. Hacía tiempo que notaba que su corazón apenas latía.

—La cirugía es sencilla —añadió el doctor—; si todo sale bien, en unos días estará usted en su casa. Pero como le he dicho, antes le haremos unas pruebas porque quiero que el aparato que le pongamos, además de marcapasos, haga la función de desfibrilador... pero hasta que no le realice las pruebas no estaré seguro.

—¿Me va a colocar dos aparatos? —preguntó Abir, preocupado.

—En realidad, uno que hace ambas funciones. La técnica ha avanzado mucho.

—¿Es necesario que me implante un marcapasos? —insistió Abir.

—Se lo explicaré: cuando a una persona le late lentamente el corazón lo denominamos «bradicardia», y se debe a un nódulo sinusal y al bloqueo cardíaco. Sus latidos están por debajo de lo normal y se está exponiendo a que su corazón le dé un susto aún peor del que ya ha tenido.

—Debes confiar en los doctores —le recomendó Nabil—; además, en este hospital el equipo de cardiología es muy competente.

—Sí... claro... es que pensaba que con alguna pastilla podría corregirse lo de los latidos débiles.

—Siento que no sea así —replicó el doctor Haidar—. Pero le insisto en que en su caso es urgente la colocación del marcapasos.

Nabil se despidió dejando a sus cuñados y a Abir preguntándose si realmente era necesaria la operación; sin embargo, no estaba dispuesto a polemizar con ellos. El doctor Haidar les había dejado claro que no había otra opción.

—Quizá debería ir a Bruselas —sugirió Abir.

—Quizá... Pero por lo que ha dicho el médico, no deberías esperar demasiado para dejar que te coloquen ese marcapasos —reflexionó Gibram.

—Pero si ha resistido hasta ahora, ¿a qué tanta prisa? —le interrumpió su hermano Sami.

—Yo también tengo dudas... aunque quizá deberíamos fiarnos del doctor Haidar. Nuestro cuñado Nabil dice que es muy competente... —insistió Gibram.

De repente Abir sintió que las fuerzas se le escapaban porque su corazón le volvía a fallar, y se desmayó. Cuando volvió en sí, lo primero que vio fue el rostro del doctor Haidar dando instrucciones a dos enfermeras. A su pesar, tuvo que admitir para sí mismo que tendría que dejar que le colocaran un aparato en el corazón.

Nunca había sentido miedo, pero en esos momentos estaba asustado. Se daba cuenta de que la vida se le podía escapar en cualquier momento y recordó las muchas ocasiones en que había ignorado el malestar que sentía. El jeque Mohsin les había insistido a él y a Ismail que en la yihad sólo podían participar los valientes, hombres capaces de sacrificarse, de dominar el dolor, de no pensar en ellos mismos, de no ser débiles. Ismail apenas lo había conseguido, pero él sí se sentía orgulloso de haber pasado a formar parte del grupo de más confianza del jeque.

Pensó en su hermano pequeño; Ismail no tenía alma de guerrero ni tampoco afán de sacrificio. El tiempo pasado en Afganistán había supuesto para él la antesala del martirio. Sabía que si no hubiera respaldado a Ismail, los hombres del jeque Mohsin se habrían deshecho de él. Pero Abir se encargaba de recordarles que ellos dos eran hijos de mártires y, por tanto, eso hacía que los demás los respetaran. No se podía matar al hijo de un mártir.

Eso también le salvó a él de que el jeque Mohsin le castigara por haber emprendido la aventura de Jordania. Eso sí, le tachó de estúpido y le advirtió que si volvía a desobedecer, él mismo se encargaría de matarle. Abir sabía que lo haría.

Abir despejó esos recuerdos. De todo eso había pasado mucho tiempo. Y estaba de nuevo en Europa. Su corazón latía a buen ritmo gracias a un marcapasos con desfibrilador, lo que no le había impedido participar en cuantas misiones le había encomendado el jeque Mohsin después de la operación. Como ahora no le impediría llevar a cabo su mayor hazaña.

Sus pasos le habían llevado de vuelta a la Grand Place y decidió hacer una parada en el café Cocorico. Descansaría mientras pensaba en la conversación que le esperaba con el jeque Kamal.

Después iría un par de días al domicilio que haría las veces de cuartel general. Allí se encontraría con Kamal y también con su hermano. Ismail llevaba más de un año trabajando en Bruselas y se alojaba en casa de sus tíos. Era parte de su plan.

Sintió que el cansancio se adueñaba de él. El corazón de vez en cuando le seguía enviando mensajes.

Tel Aviv
Luna

Amanecía y los primeros sonidos de la mañana anunciaban que Tel Aviv se estaba despertando. Era la mejor hora para correr por la playa.

Fijó la mirada en Luna, que intentaba esquivar las olas, pero se resistía a dejar de correr a su lado. Él la miraba de cuando en cuando para asegurarse de que la tenía cerca. Se querían. Así había sido desde la noche en que se conocieron años atrás. Podía recordar el día, la hora y cada detalle de lo sucedido.

Corrieron un rato más hasta que el sol empezó a despejar las últimas sombras del amanecer. Miró el reloj. Otra vez iba a llegar tarde. La doctora Tudela le había citado a las ocho. No le daría tiempo de dejar a Luna en casa, de manera que decidió llevarla consigo. Esperaba que a la doctora le gustaran los perros; si no era así, entonces no volvería.

Llegó con quince minutos de retraso. Había discutido con uno de los vigilantes de la puerta del hospital que se negaba a dejarle entrar con Luna.

Como el despacho de la doctora estaba en la planta baja y su ventana daba al jardín, decidió que entraría por allí.

Dio un golpe en el cristal y la doctora se dio la vuelta mirándole extrañada.

—¿Qué hace ahí?

—¿Le importa si entro por la ventana?

—¿Y por qué quiere entrar por la ventana? —quiso saber ella.

—Porque vengo acompañado y no la dejan pasar.

La doctora Tudela dirigió su mirada hacia Luna y sonrió. Abrió la ventana y observó curiosa cómo Jacob cogía a la perra en brazos y se impulsaba hacia dentro.

—Viene bien acompañado.

—No molestará. ¿Le gustan los perros?

—No me disgustan.

—Ésa no es una respuesta.

—Yo creo que sí. ¿Cómo se llama?

—Luna.

—¿Y por qué eligió ese nombre?

—¿Quiere que se lo cuente?

—¿Por qué no?

Jacob dudó en responder directamente.

«Si echaba la vista atrás, recordaba al animal gimiendo acurrucado junto al alambre de espino que desgarraba su espesa pelambrera. A pesar de que intentaba cruzar la frontera, no pudo evitar echar una mirada al lugar desde donde le llegaban los gemidos, y entonces la vio. La sangre le corría por el lomo y su mirada cargada de sufrimiento le hizo pararse en seco. Se acercó despacio, procurando no hacer ruido. Sabía que le seguían. Podía sentir y casi oler el sudor del esfuerzo que emanaba del cuerpo del hombre que le acechaba. Pero la mirada de Luna le obligó a arrastrarse hasta ella y, sacando su cuchillo de sierra, cortó aquel alambre asesino. Luego la cogió en brazos y continuó la marcha intentando esquivar el peligro que se cernía sobre él.

La frontera, en aquella parte, no era difícil de traspasar, pero debía tener cuidado para no terminar muerto a manos de un policía, un soldado libanés o incluso uno de los suyos. Cualquiera podía acabar con su vida antes de que se diera cuenta.

La perrita apenas pesaba. Era ligera, pero sus gemidos podían delatarle.

Se dijo que era un idiota, que lo que acababa de hacer no tenía sentido. Regresaba de una misión que no debía haber aceptado. De hecho, al principio se había negado, pero su jefe, Natan, no le había dado opción: «Sabes que trabajamos para organismos oficiales y si nos piden que hagamos algo, lo hacemos. No correrás ningún riesgo. Entrarás y saldrás del Líbano sin ningún problema. Conoces bien Beirut y tu única misión es arreglar los desperfectos de un aparato fabricado por nosotros. Vas, lo arreglas y vuelves». Y así lo hizo. Fue a Beirut para arreglar un dispositivo que usaba un agente local para ver desde su piso cuanto sucedía en la casa de un general que vivía al lado. No había sido fácil solucionar el problema. Había pasado un par de días encerrado en la casa del agente y cuando salió de nuevo a las calles de Beirut tuvo la sensación de que alguien le seguía. Maldijo su mala suerte. Él era un ingeniero y no un agente, por más que hubiera recibido instrucción para afrontar situaciones apuradas como aquélla. Pero no tenía aptitudes para el mundo de las sombras.

Preocupado, caminó durante un buen rato por la ciudad, preguntándose si alguien había descubierto al hombre que espiaba al general libanés. Pero no podía llamarle y mucho menos regresar a la casa. No tenía otra opción que llegar a la frontera. Allí estarían esperándole. La hora convenida era las once de la noche. Durante el paseo creyó distinguir a cuatro hombres que se iban turnando en el seguimiento. Luego paró un taxi que le llevó hasta la playa, allí tomó un autobús del que se bajó en una aldea, ya en el sur, donde un hombre le esperaba. Cuando le dijo que le estaban siguiendo, el tipo se asustó y no le llevó hasta la frontera, sino que le dejó a unos kilómetros de distancia. La oscuridad de la noche le protegía. Sabía que los cuatro hombres le iban a la zaga, aunque él sólo temía a uno, el que intuía que estaba más cerca y se había separado de su propio grupo como si fuera capaz de ver dónde encontrarle en la oscuridad. Era ridículo, pensó, haber perdido unos minutos preciosos por desenredar a un cachorro atrapado en un alambre de espino.

Se estaba jugando la vida por aquel ser desconocido que gemía entre sus brazos y que limitaba sus movimientos.

Pero tuvo suerte y cruzó la frontera esquivando a sus perseguidores, y sin que nadie se percatara de lo que acababa de hacer.

Siguió caminando con paso rápido unos cuantos kilómetros más y cuando vio las luces de Misgav Am dibujándose tenuemente en la oscuridad, su respiración empezó a recuperar la normalidad.

Avanzó ya más tranquilo hacia el kibutz, pero cuando estaba a poco menos de diez metros sintió el cañón de un arma en los riñones.

—Te has retrasado. Llevo dos horas esperándote —escuchó que le decía un hombre.

—Pero yo estaba tranquilo, Dan, sabiendo que estarías aquí porque no tenías un plan mejor para esta noche.

El hombre gruñó lo que parecía una sonrisa y luego miró el bulto que gemía.

—¿Y eso qué es? —preguntó escamado.

—Un cachorro. Parece una hembra... no lo sé... está herida... La maldita alambrada... tal vez intentó meterse por ella y se quedó enganchada.

—¡Joder! Tu misión no es salvar cachorros.

—Pues ya ves... He ampliado la misión y ahora también salvo cachorros. Y yo que tú avisaría a la oficina, me han seguido por Beirut desde el mismo instante en que salí de la casa de vuestro hombre.

No consintió en dejar a la perra. Se metió en el coche con Dan y por el camino le contó los pormenores de lo sucedido.

Estaba cansado y aún sentía el miedo que le había acompañado durante la persecución. Dan llamó por teléfono e informó a su interlocutor de que llevaba el «paquete» a su casa y que había estado a punto de «perderse» en el camino.

Se quedó adormilado hasta que Dan le anunció que ya habían llegado a Tel Aviv.

Entró en el portal llevando a la perra en brazos hasta el apartamento que se había convertido en su hogar.

Allí la examinó con cuidado. No tenía raza y eso le gustó, su mestizaje; tenía algún rasgo de pastor alemán, pero su color era demasiado claro para serlo.

Luego le curó las heridas. Le metió en la boca un antibiótico pensando que podría tener alguna infección. Si ese antibiótico era bueno para él, también lo sería para ella, se dijo. Decidió que al día siguiente la llevaría a algún centro veterinario.

Después de curarla se metió en la cama dejando abierta la ventana para escuchar el rumor de las olas batiendo en la playa.

Cuando se despertó aún no había amanecido. Se sorprendió al comprobar que el cachorro se había subido a la cama y dormitaba a su lado. La acarició y ella abrió los ojos asustada.

Comprobó las heridas y se sintió satisfecho de la cura. No parecía que se hubieran infectado.

Se dio una ducha rápida y mientras se preparaba un café echó un vistazo al refrigerador buscando algo que dar de comer a la perrita, aunque sabía que no iba a encontrar nada. Decidió que se las podría arreglar con unas cuantas galletas y agua. Buscó un cuenco, lo llenó de agua fría y luego fue dándole las galletas. Las comía con ansia. Se preguntó cuándo habría sido la última vez que aquella criatura había comido algo.

Se asomó a la terraza y respiró el aire impregnado de salitre. Miró el reloj y calculó que aún disponía de una hora para correr en la playa antes de dirigirse a la sede de IAI. Tenía que informar de su «paseo» por Beirut y protestar, una vez más, por que le enviaran a hacer un trabajo más propio de un agente que de un ingeniero informático. Cuando estaba a punto de salir, la perrita se puso a su lado y volvió a gemir. Se preguntó qué debía hacer y decidió llevarla con él.

Ya en la playa, acompasó el paso al del cachorro herido. La soledad del amanecer le permitía ordenar las ideas. No disponía de mucho tiempo para correr. Si algo irritaba a su jefe era que no fuera puntual.

La perrita hacía lo imposible por seguirle, pero una de las heridas empezó a sangrar, de manera que decidió regresar al apartamento. Telefoneó a su madre y le pidió que fuera para hacerse cargo del cachorro.

—¿Un perro? Pero ¡de qué me estás hablando! Apenas son las siete de la mañana y pretendes que vaya a tu casa y me haga cargo de un perro que te has encontrado.

—Sólo tienes que subir un piso en ascensor, y lo que pretendo es que la lleves al veterinario. A propósito, es «chica». Si pudiera, lo haría yo mismo, pero tengo que ir a trabajar.

—De acuerdo... ¿Muerde?

—A mí no me ha mordido... Dependerá de si le caes bien —respondió irritado.

—No me gustan los perros.

—Lo sé, nunca me permitiste tener uno.

Joanna encajó el reproche asegurándole que en media hora estaría en el apartamento y buscaría una clínica veterinaria.

Media hora más tarde, Jacob aparcaba el coche delante de IAI, un edificio vanguardista construido en acero y cristal. Entró con paso decidido.

—Natan Lewin está en el despacho con Dor y te están esperando —le dijo la recepcionista.»

Jacob miró a la doctora Tudela, que parecía estar sopesando cuanto había escuchado hasta ese momento. No pudo evitar sentirse momentáneamente incómodo y preguntarse qué interés podía tener contar cómo había encontrado a Luna.

Durante unos segundos, Jacob y la doctora permanecieron en silencio. Ella aguardaba a que Jacob decidiera por dónde seguir. Recordó que la doctora conocía a Dor, así que no le extrañaría lo que le estaba contando, de manera que si Natan Lewin le decía que tenían que encargarse de algún asunto por indicación de Dor, no tenía otra opción que aceptar o presentar la dimisión.

—¿Algo más? —La doctora le devolvió a la realidad.

—Bueno, no mucho... Le diré qué más recuerdo de aquel día. Natan Lewin me saludó con un apretón de manos...

«—Así que todo ha salido bien, ¿no?

—Bueno, me temo que a vuestro hombre de Beirut le tienen localizado.

—Sí, Dan nos dio tu aviso... —asintió Natan.»

—Dor parecía de malhumor, pero eso no era una novedad, siempre lo estaba, aunque a mí me traía sin cuidado. Aún hoy me pregunto por qué acepté hacer esa excursión al Líbano.

—Creo que sabe la respuesta —repuso la psiquiatra.

Jacob no respondió, pero la doctora Tudela tenía razón. Sabía la respuesta: había aceptado porque necesitaba probarse a sí mismo que era capaz de hacerlo.

—En fin, cuando regresé a casa aún no había decidido qué haría con Luna. Llegué bien entrada la tarde. Encontré a mi madre sentada en la terraza con un vaso de vino blanco en una mano y un cigarrillo en la otra...

«—¡Ya era hora! —dijo a modo de saludo.

Jacob se encogió de hombros mientras buscaba con la mirada al cachorro.

—Ella está bien, el zurcido que le hiciste… no está mal, eso es lo que ha dicho el veterinario. La han curado, le han puesto no sé cuántas vacunas, la han desparasitado… Le calculan poco más de cuatro meses. ¿Y ahora qué piensas hacer con ella? No te la puedes quedar.

Fue escuchar aquellas palabras de su madre y decidir que se quedaría con el cachorro.

—Pues sí, se queda conmigo. Es una buena compañía.

—¡Pero no dispones de tiempo!

—Precisamente lo único que tengo es tiempo —le recordó.

—Algún día tendrás que decidir qué vas a hacer con tu vida —respondió ella malhumorada.

—Ésa es una decisión que quizá no tome nunca.

—Te gusta fastidiarme, ¿verdad?

—No, sólo recordarte cómo son las cosas. Y ahora… gracias por haberte encargado de la perra. Nos las arreglaremos solos, aunque siempre puedes echar una mano…

Su madre apagó el cigarrillo, se puso en pie y se plantó delante de Jacob.

—Haz lo que quieras, pero conmigo no cuentes. Bastante he hecho hoy considerando que no me gustan los perros. ¡Ah!, te he dejado en la mesa de la cocina un papel con todas las recomendaciones del veterinario, además de las pastillas que le tienes que dar… También me aconsejaron que comprara unas cuantas latas de comida…

Cuando su madre se marchó, se sintió satisfecho de haberla molestado. Fue a la cocina, leyó el papel y luego abrió la nevera de la que sacó una botella de vino blanco. Se sirvió un vaso y, seguido por el cachorro, buscó el aire fresco de la terraza.

—¿Qué voy a hacer contigo? —le dijo a la perra—. Lo primero será buscarte un nombre, un nombre bonito…

Miró hacia el frente. El viento movía el agua.

—Ya sé, te llamaré Luna. ¿Te gusta? Creo que sí. Te encontré de noche. Eres una superviviente. Sí, Luna te va bien.

De eso habían pasado doce años. Luna había envejecido, pero era una perra sana empeñada en protegerle. Su madre, a pesar de sus protestas, había accedido a cuidarla cuando él tenía que viajar. Claro que la presencia de Luna le había anclado en Tel Aviv.

En realidad no le molestaba tanto su trabajo como las misiones en las que de vez en cuando se veía obligado a participar.

Lo que más irritaba a Jacob era la sospecha de que no sólo debía su trabajo a Dor, sino que algunos otros que le encargaba su jefe eran precisamente idea de Dor. En realidad no tenía queja de Natan Lewin. Era un hombre en el que se podía confiar, un cerebro de la informática que solía buscar a otros iguales en la universidad, y Jacob había obtenido las mejores calificaciones en ingeniería informática y en ingeniería cuántica, pero aun así estaba seguro de que la opinión de Dor había pesado sobre Natan Lewin.

Jacob estaba entre los mejores de esa nueva disciplina que era la inteligencia artificial. Tenía su propio laboratorio en IAI y unos cuantos amigos, no muchos; en realidad los algoritmos eran sus mejores amigos.»

Se quedó en silencio.

—Así que no le gusta que IAI reciba encargos de La Casa de las Palmeras.

—En realidad, no.

—Ni tampoco que su madre conozca a Dor.

—Puede decirse que su manera de ayudarme fue colocarme en las garras de Dor. No debió acudir a él para que me sacara de la prisión militar. Recordará que en la sesión anterior le conté por qué había decidido ser objetor, sabía lo que eso suponía. En cuanto a la relación de mi madre con Dor...

—Le disgusta.

—A mi madre le costó explicarme de qué se conocían realmente.

—¿Quiere contármelo?

—Un día en que yo le mencioné a Dor, ella no pudo evitar una sonrisa...

«—¿No te dije que tenía un primo en Israel?

—Sí, pero en todos estos años no hemos sabido de ese primo... ¿No me irás a decir que es ese tal Dor?

—No... desde luego que no. No somos primos... pero casi toda su familia murió en Auschwitz.

Jacob entendió que aquello los unía más que si de verdad fueran primos. Pero más sorprendente fue lo que su madre le contó a continuación:

—Le conocí en un concierto organizado en París por la Comunidad Judía de Francia. Tu padre y yo simpatizamos con él. Dor... él, bueno, se interesó... quiso saber cómo había sido nuestra vida en Beirut... Parecía sentir curiosidad por nuestras opiniones sobre la política libanesa. En una de esas ocasiones me dijo que a lo mejor yo podía ayudar... que los judíos teníamos que impedir que nunca más volvieran a matarnos... No hacía falta que me hablara del horror de los campos puesto que tu padre y yo ya habíamos visitado Auschwitz. Le dije que estaba de acuerdo, pero que no sabía cómo podría ayudar.

»Él me pidió que en Beirut tuviera los ojos y los oídos atentos. Sabía que tu padre tenía negocios importantes y que nos tratábamos con gente destacada... Sólo era cuestión de escuchar y, de cuando en cuando, contárselo a él.

—¿Y aceptaste? —preguntó Jacob, escandalizado.

—Le dije que lo consultaría con tu padre... Dor me dijo que lo comprendía y me aseguró que en ningún caso correría peligro, ni tampoco tu padre. Se trataba sólo de escuchar... nada más.

—¿Y qué te dijo papá?

—Que desde luego no podía hacer eso, que dijera lo que dijese ese hombre, me pondría en peligro y que nuestro objetivo era formar una familia, tener hijos... y ser leales, sí, leales a Francia, que era nuestra patria, pero también a nuestros amigos libaneses. Tenía razón y me quitó un peso de encima. Así se lo expliqué a Dor y dijo que lo comprendía. Sin embargo... bueno, en nuestros viajes a París nos lo volvíamos a encontrar en alguna de las actividades de la Comunidad Judía... Tu padre siempre se mostró remiso a comentar con él lo que fuera que sucedía en el Líbano.

—¿Y tú?

—Yo también, aunque... no tanto como tu padre. Si estábamos en una reunión con más gente y alguien hacía un comentario sobre el Líbano... Dor no decía nada, ni preguntaba nada, pero...

—Pero tú decías más de lo que te hubiera gustado decir...

—En realidad, nada de lo que decía era un secreto. Nosotros no disponíamos de información privilegiada. Sólo podíamos opinar de lo que leíamos en los periódicos.

—Pero teniendo en cuenta que teníais amigos importantes es evidente que vuestras opiniones estaban matizadas por ese conocimiento especial que le da a uno estar bien relacionado.

—Tu padre llegó a ser un hombre importante en Beirut. Los negocios le iban bien y se trataba con ministros, banqueros, empresarios... Sí, teníamos una buena posición. En cualquier caso, Dor no volvió a pedirme nada, pero cuando se enteró de que había decidido venir a vivir a Israel, se ofreció a ayudarme. Y lo ha hecho.»

La doctora interrumpió sus reflexiones devolviéndole a la realidad:

—Bien, creo que por hoy es suficiente.

—Desde luego, aunque... no sé... todo esto me parece absurdo. ¿Qué interés tiene que mi perra se llame Luna?

—Es importante para usted y, por tanto, eso me ayuda a conocerle y a intentar ayudarle. Hoy he aprendido unas cuantas cosas sobre usted. ¿Quiere que nos volvamos a ver o prefiere cerrar la puerta y no regresar?

No sabía por qué, pero se sentía cómodo hablando con aquella mujer. Había sido capaz de explayarse sobre lo mucho que le importaba Luna.

—¿Cuándo puedo volver?

No fue hasta que salió del hospital cuando se dio cuenta de que había estado allí más de hora y media. Llegaría tarde a trabajar y, además, acompañado de Luna. Imaginaba la perplejidad de sus compañeros cuando le vieran aparecer con ella. Pero no tenía tiempo para llevarla a casa y tampoco estaba dispuesto a dejarla encerrada en el coche. Sabía que ella no molestaría y se limitaría a tumbarse a sus pies.

El guardia de seguridad de IAI consultó si podía permitir que Jacob entrara en las instalaciones con un perro. A los jefes no les debió de resultar fácil tomar una decisión porque le hicieron esperar diez minutos en la puerta.

Cuando entró en la sala de trabajo que compartía con una docena de ingenieros como él, evitó fijarse en las sonrisas irónicas que cruzaban entre ellos. Le pidió a Luna que se tumbara a su lado y ella lo hizo sin rechistar, y así pasaron el resto de la mañana. No salió a la hora del almuerzo. Había llegado tarde y recuperaría las horas, así que se quedó disfrutando del silencio y aprovechó para telefonear a su madre.

—¿Cómo estás?

—Con fiebre, dolor de cabeza, mareada e incapaz de moverme. Esta maldita neumonía va a acabar conmigo.

—Ya no la tienes.

—Pero no me recupero de las secuelas.

—¿Necesitas que te lleve algo?

—Tengo comida suficiente, lo único que estoy es cansada y con dolor de cabeza.

—Sabes que es cuestión de tiempo. Salvo que vayas a peor o sientas que te falta el aire, es mejor que te quedes en casa y sigas las instrucciones del médico.

—No estoy segura... Ha pasado un mes y mírame, no tengo fuerzas...

—Dentro de un rato estaré en casa. Si necesitas algo, llámame.

Jacob se sentó en la terraza y Luna se acercó para buscar acomodo junto a él. Permanecieron un buen rato en la misma posición. Luna dormitando y Jacob pensando en su conversación con la doctora Tudela. Se daba cuenta de que ella apenas hablaba, se limitaba a escucharle, y se preguntó qué había tras su rostro amable y sus ademanes contenidos. Imaginaba que tendría una historia detrás de su mirada inteligente. Pero ¿cuál sería?

Sintió el impulso de intentar saber algo sobre ella, cogió el móvil y sin dudar telefoneó a su jefe Natan Lewin.

Después de intercambiar unas cuantas frases de compromiso, Jacob fue al grano:

—¿Por qué me recomendaste a la doctora Tudela? ¿Qué tiene de especial?

Escuchó la risa seca de su jefe al tiempo que también le llegaba el chasquido de una cerilla. Natan Lewin era incapaz de hacer nada sin un cigarrillo en la mano.

—Durante un año fui a verla todas las semanas, me ayudó a averiguar unas cuantas cosas sobre mí.

—Ya, pero ¿quién es?

—Una excelente psiquiatra. ¿Qué te pasa, Jacob?, ¿te has enamorado de ella? —preguntó Natan con una carcajada.

—Vamos, no te lo tomes a broma. Simplemente me intriga; en realidad es la primera psiquiatra que conozco en mi vida, no sé si todos actúan de la misma manera. No sé por qué, pero empiezo a hablar y a veces pienso que lo que le cuento no tiene ningún interés.

—Se trata de eso… de que te desahogues. Verás, a mí me la recomendó Dor y las sesiones con ella me ayudaron mucho.

—¡Dor! ¡Maldita sea! Siempre está en medio de todo.

—Vamos, Jacob, sabes que es un buen tipo. Pertenece a una generación en la que todo les costó mucho. Y por si no te has dado cuenta, él te aprecia.

—No me gusta ir a una psiquiatra amiga de Dor.

—Pues no vayas, ya eres mayorcito para saber lo que quieres. Yo te la recomendé porque a mí me fue útil, pero yo soy yo y tú eres tú, de manera que decide lo que crees que te conviene —respondió Natan endureciendo el tono de voz.

—¿De qué se conocen la doctora Tudela y Dor?

—Eso no es asunto ni tuyo ni mío, pero te lo diré: ambos perdieron a buena parte de su familia en los campos de exterminio nazis. La doctora Tudela es sefardí, su familia vivía en Salónica. A sus abuelos se los llevaron a Auschwitz. En cuanto a su madre… es muy anciana, tiene más de noventa años. Tuvo suerte: tenía quince años cuando los rusos liberaron el campo. —Natan guardó silencio unos minutos al otro lado del teléfono—. La historia de Dor es parecida y, por lo que sé, la de tu madre también. Aquellos campos de la muerte unieron para siempre el destino de millones de judíos —concluyó.

Tel Aviv. 8 de la mañana del día siguiente
Jacob

Se estaba arrepintiendo de haber ido allí. Moderó el paso mientras decidía si debía marcharse. Cuando estaba a punto de hacerlo se encontró con ella.

—Jacob... buenos días, ¿qué hace aquí? No habíamos fijado ninguna cita. Nos vimos ayer...

—Lo siento. Me marcho, no ha sido buena idea presentarme de improviso.

—No es una idea ni buena ni mala, si está aquí es por algo. Venga a mi despacho.

—Estará ocupada...

—Dentro de una hora participo en un seminario, tengo que dar una charla a un grupo de estudiantes de la universidad. No se preocupe, tenemos tiempo.

La siguió por el pasillo hasta el despacho y ella le invitó a sentarse mirándole con curiosidad.

—Bien, cuénteme...

—En una de nuestras conversaciones me dijo que yo sabía por qué aceptaba hacer «operaciones especiales»... como la de Beirut que le conté ayer.

—Sí, así es.

—¿Y usted qué cree?

—Lo importante es lo que crea usted, pero se lo diré: de alguna manera se siente culpable por no haber sido el soldado que se esperaba que fuera y se ha llegado a preguntar si, además de por escrúpulos, tenía miedo, ¿me equivoco?

Jacob se quedó en silencio observando el rostro hierático de la doctora Tudela.

—Puede ser.

—Las dos cosas son compatibles y la una no anula la otra. Se puede tener escrúpulos y no querer participar en algo y, al mismo tiempo, sentir temor por ese algo.

—Anoche no dejé de pensar por qué había aceptado otra misión encargada por Dor.

—¿Quiere contármelo?

—Natan Lewin me envió a Beirut por indicación de Dor. La misión consistió en acompañar a una mujer, que me pidió que la llamase Rina como podía haberme dicho otro nombre. Ella, lo mismo que yo, hablaba a la perfección árabe y francés. Todo muy sencillo, según nos explicó Natan: consistía en llegar a Beirut y acudir a casa de un hombre que nos daría una información. Mientras el hombre hablaba con Rina, yo tendría que arreglármelas para colocar unos cuantos micrófonos en la casa.

»Me resistí. Le recordé que yo era ingeniero y no un agente. Pero Natan utilizó su argumento talismán: Dor era uno de nuestros mejores clientes y no iba a decirle que no.

—Pero no se resistió lo suficiente —comentó la doctora Tudela.

Jacob se encogió de hombros mientras buscaba una respuesta.

—No, no lo hice. No quería hacerlo, pero al mismo tiempo me preguntaba si era por cobardía...

—Y entonces...

—Rina tenía experiencia y me advirtió que correríamos peligro. Aquel hombre, me explicó, hasta el momento nos había vendido información, pero como buen negociante podría vendernos a nosotros si alguien le pagaba un generoso precio por ello.

»Así que la misión no sería tan fácil como nos había dicho Natan Lewin. Me dieron un grueso fajo de dólares para pagar al hombre con el que nos íbamos a reunir.

—Por lo que me cuenta, efectivamente era una misión para un «agente», pero aun así aceptó.

—Pasamos la frontera poco antes del amanecer y al otro lado nos esperaba una camioneta conducida por un joven que nos trasladó a Beirut sin decir palabra. Rina me pidió que le permitiera a ella tratar con el informante.

»El tipo nos recibió con gran ceremoniosidad, ofreciéndonos café y dulces que mandó servir a un joven imberbe. Perdimos un buen rato en palabrería hasta que expuso la "calidad" de la información y el precio que pedía por ella. Rina asintió y dijo que le pagaríamos. Aquel hombre nos dio las direcciones donde se ocultaban algunos líderes islamistas. También explicó detalladamente los enfrentamientos que se daban entre algunos de los jefes.

»En medio de la conversación me levanté con la excusa de que necesitaba ir al cuarto de baño. Tenía que colocar los micrófonos en algún lugar. No era fácil porque el joven imberbe que nos sirvió el café me acompañó hasta la puerta y esperó hasta que salí. Intenté distraerle preguntándole cómo se llamaba y si estudiaba, luego hice que se me caía el teléfono móvil al suelo, el chico se agachó a recogerlo, pero no me fue posible colocar ningún micrófono salvo los del cuarto de baño.

»Más tarde, mientras Rina seguía hablando con el hombre, pedí permiso para salir al jardín. Rina me miró con disgusto. El hombre sonrió.

»—Su "escolta" no es muy profesional —dijo—, ¡se aburre! Bueno, salga al jardín… Yusuf le acompañará.

»Me resultó imposible esquivar a Yusuf y no encontré manera ni lugar donde colocar un micrófono en aquel jardín. Así que no tardamos en regresar al salón.

»No dije ni una palabra, tan sólo saqué el fajo de billetes cuando Rina me lo indicó.

»Luego pasamos unas cuantas horas vagando por Beirut. El joven que tenía que trasladarnos a la frontera nos recogería después del almuerzo. Así que nos sentamos en un café y nos entretuvimos un rato leyendo un par de periódicos libaneses. Más tarde Rina me pidió que buscara una barbería mientras ella entraba en un salón de belleza en el que aseguraban ser expertos en manicura francesa.

»—Escucha —me aconsejó—, en las barberías los hombres se relajan y hablan de todo. Lo mismo sucede en los salones de belleza. No opines de nada, sólo escucha. Y si te preguntan algo podrás responder... con la lectura de los periódicos nos hemos puesto al día.

»Almorzamos en un restaurante cerca de la playa. Me hubiese gustado ir a alguno de los lugares que frecuentaba con mi padre, pero Rina se opuso alegando que era mejor pasar inadvertidos.

»Aquella misión había sido un fracaso en lo que se refería a mi cometido. No obstante, me tranquilizaba no estar poniendo en peligro a nadie salvo a mí mismo.

»Me sentía satisfecho de que Rina fuera testigo de mi incapacidad manifiesta para llevar a cabo trabajos como el suyo. No estaba hecho para vivir entre las sombras, no tenía ningún talento para ser un agente.

Jacob se quedó en silencio. No había nada más que contar.

—Bien, no todos tenemos los mismos talentos o aptitudes. Usted necesitaba probar que era capaz de poner en riesgo su vida. Lo demás era secundario.

—Sí... podría decirse así.

—Pero aún no está convencido.

—¿Usted cree?

—Jacob, la construcción de este país no ha sido fácil y usted, como todos, ha escuchado muchas historias de comportamientos heroicos asociadas a quienes hicieron posible que Israel sea una realidad. Pero este país también necesita gente que sepa poner ladrillos, que siembre, que invente...

»Podemos sentirnos orgullosos de aquellas mujeres y hombres que pusieron los cimientos de Israel, pero no compitamos con ellos. Cada uno de nosotros tiene una responsabilidad; yo tampoco sería una buena agente y eso no me preocupa lo más mínimo. No me hace ni más ni menos valiente. Usted puede hacer mucho por nuestro país, por los demás, como ingeniero. Tiene sus propios talentos. Dor tiene los suyos, lo mismo que Natan, lo mismo que cualquiera de nosotros. Pero todos somos necesarios. Sin lo que hace Dor seguramente no podríamos dormir tranquilos, pero sin lo que hace usted con los algoritmos no progresaríamos.

—Pero ¿merece la pena todo lo que hacemos por permanecer aquí? —le preguntó Jacob.

La doctora levantó la mirada mientras colocaba las manos encima de la mesa.

—Mis abuelos y los suyos, que murieron en los campos de exterminio, sabrían responder a esa pregunta mejor que yo. Ésta es nuestra patria, Jacob, lo es desde hace miles de años, nunca dejamos de pertenecer a ella. Si Israel hubiera existido en su momento, no habría habido Holocausto. Pero eso ya lo sabe usted. La cuestión no es si Israel debe existir o no, la cuestión es si usted quiere formar parte de todo esto y luchar por que podamos conservar este trozo de tierra. Así que dígamelo usted.

—Sí. Sí... merece la pena... pero ¿sabe?, no dejo de soñar con aquel muchacho de Ein el-Helwe... Su rostro, su voz, forman parte de mí. ¿Cómo va a perdonarnos?

—No soy una cínica, Jacob, por tanto no le diré que en las guerras hay víctimas colaterales aunque así suceda.

Se abrió la puerta y asomó el rostro de un hombre que sonreía.

—Doctora Tudela… la están esperando. Me han enviado a buscarla.

—Sí, ahora mismo voy.

Se despidieron con un apretón de manos.

Libro II

Bruselas. 6 de la tarde

—Hermano, ¿qué es más difícil? ¿Morir o matar?

Ismail aguardó expectante la respuesta. Le preocupó ver la crispación reflejarse en la mandíbula de su hermano. Si hubieran estado solos seguramente habría recibido un pescozón, pero los hombres miraban a Abir y éste esbozó una mueca que quería ser sonrisa antes de responder.

—Lo difícil es servir a Alá dondequiera que nos necesite. Con generosidad, sin preguntas. Será Él quien decida cómo le eres más útil.

—¿Y Alá ya ha decidido qué necesita de mí? —continuó el joven aun sabiendo que su insistencia enfadaría a su hermano.

—Lo sabrás en su momento. Ahora presta atención a las instrucciones de Ghalil o terminarás matándote tú mismo si no aprendes a manejar los explosivos.

Abir apartó la mirada de su hermano pequeño mientras hacía un gesto a uno de los hombres para que le siguiera. Una librería cubría una de las paredes de la estancia en la que tenía lugar la reunión. Buscó entre los estantes el resorte que, como si se tratara de la cueva de Alí Babá, se abría dando paso a una habitación pequeña pero bien equipada. Estaba insonorizada y amueblada con sencillez: un par de sofás, una televisión de plasma sobre una mesa baja, seis sillas apiladas y una mesa redonda. Lo único que llamaba la atención era que no había ventanas. Una vez dentro, Abir volvió a apretar un resorte y el panel de madera macizo se fue cerrando.

—Tu hermano es demasiado joven —le dijo el hombre.

—No te preocupes, Kamal, hará lo que le ordene y morirá cuando dispongamos que debe morir.

—Pero aún no le has dicho que morirá.

No, no se lo había dicho ni pensaba hacerlo hasta que no fuera necesario, porque si lo hacía, lo único que conseguiría sería asustar a su hermano.

Se llevó la mano a la cara... Estaba cansado y en aquella estancia cerrada sentía que le faltaba el aire.

—Al jeque Mohsin le preocupa... —insistió Kamal.

Pero Abir levantó la mano interrumpiéndole.

—Yo confío en mi hermano; si no fuera así, no contaría con él para lo que estamos preparando.

—¿Y no te importa sacrificarle?

—¿Tú no perdiste a tus dos hijos luchando contra los infieles? Todos debemos pagar un tributo de sangre para ser dignos de la lucha que nos llevará a establecer el Califato por siempre jamás.

—Que Alá te oiga —respondió Kamal.

—Y que Él nos proteja siempre. Ahora quiero que tú y yo repasemos toda la operación. La he preparado minuciosamente, pero creo que tus ojos expertos serán capaces de encontrar los errores en los que haya podido incurrir.

—Para eso he sido enviado, Abir. No puede haber errores y a ti te gusta en exceso el riesgo. Crees que puedes burlarte de toda esa gente que anda ahí fuera buscándote. Confías demasiado en tu buena suerte, pero ésta cualquier día te abandonará. Además, tu salud no es buena. Tu corazón está enfermo, no tienes buen aspecto.

—Mi corazón resiste. Un mes, Kamal, un mes estuve convaleciente luchando por sobrevivir. No, no debes preocuparte ni por mi salud ni por el plan. Hasta ahora he burlado a todos los servicios de seguridad del mundo. No son capaces de dar conmigo. Ignoran cómo soy porque no saben quién soy, están buscando a un fantasma que los golpea en los lugares más insospechados. Siempre van unos cuantos pasos por detrás. Cuando creen que voy a golpear en una ciudad, golpeo en otra; cuando esperan una masacre en un lugar público muy concurrido, elijo a algún desgraciado suficientemente conocido para asegurarnos de que su muerte aparecerá en los informativos de todas las televisiones. Les llevo la delantera, Kamal.

—La soberbia es un pecado rechazado por Alá. Temo que ese pecado sea tu perdición —le reprochó Kamal.

Abir apretó los labios pero no respondió. Kamal era uno de los lugartenientes del jeque Mohsin, y ofenderle a él era tanto como ofender al líder. Le necesitaba. No era ni quería ser un «lobo solitario»; de ésos ya había muchos, incluso él mismo los activaba.

Quería convertirse en un hombre de respeto. Alguien a quien los otros combatientes no sólo admiraran por su valor, sino que le reverenciaran y fueran capaces de hacer cualquier cosa sólo porque él se lo ordenara.

—Seré prudente, Kamal, sé lo mucho que está en juego.

—¿Estás seguro de que tu hermano aceptará inmolarse? —insistió el jeque.

—Ismail ha sido educado para obedecer. Hará lo que le pida.

—Es un niño con miedo —afirmó Kamal con desprecio.

De nuevo Abir contuvo la respuesta, pues sabía que estaba en lo cierto: su hermano Ismail tenía miedo aun sin saber que la misión que le había reservado le costaría la vida. Pero no podía admitirlo ante Kamal, así que lo negó.

—Ismail es un valiente. Lo ha sido desde niño. Y entregará su vida sin pena alguna. Te lo garantizo —afirmó con más rotundidad de la que era necesaria.

—Bien, ahora cuéntame los detalles del plan.

—La cumbre de la OTAN se celebrará dentro de dos semanas y durará tres días. Asistirán los ministros de Defensa de todos los países que forman parte de esta alianza y, además, está previsto que tengan una reunión con el ministro de Defensa ruso al que han invitado para hablar de la tensión en las fronteras del Este.

—Todo esto ya me lo sé, Abir —respondió Kamal, impaciente.

—Sí, tienes razón... Bueno, a nosotros tanto nos da que los americanos y los rusos sean amigos o enemigos, ambos nos combaten y, por tanto, son nuestros enemigos. Debemos darles un castigo ejemplar. Convertiré Bruselas en un infierno, pero sólo será el principio... Los infieles no podrán dormir tranquilos en ningún lugar del mundo porque no sabrán dónde ni cuándo vamos a actuar. Puede que también intente matar a todos los ministros que vienen a la cumbre de la OTAN. Estoy estudiando los detalles —sentenció Abir.

—¡Estás loco! —exclamó Kamal.

—No es tan difícil. Lo tengo todo pensado. Exigirá el sacrificio de algunos de los nuestros, pero lo lograremos.

—Cuando se necesitan muchos combatientes las cosas salen mal... son más fáciles las filtraciones.

—Ninguno conocerá el plan en su totalidad. Cada uno tendrá órdenes concretas y, además, jugaremos con el enemigo... En Bruselas se sienten seguros.

—No... no me parece que debamos intentarlo, demasiados riesgos...

—Yo estoy dispuesto a morir. De hecho, es lo que sucederá —aseguró Abir con contundencia, aunque no tenía la más mínima intención de poner su vida en peligro salvo que las circunstancias le obligaran a ello.

—¿Cómo piensas hacerlo? —preguntó Kamal sin mucha convicción.

Estuvieron hablando durante casi dos horas. Abir no le contó los detalles importantes, en realidad sólo le pidió que le proporcionara más explosivos. No desconfiaba de Kamal, pero sabía que el éxito de cualquier operación terrorista se basaba en el silencio. Que nadie supiera una palabra de más sobre el plan a ejecutar.

—¿Quiénes serán los mártires? —quiso saber Kamal.

—Ya los irás conociendo. Los nuestros están dispuestos a morir si con ello acortan los días del poder de los infieles. Confía en mí.

—Bien, pero ten un plan alternativo. El edificio de la OTAN es uno de los más seguros del mundo. Enfréntate con valentía a lo posible y no seas insensato intentando lo imposible.

—Hay otros muchos organismos en Bruselas... la Comisión Europea, por ejemplo. No lo descarto como segundo objetivo.

Kamal asintió, pero no pudo evitar mirarle de soslayo y con preocupación. Tenía mal aspecto, había adelgazado en exceso y su rostro delataba un gran cansancio. Abir ignoró la mirada de preocupación de Kamal y con mano firme volvió a apretar el resorte oculto. La librería se fue abriendo hasta dejar a la vista la sala donde se encontraban Ismail y Ghalil, ahora acompañados de un hombre de unos cuarenta años vestido con elegancia y una mujer que se estaba retirando con una bandeja en la mano.

La mujer ocultaba el cabello con el hiyab y cubría su cuerpo con una túnica que no dejaba entrever ni un centímetro de su piel.

El hombre se puso en pie y saludó con una sonrisa y una inclinación de cabeza a Kamal.

—Alá te proteja, Zaim —dijo Kamal acercándose para abrazarle.

—Y Él te guarde siempre, amigo... Espero que nos honres cenando en nuestra casa. Nashira es buena cocinera.

Kamal asintió. Aunque desconfiado por naturaleza, consideraba que Zaim Jabib era un hombre con un gran sentido de la lealtad. No sólo porque el jeque Mohsin confiaba en él, sino porque había demostrado su inteligencia y su prudencia durante sus muchos años de servicio a la causa.

—Ya veo que has preparado minuciosamente el escondite donde ocultar los explosivos y las armas.

—Dos años, Kamal... dos años hemos tardado en hacer de esta casa el lugar más seguro de Bruselas. Espero que no encuentres ningún fallo. La he ido construyendo con mis propias manos. El salón comunicaba con una habitación sin ventanas... Como has podido comprobar, no es muy grande, pero lo suficiente incluso para que se pueda ocultar Abir si fuera necesario. Aquí nadie le encontrará. Podrá dirigir el infierno —afirmó sonriendo.

Los cinco hombres conversaron de pie mientras Nashira preparaba la mesa. Ninguno de ellos la miraba ni ella los miraba. Parecía no ver ni escuchar.

Nashira era muy joven, apenas contaría veinte años, y tenía un rostro agraciado. Zaim se sentía orgulloso de su esposa. Sus padres la habían elegido con cuidado por poseer las cualidades imprescindibles de una buena esposa: obediente, recatada, piadosa, siempre prudente. Llevaban casados apenas unos meses. Zaim había estado casado anteriormente con otra mujer a la que había repudiado por no haberle dado ningún hijo. No fue una decisión fácil y sufrió, pero ahora se sentía satisfecho: Nashira y él tenían claro que pronto serían padres.

Bruselas. 7 de la mañana

El amanecer se teñía de gris sobre Bruselas. Ismail caminaba con paso rápido sintiendo que el sudor le pegaba el pelo al cráneo. No había dormido bien la noche anterior. Durante la cena apenas probó bocado. Se limitó a escuchar a Kamal, a Ghalil y, por supuesto, a su hermano. En cuanto a Zaim, siempre se mostraba cortés con él pero distante. Tenía miedo. Pero más temía a su hermano mayor. Abir despreciaba a los cobardes y él no habría soportado su desprecio. Llegó ante el edificio de cristal y acero y entró con aire distraído. Es lo que le había aconsejado Abir. Buscó el ascensor que descendía hasta el sótano y, una vez allí, enfiló el pasillo que le conduciría a la oficina de mantenimiento del edificio, donde también se encargaban del reparto del correo. En aquel lugar siempre estaba entrando y saliendo gente, por lo que se organizaba un gran bullicio.

—Llegas tarde, Ismail —le dijo una mujer de edad indefinida haciendo una mueca que reflejaba su desaprobación.

—Lo siento... el autobús se ha retrasado.

—Pues sal antes de tu casa —respondió ella con displicencia.

Luego, casi sin mirarle, le señaló un carrito repleto de paquetes. No hacía falta que le dijera lo que debía hacer. Su trabajo era sencillo: repartir por varias plantas los paquetes ya seleccionados, además de ayudar al equipo de mantenimiento a reparar cualquier desperfecto del que les avisaran. Se acercó a la taquilla donde guardaba sus efectos personales e introdujo la mochila que siempre le acompañaba y donde además solía llevar un táper con algo de comida. Al fondo de la taquilla escondía una bolsa. Sacó de la mochila una lata que aparentaba ser un refresco y la metió en la bolsa. Comprobó que tanto la bolsa como la mochila estaban bien colocadas y cerró con llave la taquilla. Nada que no hiciera todos los días desde que un año atrás hubiera conseguido el empleo. A continuación se dirigió al ascensor y, planta por planta, comenzó la tarea asignada. Le gustaba su trabajo e incluso estaba satisfecho de la retribución que recibía. Sus tíos se sentían orgullosos de él. En realidad no había sido mérito suyo, sino de Abir, que insistió en que trabajara en aquel edificio. Gracias a la recomendación de un conocido de su tío, había logrado aquel empleo.

Cuando llegó a la décima planta, sacó con disimulo del bolsillo de los pantalones un sobre que puso junto al resto de los paquetes. La recepcionista estaba hablando por teléfono y no le prestó atención mientras él depositaba encima del mostrador unos cuantos paquetes y cartas. Luego continuó su labor de reparto por el resto de las plantas.

Bruselas. 9 de la mañana

Un rayo de sol se había posado sobre el cristal mientras la mujer, distraídamente, apartaba con la mano un sobre que su secretaria había dejado encima de la mesa. Encendió un cigarrillo. Estaba prohibido fumar en todo el edificio, pero necesitaba sentir la nicotina en su torrente sanguíneo.

Había dormido poco y la huella del cansancio se reflejaba no sólo en su rostro, sino en su estado de ánimo. Estaba de malhumor. Echaba de menos su despacho de la redacción de Washington. En Bruselas se sentía una intrusa, por más que las oficinas donde trabajaba pertenecieran a la cadena. Encendió el ordenador y revisó el interminable correo de la mañana. Respondió algunos e-mails y otros decidió dejarlos para más tarde. Lucy entró sin llamar con una taza de café y ella le dio las gracias con una mueca que intentaba remedar una sonrisa.

—Buenos días, Helen, ¿estás lista para la reunión de las nueve? Yo que tú le diría a la maquilladora que te diera más colorete. Y apaga el cigarrillo.

—¡Por favor, Lucy, dame un respiro! Me acosté tarde. Andrew quiso que le acompañara a la ópera. Después tomamos una copa con Markus y Emma. Quizá bebí demasiado, porque tengo el estómago del revés. No me sienta bien la ginebra, ya lo sabes, pero mi marido y Markus se empeñaron en que pidiéramos gin-tonics.

—No te quejes. No está tan mal ir a la ópera y tomar copas con dos de los accionistas más importantes de esta compañía, aunque uno de ellos sea tu marido, que además resulta que es el vicepresidente…

Helen sonrió. Lucy tenía razón, no debía quejarse. Su marido era uno de los hombres más importantes de la industria de la televisión, y aunque ella ya era una periodista relevante, el matrimonio con Andrew había supuesto un gran espaldarazo para su carrera. Cuando conoció a Andrew ambos estaban casados; ella con su tercer marido, un colega especialista en deportes, aunque Andrew le sacaba un matrimonio de ventaja, su última esposa era una mujer con mucha energía volcada en la filantropía. Cuando se conocieron ninguno de los dos tenía un matrimonio satisfactorio, por lo que el divorcio no les supuso un gran quebranto. Sin embargo, Helen era consciente de que en el canal muchos pensaban que ella se había casado con Andrew Morris por interés. Decidió no pensar en ello y centrarse en la jornada de trabajo que la aguardaba.

—¿Ha llegado Benjamin?

—Desde que se divorció se ha vuelto puntual, y además estamos en Bruselas, no en Nueva York… Aquí, que yo sepa, no conoce a demasiada gente, aunque me ha dicho que anoche cenó con alguno de los funcionarios que han venido de avanzadilla para acompañar al secretario de Estado de Defensa en la cumbre de la OTAN. Hace un rato me dijo que te esperaba en la sala de reuniones. Lauren está con él y también el resto del equipo. Llegarás la última.

—Lo que implica que Lauren estará enfadada —afirmó Helen sin el menor asomo de preocupación.

—Bueno, tiene razón, es la productora del programa y, por tanto, la responsable de que todo salga bien. Tómate el café y vete ya.

—¿Y este sobre?

—Viene a tu nombre y al de Benjamin. Lo ha traído el chico del reparto.

Mientras apuraba la taza de café, Helen rasgó el sobre. Dentro había un *pendrive* sin ninguna nota que explicara su contenido.

—¿Y esto qué es? —preguntó en voz alta.

—A la vista está lo que es —respondió Lucy mientras miraba el reloj.

—Vamos a ver qué hay dentro —respondió Helen introduciendo el dispositivo en el ordenador.

—Llegarás tarde —protestó Lucy.

Unos segundos después apareció en la pantalla la figura de un hombre con el rostro cubierto con un pasamontañas y los ojos ocultos tras los cristales negros de unas gafas, rodeado de otros encapuchados. Su voz monótona las sobresaltó: «Infieles, exigimos la libertad de nuestros hermanos encarcelados en la prisión de Guantánamo. Cada día que pase sin que sean liberados, la sangre de los vuestros os salpicará. Por cada hermano que tenéis preso morirá uno de vosotros. No habrá lugar en el mundo donde podáis dormir tranquilos. Igualmente exigimos que difundáis esta comunicación para que así vuestras corruptas naciones sepan que nuestra ira también los alcanzará. Esta noche esperamos ver este comunicado en *El mundo a las 7*». «¡Venganza!», gritó el encapuchado alzando un puño amenazante.

La figura del hombre desapareció de la pantalla para dar paso a otra imagen: la de un joven occidental decapitado por el tajo de un hacha. A esta imagen le siguieron las de cinco ejecuciones más. La última imagen del emblema correspondía al Círculo.

Las dos mujeres se quedaron en silencio, incapaces de encontrar las palabras. Helen apretaba entre las manos la taza de café mientras Lucy no apartaba la mirada de la pantalla.

—¡Dios santo, no puede ser posible! Quienquiera que sea está loco... —murmuró.

Helen tardó unos segundos en reaccionar.

—¡Por Dios, Lucy, llama a Lauren y a Benjamin... que vengan aquí ahora! Tienen que ver esto... Y llama también a Washington, al despacho de Foster. Dile a su secretaria que tenemos que hablar con el director. —Helen hablaba intentando controlar la conmoción que le habían provocado las imágenes.

—Son las tres de la madrugada en Washington... Joseph Foster estará durmiendo tranquilamente en su casa... —acertó a decir Lucy.

—Pues que se despierte, para eso es el director del canal... ¡Ya!

Helen se incorporó y con paso rápido se dirigió al cuarto de baño, donde no pudo evitar vomitar el café. Luego clavó su mirada en el espejo intentando encontrarse a sí misma. Su imagen no la tranquilizó. Su cabello castaño parecía haberse marchitado de repente, alrededor de los ojos habían brotado un sinfín de arrugas y los labios parecían contraídos en una mueca de espanto.

Sintió que otra náusea le recorría el estómago y vomitó de nuevo. A la tercera, se prometió que jamás volvería a beber ginebra.

Cuando salió del baño, Lucy le ofreció un vaso de agua.

De repente la puerta se abrió y Lauren Scott miró a las dos mujeres, primero con enfado, pero inmediatamente se dio cuenta de que lo que estuviera pasando era algo más que el capricho de una de las estrellas de la cadena.

Benjamin entró detrás de Lauren.

—Pero ¿qué demonios sucede? —preguntó impaciente.

Fue Lucy quien respondió:

—Siéntate, Benjamin, y tú también, Lauren... Habéis recibido un *pendrive*.

Luego clicó sobre el icono del vídeo y esperó a que Lauren y Benjamin vieran las imágenes.

—¡Dios mío! ¿Qué vamos a hacer? —preguntó Benjamin—. Si lo emitimos, conseguiremos un récord de audiencia… Pero convertirnos en portavoces de esos locos…

—Sí, esto es más que una noticia, es… es… bueno, es hacer lo que quieren los terroristas —respondió Helen intentando contener otra náusea.

—En cualquier caso, hay que darlo. La cuestión es contar bien la historia y explicarles a los telespectadores que van a contemplar unas imágenes de extrema dureza. ¿No estáis de acuerdo? —Lauren se mostró categórica mientras miraba expectante a Helen y a Benjamin.

—Sí… desde luego, está claro que esta noticia no nos la podemos guardar… —Las palabras de Helen apenas eran un murmullo.

Su móvil sonó. Joseph Foster, el director del canal, no parecía de buen humor cuando bramó diciendo que qué era eso tan importante para que Lucy le hubiese despertado a las tres de la madrugada.

Ella se lo explicó y se comprometió a enviarle de inmediato el contenido del *pendrive*.

—¡No hagáis nada! En cuanto vea esa mierda os diré lo que vamos a hacer. Tendremos que informar a la Casa Blanca…

—Sí… Pero tanto Lauren como Benjamin y yo estamos de acuerdo en que hay que emitirlo… No podemos guardarnos esto… —La voz de Helen sonaba con convicción.

—¡Ni se os ocurra mover un dedo sin mi permiso!

Joseph Foster colgó y Helen se quedó con el móvil en la mano.

—¿Qué te ha dicho? —quiso saber Lauren.

—Que no hagamos nada sin su permiso.

—Tendrá que autorizar que lo emitamos. Sería un escándalo que la cadena se guardara una noticia así —argumentó Benjamin.

—Dará luz verde, sólo que... bueno, ha dicho que va a hablar con la Oficina de Prensa de la Casa Blanca —añadió Helen mientras encriptaba las imágenes para enviarlas al correo de Joseph Foster.

—¿Se lo has contado a Andrew? —preguntó Lauren.

A Helen le molestó la pregunta, le parecía que estaba cuestionando su profesionalidad. Estar casada con Andrew Morris no la convertía en peor periodista. Todos parecían olvidar que ella se había hecho un nombre en la televisión antes de conocer a su marido.

—Aún no he hablado con él, y seguramente se enterará antes por Foster que por mí —respondió malhumorada.

—Tenemos que hablar con W. W. Al fin y al cabo, es el jefe de la corresponsalía en Europa... Estamos en su territorio. Una cosa es que nos hayamos desplazado para emitir el programa desde aquí haciendo las cosas a nuestra manera y otra que no les informemos de lo que sucede. Walter White no es precisamente un tipo fácil —afirmó Lauren.

Apenas habían pasado unos minutos cuando Walter White irrumpió en el despacho gritando.

—¿Pensabais decírmelo? Me ha tenido que llamar Foster desde Washington para informarme de que vosotros, mis ilustres e indeseados huéspedes, tenéis una noticia bomba, nada menos que un comunicado de no se sabe qué facción de los islamistas amenazando con matar a no se sabe quién. Es intolerable que me tenga que enterar por el director del canal... —les recriminó W. W.

—Vamos, tranquilo... No sé por qué te molesta tanto que nos hayamos desplazado hasta aquí para hacer un programa sobre la cumbre de la OTAN. Está en juego nada menos que nuestro país pueda abandonar la Alianza y dejar a los europeos que se las arreglen solos —respondió Benjamin con indiferencia.

—¡No nos hacéis ninguna falta en Bruselas! —gritó Walter White.

—Desde luego que no, y, que yo sepa, nadie interfiere en esta corresponsalía; nosotros vamos a lo nuestro, que es hacer el programa desde aquí, ¿tanto te incomoda prestarnos un par de despachos y una sala para trabajar? Te estás pasando, W. W. —insistió Benjamin sin alterarse.

—¡Quiero ver esa mierda que os han mandado! —gritó White sin dirigirse a nadie en concreto.

Helen puso en marcha el vídeo y durante unos segundos permanecieron todos en silencio escudriñando la figura amenazante del hombre que prometía que en breve correrían ríos de sangre.

Walter White se fijó en que Helen acababa de encenderse un cigarrillo y decidió imitarla sin importarle la prohibición de fumar que rezaba en todo el edificio. Benjamin sacó del bolsillo de su chaqueta su propio paquete y Lucy no se resistió a pedirle un pitillo.

—Bien, daremos esta mierda en el informativo del mediodía. Bruselas se va a parar… —afirmó W. W.

—¿Foster ha dado por fin el visto bueno? —preguntó Helen.

—Somos periodistas y no podemos guardarnos esto… Foster tampoco puede obligarnos a que lo ocultemos. Le diré a mi gente que se ponga a trabajar. Me llevo el *pendrive*. —Fue la respuesta de W. W.

—Creo que debes ver otra vez el mensaje. Ese hombre nos ha mandado el maldito *pendrive* a Helen y a mí. A nuestro programa. Lo dice bien claro. Quiere que sus peticiones se emitan en nuestro programa, en *El mundo a las 7*. Y es lo que haremos —afirmó Benjamin midiendo su mirada con la de Walter White.

—¿Desde cuándo os han nombrado responsables de la oficina de Bruselas? Que yo sepa, Foster no me ha destituido y, por tanto, yo soy el director aquí, de manera que seré yo quien decida cómo y dónde lo vamos a emitir. —La voz de Walter White era gélida.

—Nos lo han enviado a nosotros —acertó a decir Helen, que en aquel momento sentía de nuevo cómo las náuseas se abrían paso en su estómago.

—Esto es una cadena de televisión... no hay «nosotros» y «vosotros», hay noticias... y los directores decidimos cuándo y cómo se dan. Estáis en Bruselas, no en Washington, y aquí yo estoy al mando. Podéis ayudar a mi equipo o no hacer nada, lo mismo me da. Lo que os aseguro es que se hará lo que yo diga.

»Claro que... —White miró a Helen con desprecio—, a lo mejor mueves tus hilos para salirte con la tuya. Ya sabemos cómo actúas.

—¡Eres un hijo de puta! —Benjamin se había puesto en pie plantándose frente a Walter White.

—¡Chicos, tranquilos! —intervino Lauren colocándose entre los dos—. ¿Sabes, Walter?, pienso lo mismo que Benjamin, eres un hijo de puta. Pero ahora no se trata de lo que eres sino de lo que vamos a hacer. Llamaremos a Joseph Foster por videoconferencia y cada uno daremos nuestra opinión, y ya veremos qué se hace.

Helen permanecía sentada y callada. Le había costado mucho dinero y demasiadas sesiones con el psiquiatra aprender a contener la ira que la embargaba cuando alguien aludía a que tenía privilegios por estar casada con Andrew. Terminó de contar hasta veinte y respondió a W. W.:

—Eres un mierda, Walter, y crees que todos somos como tú.

En ese momento su teléfono móvil empezó a sonar. Vio el número de su marido en la pantalla. Dudó de si debía responder, pero al final aceptó la llamada.

Andrew estaba enfadado. Le reprochó que no le hubiese telefoneado para contarle lo del *pendrive* que había recibido. Se quejó de haber tenido que enterarse por el director del canal.

Helen respondió con monosílabos, incómoda por el enfado de su marido, estando como estaba rodeada de compañeros.

Mientras tanto, Lucy tenía al teléfono a Foster, que ya estaba llegando a las oficinas centrales del canal. Había dicho que en unos minutos los llamaría por videoconferencia. En Washington los jefes de los diferentes informativos ya habían sido alertados y estaban en disposición de ponerse a trabajar en cuanto les indicaran.

Walter White había salido del despacho sin decir palabra. Tampoco le preguntaron adónde iba ni si pensaba regresar, aunque no era difícil prever que regresaría con sus chicos de confianza.

Una hora después, Joseph Foster, director del Canal Internacional, les transmitía la decisión que había tomado. No tenía dudas de que había que emitir el vídeo en *El mundo a las 7*. Esa batalla la ganaban Helen Morris y Benjamin Holz. Pero trabajarían de acuerdo con las indicaciones de W. W. Él era el jefe de la corresponsalía en Europa y allí estaban en su jurisdicción.

—Vaya... Pensaba que yo era la productora de *El mundo a las 7* —afirmó Lauren Scott con sequedad mirando fijamente la pantalla por la que se asomaba Joseph Foster.

—Y lo eres, Lauren. Pero el de esta noche no es un programa más. Trabajaremos en equipo y nos guardaremos los egos para otra ocasión. He hablado con la Oficina de Prensa de la Casa Blanca invitándoles a hacer algún comentario... y no han tardado ni un minuto en mandarme a los chicos de la Agencia de Seguridad Nacional... y también han avisado a la CIA... En estos momentos hay unas cuantas personas aquí, esperando fuera de mi despacho, de manera que ¿lo tenéis claro? No voy a consentir que el problema sean vuestras disputas personales cuando tenemos la responsabilidad de abordar un problema mayor: que un hijo de puta ha decidido convertirnos en portavoces de sus locuras. —Joseph Foster no dejaba lugar a dudas de que iba a ser él quien marcara cómo se jugaría la partida.

—Todo está bien, Joseph... Yo también tengo visita. Los del servicio secreto de la OTAN han venido a por el *pendrive* —explicó White—. Pretenden que no lo emitamos, pero ya les he dicho que eso no es negociable. Y en menos de una hora he recibido unas cuantas llamadas pidiendo que no colaboremos con los terroristas. Del gobierno belga también han solicitado una copia del *pendrive*, y a la petición se ha añadido el servicio contraterrorista de la Unión Europea.

—Bien, nosotros colaboramos con las autoridades, pero sin renunciar a emitir el maldito mensaje —respondió Joseph Foster—. Nuestro deber es informar a los ciudadanos y el de los servicios de inteligencia detener a los terroristas, cada uno a lo suyo.

—Mi gente está comparando imágenes para intentar saber quién es el tipo que ha grabado el vídeo —informó W. W.

—Lo mismo que están haciendo aquí en la redacción de Washington —repuso Foster—. Bien, hablaremos cada dos horas salvo que alguno de nosotros tenga algo importante que comunicar. Quiero que me enviéis cuanto antes el texto que van a leer Helen y Benjamin para presentar esta historia. Cuidado con alarmar demasiado —les pidió a todos.

—Va a ser difícil que la gente no se alarme cuando contemos que si el gobierno de Estados Unidos no empieza a soltar terroristas, comenzará a morir gente... —afirmó con acritud Benjamin.

—Se supone que le diréis a la gente que todos los servicios de inteligencia están trabajando para evitar cualquier atentado y que el peligro no es hoy mayor que el de ayer... —replicó Foster—. Entrevistad a algún responsable de la policía belga y a algún experto de seguridad de la OTAN. Supongo que la Casa Blanca emitirá un comunicado...

Tel Aviv. 13.00 horas

Jacob estaba preparándose una ensalada cuando el pitido del móvil le hizo salir de sus ensoñaciones.

—Ven. Es urgente. Ya he hablado con Natan. Si no te ha llamado, te llamará para decirte que vengas de inmediato, él ya viene hacia aquí.

Después de tantos años le seguían irritando los modales bruscos de Dor.

—¿Qué sucede?

—¡Qué pregunta tan estúpida! ¿Crees que voy a contarte nada por teléfono? —Y colgó.

Puso comida en el cuenco de Luna y comprobó que además tuviera agua fresca. Miró el reloj.

—Ya ves... tengo que irme. Pórtate bien y espérame.

Luna le miró fijamente. Jacob no dudaba de que le entendía. Maldijo a Dor. Hacía meses que Natan no le encargaba nada que tuviera que ver con Dor. Meses en los que había dormido tranquilo. Sabía que otros compañeros de su empresa sí habían sido requeridos por Dor; al fin y al cabo, IAI se dedicaba a la inteligencia artificial de la que Dor hacía un uso ilimitado. Sintió un corrimiento de tripas. La inteligencia artificial y los algoritmos eran su mundo, y tenía claro que lo que se pudiera hacer a través de ellos era algo en lo que no le gustaba participar. Pero en Israel eso era imposible.

Pensó en Gabriella, aquella noche le había prometido que iría a cenar a su casa. La había conocido en una velada con unos amigos. Su único defecto era que también trabajaba en inteligencia artificial. Al principio de conocerla llegó a pensar que Gabriella quizá trabajara para Dor, y aún no se había convencido de que no fuera así. Sabía que no soportaría que lo que ella aparentaba no se correspondiera con la realidad. Pero había aprendido que todo era posible en el mundo de las sombras.

En menos de media hora llegó a La Casa de las Palmeras. Encontró a Dor con un grupo de hombres, entre los que estaba su jefe, Natan Lewin; al resto ya los conocía: cuatro de ellos también trabajaban en programas de inteligencia artificial en empresas relacionadas con el ejército; los otros dos, Maoz y su amigo Efraim, trabajaban directamente para Dor. La sala olía a café y al humo de cigarrillos mal apagados.

Dor apenas le saludó. Le hizo sentarse junto a los demás alrededor de una mesa y apagó la luz, luego se encendió la pantalla de un ordenador y vieron una imagen... una imagen de un hombre encapuchado del que no se veía ni un pedazo de piel... Pero la voz... la voz... Jacob se sobresaltó.

El teléfono de Dor sonó con fuerza y apretó en el ordenador la tecla de pausa. La imagen del encapuchado quedó inerte en la pantalla mientras Dor hablaba en inglés con alguien que debía de ser importante. Jacob sintió la mirada de Efraim; luego también le pesó la de Maoz.

Los conocía bien, o al menos eso creía. Maoz ya superaba los sesenta años, por más que su aspecto fuera el de un hombre no tan mayor. Dor lo consideraba uno de sus mejores agentes. Era especialista en misiones detrás de las líneas enemigas. Un tipo duro que sin embargo era un experto en Historia Antigua y hablaba media docena de idiomas a la perfección. Además, tocaba el contrabajo. Maoz podría haber sido un virtuoso si hubiera nacido en otro país y en otras circunstancias. Pero había nacido en un kibutz y fue su madre, una violinista checa, quien le había inculcado el amor por la música.

En cuanto a Efraim, pese a sus diferencias, seguía siendo su amigo, su mejor amigo.

Mientras esperaba a que Dor terminara de hablar por teléfono, cerró los ojos y durante unos segundos regresó a un lugar al que nunca hubiera querido ir... Ein el-Helwe, y volvió a ver a aquel muchacho corriendo... aquel muchacho que le tiraba piedras mientras gritaba: «¡Te encontraré! ¡Os mataré a todos y pagaréis por lo que habéis hecho, perros judíos!».

Sentía como si estuviera sucediendo en aquel momento y abrió los ojos. Estaba en el despacho de Dor, por más que el pasado se mezclara con el presente provocándole un profundo dolor de cabeza. Los recuerdos le asaltaban sin ningún orden y eso hacía que le temblaran las manos.

«¿Cuánto tiempo he tardado en avivar los recuerdos de aquel día? ¿Y por qué me han asaltado de repente? No sé si los demás habrán notado la desazón que siento. Es probable... Las miradas de Efraim y Maoz... Ellos son agentes experimentados, el resto se dedican a los algoritmos como yo y no les supongo tan duchos en psicología como quienes se juegan a diario la vida detrás de las líneas enemigas», pensó mientras intentaba serenarse.

Dor terminó la llamada y apagó el móvil; después hizo un gesto para que guardasen silencio mientras pulsaba la tecla que reprodujo el vídeo por segunda vez.

De nuevo se oyó la voz. Dor volvió a ponerlo e insistió en que volvieran a escuchar... y así hasta siete u ocho veces.

—Los norteamericanos nos han pedido que examináramos este comunicado... Al parecer, la voz no está registrada en los archivos que tienen, tampoco en los de la OTAN ni en los de ninguno de los países aliados. Nosotros tampoco hemos encontrado nada. Todos los que estáis hoy aquí habéis nacido o vivido en países musulmanes, conocéis a la perfección giros y acentos... pero también sois expertos en inteligencia artificial y en todos esos aparatos de los que os servís como si leyerais en el hígado de una oca... Quiero vuestra opinión, ¿de dónde es el sujeto que habla? Tenemos que intentar hacer un perfil, y desde ahí empezar a trabajar. Quiero que busquéis en todos los archivos de voz de los que disponemos, que comparéis, que me digáis quién es este individuo. Los norteamericanos nos han pedido que les ayudemos.

El brillo en la mirada de Dor parecía indagar dentro de su alma. Jacob no era consciente de haber movido siquiera un músculo. Siempre procuraba permanecer impasible ante él, pero sin duda el sonido de aquella voz le había provocado angustia y quizá no había conseguido ocultar totalmente la conmoción que sentía.

Uno de los hombres que estaban allí dijo que el acento del encapuchado le parecía neutro... Otro discrepó especulando que arrastraba las erres como si hubiera estudiado francés... Alguien explicó que sin duda el árabe del encapuchado era el que se hablaba en Afganistán... pero el acento...

Jacob sintió los ojos de Dor en su rostro.

—¿Y tú qué dices, Jacob?

Durante un segundo pensó no decir que sabía quién era. Le parecía que si decía la verdad traicionaría a aquel muchacho en el que nunca había dejado de pensar. ¿Podría vivir con esa traición?

—¿Tienes alguna idea? —insistió Dor.

Si no decía lo que sabía, entonces ¿estaría traicionando a aquel país que su madre se había empeñado en que hiciera suyo? Tenía que resolver el dilema de a quién traicionaba: si a aquel chico o a aquellos hombres que aguardaban expectantes. Tuvo que elegir, y aunque le dolió, respondió:

—Creo que… creo que sé quién es.

Se hizo el silencio. Dor miró a Jacob incrédulo. No le había llamado porque pensara que él conocía esa voz, sino para que diseccionara las palabras de ese individuo en alguno de los aparatos que utilizaba. Jacob sintió que el resto de los hombres aguardaban a que dijera algo más.

—Estamos esperando, Jacob —oyó la voz de Dor entre las brumas de su cerebro.

—Abir Nasr.

—¿Abir Nasr? ¿Y quién es Abir Nasr? —preguntó uno de los hombres.

—Libanés… Hace unos años matamos a sus padres en Ein el-Helwe… un campo de refugiados en el sur del Líbano. Yo estaba allí. Dijeron que iba a ser fácil… —acertó a decir.

—¿Y cómo sabes que es él? —La voz de Dor sonó más ronca que de costumbre.

Jacob no supo qué responder. ¿Realmente estaba seguro o su cerebro le estaba jugando una mala pasada?

—Busquemos en todos los archivos… ¡Ya! —ordenó Dor.

—Tú mismo me hablaste de esa familia… Su madre se llamaba Ghada y su padre Jafar… No eran los objetivos, lo era el jeque Mohsin… Todos vivían en una vivienda miserable… —Las palabras de Jacob fluían sin emoción.

—Sí, fue hace catorce o quince años… Queríamos capturar a un tipo que era y sigue siendo el mayor traficante de armas de todo Oriente, además hacía de enlace entre los jefes del Califato y ciertos individuos de Gaza… Se llama Mohsin… y se os escapó —afirmó Dor mirando a Jacob como si él fuera el culpable.

—¿En qué te basas para decir que ese Abir Nasr es este

encapuchado? ¿Acaso hablaste con él...?, ¿le has visto en estos últimos años? —preguntó Maoz.

—Era un niño... catorce, quince años... Vio morir a su madre y a su padre... Huyó con otro crío al que llevaba de la mano... —continuó hablando sin mirar a nadie.

—Pero ¿hablaste con él? ¿Cómo puedes reconocer su voz? —insistió Maoz.

—No... no hablé con él... Sólo le escuché maldecir y jurar que un día nos mataría a todos. No lo he olvidado... era un crío desesperado.

»La operación fue un fracaso, ¿qué falló? Pues que una de las mujeres de la casa se despertó y empezó a gritar, y a partir de ahí el caos... Las mujeres defendieron con su vida a Mohsin, lo mismo que Jafar... —respondió Jacob.

—¿Y no fue posible hacerlo mejor? —preguntó uno de los hombres.

—Mi misión era que nadie escapara de la casa. Yo... yo estaba fuera y lo veía todo a través de la pantalla del ordenador... aunque las imágenes no eran muy claras... Las mujeres... sí, fue la madre de Abir la que se despertó y vio la sombra de uno de los nuestros y empezó a gritar... los críos dormían junto a sus padres... Vi cómo Jafar ordenaba a sus hijos que salieran corriendo, pero Abir se resistía... no quería... tiró de la mano de su madre, quería llevarla consigo, pero ella tropezó... llevaba a una niña en los brazos; además, se puso delante de Mohsin para evitar que le matasen... le salvó la vida... Vi cómo él saltó por una ventana y salió corriendo...

—¿Matarle? Dor ha dicho que el objetivo era secuestrarle. —Maoz parecía decidido a no dar tregua a Jacob.

—Sí... pero él empezó a disparar y también los hombres de la casa... de manera que tuvimos que defendernos... Yo... Ni ellos ni nosotros tuvimos opciones. —Jacob intentaba mantener un tono neutro.

—El caso es que Mohsin se escapó y por lo que parece aquel niño se ha hecho un hombre y ha decidido hacerse notar. ¿Eso es lo que crees, Jacob? —concluyó Dor.

Efraim no estaba convencido de que Jacob hubiera podido reconocer la voz de aquel chiquillo tantos años después, y se lo hizo saber:

—¿Estás seguro? ¿Cómo puedes recordar su voz?

—Creo que puede ser él.

—Vamos, Jacob... no puedes saberlo... Siento decirlo aquí... quizá no debería... pero aquello que viviste te marcó... Recuerdo que me lo contaste... fue un trauma para ti, un trauma que te ha dejado huella. Es imposible que puedas afirmar que esa voz corresponda a la de ese chico. —Las dudas inundaban el ánimo de Efraim.

—No me avergüenza admitir que lo que sucedió me produjo una sacudida... Nunca podré acostumbrarme a la desesperación de los niños cuando ven destruir sus casas o morir a sus padres. Nunca.

—Sí, eso ya lo sabemos —respondió Dor—, pero ahora tenemos un problema y si no lo resolvemos, morirá gente. Empezad a buscar en todos los archivos, y tú, Jacob, te incorporas al equipo. Máxima prioridad. Natan, supongo que no tienes objeción en que Jacob colabore con nosotros. Al fin y al cabo, has sido tú el que me ha aconsejado que le llamara. Es una suerte que tu empresa sea nuestra empresa. Tendrán que prescindir de vosotros hasta que encontremos a esos tipos. ¿Habéis firmado los documentos de confidencialidad al entrar? Pues a trabajar. Has sido «movilizado», Jacob. Quédate un momento...

Los hombres salieron mientras Dor encendía un cigarrillo. Estaba prohibido fumar en todos los edificios públicos del país, pero aquel lugar era más que su casa, allí pasaba más de dieciséis horas al día y, por tanto, esperaba que nadie le hiciera cumplir con la prohibición.

—Eres un sentimental, Jacob. No estoy seguro de que esa voz corresponda a un chico al que oíste hablar unos segundos hace tantos años. Según ha dicho Efraim, aquella misión te marcó... aunque en realidad todas las misiones te han marcado. No soportas la realidad.

—¿La realidad? ¿Qué realidad? Para mí la única realidad es que hay personas que no tienen futuro. Hay críos que ven cómo derruimos sus casas, cómo nos llevamos a sus padres... cómo mueren los suyos... Nos odian y les comprendo. Ésa es para mí la realidad.

—Ya... Así que para que tú estés contento... para que duermas pensando que tu moral y tu ética son superiores a las nuestras, debemos dejarnos matar. Te recuerdo que no fuimos nosotros los que empezamos esto.

—Da lo mismo quién lo empezó, la cuestión es qué pasa aquí y ahora, ¿qué estamos haciendo para lograr parar esta pesadilla? ¿De verdad crees que podemos vivir así eternamente?

—No, no lo creo y espero que los políticos hagan su trabajo, pero mientras tanto yo hago el mío y mi obligación es impedir que nos maten. En cualquier caso, ahora no se trata de los palestinos y nosotros, se trata de otra cosa. La cuestión es que hay por ahí unos tipos que dicen representar un Califato y que quieren acabar con Occidente. Tipos que van decapitando a todo el que no coincide con ellos. Tipos para los que la vida no vale nada. Estamos luchando contra una organización que está integrada por millones de personas que viven entre nosotros y que, por tanto, pueden atacarnos cuando más les conviene. Se puede prever la estrategia de un ejército, pero no lo que haga un solo «soldado». Ésa es la guerra que estamos librando.

—Sí, claro... Pero fueron nuestros amigos norteamericanos los que decidieron dar una patada a esta parte del mundo invadiendo Irak. Ahí nació el Califato o el ISIS, El Círculo o como lo quieras llamar.

—Oye, no estoy aquí para discutir contigo de geopolítica. Eres un maldito pacifista que no quiere ver la realidad. Me da lo mismo quién dio la patada al avispero. Lo único que sé es que ahí fuera hay unos tipos dispuestos a volarnos por los aires a todos y mi trabajo es impedir que lo hagan.

—¿Así de simple?

—Así de complicado, Jacob. Eso es lo que no entiendes.

Se quedaron unos segundos en silencio. Dor volvió a encenderse un cigarrillo.

—No comprendo este país... en eso tienes razón.

—Pues tienes dos opciones: o te vas o te quedas. Si te quedas, tendrás que hacer lo que todos: luchar para que no nos echen al mar, para que no desaparezcamos. Si no te gusta esta realidad, métete en política, ve al Parlamento y di allí cómo crees que se pueden arreglar las cosas... o escribe artículos... o continúa manifestándote como haces de vez en cuando por la paz. Supongo que eso alivia tu conciencia. Hazlo. Pero mientras tanto responde a esta pregunta: ¿debemos dejar que nos maten? ¿Debemos permitir que unos individuos que dicen ser parte de un Califato pongan bombas en cualquier lugar del mundo provocando auténticas masacres? ¿Por qué no preguntas a minorías como la de los yazidíes qué tal les tratan esos primos suyos del ISIS? ¿Por qué no preguntas a las mujeres a las que tienen como esclavas para satisfacer a los gloriosos combatientes? Dime, ¿qué debemos decirles para que no lo hagan?

Jacob no supo qué responder. Sabía que no había una respuesta o, al menos, él no la tenía.

—Eres un experto en inteligencia artificial. Un genio. Estás entre los mejores. Si no hubieras dicho que reconocías la voz de ese individuo, te diría que te marcharas con tus escrúpulos a llorar a otra parte, pero has afirmado que conocías la voz del tipo de la grabación, de manera que tendrás que colaborar te guste o no. Irás a Bruselas para apoyar a nuestra gente allí, tendréis que trabajar con los servicios de información de la OTAN, de la Unión Europea, con la CIA y con quien sea necesario.

—¿Irme? ¿Cuándo?

—Ya. Ahora, en cuanto salgas de aquí.

Nada más salir Jacob de la sala, Dor se encendió el enésimo cigarrillo. Siempre había pensado que le matarían durante alguna misión, pero ahora estaba seguro de que moriría de cáncer. Aquel día se había fumado cuatro paquetes. Hacía tiempo que sufría taquicardia y dolor en el pecho. Pero ni pensaba ir al médico ni pensaba dejar de fumar. No estaba dispuesto a abandonar la lucha, aunque fuera desde La Casa de las Palmeras.

Un minuto después Maoz entró en su despacho.

—Tenemos que encontrar a Mohsin, sólo a través de él podremos llegar hasta ese Abir Nasr que ha mencionado Jacob... Pero Mohsin es escurridizo como una anguila... se nos ha escapado en varias ocasiones.

—Sí... es difícil encontrar a un tipo en las montañas de Afganistán —respondió Dor, malhumorado.

—No sólo en Afganistán. Sabemos que se ha movido por Europa, pero no hemos sido capaces de echarle el guante.

—No han sido tantas las ocasiones... Lo dirige todo desde Afganistán y cuando se mueve lo hace por países en los que difícilmente podemos operar. Pero ahora la prioridad es ese Abir Nasr... Si Jacob tiene razón, él es nuestro objetivo.

—Jacob es demasiado sensible para este trabajo. Cree que moralmente es más llevadero manejar drones o que un avión sin piloto bombardee un objetivo. Pero una acción directa... Cuando ha creído reconocer a Abir Nasr, su voz delataba ansiedad, como si le estuviera traicionando. Tiene demasiados escrúpulos para este trabajo.

—¿Sabes, Maoz?, cuando me metí en este negocio asistí a una conferencia con un coronel retirado que había formado parte del Mossad. De todo lo que explicó aquel día se me quedó grabada una idea: dijo que para los trabajos más sucios eran necesarios los hombres con las manos más limpias. Tenía razón. De lo contrario, terminaríamos convirtiéndonos en matones o en asesinos. No me gustan los tipos que disfrutan apretando el gatillo, ni los que duermen tranquilos después de una misión... Desconfío de ellos. Me irritan los escrúpulos de Jacob, pero son la garantía de que este país no ha perdido el alma.

Maoz se encogió de hombros pero no discutió con Dor. Tenían una misión por delante: detener al hombre que había amenazado al mundo.

—Debería ir a Bruselas con Jacob. Seré más útil que aquí. La CIA ha puesto al frente a Austin Turner; no es un tipo fácil, pero somos amigos.

—Tenemos gente en Bruselas... Ariel Weiss no es ningún novato y sabrá arreglárselas con Turner.

—Algunos de nuestros amigos de la CIA suelen reprocharnos que no siempre se lo contamos todo, y Turner está entre ellos. Es un tipo muy suspicaz. Sé cómo tratarle; perderemos menos tiempo si logramos colaborar todos con todos. A Ariel Weiss no le molestará que vaya, sirvió en mi unidad cuando estuvo en el ejército.

—Sí, pero ahora él es «nuestro hombre» en Bruselas. Tiene el mando.

—No tengo intención de disputárselo, sé que puedo ayudar.

—Preferiría que fueras al Líbano. Necesitamos saber qué fue de Abir Nasr cuando murieron sus padres. Intentaremos encontrar respuestas en Ein el-Helwe. No será fácil.

—Das por hecho que Jacob tiene razón, que la voz es la de ese muchacho... Hace muchos años de eso, Dor, es casi imposible que pueda recordar con tanta exactitud una voz.

—Lo sé. Pero es lo único que tenemos por ahora.

—¿Se lo dirás a los norteamericanos?

—Aún no.

Maoz asintió. Quizá Dor tenía razón y había que empezar por aquel campo del sur del Líbano. Si es que Abir Nasr se había convertido en un terrorista, todo comenzó el día en que murieron sus padres en Ein el-Helwe.

—Estoy de acuerdo, Dor, pero sigo creyendo que seré más útil en Bruselas. Tenemos gente en el Líbano.

Dor dudaba, aunque no quería resistirse a la petición de Maoz. Era uno de sus principales especialistas sobre la yihad y el mejor agente que habían tenido jamás en los países musulmanes. Era capaz de fundirse con el paisaje. Sus padres, judíos de Irak, a duras penas habían llegado a hablar hebreo cuando se vieron obligados a dejar Bagdad después de la guerra de 1948. Mientras vivieron sus padres, en casa de Maoz se habló árabe y ésa había sido su lengua materna, aunque él ya había nacido en Israel.

—No sé si debemos desatender otras operaciones... —respondió Dor.

—Ahora todas las operaciones son la misma operación, y es averiguar dónde van a golpearnos —replicó Maoz.

—De acuerdo... Dentro de una hora tenéis un avión a Bruselas. Ya me llamarás.

Maoz asintió.

—En mi opinión, Efraim podría hacerse cargo de la operación en Ein el-Helwe —dijo al despedirse.

—Sí, podría... Qué ironía que a ese lugar mísero se le conozca como el «pozo de agua dulce»...

Bruselas. Estudios del Canal Internacional

Repasaron mentalmente los segundos en los que darían la noticia al mundo. Sabían que estarían atentos a sus palabras en la Casa Blanca, en el Kremlin, en la sede de la Comisión Europea, en Downing Street... No habría centro de poder que no permaneciera alerta. Lauren Scott, la productora del programa, estaba en el control junto a Walter White, el director del canal en Bruselas.

Había sido un día difícil para todos. Las discusiones y los gritos se habían sucedido entre el equipo de *El mundo a las 7*, White y el resto de los responsables de los informativos del canal.

A Lauren le había costado que en Washington aceptaran su propuesta de enviar un correo a las principales agencias anunciando que el programa daría en primicia la noticia. White se oponía argumentando que alertaría al resto de los medios de comunicación, pero Lauren defendía que se trataba de crear un clima de atención. Al final fue Joseph Foster, el director de la cadena, quien desempató la discusión aceptando la propuesta de Lauren con una condición: no enviarían el comunicado hasta media hora antes de que se emitiera *El mundo a las 7*. Nadie tendría tiempo para indagar sobre la noticia que guardaba la cadena, pero sí crearía suficiente expectación para que los redactores jefe de los principales medios de comunicación del mundo estuvieran pendientes.

El piloto rojo se encendió y la cámara enfocó a Helen y a Benjamin sentados tras la mesa del informativo con gesto serio. Helen fue la primera en dirigirse a los telespectadores:

—Buenas noches, nos vemos obligados a informarles de una amenaza. Una amenaza que ha llegado a nuestro programa, un mensaje contenido en un *pendrive*.

Miró a Benjamin para que continuara.

—Se trata —dijo su compañero— de un comunicado de un grupo islamista que dice representar al Círculo y asegura que si Estados Unidos no deja en libertad a los terroristas que tiene encarcelados en Guantánamo, comenzarán a llevar a cabo una serie de ejecuciones. Por cada terrorista preso, la vida de un inocente.

La cámara enfocó de nuevo a Helen.

—A nuestra cadena y a nuestro programa nos repugna tener que emitir el comunicado de los terroristas, pero hemos decidido hacerlo por dos razones. ¿Benjamin?...

Helen volvía a ceder la palabra a su compañero.

—La primera razón es el compromiso de nuestro programa y nuestra cadena con la información, nuestro deber es comunicarles a ustedes todo lo que sea de interés. Ustedes tienen derecho a saber.

—La segunda razón —continuó Helen— es para hacer llegar a los terroristas que la sociedad entera los repudia y que por más daño que nos intenten hacer, al final perderán. Las autoridades están trabajando para protegernos a todos. Ojalá lo consigan.

—Y ahora —añadió Benjamin— les ofrecemos un reportaje sobre quiénes son los terroristas que están encarcelados tanto en Estados Unidos como en Europa, sus crímenes, sus condenas y cuanto se sabe del grupo El Círculo, responsable de haber lanzado esta amenaza. También les ofreceremos varias entrevistas con expertos en terrorismo islámico. Pero antes vean ustedes el comunicado —concluyó.

Se hizo un silencio sepulcral. Helen pensó que aquel silencio sería igual en todas las cancillerías y centros de inteligencia, en la Casa Blanca, en el Kremlin... aunque en todos ellos hacía horas que conocían el contenido del comunicado. Volvió a sentir una náusea. Desvió la mirada hacia el control, donde apenas cabía un alfiler. Allí había hombres a los que no conocía, sabía que eran agentes de inteligencia belgas, de la CIA y de la OTAN. Walter White ya les había advertido de ello. Incluso Benjamin y ella habían tenido que explicarles a los norteamericanos todo lo que sabían respecto al *pendrive*. No supo por qué, pero su mirada se cruzó con la de uno de los desconocidos, que parecía observarla con curiosidad, y eso le molestó. Los minutos transcurrían con lentitud.

Cuando terminaron de emitir el comunicado, Benjamin tomó la palabra para presentar a un par de expertos en terrorismo islámico: un profesor de la Universidad de Bruselas y el presidente de la Asociación de Amistad Transatlántica, un *think tank* dedicado al análisis de la política mundial.

A continuación emitieron el reportaje sobre algunos de los terroristas detenidos en Estados Unidos y en Europa, y terminaron el programa con una entrevista con el máximo responsable belga de la seguridad en Bruselas.

Cuando la luz roja se apagó, Helen notó que el sudor le corría por el cuerpo.

Lauren Scott se acercó haciendo el signo de la victoria.

—Un gran programa —dijo.

—Gracias, Lauren, pero sin ti no habríamos hecho nada —repuso Helen.

—Bueno, para eso soy vuestra productora… la directora de la orquesta. Por cierto, además de los «chicos» de la CIA, del antiterrorismo belga, de los servicios de seguridad de la OTAN y la representante del Centro de Inteligencia de la Unión Europea, tenemos otro par de «nuevos amigos» que han llegado de Israel. Salvo algún ruso, ya no falta nadie.

Helen ya se había fijado en uno de ellos. Después observó que no llevaba corbata, vestía una chaqueta que parecía demasiado amplia, un suéter y unos jeans desgastados, y se reprochó haber prestado atención al atuendo de un desconocido en un momento como aquél.

Lauren reflejaba la tensión de las últimas horas junto a la satisfacción de haber producido el programa más importante de su vida. Estaba segura de que nunca más *El mundo a las 7* volvería a tener tanta audiencia como la de esa noche.

—¡Ah!, y Walter White ha pedido que nos reunamos en su despacho. Los recién llegados quieren hablar con vosotros.

Bruselas. Casa de Jamal Adoum

Jamal encendió un cigarrillo y aspiró el humo. Ismail permanecía con la mirada asustada pero fija en la pantalla, mientras su hermano Abir sonreía y con el mando de la televisión en la mano comenzó a pasar de un canal a otro, canales europeos, norteamericanos, de Oriente, de África... Los presentadores daban cuenta alarmados del programa emitido por *El mundo a las 7*. En todos informaban de cuántos terroristas islámicos tenían detenidos en sus respectivos países, y el número era elevado.

Si cumplían con sus exigencias, tendrían que liberar aquella misma noche al menos a alguno de los «hermanos», pero Abir sabía que eso no sucedería y, además, en el programa no habían dado ninguna indicación en ese sentido, sino todo lo contrario: la directora de la seguridad belga había afirmado que ningún país «civilizado» aceptaría el chantaje de los terroristas y que trabajarían unidos para evitar que cumplieran sus amenazas.

No esperaba otra respuesta. Ningún país podía aceptar un chantaje, y menos públicamente. Ahora se trataba de jugar la partida de ajedrez y ganarla. No dudaba de que desde buena mañana los servicios de inteligencia de Occidente estarían intentando averiguar quién se escondía tras aquella voz que no tenían registrada en ninguno de sus archivos. Tampoco tenía dudas de que, a pesar de las desconfianzas de todos con todos, habrían establecido un protocolo de actuación conjunta. Incluso los rusos colaborarían. Miró el reloj. Antes de que amaneciera se cobraría la primera vida. Tío y sobrino se miraron satisfechos. Jamal abrazó a Abir con respeto.

—Me siento orgulloso de ti. Eres muy valiente, Abir —le dijo su tío—, y tú, Ismail, honra siempre a tu hermano obedeciéndole.

En ese momento unos golpes tímidos en la puerta anunciaron a Fátima. Cuando entró se la notaba asustada.

—Jamal... Abir, hijo, ¿habéis visto las noticias?

—Sí... pero no debes preocuparte —respondió Abir.

—Pero es que... piensa que si mueren de los suyos, la gente nos odiará aún más... Nos harán responsables a todos los musulmanes... podéis perder vuestros empleos.

—Mujer, no debes opinar. No te corresponde —le cortó Jamal.

—Tengo miedo... no me gusta que haya violencia... —Fátima los miraba con preocupación.

—Eres una mujer y tienes miedo —dijo Abir—. Pero debes comprender que sin violencia jamás conseguiremos ser libres y que dejen de humillarnos. Hay «hermanos» que están luchando y sacrifican sus vidas por nuestro futuro. Tía, no recriminemos su sacrificio.

—Pero tú... tú, Abir, no deberías pensar así... —lamentó Fátima.

—Déjame, tía. Tú no entiendes de estas cosas.

—Mujer, no vengas con tus temores. Nada sabes y nada entiendes. Y tú, Ismail, ve a la calle, entra en algún café, escucha, escucha a la gente —indicó Jamal.

Abir sonrió a su tía. Sabía que no era un problema. Tampoco lo era su tío.

Fátima había salido de la habitación para responder al teléfono. El tono de su voz evidenciaba que estaba discutiendo y Abir no dudó que sería con Noura. Aunque su tía intentaba no levantar la voz para que ni su marido ni Abir pudieran escucharla, hasta ellos llegaba su voz agitada. Una vez más, madre e hija discutían.

Su prima no cesaba de disgustar a sus padres con su comportamiento. Todo lo contrario que su primo Farid, que era un buen musulmán, trabajaba de electricista como su padre y aspiraba a convertirse en imán. Se había casado con Ayra, una joven que su padre eligió para él. Era una mujer respetable, llevaba la cabeza tapada con el hiyab y cubría su cuerpo con una gabardina que le llegaba hasta la punta de los pies. Le había dado cuatro hijos a Farid, quien hacía honor a su nombre, «Único». Pero mientras Ayra era una mujer apacible que sabía cuál era su lugar en el mundo, su tío Jamal se quejaba de la desgracia que suponía tener una hija como Noura y culpaba de ello a su esposa Fátima.

Cuando eran más jóvenes, Abir admiraba a Noura. Pero ahora, por más que la siguiera queriendo, no podía dejar de lamentar la conducta de su prima. Cualquier hombre de bien sería un desgraciado con ella. Si se hubiera casado con Brahim, él habría tenido que encerrarla o quizá matarla por su persistente descaro. Abir debía reconocer que Noura tenía una hermosa voz, pero aquel don no se lo había concedido Alá para satisfacer a otros hombres, sino sólo a su esposo.

Hacía años que Noura había abandonado la casa de sus padres, pero no por eso dejaba de preocuparse por su madre, a la que llamaba en las horas que calculaba que su padre no estaba en casa. Discutían. Siempre discutían. Fátima intentaba convencerla para que se casara y dejara de trabajar en ese lugar de pecado. Noura respondía que le gustaba cantar en el club y lo seguiría haciendo. Así eran las conversaciones entre madre e hija.

Bruselas
Ismail

Abir subió el sonido del televisor y siguió disfrutando de su triunfo zapeando por los distintos canales. Una hora más tarde, escuchó las voces de su tío Jamal y de su hermano Ismail, que pronto irrumpió en el cuarto.

—Abir, hermano, lo hemos logrado, los infieles están asustados. He hecho lo que me habéis pedido, escuchar las conversaciones de la gente. Temen que haya un atentado.

Ismail abrazó a Abir, que disfrutaba con la admiración que le profesaba su hermano pequeño. Luego salió de la habitación y se dirigió a la sala donde su tío Jamal, sentado, se estaba quitando los zapatos. Al ver a su sobrino, se puso en pie y le envolvió en un abrazo emocionado. No hacía falta que dijeran una palabra de más. Sus miradas de reconocimiento eran suficiente; tampoco habían cometido ninguna indiscreción delante de Fátima.

Cenaron hablando sobre el trabajo de Jamal mientras Fátima, solícita, les servía. Cuando terminaron, Fátima regresó a la cocina, y en cuanto puso orden, siguiendo las indicaciones de su marido, se marchó a su habitación. Era la hora de los hombres.

Jamal sacó un cigarrillo de su chaqueta y se lo dio a Abir; después él se encendió otro.

—Hoy es un buen día, hay motivos para celebrarlo —afirmó Jamal.

—Que Alá nos proteja —dijo Ismail.

—Cuanto hacemos es en Su nombre —respondió Abir.

Subieron el volumen del televisor y permanecieron atentos a la pantalla.

Ismail admiraba por igual a su hermano y a su tío. También quería a su primo Farid, pero éste nunca le prestó demasiada atención, tan ocupado como siempre en el estudio de los textos sagrados. No le gustaba reconocerlo, pero cuando Farid se casó y dejó la casa de sus tíos, Ismail se sintió aliviado. Cuando era adolescente, Farid le solía reprender si no le veía rezar con devoción o no acudía puntual al rezo del viernes. Su tío Jamal era estricto, pero acaso menos que su hijo, y su tía Fátima siempre se mostraba benevolente con él. Ni siquiera comentaba sus travesuras para evitar que le regañaran.

Su tío y su hermano hablaban en voz baja, aunque sus voces estaban amortiguadas por el sonido de la televisión. La imagen del encapuchado amenazando al mundo entero se repetía en todos los canales e Ismail se sentía orgulloso de saber que ése era su hermano, su valiente hermano.

Recordó a sus padres, asesinados por el comando israelí. Recordó a su hermano Abir gritando a los perros judíos que los mataría. Cumpliría su promesa. La estaba cumpliendo.

Muchas veces, en las frías noches en las montañas de Afganistán, Abir y él recordaban todos los detalles de aquella noche. Ninguno de los dos lograba olvidar; aquella tragedia formaba parte no sólo de sus pesadillas, sino que además, aquella madrugada en Ein el-Helwe también había escrito el futuro de ambos.

El timbre de la puerta los sobresaltó. Jamal miró a sus sobrinos. En sus ojos no había temor, pero sí precaución.

—¿Quién puede ser? —preguntó Ismail.

Escucharon voces de mujeres y un minuto después la puerta de la sala se abrió dando paso a Noura. Su madre la sujetaba del brazo para detenerla. Los tres hombres la miraron sorprendidos.

—¡Has sido tú! —gritó Noura dirigiéndose a Abir.

Jamal se puso en pie y la agarró del cabello tirándola al suelo.

—¡Cómo te atreves a presentarte aquí! ¡Estás muerta! ¡Ya no eres mi hija! ¡Márchate, perra!

Noura retenía las lágrimas ante los golpes de su padre mientras su madre gritaba intentando interponerse entre ellos.

Fue Abir quien hizo frente a la situación separando a padre e hija.

Noura se quedó sentada en el suelo mientras la sangre le corría por una ceja nublándole los ojos. Fátima quiso ayudarla a levantarse, pero su marido la empujó y le ordenó que saliera de la sala.

—¡Pariste una hiena! —le reprochó.

Ismail se había quedado inerte, incapaz de dar respuesta a tanta violencia.

—¿A qué has venido, Noura? —preguntó Abir.

—¡A pararte! ¡Estáis locos! ¡Sois unos asesinos! —gritó ella.

Jamal volvió a darle una patada a su hija, que se retorció de dolor.

—¡Cómo te atreves a venir a mi casa y a insultarnos!

—Ha sido él... él... conozco su voz... ha sido él quien ha salido en todas las cadenas de televisión amenazando al mundo... ¿Crees que no te he reconocido? Por más que hayas disimulado la voz, sé que eres tú... —afirmó mirando a Abir mientras se encogía para evitar otra patada de su padre.

Fátima lloraba mientras agarraba la mano de su hija tirando de ella para sacarla de la sala.

—No, no he sido yo. Me odias tanto que estás dispuesta a acusarme de cualquier cosa —respondió Abir sin inmutarse.

—No, no te odio, no podría odiarte, pero sé que eres tú… —gimió ella.

—Pues si lo crees, ve y denúnciame. No me importa porque soy inocente. Pero eso sí, cuando mi inocencia quede demostrada, ¿qué harás? ¿Te arrastrarás ante mí para pedirme perdón por tu infamia? —La voz de Abir sonaba tan convincente como helada.

Ismail miró con asombro a su hermano, capaz de mentir con tanta convicción que hasta él mismo le habría creído de no saber lo que sabía.

—Ve a denunciarme, Noura —repitió Abir mirando tranquilamente a su prima, que seguía ovillada en el suelo—. Hazlo si crees que soy un asesino. Es tu obligación.

—No es él, hija… no es él… te has equivocado… —afirmaba Fátima con más terror que convicción.

—Conozco su voz, madre… —alcanzó a decir Noura.

—Y yo también, y juraré que esa voz no es la de tu primo Abir. Piensa en el mal que vas a hacer… no sólo a él… también a nosotros. Hasta que se descubra la verdad nos señalarán como terroristas… Y a ti también… no te librarás… —Fátima intentaba cubrir con sus brazos el cuerpo de su hija.

Abir clavó su mirada en la de su prima.

—¿Sabes, Noura?… si fuera un terrorista tendría que matarte aquí mismo porque no podría permitir que me descubrieras. Pero no lo soy. No sé por qué has creído que mi voz es la de ese hombre. Puede que se parezca… no lo sé… pero si fuera así, no sería motivo para acusarme. Te perdono, Noura, te perdono porque eres una mujer y no sabes lo que dices. Te perdono porque les debo mucho a tus padres. Te perdono porque nunca he dejado de sentir afecto por ti.

Se quedaron en silencio. Fátima miraba asustada a su sobrino y en sus ojos se podía leer que no le creía. Pero sus palabras desmintieron a su corazón.

—Escúchale, hija... Si fuera culpable, no hablaría así...

—¡Que se vaya! Si vuelve a venir, la mataré. Estoy en mi derecho. Debería haberlo hecho cuando nos deshonró por primera vez —dijo Jamal, y la ira hizo que le temblara la voz.

Fátima intentó ayudar a Noura a ponerse en pie y a duras penas lo consiguió.

—Permíteme curarla... no puede marcharse así —le pidió suplicante a su esposo.

Jamal no contestó. Cuando las dos mujeres salieron de la sala, Abir puso una mano en el hombro de su tío para calmarle. Luego le pidió que fuera a descansar. Las próximas horas serían pródigas en acontecimientos. Ismail quiso quedarse un rato más con su hermano, pero tampoco se lo permitió. Escucharon el ruido de la puerta al cerrarse. Noura se había marchado.

Abir se fue a su habitación y se tumbó en la cama. Una vez más, su prima provocaba un terremoto en la familia. Pensó que si persistía en su actitud no tendría más remedio que matarla. La conocía bien y sabía que no la había convencido del todo. Dudaba de si en algún momento le denunciaría. Noura se había entregado a los infieles. Vivía como ellos, pensaba como ellos, pecaba como ellos. Hacía tiempo que había dejado de ser musulmana. No comprendía cómo lo había conseguido.

Ismail entró en la habitación. El miedo le brillaba en la mirada.

—Estoy... estoy preocupado.

—¿Por Noura? No te preocupes. No es peligrosa. No dirá ni hará nada —respondió Abir intentando imprimir en su voz la seguridad que no sentía.

—¿Te fías de ella?

—¿Fiarme? Vamos, Ismail, no hagas preguntas tontas. Noura no puede denunciarme porque nada sabe.

—Pero ha reconocido tu voz…

—No, no lo ha hecho, cree que me ha reconocido, pero no está segura. Anda, vete. Tienes cosas que hacer. Nos veremos dentro de un rato. Mañana será un día importante.

—Pero Noura podría descubrirte…

—No puede —afirmó Abir, y con un gesto de la mano le indicó que se fuera.

Ismail salió de la habitación de su hermano. Escuchó el llanto de su tía Fátima y el tono severo de su tío Jamal.

Mientras tanto, Abir sonreía satisfecho, con la mirada fija en el televisor. Los «cruzados» estaban asustados.

Pensó en Noura. Esperaba haber sembrado la duda en su ánimo. Él ya no podía echarse atrás, sentía que su vida no le pertenecía, como si fuera un actor al que un director exigente le hubiera adjudicado un papel que no había pedido pero que irremediablemente tendría que interpretar.

Fátima entró en la habitación de su sobrino con un vaso de agua, y su presencia le tranquilizó.

—¿Has tomado las pastillas del corazón? —le recordó su tía.

Evitó su mirada. Tenía los ojos fijos en la pantalla, pasando de un canal a otro. Aceptó el vaso de agua y buscó en la mesilla una caja de la que sacó una pastilla.

—Gracias, tía.

—Abir…

—No digas nada, tía.

—Pero es que estoy asustada.

—No deberías sentir miedo. Eres creyente y tu vida, como la de todos, está en manos de Alá. Gracias, tía.

Bruselas. Estudios del Canal Internacional

El despacho de Walter White era amplio aunque austero. Sentados alrededor de una mesa redonda se encontraban, además de Helen Morris, Benjamin Holz, Lauren Scott y Lucy, tres representantes de las fuerzas de seguridad belgas, Louise Moos, Gilles Peeters y Artur Dubois, junto a ellos tres hombres de la inteligencia israelí, Ariel Weiss, Maoz Levin y Jacob Baudin, y dos norteamericanos, Anthony Jones, de los servicios de inteligencia de la OTAN, y Austin Turner, de la CIA, además de la española Alba Fernández, del Centro de Inteligencia de la Unión Europea, aunque cualquiera se daría cuenta de que en aquella reunión quienes tenían el mando eran los dos norteamericanos, Turner y Jones.

—Faltan pocas horas para que expire el plazo de los terroristas. Las fuerzas de seguridad de los países europeos están en alerta máxima, al igual que en Estados Unidos, Canadá, Japón... Pero no sabemos dónde nos van a golpear —dijo Louise Moos, directora de los servicios de seguridad belgas.

—Lo harán aquí —intervino Alba Fernández.

—Aquí o en el otro extremo del mundo, eso no lo sabemos —respondió Austin Turner.

—Lo lógico es que atenten en Bélgica, puesto que la amenaza la han hecho aquí —insistió la representante de los servicios de inteligencia europeos.

—Eso es sólo una suposición —insistió Louise Moos.

El tono agrio de Louise Moos dejaba en evidencia la antipatía que sentía por la española. Pero Alba Fernández no se amilanó y esbozó una sonrisa mientras clavaba sus ojos oscuros en la belga.

—Señora Moos, por ahora cualquier cosa que digamos se basa en conjeturas. Ya veremos cuál de ellas es la acertada —respondió Alba sin inmutarse ante el malhumor de su colega belga.

—Y usted, señor Weiss, ¿qué piensa? —preguntó directamente Turner.

—Coincido con la señora Fernández. Será aquí —afirmó el agente israelí.

A Austin Turner le molestaba la rotundidad de las afirmaciones de la representante del Centro de Inteligencia de la Unión Europea, pero tampoco quiso contradecirla, sobre todo porque su hipótesis acababa de ser respaldada por el hombre del Mossad en Bruselas. Prefería no equivocarse. En cualquier caso, se daba cuenta de que la agente española no era de las que daban un paso atrás.

—La cuestión es —los interrumpió Benjamin Holz— si ustedes pueden o no parar el golpe.

Los agentes miraron al periodista con irritación. Benjamin no parecía confiar en ellos.

—La seguridad absoluta no existe, señor Holz. Usted debe saberlo. Lo que sucedió en su país el 11 de septiembre de 2001 es una prueba de lo que digo. Ni siquiera un país tan poderoso como el suyo pudo evitarlo —afirmó Alba Fernández con ironía.

—No se trata de lo que sucedió, señora Fernández, sino de lo que puede suceder —replicó Benjamin, molesto por las palabras de la representante de la inteligencia europea.

—Lo que me pregunto es qué más podemos hacer —los

interrumpió Lauren Scott, la productora de *El mundo a las 7*.

—Esperar. No podemos hacer nada más —intervino Louise Moos mirando con desconfianza a los israelíes—. Le aseguro que no hay un solo policía o miembro de las fuerzas de seguridad de Bélgica que no esté buscando cualquier indicio que pudiera llevarnos a los terroristas. Y además, como puede ver, contamos con la colaboración de la CIA, del servicio de inteligencia de la OTAN y de esta amplia representación del Mossad.

—Y con la INTCEN, señora Moos, el Centro de Inteligencia de la Unión Europea —apostilló Alba Fernández midiendo su mirada con la de Louise Moos.

—Sí... y con la INTCEN... —aceptó a regañadientes Louise Moos.

Mientras transcurría la conversación, Jacob no dejaba de escudriñar el rostro de los presentes. Era evidente la tensión entre Louise Moos y Alba Fernández. No podían ser mujeres más diferentes. No sólo por la edad: Louise Moos debía de haber sobrepasado los cincuenta, mientras que Alba Fernández rondaría la cuarentena. Además, su aspecto lo decía todo. Mientras la directora de la seguridad de Bélgica vestía con la elegancia de una funcionaria de alto rango: traje de chaqueta, blusa de seda, collar de perlas, la española ofrecía un aspecto más desenfadado con aquellos vaqueros negros, chaqueta de cachemira gris y jersey de cuello alto.

A los hombres presentes en la sala también se los podía distinguir por su atuendo. El representante de la OTAN vestía con el traje azul marino del perfecto funcionario. En cuanto a Turner, el hombre de la CIA, llevaba una corbata demasiado chillona, y ellos, los israelíes, parecía que llegaban de una excursión por el campo.

Jacob también fue consciente de que, al contrario de lo que le sucedía a él, al resto de los agentes se los notaba incómodos por la presencia de los periodistas. Para Jacob habían sido sus aliados a la hora de encontrar apoyos en la sociedad israelí contra la política de asentamientos. Aun así, sabía que no siempre el impulso de los periodistas tenía que ver con la ética, sino con los efectos del impacto de la noticia que transmitían.

De vez en cuando, alguno de los agentes se ausentaba de la sala. A través de sus teléfonos móviles iban recibiendo noticias en tiempo real. Pero aquella noche Bruselas parecía un balneario donde no pasaba nada.

Eran las nueve de la noche cuando Austin Turner decidió dar por terminada la reunión. Decidieron que se mantendrían en contacto los unos con los otros y, por supuesto, esperaban que Helen y Benjamin les comunicaran con presteza cualquier otro mensaje que recibieran de los terroristas.

No les había dado tiempo a despedirse cuando Walter White les sugirió que comieran algo antes de marcharse.

—Ahí fuera hemos preparado unos cuantos sándwiches además de café —dijo—, aunque de café ya vamos sobrados esta noche.

Todos aceptaron la invitación de White. No habían cenado y estaban hambrientos. Sabían que no tendrían tiempo para descansar, que a la noche le seguiría la mañana, la tarde, otra noche... Los terroristas llevaban ventaja.

No estar sentados alrededor de una mesa hizo que la conversación transcurriera con menos tensión.

No supo por qué lo hacía, pero Jacob se acercó a Helen Morris.

—Apenas ha dicho usted nada.

—¿Y qué puedo decir? No soy una experta en seguridad... Nada de lo que opine tiene importancia —afirmó ella.

—Bueno, no estoy de acuerdo. A veces los ojos inexpertos son capaces de ver lo que no ven los ojos expertos. El exceso de información hace que puedas perder la perspectiva.

—¿Lograrán evitar que maten a alguien? —quiso saber Helen.

—No, no lo creo… será difícil. Los terroristas deben de tenerlo todo perfectamente planificado. No van a improvisar. Ya habrán elegido a las víctimas y el lugar.

—¿Y no se les ocurre nada?

—No se trata de que se nos ocurra algo o no… La cuestión es quién es ese hombre del vídeo y dónde está.

—¿No tienen ni idea de quién puede ser? —preguntó ella con reticencia.

Jacob no podía responder a esa pregunta. No debía decirle que él creía saber quién era el terrorista y que por eso estaba allí.

—¿Y usted por qué cree que han elegido su programa para lanzar la amenaza? —preguntó él.

Helen le miró con asombro, desconcertada por la pregunta. Pareció dudar. Jacob pudo ver la crispación en su rostro.

—Debería usted saber que *El mundo a las 7* es el programa sobre política internacional que ven la mayoría de los políticos. Desde hace décadas se ha convertido en un referente incluso para los presidentes de Estados Unidos. Se ve en las cancillerías de medio mundo… Nosotros… en fin… es un programa con mucho prestigio.

—Ya. Bueno, supongo que los terroristas buscan comunicarse lo más directamente posible con quienes toman las decisiones, y su programa es una garantía de que todos vamos a darnos por enterados y que ahora mismo el mundo contiene la respiración a la espera de lo que puedan hacer.

—Sí… supongo que por eso nos han elegido.

—¿Desde cuándo es usted la presentadora?

A Helen volvió a sorprenderle la pregunta. Daba por sentado que las personas bien informadas sabían que ella había sustituido a Samantha Bryan, entre otras cosas porque era la estrella del canal y, además, era una periodista respetada por el gran público.

No había sido fácil sustituir a Samantha. Había tenido que demostrar que valía tanto como la veterana periodista y durante dos años tuvo que bregar con las comparaciones. Tampoco le había resultado fácil llevarse bien con Benjamin Holz. Samantha presentaba *El mundo a las 7* sola, pero cuando la jubilaron, Joseph Foster decidió que fueran dos los presentadores, y Benjamin Holz también se creía un astro del periodismo.

Con paciencia había logrado llevarse bien con él y ahora formaban un buen equipo. Helen se dio cuenta de que no había respondido a la pregunta de aquel agente israelí.

—Cinco años, hace cinco años que lo presentamos Benjamin y yo.

—¿Alguna vez han entrevistado a algún yihadista?

—¡Qué pregunta! Claro que hemos hecho programas sobre la yihad…

—Así que conocerán a algún yihadista…

—Estuvimos haciendo un programa desde Siria donde conseguimos entrevistar a unos fanáticos… Aquel programa fue un éxito. Debería verlo —respondió en tono impertinente.

—Desde luego que lo haré. En fin… me temo que ahora sólo queda esperar.

—¿Esperar?

—A que cometan el primer atentado.

—Da por hecho que podrán hacerlo.

—Sí, desgraciadamente es así. Cualquier tipo que salga a la calle con un arma puede matar.

Alba Fernández se acercó donde estaban Helen y Jacob.

—¿Interrumpo? —preguntó.

—El señor Baudin está convencido de que los terroristas

matarán a alguien. —El tono de voz de Helen delataba su nerviosismo.

—No es difícil matar, señora Morris —afirmó la española.

—¡Pero tienen que evitarlo! —casi gritó Helen.

—Lo intentaremos, todos lo intentaremos, y probablemente se termine deteniendo a alguien, pero puede que después de que los terroristas hayan matado —insistió Alba Fernández.

—Jacob... —La voz de Maoz los interrumpió—. Nos vamos... Seguiremos en contacto, señora Fernández, señora Morris...

Jacob no dijo nada y siguió a Maoz. Se despidieron de Anthony Jones, el agente de la OTAN, y de Austin Turner, de la CIA. Las relaciones entre los tres servicios eran amistosas, pero eso no presuponía que compartieran todo lo que sabían.

Ariel Weiss, el hombre de Dor en Bruselas, los condujo hasta un edificio donde mantenía un pequeño despacho cuya tapadera era una consultoría. No hablaron durante el trayecto más que de banalidades. Jacob sabía que tanto Weiss como Maoz eran agentes de inteligencia curtidos y que él no tenía ningún papel salvo guiarlos a través de la voz que había creído reconocer.

—Hace veinte minutos me telefoneó Dor. Nuestra gente aún no ha dado con el rastro de Abir Nasr.

—Está aquí. En Bruselas —afirmó Jacob.

Los dos hombres le miraron sopesando las palabras que acababan de oír. No le contradijeron, pero tampoco las dieron por buenas.

—Puede que sí... o puede que esté en el otro extremo del mundo —murmuró Ariel Weiss.

Líbano. Atardecer en Ein el-Helwe

Mientras se secaba el sudor del rostro con la manga de la camisa, escuchó los pasos de su mujer.

—Mohamed, empieza a ser tarde, las niñas tienen hambre.

El hombre salió de debajo del coche que estaba arreglando. Un coche cubierto de polvo y tan abollado que no parecía que mereciera la pena intentar perder el tiempo en ninguna reparación.

—Si tienen hambre, dales de cenar. Yo tengo que terminar esto.

—¿Y no puedes dejarlo para mañana?

—No, Salma, no puedo. Y ahora déjame o no terminaré nunca.

La mujer apretó los labios, pero no respondió. Hubiera dado lo mismo que protestara. Entró en la casa, si es que se podía denominar casa a aquellas cuatro paredes cubiertas por una plancha de uralita. Sus niñas, de tres y cinco años, eran lo mejor que tenía, aunque se encomendaba a Alá para que le permitiera parir un varón. Y pese a que Mohamed quería a las pequeñas, no dejaba de lamentarse porque un hombre, le decía, no estaba completo sin un hijo varón.

Mientras ponía a hervir un puñado de arroz comenzó a cantar en voz baja. De repente una mano le tapó la boca sin casi permitirle respirar. Una presión en el cuello hizo que perdiera el conocimiento. Su último y rápido pensamiento fue para sus hijas.

A las pequeñas no les dio tiempo a gritar. Las figuras imponentes de unos hombres las habían alzado del suelo tapándoles la boca. Era tal el miedo que rompieron a llorar en silencio. Uno de los hombres susurró unas palabras, los otros dos arrastraron a la mujer y a las niñas hasta la única habitación de la casa.

Mohamed seguía bajo el coche intentando averiguar dónde estaba la avería. No lograba dar con ella, pero no descansaría hasta conseguirlo.

Estaba desatornillando una pieza cuando sintió que algo le cubría el rostro. Un olor que no reconoció le nubló los sentidos. No podía hablar, no podía moverse. Se había convertido en una masa sin vida.

No supo cuánto tiempo estuvo sin poder hablar, sin poder moverse, sin ser dueño de sus sentidos. Alguien le había arrastrado hasta el fondo del cobertizo. Hizo un esfuerzo para despejar las sombras que empañaban sus ojos y cuando pudo ver, su mirada dibujó la figura de un hombre que le encañonaba.

—No te muevas. Si haces lo que te pedimos, no te pasará nada. Ni a ti, ni a tu esposa y a tus hijas.

Sintió que el miedo le recorría por la espalda. Su esposa. Sus hijas.

—Sólo quiero que respondas a unas preguntas. De ti depende. Abir Nasr. Quiero saberlo todo. Dónde está y a qué se dedica.

Mohamed abrió la boca intentando que se le formaran las palabras.

—No sé quién es —acertó a decir.

—Verás, Mohamed, no soporto las mentiras. Ahora mismo tienes que resolver un dilema: o eres leal a Abir Nasr y a tus amigos del Círculo o lo eres a tu familia. Si respondes a lo que te preguntamos, nadie sabrá nunca nada. Nos iremos y te dejaremos en paz. Si no quieres hablar… bueno… entonces nos acompañarás.

—Mi esposa y mis hijas… —acertó a balbucear.

—Ellas también vendrán, sólo que… bueno, en realidad no nos sirven para nada… Ya veremos qué hacemos con ellas.

Mohamed insistió en que no sabía quién era Abir Nasr.

—Es una pena que hayas decidido en contra de tu familia.

Un levísimo sonido hizo que el hombre sacara un teléfono minúsculo del bolsillo. La imagen sobrecogió a Mohamed. La figura de un encapuchado apuntaba con un arma a su esposa y a sus hijas, que parecían muertas. No se movían.

—En fin, nos llevamos a tu mujer y a tus hijas. En cuanto a ti… —El hombre sacó un cuchillo y se lo colocó en la garganta.

Mohamed comenzó a sollozar. Intentaba vislumbrar quién era aquel tipo. Se dijo que sería un judío, pero desechó el pensamiento. Hablaba árabe como un libanés. Su atacante era libanés. Estaba seguro. Pero ningún libanés le amenazaría con llevarse a su mujer y a sus hijas, llevárselas ¿adónde? Y tembló aún más cuando sintió el filo del cuchillo raspándole el cuello.

—A cien metros de tu casa vivía tu vecino Jafar con su esposa Ghada y sus dos hijos, Abir e Ismail. Compartían la casa con la hermana de Ghada y su esposo… ¿Vas recordando, Mohamed?

Y Mohamed recordó. Recordó que durante un tiempo los dos huérfanos se quedaron con unos parientes en Ein el-Helwe, pero que al poco los amparó un primo de su madre, que se los llevó a vivir a Beirut. Los chiquillos habían vuelto en alguna ocasión. Parecían tristes, pero ¿quién no lo estaría cuando habían asesinado a tus padres delante de ti?

Después, un tío de su padre los reclamó. Jamal Adoum parecía estar bien situado en París. Hubo una discusión familiar. Todos querían tutelar a los huérfanos. Al final llegaron a un acuerdo. Abir e Ismail pasarían temporadas con cada una de las familias. Nadie les preguntó qué era lo que ellos querían.

El hombre apretó ligeramente el cuchillo y un hilo de sangre empezó a correr por la garganta de Mohamed, señal de que cuanto había contado no era suficiente. Le exigirían más.

Y habló. Con palabras atropelladas le contó a aquel hombre que Abir e Ismail eran combatientes a las órdenes del jeque Mohsin, que los habían entrenado en Afganistán, que con frecuencia visitaban el Líbano, que se habían convertido en hombres de bien. No, no sabía la dirección del tío de Abir e Ismail en París. Sólo que era electricista y amigo de un imán muy reconocido, Adel Alaui. Un hombre sabio y justo que ayudaba a los musulmanes a sobrevivir a las dificultades con que se topaban en Francia.

Pero Mohamed dijo más. No pudo callar que Jamal Adoum ya no vivía en París sino en Bruselas y que allí regentaba un pequeño negocio de electricidad. Sí, tenía dos hijos: Farid, que se había convertido en imán y seguía viviendo en París, y Noura, de la que no se hablaba en la familia porque había preferido dejar de ser una buena musulmana para adoptar el estilo de vida occidental. La chica era una vergüenza para la familia Adoum.

La noche se había adueñado del lugar. Las estrellas estaban ocultas. El hombre aligeró la presión del cuchillo sobre el cuello de Mohamed.

—Nadie nos ha visto. Nadie sabe que has hablado con nosotros. De ti depende que los tuyos te consideren un traidor. Si nada dices, nada sabrán. Lo que tenga que pasar pasará.

—¿Y mi esposa y mis hijas?

—Las niñas están dormidas. No han visto nada. Tu esposa apenas ha tenido tiempo de saber qué pasaba. Un mal sueño. Una pesadilla. Tú eres el hombre de la casa. Si le ordenas que calle, te obedecerá.

Mientras lo decía, presionó con fuerza un punto del cuello de Mohamed y éste volvió a perder el conocimiento. Así se quedaría durante un buen rato, lo suficiente para que él y los suyos pudieran desaparecer.

Bruselas. Informe de La Casa de las Palmeras sobre la identidad de Abir

Ariel Weiss abrió un dispositivo y desencriptó el informe que le habían mandado desde La Casa de las Palmeras.

«Abir Nasr. Sus padres y su hermana pequeña murieron durante una operación en Ein el-Helwe, al sur del Líbano. Durante un tiempo él y su hermano Ismail vivieron con familiares residentes en Ein el-Helwe. Más tarde un primo de su madre, llamado Ayman, se hizo cargo de ellos y se los llevó a Beirut. La familia estaba compuesta por Ayman, que había enviudado, y sus tres hijos: Gibram, Sami y Rosham. Se convirtió en un chico difícil, taciturno, sin muchos amigos. Su hermano pequeño Ismail estuvo enfermo durante un tiempo. Al parecer, se quedó mudo como consecuencia del trauma que sufrió durante aquella operación en la que murieron sus padres. Luego, un tío del padre de Abir y Ismail decidió llevárselos con él a París. Aún no tenemos mucha información sobre los años que vivió en París. Su tío Jamal Adoum está casado con una mujer de nombre Fátima, de origen magrebí, y tienen dos hijos, Noura y Farid. Estamos esperando información más detallada desde París. Un imán, Adel Alaui, es un hombre con influencia en la familia Adoum. Tanto que Farid también es imán. Ahora la familia, salvo Farid, vive en Bruselas. En la historia aparece el jeque Mohsin. Al parecer, se llevó a Abir y a su hermano a Afganistán. Abir Nasr viaja con frecuencia al Líbano y siempre que puede no deja de visitar Ein el-Helwe. Pero ha cambiado de apellido, adoptando el de su tío Jamal.»

—¿Y su hermano Ismail? —quiso saber Maoz.

—Tendremos que ir completando el rompecabezas —respondió Weiss.

—Supongo que vais a pasarles esta información a los belgas y a los norteamericanos —afirmó más que preguntó Jacob.

—Desde luego que no. Tendremos que confirmar tu corazonada. Dices que la voz del terrorista es la de un muchacho al que viste hace años unos minutos durante una operación... No sé, Jacob... Investigaremos a ese Abir porque por alguien hay que empezar, pero... en fin, tengo gente en la calle. Espero que en unas horas podamos saber algo más de Jamal Adoum. —El tono de voz de Ariel Weiss fue cortante.

—¿Esto es todo? —los interrumpió Maoz.

—Por ahora sí.

—París está muy cerca de Bruselas —murmuró Jacob.

Bruselas
Abir

Abir se incorporó de la cama. Tenía que irse. En realidad no debería estar allí. Pero sabía que llevaba ventaja a quienes fueran que le persiguieran. Miró la habitación. Seguramente nunca volvería. Esa noche había puesto punto final a otra parte de su vida. Salió del cuarto. Su tío Jamal le abrazó. Su tía Fátima lloraba.

—Que Alá te proteja —dijo su tío.

—Que así sea. No nos volveremos a ver.

—Lo sé. No debes mirar atrás. Tienes que salir a afrontar tu destino. El jeque estará orgulloso de ti, tanto como lo estoy yo y como lo está tu primo Farid. Harás grande nuestra causa, Abir. Serás un orgullo para los creyentes. Tu nombre se recordará por los siglos.

Fátima intentó envolverle en un abrazo, pero Abir la apartó. No quería mostrar ninguna emoción.

—Tu hermano Ismail hace rato que se fue. Te estará esperando. Ten cuidado —le encomendó su tío Jamal.

Abir salió de la casa perdiéndose en las sombras de la noche.

Bruselas
Nora

Nora tenía la mirada perdida en la pantalla del televisor. Había llamado al club para decir que se sentía indispuesta y que no iría a trabajar.

Sabía que el encapuchado que había amenazado al mundo entero con represalias de muerte no era otro que su primo Abir. Pero no podía, no quería denunciarle. Si lo hacía, no podría vivir el resto de su vida con esa carga. Sentiría una vergüenza infinita por haber perjudicado a uno de los suyos. Pero si callaba, entonces tendría que vivir con el peso de las muertes que iba a sembrar su primo.

Hacía años que no se habían visto. Apenas sabía de él, sólo su madre le daba de cuando en cuando alguna noticia. A su padre tampoco le había vuelto a ver desde aquella noche en que se escapó de casa y terminó en un centro de acogida para jóvenes. Cuando salió no quiso regresar con su familia. No hubiese soportado volver a vivir con todas aquellas reglas que la oprimían. Pero pagó un precio por la ruptura. Su padre la había dejado de considerar su hija, y su hermano Farid hubiera querido matarla para vengar el honor de la familia. Sólo tenía a su madre, que aun sin comprenderla no estaba dispuesta a renunciar a su hija, ni ella estaba preparada para alejarse de su madre.

Se veían a escondidas. Jamal había dictado que Nora estaba muerta para la familia. Nadie debía hablar con ella. De manera que madre e hija buscaban la ocasión para tener esos encuentros. Nora conocía bien las rutinas de Fátima y procuraba hacerse la encontradiza cuando sabía que no había ojos prestos a delatarlas. En ocasiones esos encuentros duraban apenas unos minutos, pero de vez en cuando lograban disponer de una hora que disfrutaban sabiendo que podía ser la última.

En París, encontrar un trabajo no le resultó fácil. No quería convertirse en una simple corista. Su sueño era ser cantante, así que trabajaba en una tienda durante el día y por las noches iba a clase de canto y de guitarra.

Madame Poulin había sido cantante de ópera, incluso había formado parte de la Ópera de París. No había logrado ser una diva del bel canto, pero tampoco había fracasado. Ya había cumplido los cincuenta cuando, pensando en su vejez, decidió buscarse otro medio de ganarse la vida. Abrió la academia muy cerca de la Ópera Garnier. Que ella no hubiera destacado mucho no significaba que no fuera capaz de educar voces y descubrir talentos. Aceptó a Nora como alumna, aunque le advirtió que necesitaría trabajar duro con su voz de *mezzosoprano*. Tampoco la engañó diciéndole que sería una estrella. «Tienes una voz agradable pero del montón, nunca llegarás a lo más alto, pero si lo que te gusta es cantar, al menos inténtalo», le dijo a la muchacha. No es que Nora quisiera dedicarse al género de la lírica, en realidad lo que pretendía era ser una cantante melódica, pero comprendió que necesitaba algo más que voluntad y que si no educaba la voz, no pasaría de ser una aficionada.

Su madre intentaba convencerla de que pidiera perdón a su padre y regresara a casa. Pero nunca accedió, aunque cuando Fátima le anunció la fecha del traslado a Bruselas, tomó la decisión de irse también ella para así estar cerca de su madre. Hasta que no había experimentado la soledad de ser dueña de sí misma no se había dado cuenta de lo mucho que necesitaba a su madre. En Bruselas, ésta le comentaba que estaba segura de que su padre se enteraría de sus encuentros furtivos.

Llegó a la ciudad dispuesta a no cejar en su empeño de convertirse en cantante. Madame Poulin le recomendó a su amiga Ivette, una antigua colega de la Ópera de París que había encontrado el marido perfecto en monsieur Leblanc, empleado de banca amante de la ópera que la ayudó entusiasmado a que abriera una academia. Y así Nora había pasado de ser alumna de madame Poulin a serlo de madame Leblanc, que resultó providencial para su nueva vida.

La ayudó a encontrar trabajo como cajera en un supermercado y le recomendó a una amiga que había enviudado para que le alquilara una habitación en Matonge, un viejo barrio en el que vivían mayoritariamente africanos. Por nada del mundo hubiera querido instalarse en Molenbeek, el barrio donde vivían sus padres y que se había convertido en un microcosmos musulmán. Madame Leblanc fue tan sincera con ella como lo había sido madame Poulin: «Tienes una bonita voz —le dijo—, pero escasa potencia». A Nora no le molestaron las palabras de madame Leblanc, puesto que lo único que anhelaba era poder ganarse la vida cantando las canciones que ella misma componía con la guitarra que con tanto esfuerzo había comprado en París. Al cabo de unos meses, fue también madame Leblanc quien le recomendó que fuera a ver a un conocido de su marido que había abierto un local en Les Marolles, un viejo barrio obrero que con el paso del tiempo había adquirido cierto aire bohemio.

—No es un antro, pero tampoco es nada del otro mundo... Mi esposo dice que te puedes fiar de Mathis Discart. No son amigos, pero coincidieron trabajando en el banco hace unos años. Sólo que monsieur Discart no tenía vocación de estar todo el día sentado detrás de una mesa y decidió dedicarse a los negocios. Le ha ido bien, primero puso una hamburguesería, después una pizzería, de ahí pasó a un cabaret y ahora es dueño de un café-concierto... Vete a saber qué es eso exactamente. En fin... no pierdes nada por ir a verle.

Mathis Discart aparentaba la edad que tenía, más de cincuenta. Alto, con el cabello negro cubierto de canas, complexión fuerte y una mirada sagaz. Se mostraba educado al tiempo que reprimía cierta brusquedad.

Le hizo una prueba. Nora cantó un par de canciones compuestas por ella acompañada por su guitarra. La escuchó en silencio y sin dudar le dijo que la contrataba. El sueldo no era mucho pero sí suficiente para poder vivir sin seguir trabajando de cajera en el supermercado y alquilar un estudio en el mismo Matonge. A pesar de las dudas de madame Leblanc, El Sueño de Marolles, que así se llamaba el local, era en realidad un café que ofrecía actuaciones musicales en directo. Mathis ofrecía su local a jóvenes músicos que empezaban a cantar y además tenía contratados a un pianista, un violinista y un bajo que amenizaban las veladas. Nora se convirtió en cantante permanente y se fue labrando cierta fama en los ambientes bohemios de Les Marolles.

La joven había adaptado su apariencia a El Sueño de Marolles. Llevaba el cabello cobrizo corto, vestía como si fuera una cantante de la Gauche Divine, trajes negros ceñidos o pantalones y jerséis negros, se maquillaba con cuidado y llevaba las uñas siempre pintadas de rojo.

Monsieur Discart le permitía cantar las canciones que ella misma componía, pero también le insistía en que incluyera en su repertorio las canciones de Juliette Gréco, a la que sin duda imitaba.

Lo que no había previsto Nora era que Mathis Discart se sintiera atraído por ella. Tampoco había previsto convertirse en la amante de su jefe, porque eso era. Discart estaba casado, tenía dos hijas y ninguna intención de separarse de su esposa. Además, su madre, que era viuda y vivía con la familia, hacía buenas migas con su nuera.

«Mi esposa y yo formamos un buen equipo —le explicó a Nora—, a ella le basta con tener una buena posición económica y encargarse de nuestras hijas y de mi madre, y hace la vista gorda con mis cosas.»

Así que a madame Discart poco le importaba que Nora se hubiera convertido en algo más que un capricho para su marido.

No sólo le ayudaba a gestionar El Sueño de Marolles, sino que de vez en cuando compartían un largo fin de semana en París, Ámsterdam, Estrasburgo, Berlín... Incluso en verano Mathis Discart encontraba la manera de pasar unos días juntos en alguna playa española.

Nora se acostumbró a aquella vida. Se decía que algún día entraría en el local alguien importante de la industria de la música, la escucharía cantar, le ofrecería un buen contrato y grabaría un disco que se convertiría en éxito mundial. Pero pasaba el tiempo y ningún magnate de la música se dejaba caer por el local.

En cambio, tres años atrás sí lo había hecho su primo Abir.

Aún temblaba pensando en la noche en que Abir entró en El Sueño de Marolles acompañado de dos hombres. Se sentaron a una mesa situada en un rincón y aguardaron a que comenzara su actuación.

Aquella noche ella llevaba puesto un vestido largo de color negro con escote. Mientras estaba cantando sintió una mirada intensa sobre la piel y de repente le vio. Allí estaba Abir con el gesto serio y una mirada que delataba decepción. Ella se sintió poco menos que desnuda y se maldijo por haber elegido aquel vestido que tanto le gustaba a su jefe y amante.

Nora no cantó bien e incluso se fue del escenario antes de lo previsto.

«Pero ¿qué diablos te pasa?», le reprochó Discart. Ella le explicó aturdida que su primo estaba entre el público y que tenía que hablar con él. No le dio tiempo a protestar porque se abrió paso entre las mesas hasta llegar a la de Abir. No sabía si debía darle un beso o acaso la mano. En los ojos de su primo leía que ya no era el adolescente con el que mantenía un código de complicidad. Los ojos del hombre que tenía delante no emitían ningún destello de afecto. Su mirada era la de un desconocido.

—Abir...

Él le hizo un gesto para que callara y se sentara a su lado. Ella obedeció. Los dos hombres que le acompañaban se levantaron, aunque permanecieron cerca sin perderles de vista.

—¿Qué haces aquí, Noura?

—Ya lo has visto, canto.

—Cantas y te exhibes como una cualquiera delante de la gente.

Se miraron y a Nora le costó reconocer en aquellas palabras al primo de su adolescencia.

—No hago nada malo, Abir. Siempre quise ser cantante, lo sabes bien. Éste es un local decente. Viene gente normal, aquí no vienen hombres en busca de mujeres.

—No hace falta que los hombres vayan a ningún sitio especial. Las mujeres os ofrecéis gratuitamente. Y no busques excusas, ¿crees que los hombres se muestran indiferentes cuando te miran el escote? ¿Por qué lo llevas, Noura, si no es para que te miren?

—¿Acaso te has convertido en un fanático? ¿Es eso lo que ha hecho el jeque Mohsin de ti? —respondió ella con amargura.

—No te atrevas a pronunciar su nombre. Tus labios lo manchan.

—¿Qué es de Ismail? ¿Dónde está mi primo?

—Con la ayuda de Alá, está aprendiendo a ser un buen creyente.

—¿Qué han hecho de ti, Abir? ¿Por qué hablas así?

No respondió de inmediato a la pregunta, se limitó a mirarla antes de hablar.

—Tu madre, mi querida tía Fátima, pobre inocente, me dijo dónde trabajas. Bien que la has engañado. Ella cree que tienes un trabajo decente... Si te viera... En cuanto a tu padre... debería matarte porque eres su vergüenza.

—Para mi padre ya estoy muerta.

—Es un hombre respetable. Si alguien supiera que tiene una hija como tú...

—No te preocupes, Abir, no nos hemos vuelto a ver desde París y jamás he puesto los pies en Molenbeek.

—Pero tu madre no duda en reunirse contigo.

—Siempre viene a mi casa. Allí no hay ojos que nos puedan ver.

—¿Es que no sientes vergüenza de vestir así?

—No, Abir, no siento vergüenza de mi cuerpo. ¿Por qué habría de sentirla? Sois los hombres los que para dominarnos intentáis que nos sintamos impuras.

—Así que te has convertido en una mala mujer como todas las occidentales.

—¡Vaya! De manera que todas las mujeres que no ocultan su cuerpo son malas... No pierdas el tiempo conmigo, Abir, he pagado un precio muy alto por mi libertad, ¿o crees que no me duele tener que ver a mi madre a escondidas y saber que mi padre me desprecia? Y ahora tú... ¿Cómo es posible que hombres como el jeque convenzan a jóvenes como tú para que odiéis a las mujeres? ¿Qué os asusta de nosotras? ¿Acaso sólo os sentís hombres si domináis a las mujeres? ¿En tan poca estima os tenéis?

—¡Calla, Noura! Hablas como las perdidas.

—Lo siento, primo, creo que eres tú el que estás confundido. Siempre pensé que ibas a ser capaz de librarte de esa tradición oscurantista en que nos quieren sumir… pero han podido contigo.

—Algún día pagarás tu impiedad, Noura.

—Sigo siendo musulmana, Abir, pero no creo en lo mismo que tú. Aun así, te diré que te quiero, primo, y que siempre recuerdo con cariño y alegría los años que compartí con Ismail y contigo. Os quería más que a Farid, mi propio hermano.

—Farid es un imán justo y respetado.

—Farid es un fanático, ¿o no te acuerdas de que tú mismo lo decías?

—Entonces no sabía lo que sé ahora. Estaba confundido.

—Creo que es ahora cuando estás confundido, Abir. Dime, ¿a qué has venido?

Abir no supo decirle que a pesar de las palabras que habían salido de sus labios, seguía sintiendo un afecto sincero por ella, que la había admirado por su determinación cuando se marchó de casa para buscar la manera de ser ella misma. Pero no dijo ninguna palabra que ella pudiera interpretar como un resquicio que avalara su comportamiento. A pesar de ello, mientras se levantaba le rozó la mano. Fue un segundo de debilidad. Se miraron a los ojos y Nora supo que en algún lugar recóndito aún quedaba algo de aquel primo al que tanto había querido.

Abir salió flanqueado por los dos hombres y no se volvieron a ver hasta aquella noche.

Nora no podía esquivar el presente. Cuando vio en televisión al hombre encapuchado leyendo un comunicado en nombre del Círculo, reconoció la voz, su voz, la de Abir. Por eso había decidido ir a casa de sus padres. Aún se preguntaba cómo se había atrevido a hacerlo. Pero estaba segura de que el encapuchado era Abir y que sus padres debían saber dónde se encontraba. Lo que no imaginaba era que estuviera allí, con ellos.

Su pobre madre estaba asustada y su padre… le aborrecía y le quería a partes iguales. Era su padre, pero rezumaba fanatismo por cada poro de su piel y le costó unos segundos reaccionar cuando la vio entrando en la casa. Más aún cuando vio cómo su esposa recibía con lágrimas a la hija y hablaban como si no hubieran pasado tantos años de distanciamiento. La cólera le invadió cuando ella se dirigió al salón de la casa como si supiera que Abir se encontraba allí.

Tres horas. Hacía tres horas en las que había repasado su vida mientras contemplaba la imagen repetida del encapuchado que amenazaba con dejar un reguero de sangre y muerte. No le cabía duda alguna de que Abir iba a cumplir su amenaza y la atormentaba no saber qué hacer.

No, no podía denunciarle. Si lo hacía, no sólo pondría la vida de Abir en peligro, sino que destrozaría la de sus padres para siempre. Los detendrían, acaso los torturarían para que contaran cuanto supieran de Abir; nunca podrían demostrar que eran inocentes porque les unían lazos de sangre con el encapuchado. ¿Y ella? ¿Qué le pasaría a ella? También pagaría un precio. La vida que tan duramente había construido se evaporaría como el humo de un cigarro. Ya no sería una cantante melódica que actuaba en un café-concierto de un barrio bohemio aguardando que alguien se diera cuenta de su talento. Sabía que los periodistas la presentarían como a una musulmana emparentada con un terrorista, y quién sabe si terrorista o cómplice de los terroristas ella también. Pero si no hacía nada, si no decía nada, entonces su silencio la haría corresponsable de los asesinatos que su primo pudiera cometer.

El timbre del teléfono la sobresaltó. Era ya medianoche. El número de Mathis se reflejó en la pantalla. Respondió.

—¿Estás mejor? —quiso saber él.

—No... en realidad, no.

—¿Estás viendo la televisión?

—Sí... la tengo puesta... —admitió Nora.

—Esta noche apenas ha habido gente en el club. Cuatro mesas y se han ido enseguida. La gente está preocupada. A saber qué van a hacer esos chiflados de los islamistas.

—¿Dónde estás? —preguntó ella con preocupación.

—En casa. Mi madre y mi mujer se han ido a dormir hace un rato, lo mismo que mis hijas. Hemos estado pendientes de la televisión. Pero yo no puedo dormir.

—Yo tampoco.

No tenían más que decirse, así que colgaron. Su angustia era la angustia de los millones de personas que en todas partes del mundo aguardaban expectantes el golpe prometido por el encapuchado. La única diferencia con ellos era que Nora sabía quién ocultaba su rostro al mundo entero.

Bruselas
Jacob

El teléfono móvil de Jacob vibró. Su madre. Dudó en responder, pero lo hizo.

—¿Qué sucede?

—Te fuiste tan precipitadamente... ¿Estás bien?

—Sí.

—¿Puedo saber dónde estás?

No sabía si podía decírselo y optó por no responder.

—Cuida a Luna.

—Sí, la tengo aquí conmigo. Te echa de menos.

—Y yo a ella. Ya te llamaré. —Y colgó.

Maoz le miró con curiosidad pero no le preguntó, aunque no le costó suponer que se trataba de Joanna. La madre de Jacob no era una desconocida para él. Sabía que Dor sentía afecto por ella y eso le había llevado a proteger a Jacob.

Estaban revisando la información que Dor les iba enviando desde Tel Aviv. Jacob y Maoz sabían que detrás del informe del Líbano estaba Efraim. Dor le había encomendado la operación y, a juzgar por lo que veían, había sido un éxito. Era mucho más de lo que podían esperar. Dor les había ordenado que compartieran la información con los belgas y con la CIA, pero «no toda». Ariel Weiss, el jefe de estación del Mossad, había discutido con Dor: «Si no les contamos a los belgas lo que sabemos, no podremos encontrar a Abir Nasr. Además, también deberíamos hablar con los del Centro de Inteligencia de la Unión Europea, te aseguro que la persona que lleva este caso, Alba Fernández, es muy competente. Hay que enseñar las cartas que tenemos, Dor». Pero Dor insistió en que fueran contando lo necesario, ni una palabra más.

Weiss se había sentido más tranquilo cuando por fin pudo compartir parte de la información con Louise Moos, pero movilizó a sus agentes en Bruselas además de hablar con su colega de París, una mujer, Orit Singer, a la que todos tenían un respeto reverencial. Era una leyenda dentro del Mossad. Pocos agentes de campo tenían en su haber hazañas como las suyas. Todas con el sello de «ultrasecretas». París era un retiro dorado. Dor había accedido a hacerla jefa de la sección parisina. Orit estaba enferma de cáncer, pero aguantaría hasta el último minuto de su vida sin salirse del juego.

Orit aseguró a Weiss que tendría información precisa del imán Adel Alaui y de Farid, el primo de Abir. Tenía gente en la calle.

—Vaya, resulta que otros dos de los primos de ese tal Abir Nasr son dos tipos de cuidado —dijo Maoz mientras les invitaba a que leyeran lo que iba apareciendo en la pantalla del ordenador—. Gibram y Sami... —murmuró—, miembros del Círculo... expertos en compraventa de armas... Hay más información sobre ellos, nuestra gente en Beirut los siguen desde hace tiempo. Suelen recibir visitas de hombres a los que nos cuesta seguir el rastro. Aparecen y desaparecen sin darnos tiempo a actuar.

—Interesante... Si alguien se toma el trabajo de no dejar rastro es por algo —afirmó Weiss.

—La que parece que está limpia es la hermana de estos dos pájaros. Nuestra gente dice que se llama Rosham y es pediatra, trabaja en el hospital Sacré-Coeur de Beirut. Al parecer, se mantiene al margen de las actividades de sus hermanos y está casada con un médico llamado Nabil Abbadi, neurólogo, ejerce en La Makassed —siguió leyendo Maoz.

—Es un buen hospital, depende de la Asociación Filantrópica Islámica —los interrumpió Jacob.

—¿Un hospital islamista? —quiso saber Weiss.

—No es eso, es una institución... y tienen buena relación con el resto de las confesiones —aclaró Jacob.

—Menos con los judíos —apostilló Maoz.

—Es un buen hospital; cuando mi padre enfermó, recibió tratamiento allí, tiene unos especialistas excelentes —insistió Jacob.

—Aquí hay más... —Maoz se había vuelto a concentrar en las palabras que iban apareciendo en la pantalla—. Al parecer, hace unos años operaron a Abir Nasr del corazón en La Makassed... Pero no disponemos de toda la información, tan sólo que le operaron... Puede que en las próximas horas averigüen algo más.

—Buen trabajo el de nuestra gente en Beirut —afirmó Weiss.

—Se juegan la vida a diario —repuso Maoz.

—Bien, esperemos que Jacob tenga razón y no estemos siguiendo una pista falsa que no conduzca a ninguna parte... —continuó diciendo Weiss.

—Estoy seguro de que esa voz es la de Abir Nasr. —Jacob parecía cansado de las dudas de sus compañeros.

—Que así sea, porque nos estamos centrando en seguir la pista de ese tipo y si no es él estaremos perdiendo un tiempo vital para evitar que se cumpla la amenaza de ese encapuchado —añadió Weiss mirándole de soslayo.

—Es Abir Nasr y está en Bruselas —insistió Jacob.

—Puedo admitir que tengas razón respecto a Abir Nasr, pero ¿por qué insistes en que está en Bruselas? —preguntó Weiss con tono de fastidio.

—Está aquí... no sé por qué lo sé, pero lo sé... Ha mandado el *pendrive* a un programa de un canal estadounidense, que casualmente estos días se emite desde Bruselas porque se va a celebrar una cumbre de la OTAN... Quiere golpear aquí. Que sepamos, es capaz de burlarse de todos los servicios de inteligencia actuando delante de nuestras narices. Sabe que no se va a suspender la cumbre porque la OTAN no puede dar muestras de debilidad. Y sabe que si golpea aquí, la OTAN quedará en ridículo. ¿Cómo va a defender al mundo si no es capaz de defender la ciudad donde se reúnen los ministros de Defensa? Pero además... tiene que haber otra razón... sí... una razón que se nos escapa... —concluyó Jacob.

—En los servicios de inteligencia, Jacob, uno no se puede mover por corazonadas —le reprochó Weiss.

—No estoy de acuerdo. Algunas operaciones de inteligencia salen adelante por una corazonada —le cortó Maoz.

—Si tú lo dices... —Weiss no parecía convencido, aunque admiraba a Maoz. Sabía que era uno de los mejores agentes detrás de las líneas enemigas.

—En cualquier caso, Dor cree que es buena la pista de Abir Nasr. Veremos si Jacob acierta y el pájaro está aquí —concluyó Weiss.

La puerta se abrió y entró en la oficina una mujer que se cubría la cabeza con un hiyab. Ariel Weiss se puso en pie y se dirigió hacia ella. Los demás aguardaron expectantes.

La mujer se quitó el hiyab y sacudió la cabeza liberando una melena corta de color castaño.

—Llevo una hora dando vueltas por si acaso —dijo ella a modo de saludo.

—¿Ha servido de algo?

—Quizá... Efectivamente, los tíos de Abir Nasr viven en Molenbeek. Tal y como me dijiste, el padre, Jamal, es propietario de una tienda de electricidad, y la madre, Fátima, es un ama de casa, discreta y amable, que cuenta con el afecto de sus vecinos. Su hijo Farid, aunque vive en París, los visita a menudo. Llevan una vida sencilla, nada reseñable salvo que Jamal no hay día en que no vaya a la mezquita a rezar.

—¿Qué más? —insistió Weiss.

—A Jamal suelen visitarle con frecuencia amigos, algunos de ellos extranjeros... Pero hasta ahora ninguno ha llamado la atención por nada especial.

—¿Y su sobrino Abir?

La mujer se encogió de hombros.

—Nadie le conoce, o si le conocen no saben quién es, puede ser cualquiera de esos hombres que visitan a Jamal. Sólo ha presentado como sobrino a Ismail, el hermano de Abir.

—Bien, Miriam, descansa un poco —dijo Weiss.

—No —dijo ella—, si ese Abir Nasr está en Bruselas, lo mejor es que vuelva a la calle a buscarle. En el único lugar donde se puede esconder es en Molenbeek. El problema es la hora... Es difícil ir por ahí preguntando sin llamar la atención.

Jacob observó con curiosidad a la mujer. Nada destacaba en el aspecto de Miriam. Ni alta ni baja, ni gruesa ni delgada, ni guapa ni fea. Su aspecto era vulgar. No se distinguía por nada. Dor diría que ésa era una buena cualidad para un agente.

Miriam cruzó su mirada con la de Jacob y esbozó una sonrisa.

—¿Estás convencido de que Abir Nasr está en Bruselas? —le preguntó.

—Sí. Creo que su primer golpe será aquí y él querrá estar cerca —admitió.

—En ese caso, hay que seguir buscándole. Creo que tienes razón.

Ariel Weiss sopesó las palabras de Miriam. Era su mejor agente. Conocía Molenbeek como la palma de su mano. De hecho, vivía allí. Se hacía pasar por una viuda que se ganaba la vida como asistenta de gente acomodada, de esa manera podía ir y venir sin llamar la atención. Incluso salir por la noche aduciendo que algunos de sus empleadores la requerían para que cuidara de sus hijos mientras ellos salían con amigos o acudían a alguna actividad. Bruselas era una ciudad de funcionarios de distintas nacionalidades y era habitual que los expatriados se reunieran en cenas con amigos.

—¿Vas a volver a tu casa a esta hora? —preguntó preocupado Weiss.

—Es lo mejor. No puedo seguir dando vueltas, llamaría la atención. ¡Ah!, me he acercado a Les Marolles, al café-concierto o club o lo que quiera que sea donde trabaja Noura Adoum, la prima de Abir. La chica no estaba. En realidad estaban cerrando. No tenían clientes. La ciudad teme lo que pueda suceder. La gente está en casa aguardando.

—Habrás cambiado de aspecto… —murmuró Weiss.

—¿Acaso soy una aficionada? —respondió ella con una sonrisa.

—¿Te han dicho algo de la chica? —insistió Weiss.

—Sólo que estaba enferma y que por eso esta noche no ha ido.

—¿Tienes la dirección?

—El teléfono. He conseguido que un camarero que estaba deseando irse a casa me diera su móvil. Le he dicho que soy la ayudante de un representante de artistas y tenía interés en ponerme en contacto con ella.

—¿Y te lo ha dado?

—A veces lo más difícil es lo más fácil. Sí, me lo ha dado. Aquí lo tienes. Tendrás que rastrearlo para averiguar dónde vive.

—Y tú, ten cuidado. No llames la atención —le dijo Weiss.

—Esta tarde en la mezquita las mujeres estaban muy alteradas. Habían acompañado a sus maridos, que estaban igualmente nerviosos —comentó Miriam.

—¿Por la noche abren la mezquita? —preguntó Jacob, extrañado.

—No, pero a última hora de la tarde el imán no ha tenido más remedio que recibir a los fieles que iban a preguntarle por lo que podía pasar dada la alarma provocada por el comunicado. Muchos temen que haya una reacción de xenofobia hacia ellos, otros parecen alegrarse de que el encapuchado tenga cogido a Occidente por el cuello. En cualquier caso, la gente se muestra prudente, nadie dice una palabra de más salvo a sus amigos más íntimos.

Jacob sentía cierta fascinación por los agentes de campo, sobre todo por los que se hacían pasar por musulmanes. Él no podría aguantar la presión de vivir una vida impostada haciéndose pasar por quien no era.

—¿Cómo puedes hacerlo? —le preguntó a Miriam dando voz a sus pensamientos.

—¿El qué? —Miriam le miró expectante.

—Ir a la mezquita, rezar como ellos, ser su amiga... traicionarles...

Ariel Weiss le miró sorprendido. Se preguntó qué clase de agente podía hacer esa pregunta.

—Cuando rezo, lo hago con el corazón; cuando estoy entre ellos, los siento como amigos, empatizo con sus problemas, soy una más. Este trabajo no lo puedes hacer si no eres capaz de pensar como ellos, de meterte en su piel, de sentir lo que sienten. Si no lo haces, te descubrirán; si no lo haces, fracasarás. Pero Maoz te lo puede explicar mejor que yo. Es el maestro.

Se quedaron en silencio. Maoz era el maestro, pero no dijo nada. No estaba allí para dar respuesta a las preguntas que atormentaban a Jacob.

—Ten cuidado —insistió Ariel Weiss sacándolos a todos de su ensimismamiento.

—Iré a casa, telefonearé a alguna amiga... Veremos si me llega el eco de algún rumor.

Cuando Miriam se fue, Weiss preparó una cafetera. Nadie podía permitirse descansar. No tenían otra opción que esperar.

Una hora más tarde Orit Singer llamó desde París. Ariel Weiss puso el altavoz para que todos pudieran participar en la conversación.

—Tengo un amigo en la Sécurité... No saben mucho de lo que está pasando, pero todas las fuerzas de seguridad están en alerta. Louise Moos no les ha contado que nosotros sospechamos de Abir Nasr o Abir Adoum, como se apellida ahora, pero es cuestión de horas que lo haga. Supongo que teme una filtración. He soltado un poco de carnaza porque si no somos capaces de colaborar en este asunto va a ser difícil que consigamos dar con Abir Nasr. ¡Ah! Habréis visto en la televisión que el Elíseo ha decidido desplegar al ejército en la calle más que nada para tranquilizar a la gente. He tenido que pedirle a mi amigo que esté atento a lo que sucede en la mezquita del imán Adel Alaui. Necesitamos que intervengan su teléfono.

—¿No podía hacerlo tu gente? —quiso saber Weiss.

—No con tan poco tiempo. Aunque no nos guste, no podemos hacerlo solos —respondió fríamente Orit.

—Tienes razón...

—Claro que la tengo. Ya le han pinchado el teléfono. Al imán Adel Alaui y también a Farid Adoum, el primo de ese tal Abir Nasr. En realidad hace tiempo que la Sécurité los tiene bajo control.

—¿Y tú, Orit? —preguntó Maoz.

Se escuchó una carcajada seca.

—Mi querido Maoz, uno de los míos es habitual en el rezo de los viernes en la mezquita del imán Alaui.

—¿Y Farid Adoum? —insistió Maoz.

—Viscoso. Ambos son peligrosos. Suelen ser cautos en sus sermones. Dicen sin decir. Suelen reunirse en privado con grupos de creyentes. Tenemos a alguien en uno de esos grupos, pero aunque allí se manifiestan las simpatías por El Círculo, el imán no ha dado ninguna pista de estar comprometido activamente con ellos.

—¿Crees que saben algo?

—Si Jacob Baudin, que está ahí con vosotros, asegura que la voz del encapuchado es la de Abir Nasr, no sería extraño que el fanático de su primo y el sibilino imán Alaui puedan saber más de lo que parecen saber. Lo averiguaremos, Maoz. Os llamaré en cuanto tengamos algo.

—Faltan seis horas para que se cumpla el primer plazo que ha dado el encapuchado... —recordó Weiss.

—No nos engañemos, Ariel, todos sabemos que salvo que tengamos un golpe de suerte es imposible que encontremos a ese tipo en seis horas. Habrá muertos.

—Espero que te equivoques, Orit.

—Somos profesionales, Ariel, y yo no creo en los milagros.

Cuando Orit Singer cortó la comunicación, los tres hombres se quedaron unos segundos en silencio. Sabían que aquella mujer tenía razón y quizá por eso les hubiera gustado creer en los milagros.

Bruselas
Helen

Abrió otra cajetilla. Era la tercera desde esa mañana. Su marido la miró preocupado.

—Fumas demasiado y deberías descansar un rato —le aconsejó sin demasiadas esperanzas de ser atendido.

—¿Tú puedes hacerlo? No, ninguno podemos, Andrew.

—Mañana tendrás que ponerte delante de las cámaras, tendrás que seguir informando sobre lo pueda pasar. Quién sabe lo que durará todo esto. Eres una profesional, Helen, y sabes que necesitas guardar fuerzas para continuar.

—Precisamente porque soy una profesional no puedo dormirme mientras hay un tipo que ha amenazado al mundo entero con hacernos volar por los aires. Y lo hará, Andrew, estoy convencida de que lo hará.

—Yo también lo creo, pero quién sabe... quizá juega de farol...

—No, ese hombre juega a todo o nada.

Andrew Morris observó a su mujer con inquietud. El rictus de su boca la hacía parecer mayor, aunque tal vez lo que veía en su rostro sólo eran las huellas del cansancio.

—Le están buscando las policías de todo el mundo, los servicios secretos... Le encontrarán, Helen, tarde o temprano le encontrarán.

—Pero ¿a cuántos matará hasta que lo hagan?

—No des por hecho que va a poder hacer realidad su amenaza, que es probable, sí, pero ahora mismo todos los países están alerta, no le resultará tan fácil.

—¿Qué te ha dicho Foster? —preguntó ella.

—¿Joseph? Ya lo sabes, has escuchado la conversación. Está en contacto permanente con la Casa Blanca. Y tú te has pasado casi todo el día con esos tipos, la CIA, el Mossad, el agente de la OTAN... y con la española del Centro de Inteligencia de la Unión Europea. Parecen todos competentes.

—Pero Joseph ha dicho que en la Casa Blanca tienen dudas sobre si debemos dar otro comunicado del encapuchado, si es que nos lo vuelve a enviar... Él es el director y me temo que participa de esas dudas —se quejó Helen.

—Bueno, la verdad es que como vicepresidente del canal estoy bastante de acuerdo con Foster. No podemos convertirnos en el altavoz de unos terroristas. Ellos pretenden que bailemos a su son y nosotros tenemos que decidir si aceptamos o no participar en el baile. Es un tema muy serio, Helen; lo que está pasando es algo más que una noticia. Sé que para ti el periodismo lo es todo, pero hay asuntos que trascienden nuestra profesión. Estoy seguro de que Joseph Foster tomará la mejor decisión, pero tampoco podemos obviar la opinión de la Casa Blanca en esta cuestión.

—¡Los políticos no tienen derecho a decirnos qué debemos contar y qué no! Nuestra obligación es informar, sea lo que sea. Las buenas noticias no son noticia, Andrew, lo sabes mejor que yo.

—Pero esto no es sólo una mala noticia. Es un chantaje que unos terroristas islamistas quieren hacer al mundo entero a través de nuestro canal. Vamos, Helen, necesitas descansar, y deja de fumar, al menos durante un rato.

—No quiero dejar de fumar, Andrew, no quiero.

Él se encogió de hombros. Siempre había admirado la pasión de Helen por el periodismo, pero también sabía que era excesivamente testaruda y que no admitiría que Foster pusiera trabas a la emisión de nuevos comunicados. Para ella la noticia estaba por encima de cualquier otra consideración. Lo comprendía. El grupo islamista que se encontraba detrás del encapuchado había elegido *El mundo a las 7* para difundir su amenaza, y para Helen no era una noticia como otras. Además, también él estaba preocupado. Sabía que si los terroristas mandaban otro comunicado y la Casa Blanca les pedía que no lo difundieran, se produciría un conflicto con la redacción. Sin duda Helen y Benjamin Holz pelearían para difundirlo en su programa y se organizaría un escándalo si el canal no se lo permitía. Joseph Foster era un hombre respetado por la redacción y sabía cómo convencer a sus periodistas, pero en esta ocasión dudaba de que pudiera manejarlos. Y tenía claro que Helen sería la más beligerante, lo que le colocaría a él en una situación complicada. Era vicepresidente de la cadena y uno de sus principales accionistas, pero su fortuna no la había cimentado exclusivamente sobre la televisión, sino que tenía demasiados intereses y compromisos para no sopesar las consecuencias de lo que supondría enfrentarse con la Casa Blanca y con el resto de los accionistas. No, él tampoco podía dormir esa noche y temía el momento en que sonara el teléfono anunciando que los terroristas habían cumplido con su amenaza.

Helen estaba sentada sobre la cama, con la bata puesta y los ojos fijos en la pantalla de la televisión. La habitación apestaba a tabaco.

—Voy a pedir algo al servicio de habitaciones. Llevas todo el día sin comer nada.

—No tengo hambre —respondió ella.

—Da lo mismo. Pediré un consomé y un par de sándwiches. Nos sentará bien.

Media hora más tarde, el camarero les llevó la bandeja con el pedido. A Helen le hubiera gustado resistirse, pero terminó aceptando que sentía el estómago vacío. Comió con apetito y se recostó sobre la almohada. Estaba agotada y se durmió. Andrew no se atrevía a moverse para no despertarla y también se dejó vencer por el sueño.

Bruselas
Ismail

Ismail se desperezó. Era la hora. No había podido dormir pese a que Abir le había insistido en que debía descansar. ¿Cómo habría podido hacerlo?

Se abrió la puerta de la habitación y entre la penumbra distinguió a su hermano.

—Levántate —ordenó.

—Ya estoy despierto.

—Mejor. Vístete o llegarás tarde.

—Todavía tengo tiempo.

—Te he preparado café. Te sentará bien.

—Sí... voy a asearme...

Abir salió de la habitación. Ghalil aguardaba expectante para dar las últimas instrucciones a Ismail. Llevaba semanas explicándole lo que debía hacer. Cruzaron una mirada. La de Abir repleta de determinación, la de Ghalil sin dejar entrever ninguna emoción.

Ninguno había dormido aquella noche. Ni siquiera lo intentaron.

En ese momento ambos sabían que el plan dependía de Ismail.

—Estoy listo —dijo Ismail al salir de su cuarto.

Pero lo que decían sus labios lo desmentía su mirada. Ghalil sabía que el joven no estaba listo para morir, que no se atrevía a contrariar a su hermano, pero que abominaba de la muerte como sólo la juventud puede hacerlo.

—Que Alá te acompañe, hermano. Admiro tu valor, Ismail. De ahora en adelante se hablará de ti como un mártir.

—Abir, yo...

Abir no le permitió que continuara hablando al envolverle en un abrazo mientras Ghalil los observaba preocupado.

—Si no te atreves, es mejor que lo digas, Ismail... Si te detienen, caeremos todos.

—¿Te atreves a dudar del valor de mi hermano? —le respondió Abir, aparentemente ofendido.

Ghalil se encogió de hombros. Dudaba del valor de Ismail y de la cordura de Abir. No comprendía por qué Mohsin le permitía poner en marcha el plan que iban a perpetrar. No porque no se lo merecieran los infieles, sino porque Abir hasta ese momento se había dedicado a seguir concienzudamente las instrucciones del jeque. Era él quien movía los hilos, y ahora Abir pretendía mover los suyos.

Cuando Ismail notó que su hermano aflojaba el abrazo fue él quien insistió en el gesto. Se había sentido protegido por Abir desde aquella noche en que los judíos irrumpieron en su humilde casa de Ein el-Helwe asesinando a sus padres y a sus tíos.

—Vete o llegarás tarde. No te lloraré, Ismail, porque hoy entrarás en el Paraíso, donde serás más feliz de lo que seremos nosotros aquí. Nos encontraremos pronto, hermano.

Ismail se dirigió con pasos lentos a la puerta de la calle. Se volvió y en su mirada había una súplica a su hermano para que le retuviera, para que no le enviara al martirio. Pero Abir le sonrió colocándose la mano en el pecho.

Ismail caminó hacia el metro. La policía se había hecho presente en la ciudad. Parecían estar en todas las esquinas. Intentó no mirarlos. Ghalil le había instruido al respecto. Tenía que mostrarse tranquilo. El trayecto hasta el edificio de cristal que albergaba numerosas empresas, además del Canal Internacional, estaba cerca de la nueva sede de la OTAN.

Cuando llegó a las inmediaciones, la presencia de la policía era aún más evidente. Caminó con paso ligero. Tenía que hacer lo mismo que todos los días, le había insistido Ghalil. Llegó al edificio y se dirigió a la entrada de empleados de mantenimiento, pero un guardia de seguridad le desvió a la entrada principal, donde aquel día todos los que trabajaban en el edificio debían pasar por los arcos de seguridad y someterse a un registro concienzudo. Tuvo que vaciar la mochila donde sólo llevaba un táper con un sándwich de queso y una manzana. Tardó más de veinte minutos en llegar a la oficina de mantenimiento. Se disculpó con su jefa. «No es que me haya retrasado, es que los de seguridad van muy lentos», dijo a modo de excusa. Su jefa asintió. Parecía preocupada. «Mejor que se pasen en los registros a que tengamos un disgusto. Ya has visto que ayer esos canallas del Círculo nos amenazaron», afirmó la mujer.

A Ismail le hubiera gustado replicar diciendo que quienes hacían la yihad no eran canallas sino mártires de Alá, pero escuchó en silencio.

Después se dirigió a su taquilla y la abrió despacio. No había nadie en el vestuario, de manera que sacó la bolsa que guardaba en el fondo y metió la mochila que llevaba ese día. Se dirigió al cuarto de baño y se cerró con llave. Allí estaba el cinturón. Sólo tenía que montar los explosivos que día a día había ido introduciendo en el edificio. Ghalil le había enseñado. No tardaría mucho. Empezó a sudar. Escuchó cómo dos de sus compañeros entraban en el baño. Hablaban de los «malditos» terroristas, que si lograban detenerlos no habría que tener compasión con ellos. Le temblaban las manos. Tenía que montar el cinturón lo más rápido posible. Escuchó el ruido de las cisternas y luego el del agua del lavabo. Ya casi estaba terminando. No era fácil, pero llevaba meses recibiendo instrucciones de Ghalil, que le había hecho montar y desmontar el cinturón hasta que estuvo seguro de que sería capaz de hacerlo. Durante ese tiempo había ido introduciendo las piezas una por una camufladas en latas de refrescos preparadas por Ghalil. Suspiró mientras se colocaba con miedo el cinturón. Nadie debía notar lo que escondía debajo. El jersey grueso que se había puesto lo disimulaba. Estaba muy gastado porque lo utilizaba con frecuencia, y era ancho, lo suficiente para no levantar sospechas.

Salió del baño en busca del carro con los paquetes y la correspondencia. Su jefa le miró enfadada.

—Cuánto has tardado —le reprochó.

Él apretó los labios y se disculpó:

—Tengo la tripa suelta.

Luego fue a la puerta del ascensor empujando el carro. Primera planta. La empleada de recepción de la empresa de cosmética le saludó con una sonrisa.

—Hola, Ismail, menudo día. Está todo el mundo histérico como si fuera a pasar algo en Bruselas. Pero esos terroristas que salieron en la tele no dijeron que fueran a atentar aquí... Yo creo que lo harán donde les resulte más fácil y Bruselas, sobre todo en vísperas de la cumbre de la OTAN, es una ciudad doblemente vigilada. No sé tú, pero yo estoy tranquila.

¿Qué podía decir salvo darle la razón?

Segunda planta. Tercera planta. Cuarta planta... Ismail iba dejando los sobres y paquetes en la recepción de las oficinas hasta que llegó a la planta diecisiete.

Eran ya las ocho de la mañana y había más gente de la habitual en la delegación del Canal Internacional. Junto a la recepcionista había un par de guardias de seguridad.

En aquel momento, Walter White, el director de la delegación, salía del cuarto de baño anejo a su despacho. Se acababa de duchar y afeitar. Llevaba veinticuatro horas en el canal y agradeció tener allí siempre a punto ropa para cambiarse.

Estaba agotado y necesitaba otro café, aunque ya había perdido la cuenta de cuántos había tomado desde el día anterior.

Decidió ir a la redacción. Justo en ese instante estaban llegando algunos de los redactores que habían ido a sus casas a tomarse un respiro. Detrás de ellos estaba el joven del reparto al que ni siquiera se molestó en saludar. Un segundo después creyó escuchar un grito: «¡Alá es grande!», y después se sumió en la eternidad.

Ruido, sangre, humo, gritos... Helen estaba entrando en el edificio cuando escuchó la explosión. Corrió hacia el ascensor, pero los encargados de seguridad intentaron impedírselo. «Pare... todo el mundo debe salir del edificio...» Ella no hizo caso y los esquivó. Los que estaban en el hall corrían tratando de huir de no sabían bien qué. Helen buscó la puerta que conducía a la escalera, decidida a subir los diecisiete pisos mientras desde su móvil llamaba a la redacción. Nadie respondió. Sintió que se ahogaba. Marcó el número de Walter White, pero no obtuvo respuesta. Tuvo que parar para respirar. El aire parecía negarse a entrar en sus pulmones. Aún quedaban doce pisos.

Probó a llamar a Benjamin Holz y se sorprendió cuando escuchó su voz balbuceante.

—Benjamin, soy Helen, ¿dónde estás?

—Aquí... no sé... es horrible...

—¿Estás bien? —preguntó angustiada.

—No... no... no estoy bien... no sé...

—¿Dónde te encuentras?

—La máquina... el café...

—Quédate quieto, ya estoy llegando.

No supo cómo pudo lograrlo, pero subió corriendo las escaleras hasta llegar al piso diecisiete. A lo lejos escuchaba el ruido de las sirenas de las ambulancias. Abrió la puerta que daba al pasillo que conducía a las oficinas del Canal Internacional. Las puertas de cristal habían desaparecido y el vestíbulo de entrada parecía que había sido bombardeado. Escuchó gritos desesperados y cuando sus ojos fueron capaces de entender lo que veía, dejó escapar un grito desgarrado. El suelo estaba cubierto de restos humanos. La sangre se había esparcido por cada centímetro del lugar. Se quedó paralizada sin saber qué hacer. Después, despacio y con miedo, fue dando pasos sintiendo que en las suelas de los zapatos se le clavaban restos de cristales ensangrentados. Intentó esquivar los cadáveres y buscó entre los escombros lo que quedaba de la redacción. ¿Dónde estaba Benjamin Holz? ¿Y Walter White? ¿Y Lauren y Lucy?... Oía voces de hombres hablando, dando órdenes. Se volvió y creyó ver entre las brumas a empleados de seguridad del edificio... Alguien le ordenó que se parara, pero ella no respondió... No podía... no quería...

Una mano se cerró sobre su hombro impidiéndole seguir adelante.

—Vamos a sacarla de aquí —dijo uno de los guardias.

—No... no... me quedo... yo... Benjamin está aquí... he hablado con él...

—Tranquila, señora, los sacaremos a todos... Pero ahora acompáñeme, no puede estar aquí... es peligroso.

—Ha sido... ha sido él...

—¿Qué dice? ¿A quién se refiere? —El hombre se había puesto en alerta.

—Él... Dijo que si no se cumplían sus condiciones, empezaría a matar gente.

—Cálmese, señora... Por favor, acompáñeme.

Pero Helen se desprendió de la mano de aquel hombre que le sujetaba el hombro y corrió en dirección a la redacción del canal.

—¡Pare! ¡No siga! Esta mujer está loca... Hay que sacarla de aquí ahora mismo.

Helen saltaba por encima de los cadáveres. No quería mirar, sólo ansiaba llegar al office, un espacio reducido donde se encontraba una máquina que expendía café, refrescos y sándwiches. Allí era donde creía que podría encontrar a Benjamin.

Un hombre corría tras ella, pero Helen siempre iba un paso por delante. Conocía bien aquellas oficinas.

Benjamin Holz estaba sentado en el suelo, el cuerpo pegado a la pared. Junto a él, los cadáveres de dos hombres y, tiradas en el suelo, tres mujeres igualmente conmocionadas permanecían inmóviles. Helen se acercó y tendió su mano hacia Benjamin, que se agarró a ella y haciendo un esfuerzo se puso en pie. Ella le abrazó y aquel abrazo le reconfortó devolviéndole un hálito de vida.

—Estabas aquí —murmuró Helen.

—No podía dormir... A las cinco me vine a la redacción. Estuve un rato hablando con Walter White, luego vino Lauren Scott. Dijo que se iba a poner a trabajar, que quién sabía lo que podía pasar hoy. Lucy... la buena de Lucy llegó a las seis. Estuvimos un buen rato Lauren, Lucy y yo discutiendo cómo debíamos preparar el programa de hoy. Luego... Lucy y Lauren se fueron a la redacción y yo me quedé aquí tomando otra taza de café, y entonces...

Benjamin volvió a abrazarse a Helen. Ella le acarició la cabeza para calmarle. En aquel momento entraron unos cuantos hombres... bomberos y policías...

—Tranquilos, vamos a evacuarlos. ¿Se encuentran bien? ¿Hay alguien herido? —escucharon decir a un bombero.

Helen cogió del brazo a Benjamin y los dos caminaron entre escombros y sangre. El olor era penetrante. Olor a sangre y a explosivos. Sí, era un olor que apretaba los pulmones impidiendo que entrara el aire.

Los condujeron al hall. Había muchos agentes con mascarilla y guantes desechables recogiendo los pedazos de carne de las víctimas. ¿Dónde estaba Lauren Scott? ¿Dónde estaba Lucy?

—Tienen que dejarnos hacer nuestro trabajo. No pueden quedarse aquí. Hay algún superviviente... aunque la mayoría malheridos. Ha tenido usted suerte, señor... Al igual que esas dos señoritas que estaban con usted... Los demás... Ha sido una masacre.

Palabras. Palabras. Más palabras. Se dejaron llevar hasta la puerta de salida del edificio, que ya estaba prácticamente desalojado. Helen vio en la puerta a su marido. Andrew Morris hablaba con una mujer... la reconoció, sí, era Louise Moos, la jefa de los servicios de seguridad de Bélgica, a la que habían entrevistado el día anterior.

Cuando Andrew vio a Helen se dirigió hacia ella. Helen se refugió en su abrazo y dejó que las lágrimas le invadieran el rostro.

—Tranquilízate... —le pidió Andrew.

Louise Moos se acercó a donde estaban Helen y Andrew, manteniendo el rostro impávido.

—Señora Morris, me gustaría hablar con usted.

—Sí... desde luego... —respondió Helen.

—¿Tiene que ser ahora? —intervino Andrew Morris—. Como puede usted ver, mi esposa está conmocionada.

—Lo sé y lo siento, serán sólo unos minutos. Necesitamos saber si los terroristas se han vuelto a poner en contacto con ustedes... No sé... quizá le han enviado otro *pendrive*... alguna llamada... —El tono de voz de Louise

Moos era seco y profesional, como si la sangre y el caos no le hicieran mella.

—No… Ayer cuando me despedí de ustedes fui al hotel… No he podido descansar. Me he venido al canal a primera hora… Puede suponer que todos nosotros estábamos expectantes precisamente por si los terroristas decidían mandarnos otro comunicado.

—¿A qué hora ha llegado? —preguntó Louise Moos.

—No sé… hace un rato… Estaba aquí, en la entrada del edificio, cuando escuchamos un ruido… la explosión… Los guardias de seguridad nos pidieron a todos que saliéramos inmediatamente.

—Pero a usted la han encontrado en la planta diecisiete.

—Sí… No hice caso… Aproveché el caos y busqué la escalera… Tiene que comprender mi angustia, temía que la explosión…

Helen hizo un esfuerzo por contener las lágrimas. Andrew le puso el brazo sobre el hombro y se enfrentó a la responsable de la seguridad belga:

—¿Es necesario que interrogue a mi mujer?

—Señor Morris, tengo que hacer mi trabajo. Comprendo la conmoción de su esposa, pero cualquier cosa que sepa nos será de utilidad.

—Estoy bien, Andrew. —Helen parecía haber recuperado el control—. Mientras subía llamé al canal, pero nadie contestaba. El móvil de Walter White… Luego probé con el de mi compañero de programa Benjamin Holz… Él sí respondió. Me asusté… Benjamin apenas podía hablar… Subí corriendo las escaleras, no sé ni cómo lo logré, y me metí en la oficina… Fue horrible… Lo que vi…

—No estaba usted autorizada, señora Morris —le recriminó con voz seca Louise Moos.

—No, no lo estaba. Pero soy periodista y no voy a empezar ahora a pedir permiso para averiguar lo que pasa. Además, ahí dentro estaban mis compañeros, estaba Benjamin y tenía que sacarle —respondió Helen midiendo su mirada con la de la directora de la seguridad belga.

—Para eso están los bomberos, y ya estaban llegando. Podía haberse derrumbado sobre usted una pared, el techo...

—No lo pensé, señora Moos. Tenía que ver lo sucedido, tenía que ayudar a mi gente... ¿No habría hecho usted lo mismo?

Louise Moos no respondió a la pregunta.

—Ahora, señora Morris, le ruego que se vaya de aquí. Volveremos a hablar más tarde. Tenemos que hacer nuestro trabajo.

—Lo sé... pero han atacado nuestro canal de televisión... Soy periodista, tengo que contarlo. Mi obligación es averiguar quiénes de mis compañeros han sido alcanzados por la explosión... qué queda del canal... Yo también tengo mucho trabajo por hacer, señora Moos, y espero que no pretenda impedir que lo haga.

Las dos mujeres se miraron con antipatía. Ambas compartían la misma determinación.

—Helen, quizá deberías dejar que otros se encarguen... —dijo su marido.

—No. Me quedo aquí, Andrew. Es mi obligación. Tengo que hablar con Joseph Foster... aunque imagino que ya le habrán informado de lo que ha sucedido.

—Desde luego, he hablado con él hace unos minutos. Yo me hago cargo de todo —afirmó Morris.

—Pues lo primero que tenemos que hacer es saber quiénes y qué se ha salvado del canal y, a continuación, empezar a emitir.

Benjamin Holz se acercó a ellos con una botella de agua en la mano.

—¿Cómo te encuentras? —le preguntó Andrew.

—Vivo y dispuesto a contar lo sucedido. Helen, tenemos que alquilar un equipo y empezar a mandar imágenes a Washington. Ahí fuera hay unos cuantos colegas que ya están dando la noticia. Pero yo estaba dentro cuando la explosión, así que pongámonos a trabajar.

Se abrazaron. Helen y Benjamin se abrazaron reconociéndose como lo que eran, dos periodistas.

—De acuerdo —dijo Andrew—, tendréis disponibles vuestras cámaras y un lugar desde donde transmitir y hacer el programa.

—¿Se ha salvado algo de arriba? —preguntó Helen.

—No pueden subir, señora Morris —intervino de nuevo Louise Moos, enfadada—. Ahora eso no es importante. Hay varios muertos y heridos.

—Señora Moos, procuraremos no molestar, pero tiene que comprender que formamos parte del canal de televisión que los terroristas han atacado y que tenemos la obligación de contar lo que ha pasado. Tenemos que saber quiénes son las víctimas, pero también quiénes se han salvado.

—No les autorizo a subir —afirmó Louise Moos.

—¡Jack! —Helen corrió hacia un hombre que llevaba una cámara al hombro y discutía con los policías que le cerraban el paso al edificio.

—¡Dios mío, es Jack! —exclamó Benjamin Holz, y fue detrás de Helen.

—Va a tener que dejarles pasar, señora Moos —afirmó Andrew.

—Señor Morris, comprendo que ustedes tienen un trabajo que hacer, pero siempre y cuando no interfiera en el mío. Unos terroristas han atacado su canal, hay varios muertos y heridos, y la menor de mis preocupaciones es que ustedes hagan un programa de televisión.

Un policía se acercó a Louise Moos, que se apartó unos pasos de Andrew Morris. Aun así, éste alcanzó a escuchar lo que decía el policía.

—Señora, parece que la causa de la explosión ha sido un cinturón con explosivos que llevaba un suicida.

—¡A cuánto se han atrevido! —dijo ella.

—El balance hasta ahora son catorce muertos y veinticinco heridos, siete de ellos muy graves. En cuanto a los destrozos materiales, yo diría que son cuantiosos, apenas ha quedado nada de la oficina... Los bomberos están examinando los muros...

Andrew Morris se acercó a Louise Moos y al policía.

—Señora Moos, le pido que solicite a los bomberos que saquen todos los equipos que se hayan salvado... si es que se ha salvado alguno.

—No, señor Morris, no voy a pedirles eso. Comprendo que usted es el vicepresidente de este canal, pero yo soy la responsable de seguridad de este país y mi deber es no poner a ninguna persona en peligro, y no pienso enviar a ningún bombero a rescatar aparatos de televisión. Lo siento.

Louise Moos se dio media vuelta y se dirigió hacia un grupo de hombres que hacía unos minutos habían llegado hasta el lugar.

Austin Turner de la CIA y Anthony Jones de la OTAN hablaban con Ariel Weiss, Maoz Levin y Jacob Baudin. Agentes de tres de los servicios de información más poderosos del mundo a los que en ese momento se unió Alba Fernández.

—He echado un vistazo a los pisos de arriba, aún podría haber sido peor —dijo sin alterar el tono de voz la representante del Centro de Inteligencia de la Unión Europea.

—No debería haber subido, no está autorizada —le recriminó Louise Moos—. Ha sido una temeridad por su parte. Los bomberos y los equipos de emergencia están haciendo su trabajo. ¿No puede conformarse con el informe oficial, que podré darle personalmente si lo desea dentro de unas horas?

—Le agradeceré que me entregue el informe oficial, señora Moos, yo también le entregaré el mío. Como bien sabe, represento al Centro de Inteligencia de la Unión Europea y éste es un caso que trasciende sus competencias. Mi deber es investigar y eso es lo que haré. Espero contar con su colaboración —afirmó Alba Fernández fijando su mirada en la de Louise Moos.

Jacob contuvo una sonrisa. Instintivamente simpatizaba con la agente española, mientras que la jefa de seguridad belga le parecía una mujer con una mente rígida. No podían ser más diferentes.

—Esto es Bélgica y la investigación la dirijo yo —le recordó a Alba Fernández.

—Sí, señora Moos, estamos en Bélgica y aquí están representados todos los organismos europeos además de la OTAN. De manera que el atentado no es una cuestión interna de los belgas. Si colaboramos, será más fácil enfrentarnos a los terroristas.

—La señora Fernández tiene razón —afirmó Jacob ignorando las miradas de Weiss y Maoz.

Alba Fernández intercambió una mirada con Jacob y él pudo leer su gratitud por respaldarla.

Para Jacob era evidente que ambas mujeres estaban condenadas a chocar.

Mientras tanto, Helen y Benjamin hablaban con Jack Sander, un cámara excepcional curtido en los conflictos de Oriente. Sander solía acompañar a los dos periodistas en sus viajes. Era el mejor. Apenas había descansado aquella noche. La había pasado recorriendo Bruselas, tomando planos de la ciudad, sobre todo de Molenbeek. Eran planos de recurso, sabía que los necesitarían para el programa de la noche. Hacía unos minutos que la alarma le había saltado en el móvil: «Explosión en el Canal Internacional. Muertos y heridos». Y había corrido hasta allí con su cámara.

Helen se acercó a Louise Moos.

—Señora Moos, necesitamos que nos permita subir a la planta diecisiete. Vamos a grabar unas imágenes y Benjamin va a explicar desde allí todo lo que sucedió en los minutos previos y después de la explosión.

—No. La explosión ha provocado daños estructurales, pero todavía no sabemos su alcance.

—Disculpe, señora Moos, pero salvo que nos detenga, vamos a subir al piso diecisiete —intervino Benjamin Holz—. No puede negarnos que informemos sobre lo que nos ha pasado. Si corremos peligro es nuestra responsabilidad. Sabemos a lo que nos exponemos. Somos periodistas.

—Lo siento —respondió ella.

—Creo que deberías permitírselo, Louise —intervino Austin Turner.

—¿Para que los terroristas disfruten con el espectáculo? —respondió airada.

—Para que el mundo entero vea de lo que son capaces esos bastardos —respondió el hombre de la CIA.

—Usted manda, señora Moos, pero creo que Turner tiene razón —dijo Anthony Jones, representante del servicio de inteligencia de la OTAN.

Los agentes israelíes guardaban silencio. Ariel Weiss no pensaba intervenir en el pulso entre Louise Moos y los periodistas, apoyados por los norteamericanos.

Andrew Morris se acercó al grupo. Serio pero seguro, se dirigió a Louise Moos:

—Creo que desde la Casa Blanca van a solicitar a su gobierno que nos permitan hacer nuestro trabajo. Tenemos derecho a contar lo que nos ha pasado. Han atentado contra nuestro canal. Tenemos la obligación y el deber de informar.

Louise Moos no respondió. Se limitó a llamar a uno de los policías y ordenarle que junto con un par de bomberos acompañaran a Helen, a Benjamin y al cámara Jack Sander a la planta diecisiete.

—Quede claro que de ustedes es la responsabilidad del peligro que van a correr.

Cuando los periodistas desaparecieron de su vista, Louise Moos no ocultó una mueca de rabia.

—Son unos prepotentes... se creen con derecho a todo. Espero que no se les caiga un muro encima, pero si eso sucediera...

—No lo lamentarías, ¿verdad, Louise? —dijo Austin Turner.

La mujer se limitó a sonreír.

Bruselas
Abir

Abir se sentía tan cansado como eufórico. Tenía la mirada fija en el televisor. La noche había sido larga y el amanecer, glorioso. Los infieles habían pagado por su impiedad. Incluso estaba orgulloso de su hermano. Ismail se había comportado con valentía sacrificando su vida por la yihad. Aunque siempre había defendido ante el jeque y ante Ghalil que Ismail era un valiente, él mismo tenía dudas. No había dejado de verle como un niño, un niño frágil y asustado desde el día en que los judíos mataron a sus padres. En Afganistán, Ismail se ocultaba para llorar. No estaba hecho para luchar, para degollar a un hombre, para soportar el ruido de las explosiones, para sobrevivir sin apenas comer ni beber. Lloraba a solas y le miraba suplicante, pero nunca se quejó. Abir sabía de su desesperación, pero no hizo nada por ayudarle. El jeque Mohsin no admitía la debilidad y, por tanto, esperaba que los hombres a su mando no se quebraran. En ocasiones le comentaba que temía que Ismail no fuera capaz de combatir en la guerra santa que libraban contra los infieles.

Ahora el jeque tendría que reconocer el valor de Ismail, ya convertido en mártir. Desde aquel día su nombre sería venerado por todos los creyentes.

Ghalil estaba sentado en una silla bebiendo una taza de café.

—Deberías salir y ver qué pasa —dijo Abir.

—No. Por ahora no debemos movernos de aquí. Nos están buscando, Abir. Ahora mismo eres el hombre más buscado del mundo. Tú mismo diseñaste el plan y dijiste que la clave era ser pacientes. Aquí estamos seguros.

Sabía que Ghalil tenía razón, pero frunció el ceño con fastidio. Aquella casa era su seguro de vida y él mismo había decidido que debía permanecer oculto allí. Nadie los buscaría en aquel piso porque Zaim y Nashira eran dos ciudadanos ejemplares: él, un ingeniero electrónico; ella, una profesora de educación infantil en una guardería. Ambos pasaban por ser musulmanes integrados y modernos. Ella no renunciaba a llevar el hiyab, pero por recomendación de su esposo, cuando iba a trabajar, vestía a la occidental. Con el hiyab pero con jeans; eso sí, nunca ajustados, y las blusas siempre cubriéndole los brazos. Él vestía trajes caros de última moda. Vivían en la mejor zona de Molenbeek, o al menos en la menos profunda y conflictiva. En su calle y en su edificio aún permanecían algunos vecinos belgas.

Fijó la mirada en el televisor y sonrió. La imagen de Helen Morris apareció en la pantalla junto a Benjamin Holz. Los dos presentadores de *El mundo a las 7* emitían desde la «zona cero» del atentado, allí donde antes estaban las oficinas del Canal Internacional y ahora sólo había muertos.

Helen Morris parecía haber envejecido. El maquillaje no había logrado enmascarar la tensión y el agotamiento que se dibujaban en su rostro. En cuanto a Benjamin Holz, que era judío, parecía aturdido. Respondía a las preguntas de su compañera para explicar a los telespectadores dónde estaba y qué sintió cuando se produjo la explosión.

«Me encontraba al fondo de la oficina donde está la máquina del café, conversando con un técnico de sonido y una de las administrativas... Había más gente y de repente la explosión nos tiró al suelo... El ruido me dejó sordo y, bueno, tampoco veía muy bien... Alcancé a escuchar gritos... Durante unos segundos el aturdimiento me impedía pensar, ni siquiera darme cuenta de lo que pasaba... Estaba confundido... no me podía levantar... no me respondían las piernas... pensé que estaba muerto... No sé cuánto tiempo pasó, y luego... luego escuché a lo lejos el sonido de un teléfono... era mi móvil... no sé cómo pude responder y... eras tú, Helen, eras tú diciéndome que no me preocupara, que venías a rescatarme, que no me moviera...»

Helen y Benjamin recordaron que el día anterior habían recibido un *pendrive* de un grupo islamista con un mensaje en el que amenazaban al mundo entero. Sabían que golpearían, pero nunca imaginaron que el Canal Internacional sería la primera de sus víctimas. Benjamin Holz, en un tono de advertencia, afirmó que los servicios de inteligencia más pronto que tarde encontrarían a los terroristas. Después emitieron el vídeo con las amenazas del terrorista encapuchado y a continuación dieron paso a sus colegas de Washington, que conectaron con la Casa Blanca.

El programa en directo iba a continuar ininterrumpidamente. A pesar de que las agencias de inteligencia de todo el mundo estaban en alerta, los terroristas podían volver a golpear quién sabía dónde.

Abir miraba con atención la pantalla. En aquel momento la cámara volvía a enfocar el rostro de Helen Morris.

«Los terroristas deben saber que ningún país puede admitir el chantaje. Ninguno de sus compañeros encarcelados por actos de terror será liberado. Y deben saber también que pronto compartirán celda con ellos.»

—Esa mujer es una auténtica idiota —dijo Ghalil.

—Dice lo que le mandan. Además, ¿no esperarás que anuncien que van a liberar a los nuestros? No lo harán, y si tuvieran intención de hacerlo, pedirían negociar en secreto. Tienen miedo de que sus ciudadanos los vean débiles. Pero te aseguro, Ghalil, que si intentan negociar lo diremos.

Se abrió lentamente el panel de la pared y Zaim Jabib entró en la estancia.

—Te felicito, Abir, ha sido un éxito. Tu hermano Ismail es un héroe. Nunca le olvidaremos.

—Ismail ha vengado a mis padres y a todos los hermanos que sufren en manos de los infieles.

—Sé que no debo preguntar, pero ¿y ahora qué pasará?

—No, no debes preguntar, Zaim, sólo debes obedecer.

—De acuerdo. Dentro de una hora sale mi tren a París.

—Irás a tu reunión de trabajo, después entrarás en el Café de Flore, pedirás un café y te dirigirás al lavabo.

—Sí… lo sé.

—Haz lo que harías en cualquier servicio, pero la clave es que saques un peine y te peines. No mires a nadie, no busques con la mirada si alguien te está mirando. Sólo péinate.

—Así lo haré, Abir. He de decirte que mi jefe ha estado a punto de suspender la reunión con sus socios de París. Los controles en las estaciones y los aeropuertos son exhaustivos; además, todo el mundo tiene miedo.

—Pero no se ha suspendido, ¿no? Entonces haz lo que debes.

Cuando Zaim salió de la pequeña estancia y el panel se volvió a cerrar, Abir clavó de nuevo la mirada en la pantalla del televisor.

Bruselas
Jacob

Pensar como ellos. Sentir como ellos. Las palabras de Miriam habían anidado en Jacob. No era fácil. Había que hacer un gran esfuerzo para ponerse en la piel de otros. Cuando era un adolescente intentaba comprender por qué los chicos de su edad actuaban de determinada manera y también por qué le consideraban diferente. Porque eso es lo que había sentido cuando su madre le llevó a vivir a Israel y tuvo que aprender qué era ser judío, y tampoco estaba seguro de ser uno de «ellos». Ése era el reproche de su madre: «Jacob —le decía—, tienes que sentirte integrado, somos judíos, no puedes desprenderte de lo que eres». Pero sí podía porque no había logrado sentirse totalmente concernido de la esencia que suponía «ser» judío, aunque no renegaba de serlo.

No se habría atrevido a decirlo en voz alta, pero llevaba horas esforzándose por entender el recorrido mental de Abir Nasr hasta convertirse en un asesino. Quería ponerse en su piel, pero no lo conseguía.

Habían tenido vidas distintas, códigos morales opuestos, aunque ambos compartían un intangible: no eran de ninguna parte. Porque no se es de ninguna parte cuando a uno le arrancan sus raíces. Deja de ser quien creía ser y a partir de ese momento se busca a sí mismo en medio de la confusión. El informe que les había enviado Dor decía todo eso, aunque seguramente el que lo redactó no se había dado cuenta de que detrás de los hechos objetivos estaba la historia de un muchacho al que un amanecer le robaron todas sus certezas. ¿Podía haberse convertido en alguien diferente a quien era ahora? Jacob no estaba seguro.

No cuestionaba que cada ser humano fuera diferente y, por tanto, ante las mismas circunstancias cada cual sintiera y reaccionara de manera distinta. Abir Nasr podía haber elegido un camino opuesto al del terror pero, siendo esto cierto, también lo era que, entre todas las opciones, el de la venganza era uno de ellos. No podía admitirlo en voz alta, pero se preguntaba qué habría hecho él si una mañana unos hombres hubieran entrado en su casa y hubieran matado a sus padres. Esa pregunta se la había hecho a algunos de sus amigos y la mayoría habían eludido la respuesta.

Pero ahora su problema no era su conciencia, sino Nora Adoum, la prima de Abir. Había convencido a Ariel Weiss para que le permitiera hablar con ella.

«No eres un agente de campo —le dijo—. Tu experiencia en terrorismo es muy limitada. Sé que participaste en algunas operaciones cuando estabas en el ejército, pero esto es otra cosa, Jacob. Lo tuyo son los ordenadores, en eso eres bueno.»

Weiss tenía razón. Él no era un agente de inteligencia de los que se juegan la vida sobre el terreno. Dor había terminado aceptando que nunca sería un buen agente y decidió utilizarle en lo que de verdad destacaba, el uso de la inteligencia artificial.

Jacob había cogido un taxi para acercarse a la casa de Nora. La dirección la habían obtenido de Louise Moos. Desde hacía unas horas el teléfono de la joven ya estaba pinchado.

Le sorprendió el barrio donde vivía. En Matonge la mayoría de los vecinos eran africanos, a los que veía despreocupadamente por la calle como si no temieran la amenaza de los terroristas. Había mujeres vestidas de vivos colores vendiendo comida en la calle. Buena parte de los comercios se anunciaban con letreros llenos de referencias a África. Los cafés, las tiendas, las farmacias también eran atendidos por africanos.

El edificio gris de cinco plantas donde vivía Nora no llamaba la atención. En el portal se cruzó con una mujer que llevaba un niño colgado a la espalda. Cuando llamó al timbre del piso de Nora aún no tenía un plan. No sabía qué iba a decirle y se sorprendió de que la joven entreabriera la puerta sin preguntar. Una cadena le permitía sentirse segura y poner distancia con quien se presentara delante de su casa.

—¿Noura Adoum?

—¿Qué quiere? —preguntó ella.

—Hablar con usted. No tenga miedo.

—¿Debería tenerlo?

—¿Puedo pasar?

—¿Quién es usted?

—Se trata de su primo Abir.

Nora se quedó quieta. Se miraron.

—No la molestaré demasiado.

—¿Policía?

—No exactamente... pero formo parte de quienes investigan el atentado que han perpetrado contra el Canal Internacional.

—No puedo ayudarle.

—Sí, creo que sí... Su primo Abir Nasr podría estar detrás de lo sucedido.

—¿Quién lo dice?

—Es una posibilidad.

—¡Márchese!

—Puedo irme, pero le aseguro que si no habla conmigo vendrá la policía y... bueno, la llevarán a comisaría y la interrogarán.

—¿No es eso lo que usted pretende ahora?

—No tiene por qué hablar conmigo. No tengo ninguna orden judicial ni ninguna potestad para obligarla. Usted decide.

—No me ha dicho quién es usted.

—Alguien que forma parte de un equipo que está buscando a los terroristas. Creo que usted puede ayudarnos.

—¿Ayudarles? ¿Me está acusando de tener algo que ver con lo que ha sucedido?

—Señorita Adoum, he creído que podríamos hablar y que quizá conversar conmigo sería mejor para usted. Pero no la molesto más.

—Así que en cuanto usted se vaya vendrá la policía, ¿no es así?

—Me temo que sí, señorita Adoum, y la interrogarán. A usted y al resto de su familia.

—¿Qué gano yo hablando con usted?

—Nada. No ganará nada. No puedo prometerle nada.

—¿Entonces?

—Siento haberla molestado.

Jacob se dio la vuelta sintiéndose ridículo. ¿Qué habrían hecho Efraim o Maoz? ¿Habrían tirado la puerta abajo? ¿La habrían obligado a hablar?

—Pase —oyó decir a su espalda.

Giró sobre sus talones y comprobó que ella había quitado la cadena y tenía la puerta abierta.

—Gracias.

El piso era pequeño. Una sala con cocina incorporada y una puerta que debía de dar a una habitación. Ella era atractiva. El cabello cobrizo cortado a lo *garçon*, los ojos enormes, las cejas espesas, el cuerpo frágil.

—Siéntese. ¿Quiere un café?

Jacob asintió con la cabeza y permaneció en silencio hasta que Nora se lo sirvió.

—Mi primo no es un terrorista —afirmó ella.

—¿Dónde está?

—No lo sé.

—Pero sí sabe que ha pasado los últimos años entrenándose en Afganistán, que ha participado en el contrabando de armas, y que forma parte de un grupo islamista radical llamado El Círculo. También sabe que nunca ha superado la muerte de sus padres.

—Muerte... ¡qué forma de decirlo! ¿Por qué no dice «asesinato»? Los asesinaron a sangre fría delante de él y de su hermano.

Jacob intentó que su rostro no delatara su propio dolor.

—¿Qué pensó cuando vio en la televisión que un grupo terrorista amenazaba con hacer de Occidente un infierno? ¿Le preocupó? ¿Reconoció la voz del encapuchado? —preguntó él.

—¿Qué cree que sentí? ¿Cree que estoy hecha de una carne diferente a la del resto de los mortales?

—¿Y la voz? No estaba distorsionada. La pudo reconocer.

—Es lo que pretende, ¿verdad?, ¿que le diga que reconocí esa voz?

Se dio cuenta de que ella le llevaba ventaja, pero no se atrevía a mostrarse firme, contundente, a acusarla de ser cómplice de su primo y de estar esquivando sus preguntas.

—Le encontrarán, señorita Adoum. Usted lo sabe. Y todos los que estén relacionados con él y no hayan colaborado tendrán su parte de responsabilidad en los actos que haya podido cometer.

—Usted está acusando a mi primo de ser el hombre encapuchado. Le acusa de ser un terrorista y me acusa a mí de colaborar con él. ¿He hecho un buen resumen?

—Es usted muy inteligente. Desvía la cuestión de fondo.

Le dejaré un número de teléfono por si se lo piensa mejor y quiere que hablemos.

—¿No ha dicho que en cualquier momento vendrá a buscarme la policía?

—Sí. Lo harán.

—¿Y de qué me sirve su número de teléfono?

—Puede que de nada si ellos llegan antes de que usted me llame.

Nora clavó las uñas en el sofá. No iba a traicionar a Abir. Nunca. Pero eso significaba traicionarse a ella misma y permitir que muchos más inocentes murieran. Porque estaba segura de que Abir había empezado a cumplir sus amenazas y antes de que dieran con él moriría mucha gente. ¿Y ella? ¿Podría vivir sabiendo que habría podido evitarlo?

—No tengo nada que decirle, señor...

—Abir Nasr está en Bruselas —afirmó él sin saber por qué lo había dicho.

Un rictus de temor se instaló en el rostro de Nora, un rictus que delataba que sabía perfectamente que Abir estaba en la ciudad.

—Si está tan seguro, ¿por qué no le buscan y le preguntan a él?

—No la molesto más, señorita Adoum. —Jacob se puso en pie.

—Deme ese número de teléfono —le pidió ella, aunque inmediatamente se arrepintió.

Jacob sacó un trozo de papel del bolsillo de su cazadora y se lo dio.

Se fue sin despedirse. Ella no le acompañó a la puerta.

Cuando llegó a la calle, estuvo a punto de pedirle un cigarrillo a un africano que empujaba un carrito con fruta y que llevaba un pitillo colgando de los labios, pero se contuvo y decidió caminar.

Una hora más tarde llegó a la oficina y encontró a Maoz absorto delante de la pantalla de ordenador.

—¿Y Ariel?

—Le ha convocado Louise Moos. Como sabes, Dor también ha informado oficialmente a la CIA, a la OTAN y a tu amiga del Centro de Inteligencia de la Unión Europea de que tenemos sospechas fundadas de que efectivamente Abir Nasr puede ser el terrorista que está detrás del atentado. Moos les ha comunicado que ha puesto vigilancia a los tíos de Abir y también a su prima Nora. Los teléfonos están intervenidos. Ahora hay que esperar.

—De acuerdo. En cuanto a Alba Fernández, no es mi amiga, pero me cae bien y parece una persona de fiar. Y ahora dime, ¿han dicho algo que nos dé una pista?

—Las conversaciones telefónicas de Jamal Adoum son aparentemente inocuas. Su hijo Farid le ha telefoneado desde París, ni siquiera se han referido al atentado de Bruselas.

—Lo que no es normal.

—No, no lo es. También tenemos una conversación entre Nora Adoum y su madre.

—¿De ahora?

—No, tú estabas de camino a su casa. Nora parecía angustiada y ha quedado con su madre en el mercado de Molenbeek. Ha insistido en que debían verse. La madre ha dicho que intentará ir. Jamal le tiene prohibido que vea a su hija. Al parecer, Nora es el garbanzo negro de la familia. Y ahora dime qué te ha dicho.

—No me ha dicho nada, pero sabe que el encapuchado es su primo. Y sabe que está en Bruselas.

—Pero no te lo ha dicho.

—Hemos tenido una conversación extraña... una conversación entre dos personas que saben la verdad aunque no la admitan con palabras. Ella no le traicionará, pero no sé hasta dónde está dispuesta a protegerle. Me ha parecido una mujer inteligente... interesante. No estoy seguro de que cuente lo que queréis saber si la interrogáis.

—Lo que «queremos» saber, ¿o te excluyes de la ecuación? —preguntó Maoz con dureza.

—No... no me excluyo.

—Pero no crees que debamos interrogarla, ¿es eso?

—Creo que sin decírmelo, me lo ha dicho. El encapuchado es Abir y está en Bruselas y... bueno, yo creo que puede saber dónde está.

—Entonces habrá que preguntarle.

—Supongo que sí. ¿Quién lo hará, Louise Moos o nosotros? Te daré mi opinión: creo que Moos carece de... no sé, de empatía, es demasiado rígida. Si habla con Nora Adoum, la asustará.

—Esperaremos a que regrese Ariel. Mientras tanto, lee la información que nos han pasado de La Casa de las Palmeras. Ya nos habían dicho que a Abir Nasr le operaron del corazón hace unos años, pero ahora sabemos que le implantaron un aparato de la marca Medtronic... un desfibrilador que a su vez es marcapasos. Ese aparato sirve para...

Pero Jacob le interrumpió y recitó como si de una lección se tratara:

—... para medir la actividad del corazón. Si detecta que el ritmo está alterado, suelta una descarga para que el corazón vuelva a latir con normalidad... Interesante.

Maoz le miró extrañado y aguardó expectante a que Jacob hablara.

—Hay problemas de seguridad con los desfibriladores-marcapasos.

—Explícamelo, Jacob.

—Hace unos años las compañías que fabrican los desfibriladores se dieron cuenta de que podían ser hackeados. Bueno, en realidad fue la FDA, la agencia estadounidense encargada de la regulación de productos médicos, la que dio la alarma.

—¿Eso es posible?

—No es imposible... —aventuró Jacob.

—Explícamelo con detalle.

—Es muy sencillo: los hospitales donde implantan los desfibriladores los programan con un ordenador, de esa manera pueden controlar el estado del corazón del paciente. ¿No has visto la serie *Homeland*?

—No...

—Es curioso, es de espías y precisamente en uno de los episodios, de la segunda temporada, los «malos» deciden hackear el desfibrilador que lleva el vicepresidente de Estados Unidos para matarle. A mí me entusiasmaba esa serie y cuando vi el episodio pensé que merecía indagar si lo que era ficción podía ser real.

—¿Quieres decir que se puede matar a alguien desde un ordenador?

—Bueno, podría hacerse, al menos en teoría, aunque no sería fácil. Verás, el desfibrilador lo que hace es garantizar que el corazón recibe el número de pulsaciones correctas; si de repente el corazón late con menos fuerza, le envían una descarga. Pero imagínate que todo funciona correctamente y reprogramas el aparato a través del ordenador provocando que el corazón empiece a latir más deprisa, con más fuerza... Así podrías matar al paciente. Eso sí, el hacker tendría que estar a una distancia no muy alejada del portador del dispositivo. Como puedes imaginar esto es la teoría, nadie ha probado que en la realidad pueda ser así. Lo que sí están haciendo algunas de las compañías que fabrican los desfibriladores es monitorizar los dispositivos implantados para comprobar que funcionan y que en caso de que alguien los reprograme, poder actuar de inmediato. Claro que, en mi opinión, eso lo dicen para tranquilizar a los pacientes. La tecnología a través del wifi deja muchas puertas abiertas.

—Jacob, entonces ¿es posible provocar a distancia un ataque al corazón a alguien que lleva un desfibrilador?

—No lo sé... Verás, yo creo que sí... Si un hacker puede acceder a tu ordenador desde el otro extremo del mundo, entonces puede acceder al ordenador de un centro médico, esté éste donde esté. Pero, como supondrás, es sólo una teoría.

—¿Y la teoría se podría probar?

—Bueno, no se ha hecho nunca, pero sí, creo que si hackeas el ordenador base puedes manipular el desfibrilador y... ¿Qué estás pensando? —preguntó alarmado.

—Vuelvo a preguntarte: ¿se podría hacer a distancia?

—¡Por Dios! No lo sé... creo que sí...

—Voy a hablar con Dor o, mejor, habla tú con él y se lo explicas.

—Pero, Maoz, ¿qué es lo que pretendes hacer?

—Si es posible, matar a Abir Nasr.

—Pero... no... no... no podemos matarle.

—Jacob, es él o un montón de gente inocente.

Bruselas
Nora

Caminaba con paso rápido hacia el metro. Le pedía a Alá que su madre lograra acudir a la cita. Repasó mentalmente la conversación que había tenido con aquel desconocido y estaba preocupada por si había dicho alguna palabra que sirviera de pista a la policía. La visita de aquel hombre le había confirmado que sospechaban de Abir y para llegar a él pondrían bajo vigilancia a toda la familia. Saber que podían escuchar sus conversaciones la hizo sentirse desnuda. Hacía unos minutos, antes de salir de casa, que la había llamado Mathis Discart. Él le había repetido lo mucho que la necesitaba y cuánto la había echado de menos en las últimas horas. Utilizó además algunas expresiones íntimas que la incomodaron y también le pidió consejo sobre si debía abrir o no El Sueño de Marolles. Ella le había dicho que no se encontraba bien y que en cualquier caso no iría al café-concierto. «Pero tú eres nuestra estrella», le había recordado, y Nora se excusó diciendo que una estrella resfriada y con dolor de cabeza sería una decepción para los clientes.

Su madre caminaba con la mirada ausente. Parecía perdida. Se acercó a ella y le puso la mano en el hombro. La mujer se asustó.

—Si tu padre se entera de que nos hemos visto…

—¿Cómo está?

Fátima por pudor no se atrevía a describir el estado de ánimo de su marido.

—Dice que lo sucedido es la voluntad de Alá, que debemos defendernos de los infieles.

—¿Ismail está bien?

—No lo sé, no está en casa. Tu padre dice que no debo preocuparme.

—Pero él trabaja en el edificio donde está ese canal.

—Ya te he dicho que tu padre dice que no hay motivo para preocuparse.

—¿Y Abir?

—No sé dónde está... Se fue...

—Sabes tan bien como yo que ha sido él.

—¡No lo digas! No, no puede ser él... Tu primo no es un malvado.

—Te digo que ha sido él. Yo lo sé y tú lo sabes también. ¿Dónde está?

—No lo sé, Noura... no lo sé. ¿Acaso no sabes que jamás me dicen nada que no deba saber? Vino a casa, estuvo unas horas y después se marchó.

—Se ha escondido. Mi padre lo sabrá.

—No... no... tu padre no sabe nada.

—Tiene demasiado odio, madre.

—Odia a los infieles, dice que nos humillan, que maltratan a los nuestros... Tiene razón, Noura, lo veo en la televisión...

—Madre, Abir ha asesinado a más de una docena de personas y ha amenazado con asesinar a más.

—¡No digas eso! ¡Él no ha sido, Noura! ¡No puedes pensar eso de tu primo!

—Le conozco y sé que ha sido él. También sé por qué lo ha hecho aquí.

Las dos mujeres se quedaron en silencio. Fátima agarró la mano de su hija y la apretó, estaba asustada.

—Noura, por favor... no hagamos nada que nos pueda traer la desgracia...

—¿Hacer? Abir ya lo ha hecho, madre, y mi padre... mi padre sabía lo que Abir tenía planeado. Y tú sabes que no miento, madre.

—Hija, te pido que no digas esas cosas o nos traerás la desgracia.

—Madre, nos están vigilando. Estoy segura de que tienen nuestros teléfonos interceptados.

—Pero ¿por qué? Tiene razón tu padre, los musulmanes siempre somos sospechosos por ser musulmanes.

—Si no hubiera locos que matan en nombre de Alá...

—¿Qué podemos hacer?

—No lo sé, madre, no lo sé. Te quiero mucho y no soportaría que te sucediera nada por culpa de Abir. Quiero a mi primo, pero... entre padre, mi hermano Farid y el jeque Mohsin le han convertido en un asesino.

—¡Noura!

—Tú también lo sabes, madre.

—No... no... Lo que dices es terrible, Noura, ni siquiera deberías pensarlo. No debes decir esas cosas de tu padre, ni de tu hermano ni de tu primo. Ellos te quieren, Noura...

—Ellos me quieren sorda y muda, al igual que te han obligado a ti a ser sorda y muda.

—Noura...

—Madre, vuelve a casa y no te preocupes por mí. Pero ten mucho cuidado.

—Hija...

Nora se soltó de la mano de su madre, se dio la vuelta y se perdió entre la gente. No sabía qué debía hacer. Tenía que elegir entre perjudicar a su familia, traicionarlos, o permitir que en unas horas otras personas murieran. No era una elección fácil. Fuera cual fuese su decisión, nunca se perdonaría a sí misma.

Cuando llegó a Matonge, se entretuvo comprando fruta en un puesto de la calle. Conocía a la vendedora. Era de Costa de Marfil. Tenía marido y cinco hijos. Una buena mujer.

Miró a su alrededor y vio a un tipo que no encajaba en el barrio. A pesar de llevar unos jeans, un jersey y un chaquetón, se le notaba fuera de lugar, expectante. No quiso mirar si había más tipos como él, pero estaba segura de que era policía.

Una vez estuvo en el piso, encendió la televisión. Sabía que pasaría el resto del día pendiente de la pantalla.

Bruselas
Helen

Las cuatro. Ya eran las cuatro. Helen miraba de reojo el reloj. Volvían a entrar en directo. Benjamin se estiró la chaqueta mientras aguardaba a que se encendiera el piloto rojo de la cámara.

No tenían ninguna novedad que contar, pero en Washington eran seis horas menos y el canal quería mantener la tensión informativa, así que volverían a recordar el atentado, a sus compañeros muertos, la evolución de los heridos... Entrevistaban a expertos en terrorismo que tampoco podían añadir nada nuevo salvo la convicción de que el hombre del Círculo que había lanzado su amenaza volvería a actuar. Lo que nadie era capaz de prever era dónde. Bruselas temblaba. Sus ciudadanos aguardaban inquietos temiendo la posibilidad de ser ellos las próximas víctimas. Unos minutos antes Helen había discutido con Louise Moos. La jefa de la seguridad belga se negaba a dar ninguna información. Se mantenía en un escueto «Estamos investigando, y esperamos detener a los responsables de la matanza». Aquéllas eran las palabras que repetía cada vez que un periodista lograba acercarse a ella.

Helen y Benjamin reclamaban el derecho a tener más información que el resto de sus colegas. Los terroristas los habían elegido a ellos para difundir su comunicado y, además, habían atentado contra el Canal Internacional, segando la vida de muchos de sus compañeros. Ellos mismos podrían haber estado entre las víctimas.

«Le caes mal», había sentenciado Benjamin después de la discusión entre las dos mujeres. A lo que Helen había respondido que Louise Moos era «arrogante y carecía de empatía».

Tampoco consiguió que su marido la secundara en su enfrentamiento con la funcionaria belga.

Andrew Morris, en calidad de vicepresidente del Canal Internacional, había asumido el mando. Lo primero había sido negociar con la televisión belga que les alquilara un estudio y unas oficinas desde donde pudieran seguir emitiendo. Habían tenido que improvisar un equipo, puesto que la mayoría de quienes formaban parte del canal en Bruselas estaban muertos o heridos. Joseph Foster se había puesto en marcha para alquilar un avión y enviarles un equipo integrado por media docena de periodistas, además de cámaras con medios técnicos suficientes, productores, realizadores... pero aún pasarían unas cuantas horas hasta que el equipo llegara. Foster también había decidido que viajaran a Bruselas algunos de sus periodistas de París y Londres, las corresponsalías más cercanas.

Con todo, Helen y Benjamin continuaban siendo los rostros visibles de la cadena. Ellos habían dado la noticia de la amenaza, por lo tanto debían seguir liderando la información.

Andrew Morris mantenía comunicación directa con Austin Turner, además de con el director de la CIA en Washington y con la Casa Blanca, con las autoridades belgas y con la representante del Centro de Inteligencia de la Unión Europea. Morris estaba de acuerdo con Helen en que Alba Fernández era más tratable que Louise Moos.

El hecho de que los terroristas hubieran elegido el Canal Internacional para lanzar su amenaza los colocaba en una situación especial respecto al resto de los medios.

Helen se había resistido a que Andrew tomara el mando. Insistía en que tanto ella como Benjamin podían hacerse cargo de la situación. Pero su marido le había dejado claro que lo sucedido superaba su capacidad de actuación. Los accionistas del canal querían seguridad, querían que alguien que no fuera un periodista tomara las decisiones. Además, Andrew fue sincero con su mujer: «Soy un hombre de negocios, las autoridades hablan conmigo de una manera distinta a como lo harían con vosotros. Benjamin y tú sois periodistas, tenéis otros códigos. Vosotros sólo contempláis la noticia».

Pero para Helen lo sucedido significaba algo más. Walter White y Lauren Scott, la productora de *El mundo a las 7*, estaban entre las víctimas y Lucy, su secretaria, había resultado malherida. Los médicos la daban por perdida.

Sin embargo, no se permitió llorar. No, al menos, hasta que la pesadilla terminara. Si Lauren estuviera viva, la conminaría a hacer un buen programa. Era lo único que podía hacer ya por ella.

El piloto rojo se encendió y Helen intentó recomponer el gesto. Estaba segura de que el encapuchado estaría atento a la televisión. Faltaba poco para que se cumpliese el segundo plazo que les había dado para liberar a sus amigos de Guantánamo.

París
Zaim Jabib

Zaim Jabib se sentía cansado. La reunión a la que había asistido había durado más de lo previsto y, además, no se habían tomado un respiro ni siquiera para almorzar. Su jefe confiaba en él y solía enviarle a las reuniones que se anunciaban complicadas. Claro que era difícil vender dispositivos eléctricos a un país situado en el continente africano. Difícil y caro, porque la venta iba acompañada de «mordidas» para los intermediarios. Le fastidiaba regresar a Bruselas sin haber firmado el contrato. «Una semana más para pensarlo», le había dicho el intermediario del ministro de aquel país. Una semana más.

Pero no daba el viaje por perdido. Al menos había cumplido con lo que le había pedido Abir. Llegó a París en el tren de las nueve y se dirigió al Café de Flore, que estaba cerca de la oficina donde debía celebrarse la reunión de trabajo. Buscó una mesa apartada y pidió un té al camarero. Después se levantó para ir al lavabo. Abir no le había dado demasiadas explicaciones, tan sólo que en un momento dado se peinara y que si un hombre hacía exactamente lo mismo que él, debía dejar caer su peine al suelo. El objetivo era entregar un sobre cuando llegara y recoger otro antes de regresar a Bruselas.

Había un par de tipos lavándose las manos; él hizo lo mismo. Se las secó y después sacó un peine que se pasó por el pelo. Uno de ellos salió, pero el otro se quedó. Se miraron y Zaim dejó caer el peine al suelo.

—Me parece que se le ha caído algo.

Los dos se agacharon, momento que Zaim aprovechó para entregar con rapidez el sobre que le había confiado Abir.

El hombre se incorporó y salió sin mirarle; Zaim hizo lo mismo. El camarero ya había depositado una bandeja con una taza de té y un vaso de agua. Dos minutos más tarde entraba en el edificio donde se celebraría su reunión de trabajo, aunque no podía dejar de sentirse satisfecho por haber hecho de «correo». El sobre que acababa de entregar contenía instrucciones para el imán Adel Alaui, amigo del tío de Abir.

Pero eso había sido por la mañana. Ahora debía ser él quien recogiera un sobre enviado por el imán. Las instrucciones eran las mismas. Cuando entró otra vez en el café miró a su alrededor esperando ver al mismo hombre. Pero sólo vio a grupos de turistas. Repitió lo que había hecho por la mañana: se dirigió al lavabo, se lavó las manos y sacó un peine. Se preguntó cuándo aparecería el tipo que debía entregarle el sobre. Apenas un segundo después se abrió la puerta de uno de los retretes y una persona se colocó a su lado, sacando un peine de la chaqueta.

Realizaron los mismos movimientos, aunque en esta ocasión una mirada rápida le bastó a Zaim para saber que aquel hombre era de origen magrebí. Vestía con discreción: un pantalón negro, un jersey gris y una gabardina de un color indefinido. No llevaba barba ni nada destacaba en él.

No había nadie en los lavabos, quizá por eso el hombre se atrevió a hablar:

—Como imagina, todas las comunicaciones están intervenidas, de manera que es importante que lo que hay dentro del sobre que le he dado llegue a las manos de ese amigo común... Es una información importante.

—De acuerdo.

No intercambiaron ni una palabra más. Zaim pensó que incluso lo poco que habían hablado era innecesario. Ni Abir ni el jeque Mohsin ni ninguno de los líderes del Círculo utilizaban otro medio para comunicarse que no fuera el presencial. De hecho, ninguno de ellos tenía teléfono móvil. El uso de la tecnología los habría hecho vulnerables.

Miró el reloj y se apresuró a salir del café. Había cumplido con lo que se esperaba de él, servir de correo. Tenía previsto regresar a Bruselas en el tren de las 16.55. En poco más de una hora estaría en casa. Su esposa Nashira ya habría regresado. Se sentía orgulloso de ella. Su compromiso con El Círculo era tan firme como el de él.

Bruselas
Jacob

Las horas transcurrían con lentitud para Abir y demasiado deprisa para los agentes de los servicios de seguridad del mundo entero. La pregunta que se hacían era dónde y cuándo perpetrarían los terroristas su próximo atentado.

En Israel, Dor aguardaba impaciente a que sus hombres en Beirut consiguieran hacerse con información precisa sobre el desfibrilador que llevaba Abir Nasr en su corazón. Pero esperaba más, esperaba que fueran capaces de clonar el ordenador del hospital que contenía el código del dispositivo. Incluso les había dicho que, a ser posible, lo robaran. Sabía que había pedido a sus hombres lo imposible, puesto que ni siquiera les concedía tiempo suficiente para pergeñar un plan. Efraim coordinaba la operación y confiaba en él, pero ambos sabían que tenían más posibilidades de fracaso que de éxito.

En esos momentos, en Bruselas, Jacob había decidido salir a caminar. Necesitaba pensar.

—Así que para pensar tienes que andar... —dijo Maoz.

—Sí, es cuando mejor pienso. Necesito comprender la lógica de Abir Nasr.

—¿Lógica? ¿De verdad crees que hay algo más que la pretensión de amedrentar al mundo entero?

—Puede ser que sí. Además, aquí no me necesitáis...

—Ariel quiere que asistamos en una hora a una reunión que ha convocado Louise Moos, en la que estará Austin Turner por la CIA y seguramente ese tipo de la OTAN...

—Anthony Jones.

—Sí, ése. No sé si también ha convocado a Alba Fernández. Creo que más tarde se unirá Andrew Morris. Parece un buen tipo.

—¿Y Helen Morris y Benjamin Holz?

—Como puedes ver, llevan todo el día delante de las cámaras. Holz parece sereno a pesar de haber estado a punto de perder la vida, y ella es de acero, aunque está agotada, se niega a descansar —comentó Maoz.

—Bueno, no es para menos; primero los terroristas mandan una amenaza para que la difundan a través de su programa, luego colocan una bomba en el mismo canal, pierde a muchos de sus compañeros... Pero ahí los tienes, haciendo de tripas corazón. Yo creo que defienden su terreno ante Louise Moos —concluyó Jacob.

—Periodistas, al fin y al cabo —asintió Maoz.

—Sí... Los buenos están hechos de una pasta especial... Y ahora, Maoz, necesito pensar. Hay algo que se nos escapa —respondió Jacob.

Maoz se quedó en silencio. Si algo había aprendido durante los muchos años como agente de campo es que era importante escuchar a la intuición, a ese malestar que le asalta a uno cuando está inmerso en un caso y tiene la certeza de que hay algo que se le escapa. No, no sería él quien negara a Jacob la posibilidad de rebuscar en su cerebro ese «algo» que se les escurría entre los dedos.

—La reunión es en el despacho de la señora Moos. Puedes aparecer cuando quieras.

—Te llamaré. Oye... ¿pasa algo si intento hablar de nuevo con Nora Adoum? —preguntó Jacob.

—Estamos en una situación de extrema emergencia... Yo no me preocuparía demasiado por las normas. Actúa y ya veremos.

—Gracias.

Jacob salió de la oficina de Ariel Weiss. Empezó a sentirse mejor apenas llegó a la calle. Tenía que intentar comprender la psicología de Abir Nasr. Sabía que había una pieza del puzle que le faltaba y que si la encontraba podría entenderle, pero para eso necesitaba la ayuda de Nora. Sin embargo, ella necesitaba tiempo para resolver el conflicto que la atenazaba: traicionar a su primo o permitir que éste siguiera matando y asumir que podría haber evitado esas muertes.

Con el paso de las horas, el agotamiento se fue apoderando de todos. Helen Morris se negaba a descansar y Benjamin Holz la secundaba. Fue éste quien pidió a Andrew Morris que los ayudara.

—Necesitamos un «chute» de algo que nos mantenga despiertos. ¿Puedes buscarnos un médico?

—¡Estáis locos! Tenéis que dormir, aunque sea unas horas... Esta locura puede durar días y no pretenderéis estar ininterrumpidamente delante de la cámara. Si es necesario, os despediré a los dos —replicó Morris, enfadado.

Helen se enfrentó a su marido, pero perdió la batalla. Andrew no estaba dispuesto a secundar el empecinamiento de su esposa.

—Benjamin y tú os vais al hotel a dormir un rato. Dentro de cuatro horas os mandaré un coche para que os recoja.

—¿Y si vuelven a matar? ¿Quién lo contará? No, no podemos irnos.

—Te despediré, Helen, no dudes de que lo haré. Ya están aquí dos de nuestros periodistas de París, y están haciendo un buen trabajo. Esa chica, Paulette Fontaine, lo hace bien, tiene mucho aplomo ante la pantalla; ella puede hacerse cargo del directo mientras Benjamin y tú descansáis.

—¡Esa chica no tiene ni idea! —respondió airada.

—Vamos, Helen, es una buena periodista, desde que ha llegado no ha parado... y conoce bien Bruselas. Y Noël Morin es un tipo solvente, el mejor de nuestra delegación en París.

—¡Pero ésta es nuestra historia! ¿Es que no lo comprendes? —gritó ella.

—¿Vuestra? ¿De quién?

—¡Por Dios, Andrew, tú sabes que esta historia es de Benjamin y mía! No voy a consentir que me dejes fuera.

—No te estoy dejando fuera, Helen. Precisamente porque no quiero dejarte fuera te exijo que descanses un rato. Cuatro horas, Helen, sólo cuatro horas.

—¿Y qué dirán los telespectadores? ¿Crees que quieren ver a esa Paulette? No, tú sabes que lo que quieren es que Benjamin y yo estemos ahí, en la pantalla, confían en nosotros.

—No discuto que Benjamin y tú tenéis que llevar el peso de todo esto, pero para eso debéis descansar. Cuatro horas.

—No.

—Entonces te despediré y le diré a Paulette que se encargue de todo. Y si Benjamin te secunda, también le despediré. Mírate al espejo, pareces un cadáver.

Helen conocía lo suficiente a Andrew como para saber que no cedería. Era capaz de despedirla, de mandarla a casa, incluso de divorciarse. En ese momento no actuaba como su marido sino como el vicepresidente de la compañía. Cuatro horas. Ni un minuto más.

Cuando llegó al hotel, lo primero que hizo fue abrir el grifo de la bañera. Un baño era todo lo que se iba a conceder. Después regresaría al plató. Benjamin coincidía con ella, estaban agotados, pero no habría sido profesional dormir mientras continuaba girando la rueda del destino marcada por los terroristas. Andrew no lo podía comprender, le justificó Benjamin, pero era el vicepresidente, retarle no los conduciría más que al despido. De manera que habían concluido que Andrew se conformaría con verlos desaparecer un par de horas y no las cuatro previstas.

No fue hasta que se metió en la bañera cuando notó cuánto le dolía cada centímetro de su cuerpo debido a la tensión. Llevaba más de veinticuatro horas sin descansar. No permitió que se le cerraran los ojos, de manera que el baño apenas duró unos minutos. Después eligió la ropa con la que pasaría quién sabía cuántas horas más: un traje chaqueta de color antracita y corte formal de Armani. También metió en una bolsa unos pantalones y otra chaqueta. Y se comió un par de bombones que había junto a la almohada. Luego llamó a la habitación de Benjamin, quien le aseguró que ya estaba listo.

Cuando Andrew los vio aparecer dos horas después estuvo tentado de enfadarse. Pero decidió no hacerlo ya que al menos habían cumplido parte de sus instrucciones.

—Paulette lo está haciendo muy bien —les dijo a modo de saludo.

—Bien por ella, pero el relevo ha llegado. Nos será más útil en la calle —respondió Benjamin mientras apuraba un café.

Las horas transcurrían con una lentitud exasperante. Las televisiones de todo el mundo continuaban transmitiendo en directo, aunque en realidad no había nada nuevo que contar. Por los platós de las televisiones pasaban expertos en terrorismo, comentaristas políticos, y una y otra vez se emitían reportajes ya vistos que recordaban el atentado.

Bruselas
Nashira

A las seis de la mañana Abir se desperezó. Ghalil dormitaba en el sofá. Llevaban muchas horas de vigilia.

—¿Tienes preparado el cinturón? —preguntó Abir.

—Sí, ya lo sabes. ¿Crees que él lo aceptará?

Abir no respondió. Ghalil era el mejor experto en explosivos con que contaban, pero acaso era un poco pusilánime. No terminaba de confiar en nadie y más bien temía que alguno de los «hermanos» no fuera capaz de cumplir con su misión.

—Necesitamos café. Voy a darme una ducha.

Ghalil se levantó y apretó el dispositivo que los ocultaba del resto de la casa. Escuchó el sonido de un televisor. Zaim y Nashira habrían pasado la noche, al igual que ellos, pendientes de la pantalla. Se encaminó hacia la cocina y llenó la cafetera con agua. Un ligero movimiento detrás de él le alertó. Se volvió y cruzó su mirada con la de Zaim, que aún estaba en pijama.

—Has madrugado mucho —le dijo sonriendo.

—No era una noche para dormir —respondió Ghalil.

—Tienes razón. Los infieles están desesperados. No comprenden lo que ha pasado.

—¿Quieres café? —le preguntó Ghalil.

—Sí... Nashira preparará otra cafetera. Se está arreglando. A las ocho se irá a trabajar.

Ghalil estuvo a punto de decirle algo, pero reprimió las palabras y se limitó a asentir mientras buscaba en un estante un bote con galletas. Luego colocó sobre una bandeja el café, las galletas, un azucarero y dos tazas.

—Bien... vamos a desayunar.

—Yo me voy a duchar. Ahora nos vemos.

Cuando Ghalil regresó, Abir ya se había duchado y llevaba ropa limpia.

—Ve desayunando mientras me aseo.

A las siete en punto el panel escondido se abrió y apareció Zaim sonriente; detrás de él vieron a Nashira pasando el aspirador por el salón.

Los tres hombres comentaron lo que habían transmitido en las últimas horas las televisiones y cuando Zaim se iba a despedir, Abir le indicó que se sentara.

—Zaim, sabes cuánto aprecio tu compromiso en la guerra contra los infieles. Sólo los soldados más valientes tienen el honor de participar en esta guerra que nos conducirá a la victoria. Y tú eres uno de los elegidos. El jeque Mohsin siempre alaba tu inteligencia y, sobre todo, que no tengas dudas. La guerra requiere sacrificios.

Zaim escuchaba inquieto las palabras de Abir. Sabía que ese discurso no era más que el prólogo para otra cosa, pero ¿qué otra cosa podían pedirle el jeque Mohsin o Abir, cuando tanto había hecho hasta el momento? Aguardó expectante con un espasmo de temor recorriéndole la espalda.

Ghalil los observaba sin decir palabra, atento a que Abir le hiciera una indicación. Cuando éste le miró y levantó las manos, Ghalil se dirigió a la habitación y a los pocos segundos salió con un cinturón... un cinturón que él personalmente había preparado con la minuciosidad que exige manipular explosivos.

El rostro de Zaim se contrajo en un gesto de preocupación. Sabía muy bien de qué estaba hecho aquel cinturón y miró a los dos hombres con temor.

—Amigo, sólo un hombre de tu fidelidad y compromiso es capaz de sacrificar lo más preciado que tiene. En este tiempo que hemos compartido contigo tu hogar hemos visto cuán valiosa es tu esposa Nashira. Elegiste bien, Zaim. Nashira no es sólo una esposa ejemplar, también es una creyente que sabe de la importancia de la yihad. Su entusiasmo y apoyo han sido un estímulo para nuestra causa.

Abir hizo una pausa observando la crispación creciente en el rostro de Zaim.

—Sólo los elegidos tenemos el honor de sacrificarnos, de entregar lo que nos es más querido. No dejo de llorar a mi hermano Ismail, pero pido perdón al hacerlo porque no tengo derecho a lamentar su sacrificio. No podía negarle ese honor. Y ahora tú, Zaim, te verás bendecido por el sacrificio que esperamos que haga Nashira. Un sacrificio que la engrandecerá y la honrará durante generaciones.

Entonces Zaim comprendió, muy a su pesar, que Abir había decidido sacrificar a su esposa. Buscó las palabras con las que rebatir su decisión. ¿Cómo podía pedirle que mandara a la muerte a Nashira? Ella tenía poco más de veinte años y soñaba con tener hijos, niños como aquellos a los que cuidaba en la guardería donde trabajaba. No, no podían pedirle que entregara la vida de su esposa. Ella no, ¿por qué tenía que ser Nashira?

—Zaim, dile a tu esposa que venga —ordenó Abir endureciendo la voz.

—No...

—¿No? ¿A qué dices «no», Zaim?

—No voy a permitir que la sacrifiques. ¿Por qué ella?

—¿Y por qué mi hermano, Zaim? ¿Por qué los hijos, los esposos, las esposas, los amigos de otros? Yo no pido ningún sacrificio que no haya hecho ya.

—Entonces, sacrifícate tú —respondió Zaim sin poder contener la ira que empezaba a dominarle.

Abir se puso en pie y le abofeteó.

—¡Cobarde! ¡Mereces morir por tu traición!

Nashira entró en la habitación alertada por las voces justo en el momento en que Abir pegaba a su esposo. Permaneció muy quieta, asustada, con la mirada baja, aguardando a que le hablaran.

—¿Eres tan cobarde como tu esposo? —la increpó Abir.

Ella buscó la mirada de Zaim, pero éste la esquivó. ¿Cómo podría mirarla si no iba a hacer nada para evitar su sacrificio?

Ghalil se puso en pie. Era el momento de intervenir antes de que la ira de Abir se desbordara.

—Nashira, has sido elegida para convertirte en mártir. Tu nombre se recordará a través de los siglos por haber contribuido a derrotar a los infieles. Es un honor para mí ayudarte.

Ella le miró sin terminar de comprender el alcance de sus palabras. Quería derrotar a los infieles, de eso no tenía dudas, pero ¿había dicho Ghalil que debía convertirse en mártir? ¿Y eso qué suponía?

Abir se acercó sonriendo e inclinó la cabeza ante ella, lo que provocó que la joven se sonrojara. No comprendía lo que estaba sucediendo y volvió a buscar la mirada de su marido, sin encontrarla.

—Te he preparado un cinturón. Es muy muy fácil, Nashira, ni siquiera notarás que lo llevas —dijo Ghalil.

—¿Un cinturón? —acertó a preguntar mientras insistía en buscar la mirada de Zaim.

—Dentro de unos minutos saldrás de casa para ir a trabajar. No debes hacer nada diferente a lo que haces cada día. Saluda a los vecinos que te encuentres, ve a la parada del tranvía, sube como haces siempre... Es una línea muy concurrida, ¿verdad, Nashira? —preguntó Ghalil.

—Sí… a esta hora somos muchos los que vamos a trabajar… También… también hay madres que llevan a sus hijos al colegio…

—Buenas madres, sin duda, aunque sean infieles. Pero sus hijos no valen más que nuestros hijos. ¿Cuántos de los nuestros han muerto a causa de las bombas y los ataques criminales de los infieles? No podemos sentir compasión por esos niños porque ellos no han sentido compasión por los nuestros.

Nashira empezó a temblar. Por fin parecía comprender de lo que estaba hablando Ghalil.

—Yo… yo… Zaim…

—Zaim se sentirá orgulloso de ti. Haberse desposado con una mujer valiente que no ha dudado en entregar su vida para derrotar a los infieles es un honor que no alcanza a todos los hombres.

—Mi vida… entregar mi vida… No… yo… no quiero entregar mi vida. ¡Zaim! —El grito desagarrado de Nashira hizo que Zaim diera un paso colocándose junto a su esposa, a la que abrazó con fuerza.

—¡Yo he entregado la vida de mi hermano! ¿Acaso vales tú más que Ismail? —La voz de Abir retumbó en la sala.

—¡Basta de discusiones! —terció Ghalil—. Cada uno tenemos que cumplir con lo que se espera de nosotros. Hoy te corresponde a ti, Nashira. Se está haciendo tarde, así que busca tu abrigo y ven. Te explicaré qué tienes que hacer. Es muy sencillo. Cuando explote el cinturón ni te darás cuenta, no sentirás ningún dolor. Eres una privilegiada. —El tono de voz de Ghalil no daba lugar a réplicas.

Se acercó a Nashira y le colocó el cinturón cargado de explosivos. Luego la ayudó a ponerse el abrigo. Había calculado que la muchacha se podría resistir al sacrificio, de manera que había programado que el cinturón estallara en media hora. También había previsto que intentara quitárselo, pero el cierre que había ideado se lo impediría.

«Prefiero sacrificarme yo», escucharon decir a Zaim cuando Nashira salía por la puerta del piso, pero ni Abir ni Ghalil iban a modificar el plan previsto. Zaim quiso despedirse de su esposa, pero no se lo permitieron. Las despedidas podían desencadenar que ambos se resistieran a aceptar lo que ya estaba escrito.

Nashira se metió en el ascensor, salió del portal y caminó hasta la parada del tranvía. Reconoció algunos rostros, gente que todos los días, a esa hora, cogía el mismo tranvía que ella. No había ningún asiento libre y permaneció de pie. Ghalil le había dicho que tenía que apretar un botón que llevaba en el cinturón, pero ella se metió las manos en los bolsillos. No sabía qué podía hacer, pero sí sabía que no quería morir. Sintió un dolor profundo al recordar a Zaim. Él permitía que la sacrificaran, y se preguntó qué clase de esposo era el que no defendía a su mujer. El tranvía hizo su primera parada. Nashira reconoció a una mujer que todos los días subía con sus dos hijos. Dos chicos de no más de diez años, con cara de sueño y malhumor. En la segunda parada vio a una pareja de ancianos que no le resultaron desconocidos. En la tercera parada subió el mismo grupo de adolescentes que lo hacían a diario. Y en la cuarta parada, el joven atractivo que vestía con traje y corbata y que parecía uno de los muchos funcionarios que trabajaban en algún organismo internacional de la capital. El hombre le sonrió y ella bajó los ojos mientras gritaba: «¡Alá es grande!».

Luego sintió la explosión y, al mismo tiempo, un dolor intenso, y se sumió en la nada.

«¡Ha explotado un tranvía junto al Tribunal de Justicia de la Unión Europea!», gritaba un hombre corriendo hacia el plató desde donde Benjamin y Helen estaban haciendo un resumen de lo sucedido hasta el momento. Los ordenadores arrojaban ya la noticia y la alerta había saltado: se había producido una explosión en un tranvía. Aún se desconocían las causas. Las autoridades temían que hubiera muchas víctimas. La cámara enfocó el rostro de Helen que en aquel momento tenía la mirada fija en la pantalla del ordenador.

«... Ha sucedido algo terrible: señoras y señores, hace unos segundos se ha producido una explosión en un tranvía de la línea...»

Helen siguió hablando como una autómata. El encapuchado había vuelto a hacer realidad su amenaza. Porque ella no dudaba de que la explosión había sido un nuevo atentado. Benjamin anunció que un equipo del Canal Internacional ya estaba camino del lugar en el que se había producido la explosión. En unos minutos ofrecerían imágenes en directo.

Mientras Benjamin se dirigía a los telespectadores, Helen tomó una decisión: no se quedaría en el estudio. Quería contar en directo lo sucedido. Así que interrumpió a Benjamin para anunciar que volvería a conectarse desde el lugar de la explosión. Benjamin asintió.

Bruselas. Minutos después del atentado
Oficina del Mossad

Maoz puso una mano en el hombro de Jacob, quien se despertó de inmediato. Se había quedado dormido en el sofá del despacho de Ariel Weiss. La noche anterior había deambulado sin rumbo por Bruselas, tentado de volver a casa de Nora Adoum, pero sabía que ella aún no habría decidido qué debía hacer. Presionarla no serviría de mucho.

Se restregó los ojos mientras Maoz le apremiaba para que se diese prisa.

—Nos vamos, ha explotado un tranvía. Louise Moos le ha dicho a Ariel que no tiene ninguna duda de que ha sido una bomba.

—¿Un tranvía?

—Sí… un tranvía repleto de gente a estas horas de la mañana… ha sido a las ocho y son las ocho y treinta… Al parecer, ha saltado por los aires un vagón, el tranvía ha descarrilado; hay heridos, y desgraciadamente parece que muchos muertos. ¿Y sabes dónde ha sido? Pues junto a la parada del Tribunal de Justicia de la Unión Europea.

—Abir…

—Puede ser él o puede ser otro…

—Es él, Maoz, es él. Y no tiene miedo. Sigue aquí. Está muy seguro de que no le encontraremos. Ahora sí que voy a ir a casa de su prima…

—Louise Moos quiere detener a toda la familia. Dice que ha llegado el momento de presionarlos.

—¡No! Eso es una estupidez. Se esconderá más y no le encontraremos. Si detienen a sus tíos y a su prima, perderemos el único hilo que nos puede llevar hasta él.

—Estás demasiado seguro, Jacob.

—No me equivoco. Sé que no me equivoco. Habla con Ariel, con Dor, con tu amigo de la CIA, con Louise Moos... con quien haga falta, pero no permitas que detengan a la familia de Abir o le perderemos. Tenemos una posibilidad y es que Nora no soporte seguir siendo cómplice de los asesinatos de su primo.

—De acuerdo... vamos a llamar a Ariel. Estaba desayunando con Austin Turner...

—¿Y ellos qué creen?

—Turner es un tipo inteligente, no es uno de esos manazas de la CIA. Tanto él como Alba Fernández te han «comprado» que Abir Nasr es el hombre al que hay que buscar. Por cierto, Alba se ha enfrentado a Louise cuando ésta ha propuesto detener a la familia Adoum. Dice que hay que darles cuerda, que sería un error hacer detenciones y enseñar nuestras cartas. A Louise Moos le apoya Anthony Jones, en la OTAN no creen que todo esto sea obra de un solo hombre.

—Abir cuenta con gente. No está solo. No es ningún idiota. Sabe manejar a los suyos. Te apuesto a que tenemos otro «mártir» que se ha hecho estallar con un cinturón de explosivos.

—Tienes cinco minutos, nos vamos.

—Ve tú y convénceles... Yo voy a tratar de hablar con Nora Adoum.

—¿Ahora?

—Sí, ahora.

La policía frenaba a los curiosos que se habían acercado al lugar del atentado. Los servicios de emergencias continuaban buscando heridos en el interior de los vagones del tranvía. Aún no había un balance definitivo de víctimas.

Helen transmitía en directo el caos. Seria y profesional, con gesto contenido, contaba al mundo lo sucedido en aquella calle de Bruselas. Sabía que, aunque en Estados Unidos aún era noche cerrada, hasta el presidente estaría delante de la televisión.

Los terroristas estaban cumpliendo su amenaza, no cabía engañarse, sólo pararían la matanza si eran puestos en libertad los yihadistas presos en la cárcel de Guantánamo. O eso o el terror en todo Occidente.

De vez en cuando, desde el estudio, Benjamin Holz daba una pequeña tregua a Helen para que, sin estar enfocada por una cámara, pudiera hablar con la policía y con los servicios de emergencia buscando información.

Jacob se había mezclado con la gente. Cuando llegó a casa de Nora la vio salir del portal con paso rápido y una mirada desesperada. Decidió seguirla, aunque temía que ella le descubriera. Él no era un agente de campo, carecía de los trucos y conocimientos necesarios para hacerse invisible en la calle. Pero la mujer parecía no darse cuenta de que la estaba siguiendo, quizá porque estaba fuera de sí y caminaba muy deprisa sin fijarse en quién tenía alrededor, y pudo incluso compartir el mismo vagón de metro que los llevó hasta cerca de la Grand Place y de allí andando al lugar donde se había producido el atentado.

De repente, Nora se paró. Parecía buscar con la mirada a alguien. Jacob se preguntó si ella pensaba que Abir podía estar allí, entre la gente. Luego la vio abrirse paso, sin importarle empujar a quienes la obstaculizaban, en dirección a la fila de ambulancias que no dejaban de llegar en busca de los heridos y de los muertos. Él también se quedó quieto. Desde donde estaba era difícil que le viera. Y de repente...

—¡Marion...!

La mujer se volvió sobresaltada. Cruzaron las miradas. Los años habían pasado por ambas.

—¿Qué haces aquí? —preguntó Marion.

—Hace un rato me llamó un amigo... me dijo que había habido otro atentado.

—¿Y crees que...?

—Creo lo mismo que tú, Marion.

—¿Se lo has dicho a alguien?

—No. ¿Y tú?

—¿Y qué podría decir? No, no hay nada que decir, Nora. Nada.

—Sin embargo, las dos sabemos que...

—¡Cállate! —ordenó Marion a punto de dejarse llevar por el pánico.

Nora obedeció. Las cosas entre ellas seguían siendo como en tiempos del liceo. Marion era quien mandaba en su relación, a pesar de los años transcurridos.

—Tu maldito primo... Siempre supe que no era de fiar.

—Se enamoró de ti. Fuiste su primer amor, quizá el único —se atrevió a decir Nora.

—Nadie le pidió que se enamorara.

—Pero aquel día en tu casa... Para él fue importante, tienes que comprenderlo...

—No digas estupideces. Fue un juego... éramos adolescentes... nada de lo que hacíamos tenía importancia. Estábamos en la edad de quebrar las reglas, de experimentar...

—Quizá... pero para él lo que sucedió entre vosotros no fue un experimento.

—¿Qué quieres, Nora?

—Nada... nada... ¿qué voy a querer? Me gustaría hacer algo... parar esto... pero no puedo. ¿Y tú?

—Tu primo nada tiene que ver conmigo.

—Sin embargo, piensas lo mismo que yo... que todo esto es obra de él.

—¡Cállate!

—La voz del encapuchado... Cuando lo escuché en televisión no tuve dudas, ¿las tienes tú?

—¿Por qué no desapareces, Nora? No tengo nada que ver con vosotros... Coincidimos en el liceo en París, eso es todo; después cada cual ha seguido su camino. Nunca pensé que volveríamos a vernos.

—Pues ya ves, no hemos podido evitarlo.

—Nora, vete, déjame, no quiero hablar contigo, no quiero saber nada de ti. Nada. ¿Lo comprendes?

—¿Y tú comprendes que las dos sabemos que la voz del encapuchado es la de Abir? ¿Acaso no deberíamos hacer algo?

—Yo no sé quién es el encapuchado y, por tanto, nada puedo hacer.

—Pero estás aquí...

—Lo mismo que tú, lo mismo que toda esta gente que ha venido a ver lo sucedido.

—Marion, ¿tienes miedo?

—No seas ridícula, claro que no tengo miedo.

—Pero él... él... estoy segura de que él hace todo esto no sólo para liberar a sus compañeros de la yihad, también porque ha esperado a que llegara un momento en su vida en que pudiera hacer algo para llamar tu atención, para impresionarte, para que no puedas olvidarle.

—¡Sigues siendo una estúpida! No sé quién es el encapuchado y, desde luego, aunque tu primo siempre fue tan estúpido como tú, no creo que tantos años después de dejar el liceo haya decidido cometer atentados para que me fije en él. Siempre fuiste muy simple, Nora... no tienes cerebro. Y ahora déjame tranquila. No tengo por qué hablar contigo. No eres nadie, Nora, nadie, no existes para mí. No vuelvas a acercarte a mí nunca más. ¿Lo has entendido? Nunca.

Marion se dio la vuelta abriéndose paso entre el gentío. Nora se quedó quieta viéndola marchar.

Jacob no se había acercado lo suficiente para escuchar la conversación, pero había percibido la tensión entre las dos mujeres, y algo más: también miedo. En cambio, sí le había dado tiempo a hacerles algunas fotos con su móvil.

Por un momento pensó en llamar a Maoz y avisarle para que Louise Moos ordenara detenerlas e interrogarlas, pero no lo hizo. Decidió investigarlas a ambas. Lo haría solo, o mejor dicho, con la ayuda de su ordenador. Pero antes estaba dispuesto a hablar con Nora Adoum. Al menos intentaría sonsacarle de qué conocía a la otra mujer. Quizá eso los ayudara a llegar hasta Abir Nasr.

Vio cómo Nora continuaba quieta observando la tragedia que habían ocasionado los terroristas y, dándose prisa, llegó hasta donde estaba ella.

—Buenos días, aunque deberíamos decir maldito día este en que unos asesinos han acabado con la vida de tantos inocentes.

Nora se sobresaltó e intentó apartarse de Jacob, pero no pudo hacerlo porque él apretó una mano alrededor de su muñeca.

—O habla conmigo o habla con la policía, no voy a darle otra oportunidad.

—¡No sé quién es usted! ¡Déjeme en paz!

—Ya se lo dije, formo parte del grupo que está investigando el atentado.

—¿A qué grupo se refiere?

—Señorita Adoum, ahora mismo los servicios de seguridad de medio mundo están colaborando para encontrar al encapuchado y a sus amigos.

—Y usted pertenece a uno de esos servicios... Supongo que a la Sécurité francesa, porque es evidente que es usted francés.

—En eso acierta, soy francés.

Jacob se dijo que no le mentía, pues una de sus identidades era ser francés, y para él estaba tan arraigada como la de beirutí o la adquirida de judío.

Abir y él tenían algunas cosas en común y la principal era el desarraigo y haber tenido que construirse una identidad, aunque eso no cambiaba que no fueran de ninguna parte.

—Entonces es de la Sécurité.

—No. En realidad no soy agente de ningún servicio, pero colaboro para resolver esta crisis que ha desencadenado su primo.

Ella le miró de frente, sorprendida porque le parecía sincero, pero preguntándose exactamente quién era y qué hacía.

—Tenemos que parar esto... Tiene que ayudarme a encontrar a su primo.

—¡Deje de acusarle! ¿Qué pruebas tiene? Ninguna. Usted dispara al aire. ¿Por qué iba a ser mi primo el causante de... de... esto?

—Nora, no puedo decirle qué pruebas tenemos, sólo que las tenemos.

—No tienen nada. ¡Nada!

—Sé lo importante que son los lazos de sangre... la familia... pero hay momentos en que tenemos que elegir.

—¿Y yo sobre qué tengo que elegir? —respondió airada.

—Entre la lealtad a su familia, aunque eso implique proteger a su primo y acarrear sobre su conciencia la muerte de tantos inocentes, o decidirse a impedir que haya más víctimas. Está en sus manos.

Nora volvió a clavar su mirada en él. La hacía sentirse confundida.

—Se equivoca, yo no puedo impedir nada porque no sé nada y no estoy dispuesta a admitir que acuse a mi primo. No tengo por qué creer que tengan ninguna prueba contra él.

—De acuerdo... Hasta ahora he hecho lo posible por que no los detengan a usted y a su familia... pero no me deja otra opción. Sabe lo que supondrá para usted y para sus padres una detención, sobre todo si se demuestra que todos saben algo sobre lo que está sucediendo... Quedarán marcados para siempre.

Lo sabía, claro que lo sabía. No hacía falta que aquel desconocido le dijera que su vida se haría añicos y que sus padres quedarían señalados. Pensó en su madre, ¿aguantaría un interrogatorio? ¿Serían capaces de torturarla para obligarla a hablar? Sintió un dolor profundo en el estómago sólo de imaginar que pudieran maltratarla.

—Así que usted ordenará que nos detengan, que nos interroguen... ¿Y qué más?

—No, yo no ordeno nada, Nora. Ésa es una decisión que alguien que no soy yo quiere tomar. Parece lógico. Tenemos un sospechoso y lo normal es preguntar a la familia del sospechoso.

—¿Y usted dice que puede impedirlo?

—No, no exactamente... Quizá yo pueda conseguir que las cosas no sean demasiado difíciles para ustedes si es que... bueno, si es que son inocentes. Y yo creo que usted lo es.

Nora pensó en su padre. Sabía que odiaba a los occidentales, a los infieles, como él decía. Un odio que se fundamentaba en la frustración de ser un emigrante que había tenido que hacerse un hueco en una sociedad con unos valores distintos a los que le habían inculcado. Una sociedad que le observaba de reojo, con desconfianza. Una sociedad que él consideraba moralmente podrida. Una sociedad que despreciaba. Una sociedad a la que ansiaba humillar tanto como él se sentía humillado. Una sociedad a la que nunca pertenecería por más que algunos biempensantes de esa misma sociedad defendieran que era posible el multiculturalismo. Pero no, no era posible. O aceptabas sus reglas o siempre serías visto como alguien diferente, y esa diferencia te desgarraba por dentro y a muchos les provocaba ira, una ira profunda. Ella lo sabía, por eso había optado, por eso y porque esa sociedad le ofrecía una puerta a la libertad, a intentar ser quien deseara, a no estar condicionada por las costumbres ni por la religión, a poder gestionar su vida. Y ella prefería ser parte de esa sociedad. No le fue difícil porque para ella la religión nunca había ocupado un papel central, la veía como un conjunto de normas que la oprimían, que le impedían ser, hacer, sentir, decidir. Por eso, sin llegar a ser atea, decidió prescindir de la religión. Pero su padre era un creyente al que la experiencia de la emigración le había ido fanatizando. Además, tenía otra razón más íntima y era el asesinato de su sobrino, el padre de Abir e Ismail. Los judíos eran los guardianes de Occidente en Oriente. Así lo repetía su padre y así lo creía ella. Y los judíos habían asaltado la casa de Abir sembrándola de muerte. Habían condenado a Abir y a Ismail a la orfandad, les habían segado su futuro. Y ahora pretendían pedirles cuentas de su odio. Cuanta osadía, pensó Nora.

Jacob aguardaba respetando su silencio. Estaban rodeados de gente y envueltos en el temblor de las conversaciones de quienes, como ellos, observaban a los bomberos y a los servicios de emergencias rescatando heridos y cadáveres.

—Déjeme en paz. Deténganme. Hagan lo que quieran —susurró.

Jacob no le respondió. Simplemente se perdió entre la multitud dejándola desconcertada. Nora pensaba que aquel hombre insistiría hasta que ella se rindiera, y sin embargo no había presentado batalla. Buscó con la mirada a Marion y la vio inmersa en la multitud. No había cambiado. Continuaba siendo guapa, altiva, segura. Marion siempre parecía saber qué quería y cómo conseguirlo. Pero además era inteligente y brillante, en el liceo era la mejor alumna de su clase. Nunca la había visto dudar y nunca se había dejado amedrentar. Ser tan guapa la había hecho creer que el mundo le pertenecía, que cualquier cosa que quisiera debía serle concedida. No había más barrera que su voluntad. Aún se preguntaba cómo le había permitido ser su amiga, a ella, a una hija de emigrantes por más que hubiera nacido en París. En realidad ser amiga de Marion era lo que le había dado fuerzas para romper con su entorno, para saltarse las reglas, para atreverse a ser libre, a decir «no». Marion le había dicho en una ocasión que sólo las personas que llegaban a ser libres eran capaces de decir «no». Y ella había dicho «no» a las normas, a las tradiciones y a la religión de sus padres. Había dicho «no» para quedarse en tierra de nadie, pero íntimamente disfrutando de su libertad, una libertad por la que había pagado el precio de la soledad. Ya no pertenecía a su comunidad. Estaba sola. Le dolía que Marion la hubiese tratado con desprecio, como si la amistad que habían compartido no tuviese ningún valor. Ella había guardado como un tesoro los recuerdos de sus años del liceo, los años vividos bajo la batuta de Marion y, sin embargo, la amistad había sido de una sola dirección. Las personas eran sólo circunstancias en la vida de Marion. Se preguntaba si su amiga habría querido alguna vez a alguien y se dijo que no. Pobre Abir, que se enamoró como sólo un adolescente se enamora, con una entrega absoluta, con confianza ciega. Sí, pobre Abir, que estaba segura de que seguía herido por el desprecio de Marion, que no comprendía cómo aquella diosa le había seducido para después despreciarle, y aquel desprecio le había llevado a sumirse en el rencor.

El mismo Abir al que habían preparado para odiar, para convertirse en un «soldado» en la guerra contra Occidente, y que ahora saboreaba su triunfo viendo cómo él también sabía derramar sangre sembrando el terror. Nora no tenía dudas de que aquella exhibición de fuerza también tenía como destinataria a Marion. Él sabía que dondequiera que ella estuviera reconocería su voz y que ya que no le había amado, al menos le temería. Marion se daría cuenta de lo que era capaz. Le había menospreciado diciéndole que nunca sería nada y ahora ella, como tantos miles de occidentales, temblaba ante su poder para segar vidas.

«Retírense. Están obstaculizando el trabajo de los servicios médicos», escuchó decir a un policía, y dio un paso atrás.

Decidió llamar a su madre, temía por ella. Si aquel hombre decía la verdad, pronto los detendrían. Su padre podría aguantar, incluso quizá disfrutaría convirtiéndose en mártir... Pero su madre... su madre se asustaría, no sería capaz de mentir, y lo que dijera serviría para condenar a toda la familia. Tenía que salvarla, evitar que la interrogaran. Sí, su madre era la pieza más débil del engranaje. Seguramente su padre confiaba en que la policía dejaría en paz a su esposa. Era una mujer. Sólo una mujer. Y las mujeres ven y oyen, pero callan.

Bruselas
Nora y Fátima

Se fue retirando del lugar del atentado y cuando llegó a una calle menos transitada, la telefoneó.

—Madre, tenemos que volver a vernos.

—No puedo... tu padre no se encuentra bien...

—Si no fuera importante, no te lo pediría. No es por mí, es por vosotros... Díselo a padre.

—¿Que le diga qué? —preguntó Fátima sin entender a su hija.

—Que tienes que verme y que se trata de vosotros, no sólo de mí. Díselo, madre, por favor.

—Pero ya sabes que me ha prohibido verte... Si se entera de que hablamos y nos vemos de cuando en cuando... Hija, ya conoces a tu padre.

—Sí, y por eso espero que su estupidez no le lleve a impedir que podamos hablar. Díselo, madre. Te espero en mi apartamento. Ya sabes dónde es.

Caminó hacia la estación del metro. Tenía que llegar a casa antes que su madre.

Bruselas
Nora y Fátima

—¿Dónde estás, Jacob? Ariel quiere que te incorpores a la reunión. —La voz de Maoz sonaba apremiante a través del móvil.

—Estoy en el lugar de la explosión.

—¿Y qué haces ahí? Te necesitamos aquí.

—Creo que sería más útil trabajando con mi ordenador.

—No se trata de lo que creas sino de lo que debes hacer. Es importante, Jacob, se están tomando decisiones que debes conocer.

Maoz colgó el teléfono. Jacob se dio cuenta de que no podía esquivar la orden recibida. Pero tendría que convencerlos de que le dieran margen para actuar a su manera; si se lo permitían, podría hacer algo más que asistir a aquellas reuniones. Pero obedeció.

—Vamos a interrogar a la familia Adoum —dijo Louise Moos cuando le vio entrar a la sala de reuniones.

—No me cansaré de insistir en que debería esperar un poco más —afirmó Alba Fernández.

—Estoy de acuerdo, deberían esperar —reiteró Jacob.

—¿Esperar a qué? Ya hemos discutido sobre esto, señora Fernández. En cuanto a usted, Jacob... ¿está seguro de que ésa es la voz de Abir Nasr o no lo está? Si lo está, tenemos que detener a las personas más cercanas y tirar del hilo a través de ellas —respondió Louise Moos.

—Jacob, salvo nuestra colega del Centro de Inteligencia de la Unión Europea, los demás estamos de acuerdo en que hay que actuar —intervino Austin Turner.

—Esperar es una manera de actuar —afirmó Jacob.

—Ustedes saben como yo que en las operaciones de inteligencia hay que dejar un margen de movimiento a los sospechosos. Si detienen a la familia Adoum, Abir Nasr desaparecerá —insistió Alba Fernández.

—No podemos quedarnos cruzados de brazos a la espera de que suceda algo que sólo usted parece saber —volvió a intervenir Louise Moos mirando con enfado a Jacob y de refilón a Alba Fernández.

—He hablado con la prima de Abir —dijo Jacob—. Creo que está más cerca de colaborar. No lo puedo garantizar, pero es la impresión que me ha dado. Está asustada. Se debate entre la lealtad a su familia y su conciencia —explicó con la esperanza de que la señora Moos diera una oportunidad a la paciencia.

—Debería habernos consultado —le reprochó Louise Moos—, pero, en fin, Jacob, no podemos quedarnos de brazos cruzados mientras esa mujer decide si opta por la familia o por su conciencia.

—Me gustaría saber si después de hablar conmigo ha llamado a alguien... —preguntó Jacob.

—Lo sabremos ahora mismo. —Louise Moos salió de la sala y regresó diez minutos más tarde—. Vamos a escuchar una grabación —anunció.

En ella Nora y su madre hablaban por teléfono.

—La tenemos... —aseguró Jacob.

—Puede ser... pero no estoy segura. —Louise Moos dudaba.

—A los peces no se les pesca nada más lanzar la caña. Esa mujer está preocupada, teme por su familia. —Fue el comentario de Alba Fernández.

—Supongo que habréis puesto micrófonos en su casa —quiso saber Maoz.

—Sí, pero Fátima Adoum aún no ha llegado —respondió Louise Moos.

—Entonces ahora sólo queda esperar a que llegue y escuchar la conversación entre la madre y la hija —concluyó Austin Turner.

La opinión del hombre de la CIA fue aceptada a regañadientes por la señora Moos.

Fátima no había sido capaz de mentir a su marido cuando le preguntó por qué iba a salir.

Él solía irse temprano a la tienda, una hora antes de abrir al público, pero aquella mañana, como tantas otras, se había quedado en casa delante del televisor.

Se había levantado a las seis y después del aseo se había sentado en su sillón buscando con el mando hasta que sintonizó el Canal Internacional. Jamal Adoum no dejaba de mirar el reloj como si aguardara impaciente una noticia que no acababa de llegar. Mientras tanto su mujer le sirvió el desayuno. A las ocho en punto los presentadores del informativo hicieron un anuncio que ella no comprendió puesto que hablaban en inglés, pero se sorprendió al ver a su marido sonreír. Guardó silencio. No se atrevía a preguntar el porqué de la sonrisa. Permaneció de pie en el umbral de la sala mirando la pantalla. De repente mostraron imágenes de un tranvía…

—Ha descarrilado un tranvía a causa de una explosión —le explicó Jamal a su esposa—. Hay muchos heridos y puede que muertos.

Fátima, temerosa, se aventuró a preguntar por Ismail. No había vuelto a casa desde el día anterior. Él la mandó callar mientras iba traduciendo lo que escuchaba.

—La policía y los servicios de emergencias se dirigen a la zona. Aún no quieren decir la causa de la explosión. —Jamal parecía hablar para sí mismo.

—¿Un accidente? ¿Es un accidente? —exclamó asustada Fátima.

Su marido la miró con condescendencia y la mandó a ocuparse de las tareas de la casa. Ella bajó la cabeza, salió de la sala y fue a la cocina en busca de un pequeño transistor. Lo pondría bajito para que su esposo no la regañara. Aquel transistor era de Jamal y no le permitía usarlo.

Cuando, ya entrada la mañana, Nora la telefoneó de nuevo, Fátima decidió pedir permiso a su marido para reunirse con su hija.

—¡No! Te prohíbo que veas a esa perdida. ¡No tenemos hija!

—Jamal, ella... ella está asustada... dice que necesita hablar conmigo, que se trata de «nosotros», no de ella, que tiene algo que decirme... Déjame ir, Jamal; si no fuera importante, Noura no se hubiera atrevido a llamar...

—¿Atreverse? ¿Acaso no se atrevió a venir hace dos días? Tú le permitiste entrar... permitiste que viera a Abir. Le pusiste en peligro por culpa de esa perdida. Que Alá le proteja y no tengas que arrepentirte de que le pase nada.

—Pero, Jamal... yo... no comprendo... ¿qué le ha de pasar?... Noura nunca le hará daño. Ella es leal a la familia y quiere a su primo.

—¡No respeta nada ni a nadie! —gritó él.

—No digas eso... Ella te respeta, Jamal, y respeta a su hermano Farid y a sus primos Abir e Ismail.

—¿Aún la defiendes, mujer? ¿No te das cuenta del mal que ha hecho?

—Jamal, te ruego que me permitas ir a verla. Tiene algo importante que decirnos. Ella... ella se asustó el otro día y por eso vino...

—Y turbó la tranquilidad de Abir.

—Noura quiere ayudar... sólo ayudar... Déjame ir.

Jamal Adoum se quedó en silencio con la mirada perdida en las imágenes de la televisión. Acaso Nora sabía algo... quizá quería avisarles... pero ¿de qué? Nadie sabía que el encapuchado era Abir. Nadie. Ni tampoco el grupo de hombres que salían al final del vídeo. Todos llevaban el rostro cubierto. No habían dejado ni un milímetro de piel sin cubrir. Pero su hija se había atrevido a irrumpir en su casa y señalar a Abir...

—No sé qué puede querer decirte esa loca. Vete, pero no le hagas caso, Fátima. Es tu hija, pero no es de fiar. Ha elegido perderse. Espero que no nos cause problemas.

Fátima salió de su casa temiendo que su marido cambiara de opinión. Le había sorprendido que no se hubiera opuesto con más firmeza a que se viera con Noura. Acaso Jamal también tuviese miedo. Miedo a lo que sabía. Miedo a lo que pudiera pasarle a Abir. No se engañaba. Aunque Jamal nunca le consultaba ni compartía con ella sus preocupaciones, y mucho menos los asuntos que decía eran sólo de hombres, sabía que para su esposo la religión se había convertido en una obsesión. Quería castigar a los infieles, hacerles sufrir, humillarlos. Sólo descansaría, solía decir, el día en que se arrodillaran rogando compasión. Y no la tendrían.

Louise Moos había desplegado un discreto operativo alrededor de la casa de Nora Adoum. Uno de sus hombres avisó cuando Fátima entró en el portal. A partir de aquel momento los micrófonos instalados en el piso serían testigos de cuanto allí se dijeran madre e hija.

Cuando Nora abrió la puerta se abrazó a su madre y durante unos segundos prolongaron el abrazo.

—He preparado un poco de café.

—No quiero nada, sólo que me digas qué sucede, tu llamada me ha preocupado... Le he dicho a tu padre que venía a verte.

—¿Y te ha permitido venir?

—Sí...

—Tiene miedo.

—¿Miedo? No, ¿por qué habría de tenerlo? —La voz de Fátima evidenciaba que ella sí lo tenía.

—Por lo que está sucediendo... Abir, madre, Abir es el responsable. Tú lo sabes, padre también.

—No digas eso, hija, sabes que no es cierto. ¿Cómo puedes acusar a tu primo de hacer algo tan horrible? Abir es un buen creyente, lo mismo que tu padre y que tu hermano Farid.

—Abir no era así, madre... La culpa la tuvieron padre y mi hermano al enviarle con el jeque Mohsin. Sólo sé que ese hombre ha convertido a Abir en un fanático.

—¡Noura, cómo te atreves!

—Madre, ¿por qué no dejas de engañarte? ¿Por qué te empeñas en no ver ni oír ni pensar?

Fátima guardó silencio. Se sentía agotada. No ver, no oír, no pensar no era tan fácil como su hija creía.

—He reconocido la voz de Abir y tú también, madre. No intentes decirme que no lo sabes.

—Noura... por favor, no digas nada.

—¿Dónde se esconde, madre? Hace dos días estaba con vosotros... ¿Y ahora?

—Sólo vino a visitarnos, a hablar con tu padre... No sé dónde está.

—Ya... a ti no te lo dirían...

—Tu padre tampoco lo sabe, Noura... Abir... bueno, Abir nunca ha dicho nada cuando se ausenta de casa... Ni en ésta ni en otras ocasiones. Él aparece y desaparece... nunca sabemos cuándo va a venir.

—Pero padre tiene que saber algo.

—No... no lo sabe.

—Pero seguro que tiene alguna manera de ponerse en contacto con él.

—No, Noura, no...

—Nos van a detener a todos, madre; a padre y a ti y a mí, puede que también a Farid, aunque viva en París. Le están buscando y creen que nosotros sabemos dónde está.

—Pero ¡no es posible! No hemos hecho nada...

—Díselo a padre. Dile que busque a Abir, que se entregue o traerá la desgracia sobre todos nosotros.

—¡Pero tu padre no ha hecho nada! —Fátima hablaba con la voz quebrada por el miedo.

—¡Somos la familia de Abir y él es quien ha cometido los atentados!

—¡No! ¡No! Te prohíbo que acuses a tu primo.

—Madre, sabes como yo que la voz del terrorista encapuchado era la de Abir. No intentes convencerme de que no lo sabes. Padre lleva toda la vida pensando que eres una mujer simple, pero yo sé que no lo eres, aunque hayas optado por la sumisión.

—Me asustas, hija...

—Yo también estoy asustada, madre. Díselo a padre. No sé cuánto tardarán en detenernos para preguntarnos por Abir, pero lo harán.

—No puede ser, Noura...

—Será, madre, será.

—Enhorabuena —dijo Austin Turner, que se había puesto en pie para dirigirse a Jacob.

—Tenías razón, el terrorista encapuchado es Abir Nasr —intervino Ariel Weiss.

—Impresionante —insistió el hombre de la CIA.

Jacob se sintió incómodo por el elogio. No había buscado el aplauso ni tampoco que le dieran la razón. Había acertado porque llevaba impresa en el cerebro la imagen de aquel adolescente gritando «¡Te encontraré! ¡Os mataré a todos...!».

Weiss le dio una palmada en la espalda mientras Maoz apenas dibujaba una sonrisa. El veterano agente conocía a Jacob e intuía su incomodidad.

—Señores, hagamos lo que Nora Adoum ha anunciado a su madre: vamos a detenerlos —les anunció Louise Moos.

—No... no... no es una buena idea —protestó Jacob.

—¿Cómo? No comprendo... —dijo Moos, molesta por su reacción.

—Hemos echado la caña, pero aún no hemos puesto carnaza suficiente para pescar a Abir Nasr. La madre de Nora le contará a su marido lo que le ha dicho su hija. Sin duda Jamal Adoum se pondrá nervioso. Sepa o no dónde se encuentra Abir Nasr, intentará hacerle llegar algún mensaje, tiene que hacerle saber que sospechamos de él... Entonces tendremos la oportunidad de saber quiénes forman parte del entramado del jeque Mohsin... que, al fin y al cabo, es el principal jefe del Círculo —argumentó Jacob con un deje de irritación ante la tozudez de Louise Moos.

—No está mal tu razonamiento para no tener experiencia como agente de campo —concluyó Maoz.

—Jacob tiene razón. Ahora lo que hay que seguir es el hilo que nos llevará hasta Abir Nasr —afirmó Alba Fernández cruzando su mirada con la de él—. Louise, si detiene a la familia Adoum no tendrá nada, sólo a unos cómplices, pero él se esfumará.

—Señores —la voz de Louise Moos era fría como el hielo—, tenemos a un terrorista que ha amenazado con matar todos los días salvo que aceptemos sus condiciones, pero ustedes pretenden que le permitamos seguir con sus matanzas porque de esa manera podremos llegar no sólo al hombre que ha organizado estas masacres, sino también a su instigador, el jeque Mohsin. ¿Les he entendido bien?

—Louise, hagamos cada uno nuestro trabajo. —Alba Fernández parecía una profesora paciente dirigiéndose a una alumna—. Usted es responsable de la seguridad de su país, de manera que tiene que seguir buscando a Abir Nasr. Pero puede que si detenemos a sus tíos y a sus primos, se esconda de tal manera que no lleguemos a él. Lo más probable es que se escape. Admito que es un riesgo no detener a sus tíos, pero si lo hacemos, podemos perder a Abir para siempre.

—Entonces proponen que siga corriendo la sangre —respondió Louise Moos.

—¿No es usted un poco melodramática? —Alba Fernández ya no ocultaba su irritación—. ¿Cree que somos unos desaprensivos a los que no les importa la suerte que corran ciudadanos inocentes? Ésta es una partida muy seria, en la que se juega a todo o nada y en la que no caben las vacilaciones.

—Como comprenderán, tendré que consultar con mi gobierno. Explicarles lo que tenemos y lo que ustedes proponen, aunque les advierto que recomendaré actuar de inmediato deteniendo a la familia Adoum. Además, hay que pedir a nuestros colegas franceses que detengan a Farid, el hijo mayor —respondió airada la responsable de la seguridad belga.

Ariel Weiss adoptó un papel conciliador:

—La comprendo, Louise... No es fácil dar carrete a un terrorista sabiendo que eso puede originar más atentados. Es un dilema al que todos alguna vez nos hemos enfrentado.

—No, yo nunca me he enfrentado al dilema de permitir que un terrorista siga matando por si acaso obtengo pistas sobre otros terroristas. Lo que ustedes plantean es moralmente inaceptable —concluyó Louise Moos, y se puso en pie queriendo dar por terminada la reunión.

—Se me ocurre un plan… pero necesito un poco de tiempo —intervino Jacob.

—¿Un plan? —Austin Turner le miró con interés.

—Tengo que hablar con Tel Aviv… Necesito que me ayuden a obtener una información… y de esa información depende que podamos detener muy pronto a Abir Nasr.

—¿Cuál es el plan? —preguntó Louise Moos.

—Lo siento, aún no puedo exponerlo. Tienen que confiar en mí —les pidió Jacob.

—¿Confiar? Nos pide que confiemos en usted, ¿por qué debemos confiar a ciegas? No, yo no doy un voto de confianza a ciegas. Quiero saber qué quiere hacer, por qué y cómo. Si no es así, no cuente conmigo. —Fue la respuesta airada de Louise Moos.

—¿Cuánto tiempo necesitas, Jacob? —preguntó Ariel Weiss.

—Unas horas. Y… señora Moos, por favor, permítame que le diga lo que yo haría si estuviera en sus zapatos: continuaría escuchando las conversaciones de la familia Adoum. Los seguiría a todas partes e iría haciendo un mapa de sus contactos. Eso nos será muy útil, aunque no suficiente.

—Entonces, si no es suficiente, ¿por qué me lo pide?

—Porque es importante, pero lo importante no siempre es lo definitivo. No le voy a pedir que confíe en mí… no me conoce… no tiene por qué hacerlo, pero sí al menos deme unas horas para terminar de pergeñar mi plan… Unas horas, señora Moos, sólo unas horas —le pidió Jacob.

—No. Hay protocolos de seguridad que no podemos sortear. Ahora sabemos que Nora Adoum cree haber reconocido la voz de Abir Nasr, lo que nos lleva a tener que detenerla a ella y a su familia. La conversación que acabamos de escuchar entre ella y su madre deja entrever que Jamal Adoum quizá puede tener información de cómo encontrar a su sobrino. De manera que, gracias a usted, Jacob, ahora contamos con alguna certeza y mi obligación es actuar de acuerdo con toda la información reunida.

Turner y Weiss intercambiaron una rápida mirada. No se molestaron en contradecir a la principal responsable de la seguridad de Bélgica, pero Jacob pudo leer en la mirada de los dos agentes que ellos tenían sus propios planes.

Fue Maoz el que intentó una vez más que Louise Moos reconsiderara su decisión:

—Señora Moos, si nos atenemos al patrón de actuación de los terroristas, no volverán a perpetrar otro atentado hasta mañana. Creo que podemos disponer de unas horas antes de que usted proceda a interrogar a la familia Adoum. Usted es una profesional y sabe que la precipitación puede provocar que perdamos a Abir Nasr. Denos unas horas, permita a Jacob que ponga en marcha lo que quiera que esté pensando. Unas horas...

—¡No puede estar seguro de que los terroristas no vayan a actuar en cualquier momento! —protestó ella.

—Creo que debería darnos la oportunidad de intentarlo —insistió de nuevo el veterano agente del Mossad.

—Louise, por favor... le están pidiendo unas horas, sólo unas horas —intercedió Alba Fernández.

Louise Moos intentó reprimir un gesto de desagrado ante la insistencia de la española de llamarla por su nombre de pila. Después se dirigió a Jacob:

—De acuerdo, pero quiero que me informe de todos los pasos que va a dar.

—No puedo... por ahora no puedo —dijo Jacob, que no estaba dispuesto a engañarla—. Deme tiempo y le explicaré todo... tengo que ordenar este rompecabezas. Creo tener casi todas las piezas, pero me falta colocarlas en el sitio correcto.

Louise Moos se quedó en silencio. Había asentado su carrera profesional cumpliendo rigurosamente las reglas. Siempre había rechazado a quienes entre sus colegas defendían que en ocasiones el cumplimiento estricto del reglamento impedía obtener los resultados deseados. Ella prefería que se le escapara un delincuente si el precio para que no sucediera era quebrantar las leyes. Sabía que sus colegas de los servicios de seguridad no la apreciaban porque no había dudado en perseguir a aquellos que no mantenían una actitud escrupulosa en el cumplimiento de la ley. Para Louise Moos no existían los atajos. Pero allí estaban aquellos cuatro hombres y la agente española decididos a esquivar los protocolos con la esperanza de detener a Abir Nasr. Colaborar con la CIA siempre se le había hecho cuesta arriba, y en cuanto a Alba Fernández, sentía una antipatía incontrolable hacia ella, y sus relaciones con los agentes israelíes eran aún peor. No le gustaban los judíos. Jamás lo admitiría públicamente, pero no podía negarse a sí misma los muchos prejuicios que tenía sobre ellos. Sin embargo, ese tal Jacob Baudin era diferente, al menos no parecía tan judío como Ariel Weiss o Maoz Levin.

—Es mediodía. A las nueve de la noche se le acaba el plazo, señor Baudin.

Y salió de la sala sin despedirse.

—Es una mujer muy difícil —afirmó Austin Turner.

—Sí, demasiado rígida para el oficio que ha elegido —repuso en voz baja Alba Fernández.

—Me voy a la oficina —les anunció Jacob.

—¿No vas a decirnos qué piensas hacer? —Más que una pregunta, Turner le estaba exigiendo una respuesta.

—Sí, claro, pero no en este momento. Necesito llamar a Tel Aviv y trabajar a solas antes de decir nada...

—Pues empieza a trabajar. Nos vamos a la oficina —ordenó Weiss.

Jacob salió de la sala de reuniones seguido de Weiss y de Maoz. La presencia del veterano agente no le molestaba, quizá porque Maoz jamás decía una palabra de más y no perdía el tiempo en discusiones inútiles. Además, le había ayudado a que Louise Moos le permitiera intentar resolver el problema al que se enfrentaban.

Cuando llegaron a la oficina, Weiss se encaró con Jacob:

—Dime de una vez lo que tienes y lo que estás buscando.

—Todavía no… Puede que no sea nada.

—De acuerdo. —Weiss torció el gesto y se marchó.

Jacob se sentó ante el ordenador que sabía seguro. Maoz le preguntó si podía ayudarle, a lo que el otro respondió:

—Podrías preguntarle a Dor si ya tienen el ordenador del servicio de cardiología de La Makassed de Beirut, o al menos si han podido clonar su programa.

Maoz asintió y se sentó en el otro extremo del despacho.

Bruselas
Jacob

Una hora después, Maoz tocó el hombro de Jacob, que permanecía ensimismado ante la pantalla de su ordenador.

—Lo tienen.

—¿Lo tienen?

—Sí, pero no ha sido fácil. Un equipo ha logrado robar el ordenador del servicio de cardiología, y no sólo han hecho eso, también han robado unos cuantos más. Dor asegura que en unas horas lo tendrás.

—No era necesario que robaran otros ordenadores, sólo necesito aquél desde donde los cardiólogos controlan el funcionamiento de los desfibriladores de sus pacientes.

—Ya, pero habría resultado sospechoso que desapareciera un solo ordenador, de manera que nos hemos llevado siete, además de distinto material médico y de reventar la caja fuerte del despacho de Administración. Jacob, debes saber que nuestra gente ha corrido un gran peligro.

—¿Cómo lo han hecho?

—Con la inestimable ayuda de un grupo de delincuentes expertos en robos imposibles.

—Vaya…

—Hay personas que se han jugado la vida para que tengas ese maldito ordenador. Espero que puedas disponer de él antes de esta noche. Pero, mientras tanto, nos van a enviar toda la información que han encontrado. Ya lo han hackeado. Llama a La Casa de las Palmeras, Efraim te explicará cómo puedes acceder.

—No estoy seguro de que mi teoría sea cierta...

—Pues más te vale que lo sea. ¿Crees que es fácil ir a Beirut y organizar un robo en uno de sus hospitales más prestigiosos? —respondió Maoz con un deje de enfado.

—No... no lo creo... Pero tampoco yo he dicho que lo que imagino pueda ser real... sólo que... bueno, que tengo una idea y ya veremos si es factible. Y ahora, Maoz, necesito un poco más de tiempo. Luego también tendré que hablar con Dor.

Bruselas. Casa de los terroristas
Zaim

Zaim Jabib aún no había superado la conmoción de que su esposa se hubiera colocado voluntariamente un cinturón explosivo para provocar una matanza. Se preguntaba cómo era posible que Nashira hubiera obedecido la orden de Abir. Cuando salió de la casa, pensó que ella se dirigiría al primer policía que encontrara en la calle para explicarle que llevaba un cinturón con explosivos en el cuerpo pero que se negaba a morir.

No podía apartar la mirada de la pantalla del televisor, donde continuaban emitiendo escenas del horror provocado por Nashira.

Ghalil se acercó a él.

—Nos vamos.

—Sí... es lo mejor... Marchaos... no quiero volver a veros nunca más.

De repente sintió que las manos de Ghalil se cerraban sobre su cuello impidiéndole respirar. Intentó defenderse, pero Ghalil era más fuerte que él y poco a poco se fue sumiendo en la negrura de la nada.

—Ya está —le dijo Ghalil a Abir, que en ese momento entraba en la sala.

—¿Seguro que está muerto?

—Sí.

—Entonces coloca los explosivos con el temporizador. Tenemos que irnos de aquí.

Ghalil volvió a comprobar que Zaim había dejado de respirar. No obstante, le sentó en una silla y le colocó un cinturón con explosivos y un temporizador programado para estallar media hora después.

—Bien, ya hemos limpiado todas nuestras huellas, aunque después de que esto salte por los aires no creo que puedan encontrar ni una sola.

»He puesto la carga que has dicho de manera que la explosión afecte no sólo a este apartamento. Morirá más gente, seguramente los de los pisos contiguos. Esto volverá locos a los investigadores.

Abir se encogió de hombros. Tanto le daba que a los vecinos del apartamento de al lado pudiera afectarles la detonación. Hasta el momento el plan estaba saliendo sin ninguna dificultad. Se trataba de sembrar el terror y la muerte por toda la ciudad, y lo estaban consiguiendo.

Salieron del edificio y se separaron. No volverían a verse hasta una hora después.

Bruselas
Barrio de Molenbeek

La policía parecía estar en todas partes. Sin embargo, no prestaron atención al anciano con paso renqueante y cargado con dos bolsas de las que sobresalían unos cuantos rollos de tela. Tampoco les llamó la atención el hombre trajeado con una cartera en la mano que bien podía ser un empleado de cualquier banco.

El anciano caminó despacio hasta llegar a una calle que era una frontera invisible en el barrio entre el alto y el bajo Molenbeek.

Internarse en el bajo Molenbeek era toparse con otra realidad, la de los emigrantes recién llegados, la de chicos sin otro oficio que merodear por las calles, la de acceder sin problema a cualquier tipo de droga, la que anida los discursos más radicales del islam, la pesadilla de los políticos belgas.

Un mercadillo situado en una de sus calles era el destino del anciano. El hombre que regentaba el puesto callejero de ropa de segunda mano se puso alerta al verle llegar e hizo una seña a otro hombre que en aquel momento parecía interesado en las camisas que reposaban sobre el mostrador.

—Traigo algunas cosas para vender, Abdel, espero que me des un buen precio —dijo el anciano.

El hombre llamado Abdel asintió y le pidió que se pusiera a su lado mientras examinaba la ropa que le ofrecía. Al mismo tiempo que lo hacía, hablaba con el anciano sin dejar de prestar atención a los posibles clientes que se acercaban al puesto. Al cabo de media hora, cerraron el trato con un apretón de manos y unos cuantos billetes que pasaron de las manos de Abdel a las del anciano, además de una bolsa.

Por su parte, el joven trajeado con aspecto de ser un empleado de banca se había sentado en un café y observaba distraídamente a su alrededor. Cuando vio al anciano pasar, se levantó, pagó el café y con paso cansino se situó detrás de él.

El trayecto no fue largo, sus pasos les habían llevado a un edificio tan feo como anodino en cuyo portal dos mujeres cubiertas con el hiyab discutían enfadadas.

El anciano entró sin mirarlas siquiera. El joven trajeado se paró para atarse el cordón del zapato, y pasados unos segundos se introdujo en el mismo portal. Dos minutos más tarde, ambos accedían a un almacén repleto de ropa amontonada en estantes desvencijados además de en el suelo. El almacén no tenía otra puerta que la misma por la que habían entrado y tampoco disponía de una ventana que diera al exterior.

—¿Alguna novedad, Ghalil? —preguntó Abir mientras observaba cómo su lugarteniente recobraba su aspecto.

—Abdel me ha asegurado que todo lo que necesitamos está aquí. Como ves, es un sitio seguro.

Ambos examinaron cada rincón del almacén, que en realidad era una habitación de tamaño mediano. Abdel había dispuesto un par de jergones en un rincón, una mesa y dos sillas y una pequeña nevera, además de una televisión y un transistor colocados sobre un cajón. Una puerta daba a un aseo con un lavabo descascarillado.

Ghalil abrió una caja situada en un extremo del almacén. Sonrió al comprobar su contenido.

—¿Está todo? —quiso saber Abir.

—Sí, Abdel nunca falla. Si te fijas en las paredes, verás que están insonorizadas —afirmó Ghalil satisfecho.

—Más vale que sea así, Ghalil —respondió mientras encendía el transistor.

«Se ha producido una explosión en la parte alta de Molenbeek. Se desconocen las causas, se teme que haya víctimas...», la voz del locutor denotaba preocupación. «La zona ha sido acordonada. La policía ya está investigando las causas. Los servicios sanitarios se dirigen al lugar... La ciudad aún no se ha recobrado del impacto del atentado que ha tenido lugar esta mañana...»

—No saben lo que les espera. Van a conocer el infierno en vida —murmuró Abir.

Bruselas
Estudios del Canal Internacional

A la misma hora, Benjamin Holz informó en directo de la nueva explosión y aseguró que estaban a la espera de conectar con una unidad móvil que ya estaba llegando a la zona.

Andrew Morris permanecía en un rincón del plató. Unos minutos antes había hablado con Helen, pidiéndole que regresara a los estudios. Pero ella había insistido en que su sitio estaba en la calle. «Sabes que habitualmente soy yo la que acude al lugar donde suceden las cosas y Benjamin dirige todo desde el estudio. No olvides que para un periodista no hay nada más importante que estar donde está la noticia», había argumentado.

«Tiene razón», se dijo Andrew, por más que le irritara la actitud de Helen. Pero si algo le había subyugado de la personalidad de ella era su pasión por lo que hacía. Para Helen, su primera obligación era para con el periodismo; después, si le quedaban fuerzas y ganas, podía mostrar interés por todo lo demás, y en ese «todo lo demás» le incluía a él.

Tenía que reconocer que los telespectadores apreciaban que fuera ella quien les contara cuanto sucedía desde el lugar de los hechos. Puede que ni siquiera se fijaran en las ojeras que ensombrecían su rostro, pero aun con ellas seguía siendo atractiva. Además, sabía que a ella poco le importaba su aspecto. «Me dedico a contar lo que pasa, no soy candidata a un concurso de belleza», solía decir cuando en el canal le recordaban que en televisión la imagen era parte de la noticia, a lo que ella respondía: «Claro, la imagen de la noticia, no la mía, yo sólo cuento lo que pasa». Así era Helen, pero quizá se permitía esa actitud sabedora de que su talento estaba a la par de su belleza.

Benjamin había convenido con Helen que permaneciera en el lugar del atentado del tranvía mientras que Noël Morin podía desplazarse a la zona alta de Molenbeek donde se había producido la tercera explosión. Helen había aceptado con una sola condición: si se trataba de otro atentado, ella también iría.

Bruselas
Oficina del Mossad

Ariel Weiss colgó el teléfono. Maoz le observaba expectante mientras Jacob continuaba pendiente de la pantalla del ordenador.

—Era Louise Moos... Está furiosa. Ha estado a punto de echarnos la culpa por la nueva explosión.

—¿Cuántos muertos? —preguntó Maoz.

—Al parecer, una mujer y su hija, un matrimonio de jubilados y dos jóvenes; en total, seis muertos, y heridos, muchos heridos... La explosión ha sido en un apartamento ocupado por una pareja. Musulmanes. Los vecinos aseguran que era un matrimonio modélico. Él trabaja en una empresa de ingeniería y ella en un jardín de infancia. Pero, por lo que parece, ninguno de los dos ha ido a trabajar esta mañana...

—A lo mejor no eran un matrimonio tan modélico —afirmó Maoz.

—¿Qué? —Weiss miró a su colega con el ceño fruncido.

—Quién sabe si la suicida de esta mañana era esa mujer modélica y la segunda explosión se debe al marido igualmente modélico.

—Aún no sabemos qué ha pasado, Maoz. Sólo que en el tranvía una mujer gritó «¡Alá es grande!» y después provocó la explosión. En cuanto a lo sucedido en la casa... Louise Moos no me ha dado mucha información. Espero que Jacob nos diga de una vez por todas en qué está trabajando o esa mujer nos dejará fuera de juego. Hablaré con Austin Turner, puede que consiga que Louise Moos le dé más tiempo a Jacob.

Justo en ese momento, en otro despacho, Jacob levantó la mirada de la pantalla del ordenador lanzando una exclamación:

—¡Ya lo tengo!

Los dos agentes fueron a ver qué ocurría.

—¿Qué tienes? —preguntó Weiss.

—La llave que hará que Abir Nasr salga de su escondrijo —respondió Jacob.

Weiss y Maoz aguardaron a que su compañero les explicara a qué se refería.

—No ha sido fácil... Esta mañana Nora Adoum estuvo hablando con una mujer. Una mujer a la que le molestó, más bien le sobresaltó, la presencia de Nora. Discutieron. Pero era evidente que se conocían... y mucho. Hablaban como si tuvieran alguna cuenta pendiente del pasado.

—¿Y quién es esa mujer? —quiso saber Ariel.

—Marion Cloutier —respondió Jacob con una sonrisa de satisfacción.

—De acuerdo, hay una Marion Cloutier amiga de Nora Adoum. ¿Y qué más? —Weiss estaba irritado porque Jacob parecía complacerse en no terminar de darles la información.

—Pues que ahora mismo me voy a París. Quiero hablar con su hermana, Lissette Cloutier. He logrado localizarla. No sé si querrá hablar conmigo, pero tengo que intentarlo.

—Así que te vas a París... Gracias por decírnoslo —respondió Weiss, malhumorado.

—Necesito que Lissette Cloutier me cuente algunas cosas antes de volver a hablar con Nora Adoum.

—¿Y si no quiere hablar contigo? —preguntó Maoz.

—Bueno, ella no sabe que voy a ir a verla. Si me presento por sorpresa, le será más difícil negarse. También he conseguido la dirección y el teléfono de dos de sus compañeros del liceo.

—¿Por qué es tan importante esa Marion Cloutier? —insistió Weiss.

—Porque tengo la intuición de que nos puede llevar hasta Abir Nasr.

—Eso sí que es una noticia. ¿Y por qué? —Maoz parecía no poder contener la intriga.

—Es un triángulo... Nora, Marion y Abir tienen un pasado común, fueron al mismo liceo cuando eran adolescentes.

—Ya, pero hace mucho que dejaron atrás la adolescencia y uno no siempre conserva a los amigos de entonces. Nora es la prima de Abir Nasr, pero esa Marion... ¿ha seguido en contacto con los dos primos?

—Creo que no... Ya os he dicho que cuando Nora se acercó a Marion, ella se sobresaltó. No le gustó que la abordara. No pude escuchar la discusión, pero ambas estaban alteradas. Me juego lo que queráis que habían reconocido la voz de Abir; de hecho, eso me pareció entender —explicó Jacob desvelando la información a cuentagotas—. Por eso me voy a París. Lissette Cloutier puede contarnos unas cuantas cosas.

—Tal vez se niegue a hablar contigo, ¿por qué habría de hacerlo? —insistió Weiss.

—No digo que quiera hacerlo, sólo que lo voy a intentar.

—Pero, repito, esa tal Marion... ¿ha seguido en contacto con Abir o con Nora? —preguntó Maoz.

—Como decía, creo que no... —respondió Jacob mientras miraba el reloj.

—Avisaré a Orit Singer de que vas a París. Puedes necesitar su ayuda —dijo Weiss en un tono que Jacob no dudó de que era una orden.

París
Lissette

Al llegar a París, Jacob se encontró con Orit, que le estaba esperando en la estación. Se preguntó cómo había sido capaz de reconocerle considerando que nunca se habían visto. El caso fue que ella no dudó en dirigirse a él y cuando le tendió la mano le sorprendió la fuerza que tenía. Era una mujer que ya habría cumplido los sesenta, aunque se conservaba bien. No era guapa, pero Jacob pensó que tenía el atractivo de las mujeres cuya vida no había sido una rutina. Alrededor de metro setenta de estatura, delgada, huesuda, media melena castaña salpicada de canas, vestía un pantalón gris y un jersey de cachemira de color camel debajo del abrigo.

—Te acompañaré a ver a Lissette Cloutier —le anunció.

—Creo que me las puedo arreglar solo. Me sentiría más cómodo si hiciera las cosas a mi manera.

—¿Y cuál es tu manera?

—Bueno, creo que se asustará menos si voy solo… Si nos presentamos los dos, puede negarse a hablar.

—De acuerdo, pero te esperaré cerca. Vive en la rue Sainte-Marthe… en el distrito X. Trabaja en una galería de arte muy cerca de su apartamento —comentó Orit—. Esperemos que tus intuiciones den resultado.

—¿Tú no te dejas llevar por la intuición?

Orit sonrió mientras le clavaba una mirada de acero en los ojos.

—Las corazonadas me salvaron la vida en más de una ocasión. Pero uno tiene que racionalizar las intuiciones. ¿Lo has hecho tú?

—Creo que sí. ¿Te ha dado tiempo? ¿Has podido averiguar algo más de Lissette Cloutier?

—Algunas cosas. Nos has dado una hora, lo que ha tardado en llegar tu tren desde Bruselas. Veamos... la galería en la que trabaja está a punto de cerrar, no tienen demasiados clientes, pero sabremos mucho más. Ahora te daré un micrófono que me irá transmitiendo toda la conversación. La grabaremos.

—De acuerdo, ¿algo más?

—Por ahora es suficiente.

Una puerta de cristal dejaba entrever un espacio pequeño donde resaltaba el color de diferentes cuadros colgados de las paredes. Algunas esculturas distribuidas por el local y colocadas en mesas altas y una mujer ensimismada leyendo un periódico fue todo lo que vio Jacob al llegar al lugar. La mujer, que debía de tener unos cuarenta años, vestía de manera informal pero sofisticada. Atractiva, muy parisina.

Mientras tanto, Orit se quedó esperando fuera, unos metros alejada del local, desde donde podía observar.

—Buenas tardes. —La voz de Jacob hizo que la mujer levantara la vista del periódico.

—Buenas tardes, ¿le puedo ayudar?

—Desde luego que sí. ¿Es usted Lissette Cloutier?

—Sí... ¿Y usted es...?

—Conozco a su hermana y a su amiga Nora Adoum.

Lissette intentó que su rostro no reflejara nada, pero no lo consiguió. Un leve tic en el ojo derecho desveló su sorpresa y quizá su preocupación.

—¿Y ha venido a decirme que conoce a mi hermana?

—No, he venido a que me cuente la relación entre su hermana, Nora y Abir Nasr.

—Pero... ¿quién es usted? Yo no sé de qué me habla.

—Sí, sí sabe de qué le hablo. Usted es la hermana mayor de Marion; en realidad, su única hermana. Siempre la protegió. Después ella emprendió su propia vida lejos de París. Su hermana ha viajado mucho... Londres, Bruselas, Berlín, Shanghái, Nueva York... Pero no es eso lo que me importa, sino la relación que tuvo con Nora Adoum y Abir Nasr.

—¡Es increíble su osadía! Márchese o llamaré a la policía.

—Bueno, estoy seguro de que la Sécurité tendrá mucho interés en interrogarla.

—¿A mí? ¡Usted está loco!

—No, señorita Cloutier, no estoy loco, colaboro con el equipo que investiga los atentados de Bruselas.

—¿Y eso qué tiene que ver conmigo o con mi hermana? —respondió en un tono en el que el desconcierto se mezclaba con el temor.

—Su hermana y Abir coincidieron en el liceo. Su hermana y Nora eran amigas. Quiero saber todo de la relación entre los tres.

—Ahora mismo llamaré a la policía —le amenazó ella sin moverse y sin excesiva convicción.

—Preste atención. Si lo hace, su hermana tendrá que explicar públicamente su relación con Abir Nasr y, que yo sepa, hasta el momento no ha acudido a las autoridades a informar que le conoce.

—Pero ¡qué está diciendo! ¡Es una locura! ¿Por qué acusa a Abir Nasr de ser el autor de los atentados de Bruselas? Los periódicos dicen que la policía está investigando, que no saben quién hay detrás, salvo un grupo islámico. El Círculo —contestó señalando la página del diario que estaba leyendo.

—Efectivamente, señorita Cloutier, Abir Nasr es miembro del Círculo. Por cierto, creo que está usted a punto de perder su empleo y será difícil que encuentre otro si aparece en los periódicos relacionada con El Círculo.

—¡Pero yo no estoy relacionada con El Círculo!

—Bueno... eso depende de cómo se cuente. Usted es hermana de Marion y ella fue amiga de Nora y Abir. Alguien puede suponer que usted y su hermana saben más de lo que dicen saber.

—¡Me está amenazando!

—Sí, señorita Cloutier, la estoy amenazando. Tiene dos opciones: o responde a mis preguntas o se va a encontrar con su foto en los periódicos relacionándola con El Círculo y los atentados de Bruselas.

—¡Váyase! —gritó la mujer.

—¿Está segura?

—¡No tengo nada que ver con lo que ha pasado en Bruselas, ni con Abir, ni con mi hermana! Hace años, muchos años, que no nos hablamos. Ella cogió un camino y yo otro. No tenemos contacto. Marion siempre ha ido a lo suyo, los demás sólo somos peldaños en su camino; utiliza a la gente y luego la tira cuando no le sirve. A mí también me ha dejado tirada, ¿cree que no le he pedido ayuda en alguna ocasión? Pero me ha ignorado. Yo no formo parte de su presente —respondió con amargura.

Jacob había conseguido poner nerviosa a Lissette provocando que hablara y le diera una información precisa aun sin saberlo.

—De acuerdo, daré por bueno lo que me dice. Pero necesito saber cómo era la relación de Marion con Nora y con

Abir. Es muy poco lo que le estamos pidiendo, señorita Cloutier.

—¿Quién es usted? —insistió ella intentando imprimir serenidad a su pregunta.

—Ya se lo he dicho, colaboro con el equipo que se encarga de investigar los atentados de Bruselas. Puedo hacer que no la molesten o todo lo contrario, señalarla como una pieza de la investigación. Y su vida se convertirá en un infierno; en realidad, no volverá a encontrar un trabajo. Usted lo sabe.

—Identifíquese. Deme una prueba de que es de la policía.

—No, no soy de la policía. Tendrá que fiarse de mí.

—No, no me fío de usted. ¿Por qué? No, no sé quién es usted ni lo que pretende, no sé nada... —Lissette parecía a punto de perder los nervios.

En aquel momento la puerta se abrió y entró Orit Singer.

—Buenas tardes, señorita Cloutier.

Jacob la miró contrariado. Habían acordado que ella no intervendría.

—¿Qué desea? —preguntó Lissette con un punto de histerismo.

—Recordarle que tiene muchas razones para colaborar. No es usted precisamente una mujer irreprochable. Alí Amrani, su novio, es un camello conocido en los ambientes bohemios de París. Y usted... bueno, usted es tan estúpida que ha permitido que él la utilice. ¿Recuerda cuando la detuvieron por llevar encima medio kilo de hachís? Es lo que tiene juntarse con determinadas personas. No es extraño que su hermana Marion no haya querido mezclarse con usted y con su novio cuando han acudido a ella en busca de ayuda.

—Hace años que no nos vemos. Ella ni siquiera me coge el teléfono —admitió Lissette.

—Verá, si no colabora, su foto aparecerá en los periódicos

recordando que a usted misma la detuvieron por llevar droga y que su novio es un conocido camello que ha visitado la cárcel, donde, por cierto, conoció a algún islamista radical... ¡Menuda historia!

—¡Alí no es un fanático! Pasa de la religión. Todo el mundo lo sabe.

—¿Eso cree? Como le ha dicho mi compañero, todo depende de cómo se cuente. Y ahora no perdamos más el tiempo, ¿responderá a nuestras preguntas, sí o no?

El tono duro de Orit terminó de desquiciar a Lissette.

—¡Váyanse! —respondió al borde de la histeria.

—De acuerdo. Dentro de diez minutos la detendrán, a usted y a su novio —insistió Orit.

—¿Qué es lo que quieren que les diga? —Lissette parecía haberse rendido ante la insistencia y la dureza de aquella mujer que la observaba con una mirada implacable.

—Qué relación tenían Marion, Nora y Abir. Sólo eso. ¿Le parece que puede responder?

—Marion siempre ha sido una líder; estudiaba, era la mejor de su clase, siempre sacaba las mejores notas. Era realmente brillante. Ambiciosa, segura de sí misma y atractiva. Era la chica más guapa del liceo y todos los chicos estaban enamorados de ella. Pero Marion los utilizaba, hacía de ellos lo que quería, o mejor dicho, ellos hacían lo que ella quería. Mi hermana siempre fue audaz, nunca se arredró ante nada. Cuando quería algo, lo conseguía. Su aparente frivolidad era la máscara de su ambición. Tenía trazado su camino. Siempre ha apartado a todos los que no le servían para alcanzar sus objetivos. Es lo que ha hecho conmigo. No le ha importado verme... verme hundida. Ella siempre ha huido de los problemas de los demás, sobre todo si la podían salpicar.

—Sí, eso ya nos lo ha dicho, de usted no quiere saber nada —recordó Jacob.

—Nora era su mejor amiga... bueno, en realidad era su servidora, siempre estaba a disposición de Marion. Durante los dos últimos años del liceo fueron inseparables. Nora hacía cualquier cosa que le pidiera mi hermana. Para Nora, ser aceptada por la chica más popular del liceo era todo un premio. Por Marion desobedecía a sus padres. Se quitaba el hiyab al salir de casa, se pintaba los labios, se ponía las minifaldas que le prestaba mi hermana... Incluso aceptó que Marion le transformara el nombre y de Noura pasó a ser Nora. Todo con tal de agradarla. En cuanto a Abir, era un pobre chico; estaba enamorado de mi hermana, se comportaba como un perrito faldero aguantando con gusto los desprecios y las humillaciones de Marion. La seguía a todas partes... Algunos fines de semana se plantaba en el portal de nuestra casa para poder verla cuando salía, y Marion ni siquiera le miraba.

—Pero debió de pasar algo más entre Nora, Abir y Marion... —insistió Jacob.

—No, Marion nunca los tomó en consideración aunque... creo que en una ocasión sí pasó algo. Aprovechó que yo estaba un fin de semana fuera y organizó una fiesta en nuestra casa. Ella me lo contó después... Al parecer, invitó a muchos de sus amigos del liceo y Nora se presentó con Abir. El padre de Nora era muy estricto y no le permitía salir si no era bajo la protección de su primo. En aquella fiesta mi hermana tuvo una idea perversa. Propuso apagar la luz y que todos dieran vueltas a oscuras y se emparejaran con la persona que tuvieran cerca, fuera quien fuese... y se permitía todo, es decir, tener la experiencia sexual que cada cual quisiera. A Marion le tocó emparejarse con Abir. Cuando me lo contó se reía. Para el chico fue su primera vez, perdió la virginidad con ella. Él pensó que aquello la convertía en su novia, que se casarían, pero Marion le despreció aún más. Le gustaba humillarle, decirle que le había reconocido por su mal olor, que no sabía ni lo que tenía que hacer con una chica... Le convirtió en el hazmerreír del liceo, pero aun así él continuó enamorado de ella, convencido de que si habían tenido una experiencia sexual era porque ella le quería. Abir era muy ingenuo... Cuando estaba a punto de terminar el curso hubo un problema. El padre de Nora vio a su hija por la calle o en la puerta del liceo... me lo contó Marion, pero no lo recuerdo muy bien. Creo que Nora iba sin hiyab, con una falda corta y se había maquillado. Aquel hombre casi se muere del susto. Intentó encerrarla en casa, bueno, en realidad decidió que su hija era poco menos que una prostituta y que sólo podría recuperar su buen nombre si la casaban. Le buscaron un marido, creo que el hijo de un amigo, pero Nora se escapó. Vino a nuestra casa. Marion me convenció de que nos meteríamos en problemas, que lo mejor era acompañarla a una abogada; como era menor de edad, quedó bajo la tutela de las autoridades y así evitó que la casaran a la fuerza. No salió de aquel lugar hasta que cumplió dieciocho años, coincidiendo con el final de las clases del liceo. Nora volvió a nuestra casa pensando que la acogeríamos, pero Marion se negó. Le dijo que la relación se había acabado, que cada cual tenía que buscarse la vida, que las amistades del liceo eran pasado, que no quería volver a verla. La trató con desprecio. Nora se dio cuenta de que ella era amiga de Marion pero que Marion no era su amiga. Sufrió. Creo que Nora no regresó a su casa, ya no la podían obligar. Abir se presentaba en nuestra casa para hablar con Marion, insistía en que tenían un futuro en común, que debían casarse. Ella le trataba mal y le cerraba la puerta en las narices. Un día... creo que fue el último en que se vieron, él le dijo que algún día sería un hombre importante que llegaría más lejos que ella, que la vería arrastrándose a los pies de él y que se arrepentiría de haberle despreciado. Ella se rio y le echó. Supongo que nunca más se han vuelto a ver. Marion decidió dejarme también a mí. Conoció a un chico que tenía un trabajo en Inglaterra, se fue con él, empezó a estudiar y a trabajar en Londres. Se casaron, se divorciaron, después se volvió a casar con el asistente de un europarlamentario belga, vivió una temporada en Bruselas, parecía que había sentado la cabeza, pero conoció a un empresario, un hombre rico..., y dejó a su segundo marido. El empresario le regaló un apartamento cerca de la Grand Place, pero estaba casado y al final ella le abandonó por otro europarlamentario, esta vez alemán, que también estaba casado. Luego conoció a un escritor canadiense y se marchó con él a Shanghái. No duró mucho y regresó durante un tiempo a Bruselas. Creo que fue durante unas vacaciones en Mallorca que conoció a otro hombre, el dueño de un restaurante. No parecía satisfecha con lo que le ofrecían los hombres con los que se relacionaba. Ella quería más y más. No sé... fuimos dejando de tener contacto, cada una teníamos nuestra vida. Después, cuando la he necesitado, se ha negado a hablar conmigo. Yo pertenezco al pasado, en el presente no hay lugar para mí y mucho menos para mis problemas.

—Así que Abir Nasr profetizó que algún día sería importante y ella se arrepentiría de haberle despreciado. Por lo visto, ha cumplido su promesa —sentenció Jacob.

Lissette parecía agotada. Había hablado sin mirar ni a Jacob ni a Orit, como si sólo estuviera poniendo voz a sus recuerdos. De repente comenzó a llorar.

Jacob iba a tenderle la mano, pero Orit le hizo un gesto para que no lo hiciera. Durante unos segundos permanecieron en silencio hasta que ella se recuperó.

—¿Y ahora qué pasará? —preguntó con un timbre de miedo en la voz.

—A usted nada. Olvídese de que hemos estado aquí. Nadie lo sabrá —le aseguró Orit.

—¿Por qué he de fiarme de ustedes dos? ¡No sé quiénes son!

—Nadie, Lissette, no somos nadie. Hágase un favor, no le cuente ni siquiera a su novio esta conversación. Es lo mejor para usted.

—Pero... yo confío en Alí...

—Allá usted, pero no debería hacerlo. Alí tiene muchos amigos; es posible que alguno esté interesado en saber que ha ido contando por ahí cosas de Abir Nasr, y eso podría costarle a usted la vida —le aseguró Orit.

—Alí no tiene amigos islamistas, ya le he dicho que pasa de la religión —afirmó ella airada.

—Su novio, querida, trafica con cualquier cosa con la que puedan pagarle o deberle un favor. Ya es mayorcita, Lissette, quizá debería empezar a pensar en su propio beneficio. Pero eso es cosa suya —insistió Orit.

Jacob tomó el relevo:

—Lissette, es mejor que no le diga nada a Alí, su vida podría correr peligro. Háganos caso, olvídese de que hemos estado aquí y de lo que nos ha contado. Es usted la que pierde si habla.

—Váyanse, por favor —suplicó ella.

Cuando salieron a la calle, Jacob suspiró con alivio. El relato de Lissette era la confirmación de la importancia que Marion tenía para Abir Nasr. Sólo quedaba poner en marcha la segunda parte del plan.

—¿Y ahora qué piensas hacer? —le preguntó Orit Singer.

—Intentar que Marion acceda a servir de carnaza para pescar a Abir Nasr.

—Tal y como la ha descrito Lissette, no creo que vaya a ser fácil.

—No, no lo va a ser. Pero se trata de hacerle comprender que o colabora o quizá pierda todo lo que ha conseguido en la vida.

—¿Quién es ella, Jacob?

—Tú la hubieses encontrado lo mismo que yo. Aunque he dado con Marion por casualidad: si no hubiese visto a Nora Adoum en el lugar del atentado de Bruselas dirigirse a una mujer que observaba lo sucedido, si no hubiera estado lo suficientemente cerca para verlas discutir y percibir la crispación en el rostro de Marion, jamás habría dado con ella. Ha sido casualidad, Orit, sólo casualidad.

Jacob sacó su móvil y le enseñó la fotografía que había hecho en Bruselas de Nora y Marion discutiendo cerca del lugar del atentado del tranvía.

Orit se quedó unos segundos mirando la pantalla del móvil.

—Sí, reconozco que a veces el éxito o el fracaso depende de la casualidad. Pero dime, ¿qué más puedo hacer desde aquí?

—Lo que estás haciendo, y pedir que redoblen el cerco sobre Farid, el primo de Abir, y sobre su maestro, el imán Adel Alaui. Estoy convencido de que Abir de alguna manera está en contacto con ellos.

—La forma de actuar del Círculo es siempre la misma, no utilizan ni ordenadores ni teléfonos móviles, sólo correos, y en circunstancias excepcionales como las de ahora los correos no se presentan en la mezquita, sino que mantienen encuentros fortuitos con sus contactos para no llamar la atención —afirmó Orit.

—Puede que la casualidad vuelva a jugar a nuestro favor —dijo Jacob sonriendo.

—No te preocupes, haremos nuestro trabajo. Te acompaño a la estación, no tenemos mucho tiempo.

Mientras caminaban a buen paso, un hombre de mediana edad y aspecto anodino se les acercó. Jacob se puso tenso, pero Orit no pareció preocupada.

—No te he querido llamar, pero los belgas ya saben el nombre de los suicidas de los atentados de hoy: Nashira y

Zaim Jabib, aunque todavía no tienen la lista completa de los heridos y muertos. En cuanto al atentado contra el Canal Internacional, ya tienen los nombres de todos los heridos, pero aún les queda trabajo por delante para identificar a los muertos, están pendientes de las pruebas de ADN. Respecto al autor, parece que sospechan de un joven de origen libanés, un musulmán, que trabajaba en el edificio. Las cámaras de seguridad tienen imágenes de él. Era el encargado de repartir el correo y los paquetes por las plantas. Hay una imagen en la que se le ve de espaldas antes de la explosión. Podría ser tanto el suicida que se hizo explotar con el cinturón como una víctima. Sus compañeros aseguran que era muy discreto y que nunca hablaba de política. Por ahora la policía belga no quiere dar a conocer la identidad del joven por si fuera el suicida, pero Ariel Weiss ha encontrado un nombre en la lista de los que trabajaban en el edificio: Ismail Adoum. Le están buscando, puede que sea una víctima, o que fuera el que se hizo explotar con el cinturón cargado de explosivos. En cuanto a los últimos atentados, el de esta mañana fue perpetrado por una joven llamada Nashira y el de la tarde por su esposo, Zaim Jabib, un matrimonio que pasaba por ser un ejemplo de integración. Jóvenes y atractivos, él trabajaba como ejecutivo de una empresa y ella era maestra de educación infantil. Sus vecinos los apreciaban por su educación y simpatía, y también porque siempre expresaban opiniones moderadas y se lamentaban de la mala fama de los musulmanes por culpa de los radicales. Ambos utilizaron el mismo tipo de explosivo, sólo que en el caso de él parece que el suicidio no fue voluntario. Le ayudaron a tomar la decisión —siguió diciendo el hombre que se había colocado al lado de Orit mientras continuaban caminando.

—Siempre he dicho que no debemos fiarnos de los que parecen amigos —respondió Orit con un deje de ironía.

—Ya, ya lo sé, pero no siempre tienes razón —la interrumpió el hombre.

—Casi siempre, la tengo casi siempre. El peligro se esconde donde no es evidente. Quién iba a sospechar de una pareja tan educada y amable… No me canso de decir que primero hay que investigar a los que están libres de toda sospecha.

Jacob escuchaba a Orit con respeto. La mujer le parecía fascinante. Y de repente se sintió orgulloso de pertenecer a la misma «tribu» que ella. Le recordaba a su madre y creyó que aquella mujer tenía la misma determinación, fuerza y seguridad que ella.

—¿Ha dicho Ismail Adoum? —interrumpió Jacob.

—Sí… No se sabe nada de él… todavía. Ariel Weiss quería que lo supiera Orit y que también usted lo supiera.

—¡Ismail Adoum! Eso significaría que Abir Nasr ha sacrificado a su hermano… porque Adoum es el apellido de su tío Jamal, el que los adoptó —afirmó Jacob.

—Por lo tanto, es posible que Abir Adoum o Nasr, como se llame, haya ordenado a su hermano que se volara con un cinturón cargado de explosivos —planteó Orit.

—Creo que sí. Ismail era el hermano pequeño de Abir, lo único que le quedaba —murmuró Jacob.

—Quizá por eso ha ofrecido su vida. Los jefes tienen que dar ejemplo, no pueden pedir que otros acepten ser mártires si no están dispuestos a serlo ellos o alguien de su familia. Piénsalo —añadió la agente.

—No comparto esa lógica… —respondió el hombre.

—Si no piensas como ellos, jamás podremos vencerlos —sentenció su jefa.

Llegaron a la estación y Jacob pudo coger un tren que en quince minutos salía para Bruselas. El día se le había escapado sin darse cuenta. No podía dejar de pensar cuál sería el próximo movimiento de Abir. Ya había matado tres veces, como mínimo.

Durante el trayecto en el tren habló por teléfono con Weiss y con Maoz. Por ellos supo que el ordenador con las coordenadas del desfibrilador que Abir llevaba en su corazón ya estaba en Bruselas. Dor había previsto que Jacob podía necesitar ayuda y había enviado a otro agente.

—La conoces y la necesitarás para manejar el ordenador —le previno Maoz.

Para Jacob no fue una sorpresa porque él mismo le había advertido a Dor que necesitaría la ayuda de un experto en informática adaptada a la medicina.

La otra novedad durante las horas en las que había estado ausente era que se había agudizado el enfrentamiento de las agencias de seguridad con Louise Moos. Alba Fernández sacaba de sus casillas a Louise Moos, pero la presencia de los agentes israelíes todavía la irritaba mucho más.

Austin Turner había convencido a sus jefes de la CIA de que o la Casa Blanca intervenía para persuadir al gobierno belga para que su responsable de seguridad no se precipitara deteniendo a la familia de Abir o, de lo contrario, la operación que estaba en marcha fracasaría.

—Turner se la ha jugado por ti, Jacob, espero que no te equivoques o éste será el final de su carrera y de la nuestra —le advirtió Weiss.

—Nunca he dicho que yo tenga razón —se defendió Jacob.

No, no lo había dicho, pero demasiada gente había decidido apostar por su línea de acción. Y el partido se jugaba a todo o nada.

Bruselas
Estudios del Canal Internacional

El maquillaje no lograba disimular el agotamiento en el rostro de Helen. Hacía una hora que era ella quien estaba sentada en el estudio dirigiendo el programa. Andrew había convencido a Benjamin para que se relevaran con el fin de poder descansar unas horas. Calculaba que aún pasarían muchos días antes de que los servicios de inteligencia fueran capaces de encontrar y detener a los terroristas. Eso si lo lograban. Los datos de audiencia del Canal Internacional se habían disparado. La gente quería ver en pantalla a Helen y a Benjamin, pero para eso era necesario que de cuando en cuando pararan para tomarse un respiro.

Durante un corte publicitario, Andrew se acercó a Helen.

—Tú también tendrías que descansar un rato. Louise Moos cree que los terroristas no volverán a actuar hasta mañana. Paulette Fontaine y Noël Morin se encargarán de continuar con el programa.

—¿Precisamente ahora?... Sabes que es el mejor momento; en Estados Unidos son seis horas menos y la gente estará delante de la televisión —protestó ella.

—Pero no hay ninguna novedad, y si quieres seguir con esto tendrás que descansar. Ve al hotel un par de horas; echas una cabezada y te vuelves.

—¿Y tú? ¿Vienes conmigo?

—No. Yo tengo una reunión importante. Todo esto nos está costando mucho dinero, Helen... Acaban de aterrizar Joseph Foster y Mike King.

—Vaya... no me habías dicho que los mandamases del canal os ibais a reunir en Bruselas.

—Hemos considerado que dadas las circunstancias es conveniente que Joseph venga un par de días y hablemos de lo que vamos a hacer. No olvides que él es el director del Canal Internacional. En cuanto a Mike... ya le conoces, le gusta estar enterado de cuanto pasa, y tiene demasiadas acciones en la cadena para resignarse a quedarse en Washington. Ya he encontrado unas oficinas donde instalarnos de manera provisional. No podemos estar alquilados en estos estudios de la televisión belga. Espero que en un par de días podamos trasladarnos.

—Menos mal que me lo dices —respondió Helen, airada.

—Tú tienes tu trabajo y yo el mío —respondió él con enfado—. Y ahora ve al hotel. No te lo estoy pidiendo, te lo estoy exigiendo. Todos tenemos que gestionar las fuerzas.

Helen sabía cuándo había perdido una batalla. Andrew no le permitiría ir más allá de lo que él consideraba que debía hacer. Como accionista y vicepresidente del canal era su jefe, y como tal le estaba hablando en ese momento.

—De acuerdo. Tienes razón... Espero que me comprendas... es difícil para un periodista descansar en una situación como ésta.

—Pero hasta los mejores periodistas son humanos. Reconozco que tu vocación te lleva a sacrificarte por tu oficio, pero no permitiré que ni tú ni Benjamin aparezcáis en pantalla exhaustos porque el cansancio os llevaría a hacer las cosas mal y a equivocaros. Y ahora, por favor, da paso a Paulette y a Noël.

Helen apretó los labios. Sabía que para Paulette era una gran oportunidad. Noël le daba lo mismo, pero ella... A aquella hora la mayoría de los norteamericanos estarían pendientes de la televisión y si Paulette lo hacía bien, y estaba segura de que sería así, podría convertirse en una contrincante peligrosa.

—¿Cuándo veré a Foster? Como director del canal, supongo que querrá hablar con Benjamin y conmigo.

Andrew no le respondió y se limitó a acompañarla.

Minutos después, un taxi la esperaba en la puerta de la Radio Televisión pública belga para trasladarla al hotel.

Bruselas
Oficina del Mossad

Cuando Jacob entró en la oficina de Weiss, se quedó durante unos segundos quieto mientras cruzaba la mirada con Gabriella Sabatello. Siempre había temido que formara parte de algún servicio del Mossad o de alguna agencia de inteligencia de Israel, incluso se lo había preguntado en una ocasión, pero ella se lo había negado, y sin embargo ahora estaba allí.

—Ya os conocéis —dijo Maoz.

—Sí, desde luego —admitió Gabriella.

—Trabajaréis juntos, los dos sois expertos en inteligencia artificial —intervino Weiss.

—No exactamente... Yo soy experta en informática referida a la medicina —los interrumpió Gabriella.

—Por eso estás aquí. Jacob necesitará tu ayuda —insistió Maoz.

—¿Dónde está el ordenador? —preguntó Jacob sin dirigirse a Gabriella.

—Ya está instalado en la furgoneta, tal y como has pedido. No ha sido fácil en tan poco tiempo —respondió Gabriella con sequedad.

Jacob continuó ignorándola.

—Nos la estamos jugando, Jacob... Actuar a espaldas de Louise Moos tendrá consecuencias —apostilló Weiss.

—¿Qué sabe Austin Turner? —preguntó Jacob.

—No todo... pero en esta ocasión no puedo dejar totalmente al margen a los chicos de la CIA. Turner me hace seguir, sabe que le ocultamos algo. Le doy un poco de carnaza, pero no la pieza entera.

—¿Cuánto tiempo tengo para seguir adelante con mi plan? —preguntó Jacob.

—Yo diría que se te está acabando. Moos quiere interrogar a la familia Adoum esta misma noche —respondió Weiss.

—Necesito unas horas más. Sólo unas horas.

—Sí... está claro que necesitas unas horas más, pero ha muerto mucha gente y lo único que tenemos es que el encapuchado posiblemente sea Abir Nasr. Louise Moos no puede seguir cruzada de brazos. La opinión pública mundial está pendiente de lo que hagan los belgas, que nunca han destacado precisamente por su eficacia en la lucha contra el terrorismo —intervino Maoz con cierta ironía.

—Ah, y todavía no han sido capaces de confirmar que el terrorista que se suicidó hace dos días en el Canal Internacional podría ser... ¿lo adivinas?, Ismail Nasr, el hermano de Abir Nasr. Claro que oficialmente su apellido es Adoum. Al parecer, el joven Ismail trabajaba en el edificio, en el servicio de mantenimiento. Solía repartir los paquetes por las plantas. Nadie le ha vuelto a ver desde esa mañana. Sus compañeros aseguran que tenía que llevar unos cuantos paquetes, uno de ellos al Canal Internacional. ¿Comprendes por qué Louise Moos no puede darte más tiempo? —Weiss no ocultaba su preocupación por una situación que parecía que se les podía ir de las manos.

—Me voy —dijo Jacob.

—¿Se puede saber adónde vas? —preguntó Weiss.

—A poner en marcha la penúltima parte del plan. Necesito que me consigas tiempo. Tienes que convencer a Louise Moos de que no haga nada hasta mañana.

—Te he preguntado que adónde vas. —Weiss en realidad no preguntaba, sino que exigía una respuesta.

—Voy a casa de Nora Adoum. La furgoneta tiene que estar lista para cuando os llame.

—La policía belga la tiene vigilada, hay micrófonos en su piso y tiene el teléfono pinchado —le recordó Maoz.

—Lo sé, pero tengo que hablar con ella.

—Lo siento, Jacob, pero debes explicarnos qué pretendes hacer. No podemos actuar en Bélgica al margen de las autoridades o terminaremos teniendo un problema diplomático. Louise Moos ha convencido, y con razón, al ministro de Exteriores para que se ponga en contacto con Tel Aviv y nos paren los pies. Dor te respalda, Jacob, siempre y cuando sepamos qué piensas hacer. Explícate o se acabó. —Ariel Weiss no admitía réplica.

—De acuerdo. Tengo un plan, aunque no sé si saldrá bien. Quiero, como todos, ayudar a que detengan a Abir Nasr, pero necesito que me garanticéis que durante la detención nadie apretará el gatillo.

—Ya... eso no es problema, no olvides que esto es Bélgica, aquí no suelen apretar el gatillo, pero en cualquier caso nosotros no podemos intervenir en la detención, lo que suceda no será cosa nuestra —afirmó Weiss.

—No quiero que le maten —dijo Jacob desconcertando a todos.

—Ya basta, Jacob. Dinos qué está pasando, qué te traes entre manos o te mandaré en el próximo avión a Tel Aviv. —Weiss ya no ocultaba su enfado.

—Abir está aquí, su prima lo sabe y Marion Cloutier también.

—Sí, eso ya lo sabemos —terció Maoz.

—Esa mujer fue muy importante para Abir.

—Nos lo ha explicado todo Orit Singer, ya que tú no has

tenido a bien darnos muchos detalles de la conversación que habéis mantenido con Lissette Cloutier.

—Entonces ya sabéis que Abir le juró a Marion que algún día se convertiría en un hombre importante y que el mundo se rendiría ante él. Ese día ha llegado y Marion tiene que darle la oportunidad de pavonearse delante de ella, cara a cara. Abir necesita humillarla.

—Dinos de una maldita vez qué vas a hacer —insistió Weiss.

—Convencer a Marion para que mande un mensaje a Abir a través de Nora, proponiéndole una cita. Estoy seguro de que no se resistirá. Saldrá de su escondite. Será su momento de gloria y querrá verla vencida.

—Por las grabaciones telefónicas; Nora no sabe dónde se encuentra su primo —terció Maoz.

—Nora no, pero estoy seguro de que su padre, Jamal Adoum, sí lo sabe. Es un fanático, lo mismo que su hijo Farid. Para esconderse en Bruselas, Abir necesita la ayuda de ese ejército silencioso que forma parte del Círculo.

—¿Y para qué necesitas el ordenador donde se guardan las claves del desfibrilador? —quiso saber Weiss.

—Porque cuando sepamos si Abir acepta la cita con Marion tendremos que estar cerca, en algún lugar en el que se pueda conectar con su desfibrilador, y... probar a ver si somos capaces de provocar una sacudida que le cause un problema cardíaco y que en esa situación podamos detenerlo. Por eso pedí que viniera un médico experto en el manejo de desfibriladores, porque será quien decida la mejor manera de alterar el dispositivo que lleva Abir en su corazón.

—¿Pretendes que altere su desfibrilador? —preguntó Gabriella con frialdad.

—Sí, es lo que pretendo. Que le provoques un problema, pero sin matarle. Se trata de dejarle fuera de juego, sólo eso, no quiero que le suceda nada irreversible. Tú sabrás cómo hacerlo. Lo único que yo sé es que las compañías de los desfibriladores han reconocido que tienen agujeros de seguridad y que un hacker puede reprogramar el dispositivo, con el peligro que eso supone. Así pues, necesitamos un experto, y al parecer tú lo eres —dijo mirando fijamente a Gabriella.

—Sí... pero no estoy segura de que sea tan fácil. El desfibrilador está conectado al ordenador con el que se lo han programado.

—Que es el que habéis robado —añadió Jacob.

—Bueno, yo no he robado nada, aunque sí he ayudado a hackearlo —respondió Gabriella.

—¿Podrás alterar el desfibrilador de Abir si estás lo suficientemente cerca? —preguntó Jacob.

—No lo sé... Pero... yo... creo que ya eres mayorcito para creerte lo que ves en las series de televisión... Lo que propones ya salió en *Homeland* cuando unos terroristas hackearon el marcapasos del vicepresidente. Eso es ficción, Jacob, sólo ficción. En la realidad, las cosas no funcionan así —le recriminó Gabriella.

—Sólo lo sabremos si lo intentamos.

—Todo esto es absurdo, Jacob. Si Abir sale de su escondrijo, Louise Moos le hará detener. No hace falta toda esta operación rocambolesca —protestó Weiss.

—Si él se da cuenta de que hay policía merodeando, no acudirá a la cita. La única opción es que Gabriella y yo estemos cerca y ella intente provocarle un problema leve en el corazón. Luego ya se le podrá detener.

—Tiene razón —intervino Maoz—. Antes de reunirse con Marion, si es que acepta, sus hombres se asegurarán de que el lugar del encuentro está despejado. Si sospechan algo, Abir no se dejará ver. Pero ¿estás seguro de que Marion querrá colaborar?

—Sí —afirmó Jacob sin titubear.

—Demasiado complicado —insistió Weiss—, tendremos que decírselo a Louise Moos.

—Si se lo dices, estropeará la operación —protestó Jacob.

—Es que no es nuestra operación, ¡es la operación de los belgas! —Weiss ya había perdido la paciencia.

—Déjame intentarlo. Si sale mal, podrán detener a Jamal Adoum, a sus hijos y a todos sus amigos.

—Vamos a ganarnos la enemistad de Louise Moos para siempre —afirmó Weiss, resignado.

—Creo que nunca os han importado las protestas de otros países cuando habéis hecho lo que no debíais hacer. Necesito tiempo, Ariel, búscalo —replicó Jacob.

—Pues no lo pierdas y vete ya —le apremió Maoz.

—¿Y yo? —preguntó Gabriella.

—Llamaré para decirte dónde nos vemos. Estate preparada. No tendremos mucho tiempo.

Bruselas
Nora

Nora estaba sentada delante de la pantalla del televisor vestida con unos viejos jeans y un jersey dado de sí. No se había maquillado. Había decidido que no iría a trabajar. Mathis Discart le había insistido en que la vida seguía y que él no podía cerrar el negocio porque unos fanáticos hubieran declarado la guerra al mundo entero.

«Los cogerán, *chérie*, los cogerán —le había dicho—. En cualquier momento darán la noticia de que han detenido a esos terroristas. Y yo no puedo cerrar el local. Cada día que El Sueño de Marolles permanece cerrado pierdo dinero. Y tú eres la principal atracción. No tengo otra.»

Sin embargo, Nora no cedió ni siquiera cuando la amenazó con despedirla: «Si no vienes, te sustituiré. Hay muchas chicas deseando que les den una oportunidad. No puedo cerrar mi negocio porque tú estés asustada».

Nora le colgó el teléfono. Quizá había llegado el momento de romper con Mathis y buscar otro empleo.

El sonido del timbre de la puerta la sobresaltó. Cuando miró por la mirilla reconoció al tipo sin nombre que no dejaba de seguirla.

Abrió la puerta.

—¿Y ahora qué quiere?

—Pasear. Venga conmigo.

—¡Usted está loco! ¿Por qué no me deja en paz?

—Porque intento evitar que esos fanáticos que andan escondidos vuelvan a matar. Le aseguro que mis deseos de pasear con usted son los mismos que puede tener usted de pasear conmigo. Pero lo haremos. Póngase algo, hace frío.

Nora dudó, pero su instinto parecía advertirle que no tenía otra opción, que aquel hombre podía destruir su vida. Descolgó el abrigo del perchero, cogió el bolso y le siguió.

Cuando llegaron a la calle, él hizo un gesto invitándola a que mirara a su alrededor.

—No sé si se ha dado cuenta, pero su casa está rodeada por la policía, lo mismo que la de sus padres. Se les está acabando el tiempo, Nora. O me ayuda ahora o terminarán en una cárcel de alta seguridad. Porque no dude de que Estados Unidos pedirá la extradición de su primo y de todos ustedes. Atacar una cadena de televisión estadounidense no sale gratis.

—Ni yo ni mi familia tenemos nada que ver con los atentados —respondió ella con aprensión.

—Estoy convencido de su inocencia, pero de la de su familia... Demuéstrelo. Su obligación es colaborar con las autoridades.

—Usted no es ninguna autoridad.

—No, no lo soy. Se lo volveré a repetir: mi misión es colaborar en la captura de su primo Abir Nasr.

—No sé dónde está.

—No lo sabe, pero puede que su padre sí lo sepa. Tiene que haber algún medio de ponerse en contacto con él.

—¿Por qué no me deja en paz?

—Porque va a morir más gente. Usted tiene que tomar una decisión: o es cómplice de esas muertes o ayuda a evitarlas. Es una ecuación sencilla de resolver, se trata de si tiene usted alguna convicción moral o le da igual que muera gente inocente.

—Yo no puedo hacer nada para evitarlo.

—Sí, sí puede. Usted y Marion Cloutier pueden hacerlo.

Nora se detuvo y le miró asustada. ¿Qué sabía aquel hombre de su relación con Marion?

—Su primo juró que algún día él sería importante y Marion se arrepentiría de haberle despreciado. Ese día ha llegado. Abir ha conseguido que el mundo entero esté pendiente de lo que ha hecho y de lo que pueda hacer. Marion sabe que es Abir quien ha organizado las matanzas. Lo sabe, lo mismo que usted y lo mismo que yo.

—Marion... ella no sabe nada...

—Sí, de eso es de lo que hablaron cuando se encontraron en la calle. Cuando usted la vio, dudó de si acercarse a ella o no, pero lo hizo, Nora, usted se acercó a Marion y hablaron. No parece que hayan conservado la amistad, ella se enfadó al verla.

Jacob se dio cuenta de que sus palabras habían hecho mella, que había acertado en su suposición. Reafirmó sus palabras enseñándole la foto que les había hecho con el móvil.

—Coincidimos en el liceo, pero de eso hace muchos años y cada una tiró por un camino diferente. Las amistades del liceo son efímeras.

—Pero cuando vio a Marion, usted se acercó a recordarle que Abir estaba cumpliendo su promesa, que iba a demostrarle a ella que él podía ser un hombre importante.

—¡Usted no sabe de qué hablamos! Simplemente la vi y me acerqué. ¿Qué tiene de especial saludar a una antigua compañera de estudios?

—No fue el saludo de dos amigas, ambas estaban crispadas. Sólo ustedes dos pueden hacer que Abir salga de dondequiera que esté escondido. Y eso es lo que espero que hagan, o de lo contrario ya no pondré más trabas para que la detengan a usted y a su familia y los interroguen. Usted decide, Nora. Piénselo.

Continuaron caminando en silencio. Las calles estaban casi vacías. Desde hacía cuarenta y ocho horas, buena parte de la población estaba pendiente de la televisión. El miedo cundía en la ciudad, era inevitable preguntarse en qué lugar volverían a atacar los terroristas.

Al cabo de unos minutos, Jacob la obligó a pararse.

—¿Ha tomado una decisión?

—¿Qué es lo que pretende que haga?

—Iremos a ver a Marion y espero que ella acepte mi plan. Usted le dirá a su padre que transmita a Abir que Marion quiere verle, que está dispuesta a reunirse con él. A solas.

Nora se rio sin hacer ruido y fijó sus ojos castaños oscuros en los de Jacob.

—¿De verdad cree que después de tantos años Abir accederá a lo que le pida Marion? Usted sobrevalora las amistades de la adolescencia.

—Sabe que, para su primo, Marion ha sido muy importante, y también sabe, al igual que yo, que continúa siéndolo. Es su gran momento para demostrarle que no es un don nadie, que puede poner en jaque al mundo entero.

—Marion siempre despreció a Abir, nunca le tuvo en cuenta...

—Precisamente por eso ha decidido demostrarle que se equivocó despreciándole. No perdamos más el tiempo, Nora. Hay que detener a Abir.

—Y si lo hacen, ¿qué le pasará?

—No haga preguntas estúpidas. Es su primo y usted le quiere, pero es un terrorista, un asesino. Siga queriéndole, pero no le permita seguir matando.

—Usted me pide que le traicione.

—Sí, exactamente le pido que elija entre su primo y el resto del mundo. Abir es el responsable de los atentados. Han muerto niños, niños que se habían montado en el tranvía con sus madres para ir al colegio, y niños que vivían en una casa donde otro suicida se ha inmolado provocando de paso la muerte de sus vecinos.

—¿Sabe usted por lo que ha pasado Abir? Mataron a sus padres delante de él y de su hermano cuando sólo era un crío.

—Lo sé.

—¿Lo sabe? ¿Y no cree que tiene sus razones para la venganza?

—¿Vengarse de quién? ¿Se ha vengado de quien disparó a sus padres? ¿Su venganza consiste en matar a su hermano y a niños inocentes?

—¿Su hermano? ¿Ismail? Qué está diciendo...

Jacob se arrepintió de haberle dicho que Ismail estaba muerto. Acaso porque, muy a su pesar, no dejaba de pensar en que Abir podía haber convencido a su hermano de que se pusiera ese cinturón con explosivos para atentar contra el Canal Internacional.

—¡Ismail está bien, tiene que estar bien! Le llamaré ahora mismo. —La angustia afloraba en la voz y en el rostro de Nora.

Él se dio cuenta de que ese pensamiento que había expresado sin querer en voz alta podía servirle para presionarla.

—Aún no se ha anunciado a la opinión pública, pero el hombre que se hizo explotar con un cinturón en la sede del Canal Internacional era Ismail Nasr. ¿No sabía que su primo pequeño se iba a suicidar?

Nora comenzó a sollozar. Jacob la abrazó, ella se dejó. Permanecieron abrazados unos minutos, después Nora se apartó secándose las lágrimas.

—¡No es verdad! ¡Abir nunca sacrificaría a su hermano!

—Usted sabe que no le miento. Morirá más gente, Nora, depende de usted que podamos pararle.

—¡No! ¡No cargue en mí la responsabilidad de lo que está sucediendo! ¡No me culpe a mí de los muertos!

—De acuerdo, Nora, se acabó. No la molesto más. Dentro de unos minutos la detendrán, y a sus padres también. No sé si su padre sabe dónde está Abir, pero si lo sabe, le aseguro que conseguirán hacerle hablar. En cuanto a su madre... creo que es una pobre mujer, pero tampoco se librará de los interrogatorios.

—¿Qué pretende que hagamos Marion y yo? —preguntó con rabia.

—Ya se lo he dicho, vayamos a verla. Si ella acepta, que estoy seguro de que lo hará, usted irá a casa de su padre y le dará un mensaje de Marion para Abir. Su padre sabrá cómo hacérselo llegar.

—¿Y cuál será ese mensaje?

—Una cita, una cita entre Marion y Abir.

—Una cita a la que si acude Abir, le detendrán, ¿no es eso lo que quiere?

—Lo único que quiero es ayudar a que terminen las matanzas. Sólo eso, Nora.

—Muy loable por su parte, pero ¿dónde estaba usted cuando los judíos asaltaron la casa de mis tíos en Ein el-Helwe? ¿Cuando dejaron huérfanos a Ismail y a Abir?

—¿De verdad quiere saberlo?

Aquella pregunta la sorprendió. Ella sólo pretendía reprocharle que no todos los muertos valían lo mismo.

—No... no quiero saberlo —respondió.

Jacob estuvo a punto de decirle que estuvo allí, que pudo haber disparado a Abir pero no lo hizo, que el recuerdo de aquel amanecer se había convertido en una pesadilla. Pero no se lo dijo.

—De acuerdo... no puedo soportar más todo esto. Pero quiero que me asegure que si le detienen, no le extraditarán a Estados Unidos, allí hay pena de muerte.

—No puedo, Nora; la engañaría si le dijera que puedo conseguirlo.

—Entonces ¿qué me da usted a cambio?

—Nada. No puedo darle nada excepto intentar que no molesten demasiado a sus padres, pero ni siquiera puedo garantizárselo. La policía está investigando y si llega a la conclusión de que sus padres sabían algo…

Jacob no terminó la frase y los dos siguieron caminando en silencio.

Bruselas
Marion

A Marion la despertaron unos golpes secos e insistentes en la puerta. Su sueño era ligero y se sobresaltó. Miró el reloj.

Se levantó sin molestarse en ponerse la bata y se dirigió a la puerta. Lo que vio por la mirilla fue el rostro de Nora, lo que le provocó una gran irritación.

—Pero ¿cómo te atreves a venir a molestarme? ¡Márchate! No quiero saber nada de ti ni tener tratos contigo —dijo a través de la puerta.

—¡Ábreme, Marion! No estoy sola.

Marion intentó ver quién la acompañaba, pero sólo alcanzó a vislumbrar medio rostro de un hombre.

—¡Márchate! No tengo nada que hablar contigo.

—Por favor, ábreme, me acompaña un miembro del equipo que investiga los atentados.

El silencio se hizo a ambos lados de la puerta. Marion estaba tan desconcertada como furiosa. Nora siempre había sido una estúpida a la que manejaba a su antojo, y ahora regresaba del pasado haciéndose presente. Dudó qué debía hacer, y al final decidió abrir.

—Es intolerable que te atrevas a molestarme, y usted... ¿qué es lo que quiere? —dijo clavando su mirada en Jacob.

—Ayudar a detener a Abir Nasr, y para eso necesitamos su colaboración.

Los dejó pasar. Dándoles la espalda, se dirigió al salón y se sentó en un sillón. No les invitó a sentarse, pero Jacob lo hizo y Nora le imitó.

—Abir Nasr... tu primo, tu maldito primo, ya era una pesadilla cuando iba al liceo.

—Y usted, al igual que nosotros, sabe que el terrorista encapuchado es él —dijo Jacob.

—No, yo no sé nada, ¿por qué habría de saberlo? —Marion intentaba mantenerse indiferente.

—Porque quienes conocen o conocieron a Abir Nasr saben que la voz del encapuchado que ha amenazado al mundo entero es la suya.

—No, yo eso no lo sé. ¿Cree que puedo recordar la voz de alguien a quien conocí cuando era una cría?

—Abir volverá a matar.

—Usted insiste en que ese terrorista es Abir Nasr y Nora también. Bueno, aunque sea así, ¿qué tiene que ver conmigo? ¿Se ha presentado usted en el domicilio de todos los alumnos del liceo en el que estudiamos? Además, ¿cómo se atreve a venir a estas horas? Márchense, no duden que ahora mismo me pondré en contacto con la policía. Y tú, Nora, ¿cuándo vas a dejar de babear detrás de mí?

La mirada de Marion reflejaba el desprecio que sentía por su antigua amiga.

—Tiene dos opciones, Marion: o colabora conmigo o creo que al mundo entero le gustará saber que usted fue amiga de este terrorista y que además reconoció su voz pero no se lo dijo a la policía. ¿Por qué? Me temo que va a tener mucho que explicar —añadió Jacob.

Marion le miró con ira, apretando la mandíbula.

—¿Me está amenazando?

—No. Le estoy explicando que si no colabora conmigo, en cuanto salga de aquí me reuniré con la jefa de los servicios de seguridad belgas. Estoy seguro de que encontrará muy interesante saber que usted reconoció por la voz al encapuchado pero no se lo ha dicho a la policía. En realidad usted y su amiga Nora han cometido un delito. Se les podría acusar de colaboración con los terroristas.

—No diga tonterías —respondió Marion poniéndose en pie.

—Nunca las digo —replicó Jacob, irritado.

—¿Crees que yo quiero perjudicar a Abir? —dijo Nora mirando a su antigua amiga.

—Me es indiferente lo que tú quieras. Abir es tu primo, ninguno de los dos tenéis nada que ver conmigo.

—De acuerdo. Nos vamos. —Esta vez fue Jacob quien se puso en pie dirigiéndose hacia la puerta. Nora le siguió.

—Espere... —La voz de Marion había perdido seguridad.

Jacob se detuvo sin mirar hacia atrás. Nora, en cambio, sí lo hizo.

—¿Qué quiere que haga?

Se volvieron a sentar y Jacob expuso su plan. Las dos mujeres escucharon en silencio.

—Nora irá a hablar con su padre. Le pedirá que le haga llegar a Abir un mensaje suyo: usted le propone una cita, en el lugar que él elija. Le dirá que acudirá sola.

—Es absurdo. No aceptará, ¿por qué iba a hacerlo? Le busca la policía, no saldrá de donde esté —afirmó Marion.

—Usted da por hecho que mi padre sabe cómo encontrarle —le dijo Nora a Jacob en tono angustiado.

—Sus teléfonos están intervenidos y en ocasiones las conversaciones demasiado inocentes dan pistas, señorita Adoum.

—Mi padre... mi padre no es un terrorista.

—Ustedes conocen al jeque Mohsin, que, como sabe, es uno de los jefes del Círculo. El día que los padres de Abir murieron a quien buscaban era al jeque Mohsin. ¿Quiere que continúe, Nora? He sido muy paciente con usted, pero ya no hay tiempo. Usted sabe que su padre es un musulmán radical y que su hermano Farid también lo es. Si su primo Abir está en Bruselas, su padre lo sabrá y también cómo hacerle llegar un mensaje.

—¿Y si rechaza verse conmigo? —quiso saber Marion.

—Entonces me habré equivocado. Pero dudo que se resista a verla humillada ante él. Dudo que rechace alardear de su importancia.

—¿Y luego le detendrán? —preguntó Nora.

—No me haga esa pregunta.

—Nora es muy simple, siempre lo fue —dijo Marion con desprecio.

—Entonces estamos de acuerdo. Usted, Marion, escribirá un mensaje para él y esperaremos la respuesta en casa de Nora.

—¿Es necesario?

—Sí.

—¿Por qué he de escribir nada? Si algo sale mal, podrían decir que tengo relación con los terroristas.

—Confíe en mí.

—No confío ni en usted ni en nadie.

—Pues tendrá que hacerlo por una vez en su vida. Escriba.

La nota fue breve y concisa:

> Abir, te propongo que hablemos. Creo que la conversación puede ser interesante para los dos.
>
> MARION

Tardaron en encontrar un taxi, que primero paró en Matonge, delante del apartamento de Nora. Ésta les dio las llaves de su piso y después el taxista la llevó hasta Molenbeek.

Nora estaba muy nerviosa cuando llegó a la casa de su padre. No sabía cómo decirle lo que Jacob le había pedido que dijera, ni cómo reaccionaría él. Cuando apretó el timbre la temblaba la mano. Abrieron la puerta.

Su padre estaba vestido a pesar de la hora y eso la sorprendió. La miró de arriba abajo con desprecio.

—¿Cómo te atreves a presentarte en esta casa y a estas horas?

—Padre, déjame pasar, por favor.

Entró. Su madre estaba sentada en el salón y lloraba. Nora se acercó y la abrazó.

—Madre, ¿por qué lloras?

Fátima alzó la cabeza sin responder.

—¿Qué quieres? —preguntó su padre.

—Tengo un mensaje para Abir, tienes que hacérselo llegar.

Jamal se quedó unos segundos en silencio y por su mirada cruzaron la sorpresa y la ira.

—Pero ¡qué dices!

—Tú sabes dónde está, o al menos puedes hacer que le llegue este mensaje.

Nora sacó del bolso el papel doblado en el que Marion había escrito la nota para Abir.

—Estás loca —musitó su padre.

—No, no soy yo la que está loca, sois... sois vosotros los que os habéis sumido en la locura. El jeque Mohsin y tú... Vosotros habéis convertido a Abir en lo que es. Y todos pagaremos las consecuencias de vuestra locura. Le detendrán... nos detendrán a todos y harán añicos nuestras vidas para siempre. ¿Crees que podéis ganar?

—¡Cállate, perdida! —gritó su padre dándole una bofetada.

Fátima se puso en pie intentando proteger a su hija, pero Jamal la empujó.

Nora aguantó las lágrimas, aunque la huella de la mano de su padre le quemaba la cara.

—La nota que te he dado es de Marion Cloutier. Le propone a Abir un encuentro donde él quiera y en el momento que quiera.

—Es una perra que sólo merece morir —respondió Jamal escupiendo al suelo.

—Si Abir se entera de que no le has dado el mensaje de Marion... Haz lo que tengas que hacer, padre, pero procura que le llegue.

Fátima volvió a acercarse a su hija y con apenas un murmullo le pidió que se fuera.

—Nosotros no sabemos dónde está Abir —dijo con voz entrecortada por el llanto.

Nora la abrazó y la ayudó a sentarse.

—Esperaré aquí una respuesta.

—Márchate —le ordenó su padre.

—No. ¿Crees que no sé que simpatizas con El Círculo, al igual que mi hermano Farid? ¿Crees que ignoro que Abir es el encapuchado que ha salido en la televisión amenazando al mundo entero?

—¡Mientes! ¿Cómo te atreves a acusar a tu primo?

—Ya basta, padre. Haz llegar el mensaje a Abir y que él decida.

La firmeza en la voz de su hija hizo dudar a Jamal. La despreciaba, pensó que debería haberla matado y quizá había llegado el momento de hacerlo. Lo hablaría con Abir.

—Haz lo que te pide Noura —dijo Fátima con voz temblorosa.

Jamal abrió la puerta y se dirigió a la escalera. No fue muy lejos, tan sólo bajó un piso y llamó a una puerta que tardó en abrirse. El hombre que apareció al otro lado le miró con desconfianza.

—Tienes que hacer llegar este mensaje a Abir.

—¿Un mensaje? ¿De quién?

—De Marion Cloutier, ya sabes quién es.

—¿Pretendes que me ponga en peligro y que ponga en peligro a Abir para darle el mensaje de una mujer? Te has vuelto loco, Jamal.

—Haz lo que te digo. Que él decida.

—Acabo de llegar a mi casa... no puedo hacer nada hasta mañana, cuando abra el puesto en el mercado. La policía tiene ojos en Molenbeek.

—Abdel, nada te impide salir a la calle. Asegúrate de que le llegue esta nota.

Cuando Jamal regresó a su casa, Fátima estaba con Nora en la cocina poniendo agua a hervir para el café.

—Vete a tu casa —le dijo Jamal a su hija.

—¿Le llegará el mensaje?

—Le llegará.

—¿Cuándo tendré la respuesta?

—No lo sé.

—Esperaré aquí.

—No sé si habrá respuesta.

—Es mejor que espere aquí, padre.

Abdel entró en un cuarto donde, encima de la cama, había varias bolsas repletas de ropa. Arrastró una de ellas, la colocó en un porteador con ruedas y salió a la calle. Molenbeek no tenía secretos para él. Desde hacía treinta años aquel barrio se había convertido en su hogar. Caminó despacio empujando el porteador. No tardó mucho en llegar al almacén donde guardaba su mercancía. Se encontró con un vecino que salía del portal.

—¿Cómo te han ido hoy las ventas, Abdel...? Parece que la gente está asustada.

—No ha salido tanta gente a la calle, pero es normal —respondió Abdel componiendo un gesto de tristeza.

—Sí... podía haberle tocado a mi hijo... le ha salvado que hoy se ha quedado en casa por la gripe.

—Vaya, eso se llama buena suerte.

Los dos hombres se despidieron y Abdel introdujo la llave en la puerta del almacén. La luz estaba apagada y no se escuchaba ni un ruido. Fue a dar el interruptor cuando sintió sobre el cuello la fría hoja de un cuchillo.

—Soy yo —alcanzó a decir en un susurro.

Alguien encendió una linterna que le cegó los ojos.

—Soy yo —repitió asustado.

—¿Qué haces aquí? —preguntó Ghalil con gesto huraño.

—Jamal me ha obligado a venir —se excusó él sin atreverse a moverse.

—¿Jamal? —Ahora era Abir quien hablaba.

—Sí, tu tío. Te manda un mensaje. Me ha dicho que es importante para ti.

—Espero que mi tío tenga razón —repuso malhumorado Abir.

Ghalil retiró el cuchillo de la garganta de Abdel, que empezó a recuperar la respiración. Su corazón latía muy acelerado.

Una bombilla de baja intensidad apenas iluminaba la estancia. Abdel se sacó el papel de un bolsillo del pantalón y se lo entregó a Abir. No supo por qué, pero sintió miedo, sí, miedo de aquel joven al que admiraba porque era un combatiente que había demostrado su valor luchando contra los infieles. Pero aquella noche había algo en el timbre de voz de Abir y en su mirada que le asustó.

Abir se retiró unos pasos y leyó la nota. Levantó la mirada y soltó una carcajada. Una risa seca, dura, amarga.

Ni Ghalil ni Abdel se atrevieron a hablar. Aguardaban a que él lo hiciera primero.

Abir les dio la espalda y comenzó a andar de un lado a otro

del almacén. Parecía estar ensimismado en sus pensamientos. Después se paró en seco y se dirigió a Abdel:

—Llevarás la respuesta a mi tío. Que la mujer que me ha escrito vaya mañana a las diez al mercado a pasear entre los puestos, y no debe llevar un móvil encima. Eso es todo.

—Sí… se lo diré —acertó a decir Abdel.

—Y ahora escuchadme…

Los dos hombres se acercaron a Abir con respeto.

Cuando Abdel regresaba a su casa iba temblando. Abir no perdonaría una equivocación.

Subió al piso de Jamal Adoum y se sorprendió al ver a Nora.

—Puedes hablar —dijo Jamal—, ella llevará el mensaje.

—Abir quiere que mañana a las diez esa mujer vaya al mercado; no puede llevar móvil. Deberá ir de un puesto a otro. Nada más.

—¿Nada más? —le interrumpió Nora.

—Lo que tenga que ser será.

Abdel se marchó sin responder. Cuando Jamal cerró la puerta miró a su hija con tanta aprensión como desprecio.

—Ya tienes una respuesta. Vete.

Nora besó a su madre y antes de marcharse se plantó ante su padre.

—Nos estamos jugando nuestro futuro, padre. Le cogerán, y cuando lo hagan… nosotros pagaremos un precio por ser su familia, por haberle ayudado.

—¿Estás pidiéndome que entregue a tu primo? ¿Te atreves a pedírmelo? —Jamal estaba a punto de volver a pegarle.

—No sé lo que debes hacer, padre… sólo sé que pagaremos caro las muertes que ha provocado Abir. Ya no tendremos futuro.

—¿Futuro? No hay más futuro que vencer a los infieles —afirmó Jamal empujando a su hija.

—Te equivocas. Había otro futuro... porque has trabajado duro para educarnos, para que pudiéramos estudiar... Podríamos haber tenido una vida tranquila, normal, pero el jeque Mohsin no os lo ha permitido... Ese hombre os ha convencido de que hay que morir. Pero ¿y él?, ¿acaso se ha colocado un cinturón con explosivos? No. Manda a otros... Son otros los que sacrifican sus vidas, él sólo da las órdenes.

La mano de Jamal se estrelló otra vez contra la mejilla de su hija haciendo que se tambaleara. Cuando Fátima se acercó, su marido la empujó.

Nora se recuperó y salió de la casa de sus padres dejando que las lágrimas fueran cegando sus ojos.

Paró un taxi para que la llevara a su piso. No se sentía con ánimo para ir en metro o en el tranvía. Estaba dolida y cansada. Cuando abrió la puerta de su apartamento vio que Jacob y Marion seguían allí. Se les notaba impacientes.

—La respuesta es que mañana por la mañana, a las diez, debes estar en el mercado de Molenbeek paseando entre los puestos. No puedes llevar el móvil. Nada más.

—Entonces... ha aceptado —murmuró Marion.

—Es su respuesta —dijo Nora sin poder ocultar que estaba cansada.

—Tiene lógica —comentó Jacob—. Querrá comprobar que no se trata de una trampa... Sus hombres estarán por todas partes, pendientes de si hay rostros desconocidos por el mercado.

—Si notan algo sospechoso, el encuentro no se llevará a cabo —concluyó Nora con una seguridad que no terminaba de sentir.

—Entonces... —Marion no acabó la frase.

—Entonces esperaremos a mañana. No podemos hacer otra cosa. Nora, ¿está bien? —preguntó Jacob.

—¡No! No estoy ni estaré bien el resto de mi vida, ¿cómo podría estarlo? ¡Estoy colaborando para que detengan a mi primo... para destruir la vida de mis padres y la mía! ¿Cree que puedo estar bien? —Rompió a llorar sin importarle lo que pudieran pensar los otros dos.

—Es un terrorista. Tu querido primo es un terrorista al que no le importa matar inocentes. —La voz de Marion era fría como el hielo—. ¿Qué me dices de las vidas de los que han muerto? ¿Acaso esas vidas valen menos que las vuestras? No has cambiado, Nora, sigues siendo una estúpida.

—¿Y las vidas de mis tíos? ¿A alguien le importa lo que pasó con las vidas de los padres de Abir? ¿Quién decidió destruir Irak? ¿Y qué me dices de Siria? Y... ¡da lo mismo!, es imposible que nos entendamos. Hay demasiados muertos, demasiada sangre derramada por vosotros, por nosotros. Nos seguiremos matando hasta que no quede nadie para contarlo.

—¡No te pongas melodramática! —replicó Marion—. Habla de lo que está pasando aquí y ahora, y lo que está pasando es que tu primo ha decidido matar y matar para hacerse notar, para que los vuestros le tengan por un héroe. Necesita sentirse un héroe porque no vale nada, nada. —Marion hablaba con desprecio.

A la vista de la tensión creada, Jacob intervino ante el temor de que Nora o Marion pudieran dar marcha atrás.

—No es el momento de los reproches, de buscar quién tiene más razón. Lo que tenemos que hacer es evitar más muertes. Hagámoslo, por favor —dijo en un intento de apaciguar el enfrentamiento entre las dos mujeres.

Ellas se quedaron en silencio procurando controlar la ira. Sonó el tono del móvil de Nora y la mujer se sobresaltó.

—Es... es mi jefe —se excusó.

—Responda —le indicó Jacob.

Marion y Jacob no pudieron evitar escuchar la conversación entre Nora y Mathis Discart. Él insistía para que fuera a trabajar, pero ella se resistía. Volvió a amenazarla con el despido y ella a duras penas pudo contener las lágrimas. Cuando colgó, miró a Marion y a Jacob. Estaba avergonzada.

—Sigues siendo débil —sentenció Marion.

—Yo... yo no me siento con ánimo de ir a cantar.

—Pues deberías hacerlo. ¿No nos ha dicho este hombre que aparentemos normalidad? Creo que es hora de que me marche.

—La acompañaré a buscar un taxi —se ofreció Jacob.

—Sí, hágalo, no me gusta este barrio —respondió ella.

Salieron a la calle y caminaron un buen trecho hasta que Jacob paró un taxi.

—La llamaré... ¿Irá mañana?

—Sí... claro que iré. Pero ¿me protegerán? Quiero decir, si su gente estará vigilando que ese loco no me haga nada.

—¿Le cree capaz? Ha estado enamorado de usted...

—Lo ha dicho correctamente: ha estado enamorado de mí... cuando tenía dieciséis o diecisiete años... Pero ahora lo único que le queda es rencor. Si accede a verme es porque cree que va a poder vengarse de mí. ¿No se da cuenta?

No, en realidad Jacob no lo había pensado de esa manera. Miró a Marion y sintió un repentino respeto por aquella mujer.

—¿Cree que puede intentar hacerle daño?

—Sí.

—Entonces...

—Los españoles dicen que no se puede hacer una tortilla sin romper los huevos... Usted sabe que para detener a Abir todos correremos riesgos, y yo más que nadie.

—¿Por qué lo hace, Marion?

—No puedo decir que no.

—Sí, sí puede.

—Sí, a usted puedo decirle que no, pero a mí misma... Sería una cobardía por mi parte. Estoy acostumbrada a correr riesgos, no crea que mi vida ha sido fácil. He pagado un precio por cada peldaño que he subido. No, no me echaré atrás, no puedo.

—No la comprendo...

—Claro que no... No puede comprenderme porque no me conoce. En realidad no sabe nada de mí. Cree que lo sabe todo, pero se equivoca; no sabe quién soy porque en ocasiones ni siquiera yo lo sé. Y ahora necesito prepararme mentalmente para enfrentarme a lo de mañana.

—Nos reuniremos con usted a primera hora.

Marion subió al taxi y se alejó del barrio.

Jacob no tardó en llegar a la oficina de Ariel Weiss. Tenían que organizar el operativo que protegiera a Marion y permitiera detener a Abir. Ariel le esperaba impaciente, debían reunirse sin demora con todo el grupo de crisis: Louise Moos, Alba Fernández, Austin Turner y Anthony Jones.

Weiss sabía que la paciencia de Louise Moos se había agotado y que no iba a permitir que Jacob siguiera cabalgando en solitario. Además, montar el dispositivo para la detención iba a resultar complicado. Molenbeek era el territorio de Abir.

—Antes de irnos llamaremos a Dor —anunció.

Hablaron durante unos minutos. Weiss le contó lo que iban a hacer y a continuación le pasó el teléfono a Jacob. Dor le escuchó en silencio. Después sólo le dijo que esperaba que no se arrepintiera de lo que iba a pasar.

—... porque morirá gente, Jacob, es inevitable. Aunque podamos detener a Abir Nasr, morirá gente, y tú tendrás que vivir con eso el resto de tu vida porque el plan es tuyo.

—Sí... ya sé que no se puede hacer una tortilla sin romper los huevos —respondió Jacob recordando la frase que le había oído decir a Marion.

Louise Moos escuchó contrariada a Jacob mientras miraba con atención la pantalla del teléfono donde aparecían la foto de Nora Adoum y Marion Cloutier. Si no hubiesen presionado a su gobierno la mismísima CIA y el Centro de Inteligencia de la Unión Europea, nunca habría dado el visto bueno a aquella operación diseñada por el ingeniero informático israelí. A esa presión se habían sumado individualmente buena parte de los servicios de inteligencia de los países europeos, que no paraban de importunarla con exigencias. Por si fuera poco, en los canales de televisión empezaban a cuestionar la eficacia de los servicios de seguridad de Bélgica, incluido el Canal Internacional, que era el favorito del presidente de Estados Unidos y el que solían ver todos los políticos del resto del mundo.

Precisamente en aquel momento, Benjamin Holz estaba haciendo en directo una entrevista a un presunto experto en terrorismo internacional que no dejaba de repetir, como si de un mantra se tratase, que los yihadistas le llevaban mucha ventaja a la policía; asimismo manifestaba sus dudas acerca de la eficacia de los servicios de seguridad belgas a la hora de neutralizar los ataques.

Sus colaboradores más cercanos intentaban convencer a Louise Moos de que era normal que recibieran críticas por cuanto sucedía, y que en el Canal Internacional dieran aún más relieve a esas críticas. Al fin y al cabo, también habían atentado contra ellos.

Tuvieran o no razón sus colaboradores, ella sentía una antipatía espontánea por los periodistas, y conocer a Helen Morris y a Benjamin Holz había empeorado aún más su opinión sobre la prensa.

Para colmo, el secretario general de la OTAN había decidido mantener la reunión de los ministros de Defensa, «porque —según dijo— no podemos meternos debajo de la cama y que esos malditos terroristas crean que les tenemos miedo».

Así que tenía que enfrentarse a dos problemas: capturar al hombre que había puesto en jaque a la seguridad europea y, al mismo tiempo, garantizar la seguridad de los ministros, incluido el ruso, que había sido invitado a esa sesión extraordinaria. «Uno de esos gestos propagandísticos y del todo innecesarios a los que son tan dados los políticos», había murmurado en voz baja la responsable de la seguridad belga.

«El factor humano es determinante», había comentado Alba Fernández. Louise Moos, que no la soportaba, se contuvo para no ser impertinente y decirle a la agente española que aquélla no era una sesión de psicoanálisis.

Lo que Jacob pretendía era que se estableciera un cordón de seguridad discreto en torno a Marion Cloutier desde el mismo momento en que la mujer llegara a Molenbeek.

—Lo haremos, pero el equipo no lo podrán formar más de tres o cuatro agentes. En ese barrio todos se conocen y si empiezan a ver gente que no es habitual, se lo harán saber a Abir Nasr y no saldrá de su escondrijo —reflexionó Louise Moos con voz cansina.

—Pero tendréis agentes infiltrados en ese barrio, ¿no? —preguntó Austin Turner.

La señora Moos lanzó una mirada cargada de odio al agente de la CIA. No soportaría que le dieran otra lección de cómo se hacen las cosas en el mundo de la inteligencia. En su opinión, la CIA acumulaba unos cuantos fracasos a sus espaldas y no eran nadie para dar lecciones. Lo pensó, pero no lo dijo. Se limitó a clavarse las uñas en la rodilla izquierda, que afortunadamente estaba cubierta por la falda.

—Sí, tenemos gente, y la policía belga también tiene agentes —dijo sin mucha convicción.

—Abir Nasr ha demostrado ser un tipo muy inteligente y no correrá ningún riesgo —insistió Jacob.

—Lo sabemos, señor Baudin, lo sabemos. Haremos cuanto podamos. En cualquier caso, es importante que Marion Cloutier sepa que correrá peligro. No debemos engañarla diciéndole que no le pasará nada —replicó Louise Moos.

—Ella también es inteligente y sabe que estará poniendo en riesgo su vida —admitió Jacob.

—¿Y la furgoneta? —preguntó Maoz.

—En la furgoneta, además de Gabriella y yo, no estaría de más que nos acompañara algún agente, e incluso otro informático especialista en manejar datos médicos —propuso Jacob.

—Eso ya lo teníamos previsto. Como usted comprenderá, un agente israelí no puede actuar en territorio europeo como si fuera el patio de su casa. —Moos tampoco ocultaba su antipatía hacia Jacob.

Él no respondió a las provocaciones poco disimuladas de aquella mujer. Sabía que Louise Moos tenía una mente cuadriculada. Jamás se saltaría una norma y todo cuanto estaba sucediendo ponía a prueba sus capacidades, además de jugarse el puesto de directora de la seguridad belga.

—En cualquier caso, señor Baudin, quiero que sepa que algunos de los mejores expertos en cuestiones informáticas dudan de que pueda llevar a cabo lo que se propone. Me han explicado que, efectivamente, los desfibriladores están conectados al ordenador del médico o del centro que lo instala en el paciente, pero para ajustarlo... en este caso, para manipularlo, el paciente tiene que estar en el hospital o muy cerca de donde se encuentra el ordenador. Quizá usted ve demasiado la televisión. —El tono de la responsable de la seguridad belga era decididamente sarcástico.

—Nunca he dicho que mi teoría fuera cierta y... efectivamente, la solución que propongo ya salió en una famosa serie de televisión. Pero además de estar basada en la ficción, señora Moos, seguro que sus expertos le habrán comentado que en el año 2017 la compañía Abbott y en 2019 la compañía Medtronic alertaron de que existía la posibilidad de que hackeasen sus dispositivos. No es que fuera una operación fácil, todo lo contrario, pero advirtieron que para nada era imposible.

La mujer apretó los dientes. No estaba dispuesta a iniciar una discusión.

—No dude de que deseamos que sus teorías se hagan realidad, señor Baudin. Por tanto, le acompañarán dos de mis hombres —dijo con aire de desgana.

Alba Fernández miró a Jacob antes de hablar. Ella también había tomado una decisión:

—Si no le importa, Jacob, me gustaría acompañarles en la furgoneta. No molestaré y quizá pueda serles de alguna ayuda. Había pensado ir a Molenbeek para cubrir las espaldas a Marion Cloutier, pero Louise tiene razón, la presencia de extraños en el barrio alertaría a Abir Nasr.

—Me alegro de contar con usted, seguro que nos servirá de ayuda —respondió Jacob.

Aún tardaron dos horas en acabar de perfilar todos los detalles de la operación. Cuando terminaron, Louise Moos los convocó para unas horas después en su oficina.

—Tenemos que reunirnos con Marion y prepararla para lo que se va a enfrentar. Luego seguiremos toda la operación desde aquí.

Todos estaban cansados, pero aquella era noche de vigilia.

Ariel Weiss propuso ir a la oficina y descansar un par de horas, no disponían de más tiempo. A Maoz le pareció bien, Jacob titubeó.

—Creo que voy a ir al local donde canta Nora Adoum.

—¿A estas horas? —se extrañó Weiss.

—Estará abierto. Temo que Nora pueda arrepentirse, que quiera dar marcha atrás... No es tan fuerte como Marion.

—¿Querrá hablar contigo? —preguntó Maoz.

—No lo sé... puede que no. Pero creo que si la dejamos sola aumentarán sus dudas.

Weiss se ofreció a llevarle en su coche hasta el barrio de Les Marolles y Maoz los acompañó. A aquella hora algunos locales todavía permanecían abiertos y dejaban escapar sonidos de diferentes músicas.

Se detuvo un poco antes de llegar a la puerta de El Sueño de Marolles.

—No sé si es muy inteligente lo que vas a hacer, y mucho menos que te lo permitamos. Abir puede haber ordenado que vigilen a su prima. Yo lo haría si fuera él —afirmó Weiss.

—Tienes razón —admitió Jacob.

—Claro que la tengo. No podemos arriesgar toda la operación.

—Pero también nos arriesgamos a que Nora pueda cambiar de opinión —respondió Jacob.

Fue Maoz quien inclinó la balanza a favor de éste.

—Ten, ponte mi sombrero y tápate la cara con la bufanda; anda con naturalidad, como si fueras a tu casa. Si ves a alguien, no te pares, continúa. Nosotros volvemos a la oficina. Dormiremos allí.

Jacob se bajó del coche y fue caminando ni muy deprisa ni muy despacio. El frío era su mejor aliado, puesto que le permitía cubrirse con el sombrero que le había prestado Maoz y la bufanda. Su vestimenta tampoco llamaba la atención, llevaba unos pantalones tejanos negros y calzaba unas deportivas también negras.

Se cruzó con un par de tipos que parecían asiáticos que se metieron en un garito poco antes de llegar a El Sueño de Marolles. Jacob entró en el local sin que nadie le prestara atención. No había mucha gente. Tres o cuatro mesas ocupadas por parejas y algún solitario como él en la barra. Nora cantaba en la pequeña pista circular que formaba el escenario. Jacob se sorprendió al escucharla. No había pensado que pudiera hacerlo tan bien. Era una canción melancólica, la historia de una perdedora. Los aplausos fueron tibios. Ella le vio y se acercó a la barra.

—¿A qué ha venido? —preguntó irritada.

—Quería asegurarme de que se encuentra bien.

Mathis Discart se acercó con un vaso con whisky en la mano.

—No has estado muy alegre esta noche —le reprochó a Nora, ignorando la presencia de Jacob.

—Ya te dije que no me sentía con ánimos, pero tú has insistido.

—No pretenderás que el mundo se pare porque hay unos locos que han decidido que van a matar si no se atienden sus reivindicaciones —respondió él con desdén.

—No pretendo nada, Mathis.

De repente, el dueño del club se quedó mirando a Jacob como si hasta aquel momento no se hubiera percatado de su presencia.

—¿Y usted es...? —preguntó.

—Un amigo de Nora, y usted debe de ser su jefe.

—Sí, podemos decirlo así, soy su jefe además de otras cosas, ¿verdad, cariño? —dijo con suficiencia mientras pasaba un brazo por los hombros de Nora.

La mujer se sonrojó y se apartó.

—Vaya... ¿a qué viene esto? —Discart la cogió de un brazo y aunque ella quiso soltarse, no lo consiguió.

—Creo que no es una buena noche para nadie —acertó a decir Jacob.

—Puede que no lo sea para usted, pero ¿por qué no debería serlo para nosotros? Debo pedirle que salga de mi local. No es bienvenido.

—No tengo intención de quedarme, pero quizá Nora quiera que la acompañe a casa.

—¿Está buscando pelea o es que no quiere enterarse de que es mi chica? —dijo Discart, que ya había soltado el brazo de Nora preparándose para el enfrentamiento.

Jacob continuó apoyado en la barra sin dar señales de sentirse molesto por la bravuconería de aquel hombre.

—Verá, si Nora quiere quedarse, yo me iré, pero si prefiere que la acompañe a casa, la esperaré.

—¡Salga de aquí o tendré que echarle!

Los dos hombres se midieron con la mirada mientras Nora parecía haberse quedado paralizada. De repente ella reaccionó:

—Me voy... sí... quiero irme a casa...

—¡Tú no te vas a ninguna parte! —Discart le tiró del brazo y le hizo perder el equilibrio.

—¡Déjame! ¡Quiero irme! —suplicó ella.

—Pero ¿qué te has creído? ¿Te has echado un chulo y por eso me desafías?

El puñetazo de Jacob le dejó mareado durante un segundo, pero tuvo tiempo suficiente para reaccionar cogiendo una botella con intención de devolverle el golpe.

Dos minutos más tarde, Mathis Discart estaba en el suelo con un brazo roto y una pierna magullada. El propio Jacob se sorprendió de lo que había hecho. Para él, el krav magá nunca había dejado de ser una manera de estar en forma.

—Coja su abrigo, Nora, nos vamos.

Los camareros miraban con temor a aquel hombre que con un par de movimientos rápidos había tumbado a su jefe. Dudaban si debían intentar reducirle o dejarle marchar. Optaron por lo segundo, mientras los clientes, nerviosos, pedían la cuenta queriendo salir de allí cuanto antes.

Nora caminaba deprisa obligando a Jacob a hacer lo mismo. Quería alejarse de El Sueño de Marolles. Mathis Discart no era ningún matón, pero sabía que nunca le perdonaría lo sucedido. Tendrían que llevarle a un hospital y quién sabe si los denunciaría a ella y a Jacob.

—No se preocupe. Haré un par de llamadas para que ese tipo no nos cause molestias —le aseguró.

De inmediato telefoneó a Maoz y le explicó lo sucedido. El veterano agente no le reprochó nada y, eso sí, le aconsejó que no acompañara a Nora hasta su casa:

—Métela en un taxi y tú vente para aquí. Tienes que descansar y ella también. Y no se te ocurra caer en la tentación de ir a su casa. Estoy seguro de que Abir Nasr la vigila.

Jacob aceptó el consejo muy a su pesar. Sabía que Maoz tenía razón, pero le costaba despedirse de Nora.

Bruselas. Barrio de Molenbeek
Marion

El taxista se sorprendió cuando aquella llamativa mujer de aire tan parisino, con el cabello cubierto por un gorro de lana, le pidió que la llevara a Molenbeek. Quiso darle conversación, pero ella ni siquiera respondía con monosílabos. Marion intentaba recordar todas las instrucciones que le habían dado aquellos desconocidos que no parecían policías. Le habían repetido lo que debía hacer una y otra vez hasta ponerla nerviosa. Aunque quien más nerviosa le puso fue la directora de la seguridad belga que, desde primera hora de la mañana, le había preguntado más de cinco veces si estaba segura de querer arriesgarse en aquella operación. Las cinco veces había respondido que estaba decidida. Y lo estaba, aunque tenía miedo, un miedo que no quería reconocer ante aquellas personas.

No había dormido en toda la noche preguntándose cómo era posible que Abir Nasr pudiera estar obsesionado con ella. En realidad, no había vuelto a pensar en él hasta tres días atrás.

No tenía otra opción que obligarle a cerrar el círculo de sus vidas, y para ello tendría que arriesgar la suya.

Pensó en si él cometería algún error que le diera alguna ventaja. Cuando eran adolescentes, Abir no había destacado en nada y se preguntó si aquel chico, ahora convertido en hombre, se movía tan sólo por la rabia y el rencor o también había inteligencia y talento para algo más que para matar.

Uno de los agentes de Louise Moos había colocado en uno de sus zapatos un microtransmisor que les permitiría saber dónde se encontraba ella en cada momento. Y por si fallaba, también habían introducido otro en una de las asas de su bolso. Asimismo, llevaba un micrófono del tamaño de un alfiler cosido detrás de la solapa del abrigo.

Las instrucciones de Abir habían sido precisas. No podía llevar un teléfono móvil.

Marion había preguntado en varias ocasiones cuántos agentes la protegerían, pero no respondieron a su pregunta. Le tranquilizó que Jacob le asegurara que aunque ella no pudiera verle, él estaría cerca junto a Alba Fernández y otra mujer que le había presentado, Gabriella Sabatello, que sería quien manejaría el ordenador con el que intentarían hackear el desfibrilador de Abir. Ésa era la teoría. Y para llevarla a la práctica la necesitaban a ella, para que Abir saliera de su madriguera y poder manipular a distancia su marcapasos provocándole una fuerte taquicardia.

Ella estaría con Abir cuando le diera el ataque y entonces le detendrían.

El taxista paró bruscamente, ofendido por el silencio de Marion. Ella pagó sin prestarle atención y cuando se bajó del coche fue acercándose al mercado de Molenbeek. Los comerciantes empezaban a ofrecer sus productos en los puestos callejeros. Sentía las miradas cargadas de sorpresa de los hombres y mujeres con los que se cruzaba por las improvisadas calles que formaban los diferentes puestos del mercado.

Vestía un suéter blanco de cachemira y un pantalón negro. El abrigo negro era sencillo, lo mismo que los zapatos y el bolso, pero aun así la miraban, y en aquellas miradas podía leer que aquél no era su mundo, que no era «una de ellos» a pesar de que no se le vislumbraba ni un cabello. Pero tenían razón, no era una de ellos. No lo era entre tantas mujeres con hiyab y con aquellas tediosas gabardinas que ocultaban sus cuerpos. Desconocía que una de aquellas mujeres era una agente israelí del Mossad. Jacob le había pedido a Weiss que no dejara exclusivamente en manos de Louise Moos la seguridad de Marion. Maoz sugirió que Miriam podía seguirle los pasos. Al fin y al cabo, ella era una vecina más de Molenbeek, y en aquel mercado la conocían como a una buena creyente musulmana.

A las diez en punto Marion entró en el mercado. Iba caminando despacio y parándose en los puestos, preguntaba precios, sonreía y seguía andando. Llevaba casi una hora dando vueltas cuando en una de las paradas, delante de un puesto de ropa de segunda mano, un hombre al que ni siquiera había notado a su lado le susurró que continuara caminando y se metiera en un café que encontraría una calle más allá.

—Haga como que tiene sed… o que está cansada. Pida un café al hombre de la barra y pregunte dónde está el lavabo.

Se puso tensa, pero siguió las instrucciones que le habían dado. Caminó despacio y se pasó la mano por la frente en un gesto de cansancio. Después miró hacia aquel cafetín como si lo acabara de descubrir. Entró, pidió un café y le preguntó al dueño por el lavabo. El hombre le indicó con la mano que tenía que ir al fondo y bajar unas escaleras.

El pasillo parecía corto y estaba muy oscuro. Dio unos pasos y cuando empezaba a acostumbrarse a la penumbra, una mano se cerró sobre su boca y otra la cogió de un brazo y tiró de él arrastrándola. ¿Cuánto tiempo duró? ¿Segundos? ¿Minutos? No lo sabía, porque en aquellos momentos lo único que sentía era terror. La empujaron no sabía hacia dónde. Y cuando recobró el equilibrio, le vio.

—Has cambiado, Marion… Antes eras más hermosa.

—Tú no has cambiado, continúas siendo el que fuiste —respondió ella con desprecio al tiempo que trataba de recuperarse del desconcierto por la situación.

Él rio con amargura, una risa que duró un segundo, el tiempo justo antes de abofetearla y arrancarle el gorro que le cubría el cabello.

—Tú y yo tenemos asuntos pendientes, Marion.

—Me das pena, Abir, ¿te crees importante por pegarme o sólo porque eres capaz de matar a inocentes? ¿Crees que eso va a hacer que piense que vales algo? No, no valías nada en el pasado y no vales nada ahora.

Abir volvió a golpearla con fuerza tirándola al suelo. Marion sintió un dolor agudo en la cabeza, la mirada se le nublaba, pero no lloró.

—No tenemos tiempo, Marion.

Un hombre apareció en la negrura y la obligó a ponerse en pie; otro le sujetó los brazos y entre los dos la desnudaron. Abir contemplaba su cuerpo desnudo mientras los hombres buscaban entre las prendas lo que terminaron encontrando en sus zapatos, el pequeño transmisor.

—Qué simples... un transmisor en un zapato y otro en el asa del bolso. Esperaba más imaginación. —Abir parecía divertirse con la situación.

Ghalil y el otro tipo no apartaban la mirada del cuerpo desnudo de Marion. Ella procuraba no mover un músculo a pesar de lo mucho que le repugnaban los ávidos ojos de aquellos hombres.

Cuando terminaron de comprobar que no había más transmisores ni micrófonos le ordenaron que se vistiera. Marion se sintió aliviada porque no habían encontrado el alfiler donde tenía escondido el otro micrófono.

—Bien, ahora voy a hacerte un regalo muy especial. No te gustará, claro, no es como ese cinturón que llevas de Louis Vuitton, pero te aseguro que éste es mejor, Ghalil lo ha fabricado personalmente para ti. Y te aseguro que Ghalil es el mejor.

La risa de Abir la crispaba más que su maldad. Sintió sus

manos sobre su cuerpo mientras le colocaba el cinturón cargado de explosivos.

—¿Ves?, te queda perfecto. Te engorda un poco, pero no demasiado —dijo riéndose de ella.

—Estás loco, Abir... —Su voz denotaba terror, consciente de lo que estaba pasando. ¡La habían convertido en una bomba andante!

—Y ahora nos vamos, Marion. Tú y yo. Solos los dos. Dime, ¿cuántos de esos perros infieles están ahí fuera intentando detenerme?

—No hay nadie, Abir... nadie... He cumplido con las instrucciones que le diste a Nora.

—No seas estúpida, Marion, ¿quieres hacerme creer que los micrófonos que llevabas te los has colocado tú solita y que no hay nadie que haya controlado por dónde te movías? Hemos detectado al menos a tres hombres y a dos mujeres que no son de aquí. Molenbeek ya no pertenece a Bélgica, deberían saberlo.

Volvió a pegarle. Le partió el labio y la sangre se mezcló con la saliva.

—En cuanto a mi prima... ella también tiene que morir. Su padre debió matarla personalmente. Ya arreglaré cuentas con ella. Pero a ti eso no te importa, Noura sólo era tu perrito faldero.

—¿Qué vas a conseguir matándome? —se atrevió a preguntarle.

Él volvió a reírse mientras la agarraba del brazo.

—Nos vamos, Marion.

Miriam había seguido a Marion hasta el café. No había entrado puesto que habría llamado la atención. Pero cuando los oyó salir a través de un micrófono que llevaba oculto informó de la situación: «Está con Abir. La lleva cogida del brazo. La han debido de golpear. Tiene un hematoma en el rostro». Las palabras de Miriam pusieron nervioso a Jacob, que se encontraba a unos cientos de metros en la furgoneta con Alba, Gabriella y cuatro agentes dentro. Le había trastornado la parte de la conversación entre Marion y Abir que habían podido escuchar antes de que descubrieran el transmisor. Hubiese deseado dar marcha atrás. Se maldecía por haber ideado aquella operación.

Uno de los agentes que los acompañaban dijo lo último que Jacob hubiese querido escuchar:

—Le han colocado un cinturón con explosivos.

—No... no puede ser... no han hablado de explosivos.

El agente rebobinó la cinta y Jacob bajó la cabeza. El cinturón del que hablaba Abir no podía ser otra cosa.

—Hay que detenerlos —pidió Jacob.

—Pediremos instrucciones —contestó el agente.

El hombre habló con su superior mientras Jacob intentaba convencer a Ariel Weiss de que había que hacer lo imposible por salvar a Marion.

—Demasiado tarde, Jacob —respondió Ariel Weiss.

Louise Moos estaba a su lado hablando con el agente a cargo de la operación que acompañaba a Gabriella y a Jacob.

—Todo sigue igual —informó.

—¡No, no puede seguir igual! ¡Van a matarla! —Jacob estaba fuera de sí.

—Si intentamos detenerle, es capaz de hacer detonar el cinturón. Hay que esperar —dijo Alba Fernández, y luego puso una mano sobre el brazo de Jacob en un intento por tranquilizarle.

—Tenemos que acercarnos —dijo Jacob.

—No podemos meternos por esas calles, esperemos a ver adónde van —propuso Alba.

—La señora Fernández tiene razón —señaló uno de los agentes.

—¡Podemos perderlos! —Jacob no controlaba los nervios.

—Si no nos acercamos, no podré manipular el desfibrilador —advirtió Gabriella.

—Miriam, no los pierdas de vista —pidió Jacob.

—Lo procuraré. Hay un hombre siguiéndome hace rato.

—¿Un hombre de Abir?

—Podría ser, no soy precisamente una belleza para que me siga nadie —respondió la agente con sarcasmo.

—Tomamos nota, ten cuidado.

Abir obligaba a Marion a caminar deprisa, seguidos por Ghalil, hasta llegar a una calle; justo a la altura de un coche de color negro, se abrieron las puertas y Abir la empujó dentro. El hombre que conducía sonrió.

—¿Adónde vamos? —preguntó Marion intentando que su voz no delatara el miedo que se había apoderado de ella.

—Bruselas es una ciudad interesante, lo sabes bien. ¿Qué edificio te gusta más?, ¿el de Eurocontrol, el de la Comisión Europea o el de la OTAN? Elige, Marion, hoy me siento generoso y quiero concederte un último capricho.

«Un último capricho...», las palabras de Abir la asustaron todavía más, aunque permaneció en silencio intentando demostrar una indiferencia que no sentía. Le habían colocado un cinturón con explosivos alrededor de la cintura, sabía que iba a morir y estaba muy asustada.

—Seguramente los hombres que te han dicho que te protegerían piensan que la sede de la OTAN es un objetivo para mí. Podría serlo, ¿sabes?, en realidad pensé en ello, pero hoy no se me ocurriría intentarlo. Demasiado obvio. Ya están reunidos los ministros de Defensa y esta noche el secretario general los invitará a cenar. No habrá un centímetro alrededor del edificio sin policía. Seguro que esperan que los haga volar. Pero he pensado algo mejor, seguro que te gustará. ¿Qué te parece el Parlamentarium? ¿O quizá el Comité Europeo de las Regiones? A lo mejor te gusta más el Servicio Europeo de Acción Exterior o el Comité Económico Social... ¡Ya sé! ¡La Comisión Europea! ¿Quizá la Comisión Europea? No me gustan los burócratas, son unos inútiles que viven de los demás. Allí tenemos al presidente de la Comisión, al vicepresidente y a una decena de comisarios... El mundo podrá seguir adelante sin ellos. ¿No estás de acuerdo conmigo?

Aquella risa la seguía mortificando.

Mientras tanto, en el interior de la furgoneta la tensión se reflejaba en el rostro de sus ocupantes.

—Hay que avisar para que desalojen todos esos edificios —gritó Alba Fernández.

—No dará tiempo y se organizará un auténtico caos —dijo uno de los agentes.

—¡Avise a Louise Moos! ¡Ya! —insistió la agente española.

Gabriella tecleaba en el ordenador sin prestar atención a los comentarios de Jacob ni a los de los agentes que les acompañaban.

—Date prisa, no funciona bien el transmisor, los perderemos —insistió Jacob.

—No puedo hacer más... no estoy segura de que vaya a funcionar —comentó entre dientes Gabriella.

—¡Tiene que funcionar! —gritó Jacob.

—¡No puedo! ¡Hazlo tú si estás tan seguro!

—Sólo se trata de que le provoques una taquicardia... sólo eso, Gabriella. Que sienta que se ahoga y no puede respirar.

Los agentes belgas que los acompañaban los observaban en silencio.

No pensaban intervenir en aquella discusión, aunque seguían atentos el movimiento de los dedos de Gabriella por el teclado.

El conductor de la furgoneta dio un volantazo para impedir que el coche negro se le perdiera entre el tráfico.

—Nos siguen —dijo Ghalil.

—No me sorprende, esperaba que lo hicieran. ¿Es la furgoneta negra? —preguntó Abir.

—Sí —respondió Ghalil.

—¿Cuánto nos falta para llegar a la Comisión Europea?

—Dos minutos —respondió el hombre que conducía.

—Alá te recibirá en el Paraíso —le dijo Abir al conductor.

Marion los miró de soslayo sin comprender del todo la situación. Era ella la que llevaba el cinturón con los explosivos y se preguntó por qué Abir se despedía de aquel hombre.

De repente Abir se llevó la mano al corazón. Sintió que se ahogaba, el dolor en el pecho le impedía respirar.

—¿Qué te sucede? —preguntó Ghalil, asustado.

—No... no sé... mi corazón...

—¡Para! —le pidió Ghalil al conductor.

—Espera, falta un minuto, ya veo de frente el coche de nuestro hermano Ahmed... Pararé para daros tiempo a salir.

—Lo tengo... creo que lo tengo... —dijo Gabriella.

—Ten cuidado, podrías matarle... Se trata de que tengan que parar el coche, que sienta que se le sale el corazón por la boca, no de que le explote —le reconvino Jacob.

—Sé lo que tengo que hacer —respondió ella.

—¡No sigas, Gabriella! ¡Vas a matarle!

—Cállate —replicó ella sin alterar la voz.

Abir casi no podía respirar, su corazón latía a tal velocidad que supo que se estaba muriendo. Aún pudo volver la cabeza hacia Marion. Ella sonreía como si le hubiera ganado la última batalla. Él pudo ver el triunfo en los ojos de la mujer.

—¡Perra, vendrás conmigo al Infierno!

Fue Abir quien haciendo un esfuerzo supremo tiró de la anilla del cinturón de Marion en el mismo momento en que Gabriella había logrado que el corazón de Abir saltara dentro de su caja torácica.

Gabriella no pudo escuchar el grito de Jacob porque se perdió en el ruido de la explosión al tiempo que sentía cómo alguien la empujaba apartándola del ordenador. Se tambaleó y cayó al suelo de la furgoneta. Los policías que les acompañaban saltaron del vehículo y fueron corriendo hacia el lugar de la explosión.

Alba y Jacob corrieron tras ellos. A lo lejos atronaba el sonido de una o dos ambulancias. Los agentes les pidieron que no se acercaran al lugar en el que había explotado el coche.

—Están todos muertos —dijo uno de ellos.

—Marion…

—Ella también. Llevaba un cinturón con explosivos.

Gabriella se acercó a Jacob e intentó consolarle, pero él la rechazó.

—Quisiste matarle… y él se dio cuenta, por eso mató a Marion —le reprochó.

—Jacob, yo tenía mis órdenes.

—¿Órdenes? ¿Te habían ordenado matar a Abir Nasr?

La mujer se dio la vuelta alejándose del lugar sin responder a la pregunta.

Ya no había un futuro para ellos.

Jacob permaneció en silencio. Sintió la mano de Alba sobre su brazo. Los rodeaba el caos: gritos, sirenas, policías corriendo, humo, fuego…

Durante unos segundos sintió que se había adentrado en una pesadilla y nada de lo que veía y escuchaba era real. No, no podía serlo. Eso no tendría que haber ocurrido, no era lo que había planeado.

Intentaron acercarse al lugar de la explosión y de repente Jacob, sin saber por qué, se paró en seco. Tenía miedo, miedo de comprobar lo que ya sabía: que Abir Nasr estaba muerto y se había llevado a Marion con él. Sintió una náusea y rompió a llorar.

Alba Fernández le abrazó.

—Jacob, no te culpes… Nadie podía prever lo que iba a pasar. En las operaciones sobre el terreno hay que tomar decisiones… y no siempre se toman las mejores.

—Pero ella… Gabriella…

—Mira al frente, Jacob, ahí está la Comisión Europea… Si se hubieran acercado unos metros más, ahora tendríamos muchos más muertos.

—Sí, pero esto no era lo que yo quería…

—Ninguno lo queríamos, no somos responsables de lo sucedido.

—Entonces ¿quién lo es? —La amargura se había adueñado de su voz.

—Abir Nasr. Sólo él —dijo Alba.

—Quizá él tampoco pudo elegir…

—Te equivocas, Jacob, todos podemos elegir. Me has contado sus circunstancias, a todo lo que Abir tuvo que enfrentarse para sobrevivir, para sentirse alguien, pero eso no le hace menos culpable. Ahí fuera hay muchos Abir, millones de personas, que sienten que no tienen presente y que les han arrebatado el futuro, pero por grande que sea su desesperación no se convierten en asesinos.

Jacob se quedó en silencio ante las palabras de Alba. Ella le miraba con afecto, pero sin un atisbo de compasión que le llevara a recrearse en su frustración.

—Pero él…

—Él pudo elegir, no lo olvides. No era un niño, era un hombre al que la vida había maltratado, pero eso no justifica su venganza. Anda, vámonos, aquí ya no podemos hacer nada más…

—Marion confió en mí… Yo le he fallado…

—Marion sabía el riesgo que corría y tomó una decisión difícil, pero era una mujer inteligente y valiente. La vida nos obliga a tomar decisiones, y ella, lo mismo que tú, lo mismo que todos nosotros, tomó la suya.

—Está muerta, Alba, Marion está muerta y yo la conduje a la muerte.

Bruselas. Un día después
Despacho de Louise Moos

Ariel Weiss aguantaba sin inmutarse las quejas de Louise Moos. Llevaban una hora en su despacho junto a otros responsables de seguridad, incluido Austin Turner, el representante de la CIA.

—¿Saben lo que va a pasar? No sé lo que dirán sus superiores del Mossad, pero aquí en Europa esto tiene un coste. Habrá comisiones de investigación, la Casa Blanca se lavará las manos diciendo que era una operación europea, y los periodistas... los periodistas pedirán nuestras cabezas y se las tendrán que entregar. Y usted, Jacob... usted es responsable de la muerte de Marion. Suya fue la idea de todo este disparate.

Fue Turner quien se enfrentó a Louise Moos.

—Señora Moos, la operación ha sido un éxito. Abir Nasr está muerto y con ello se han salvado muchas vidas. Es verdad que Marion Cloutier ha sido una víctima colateral y lo lamentamos, pero estas cosas pasan... Y, por cierto, le recuerdo que usted aprobó la operación.

—¿Cree que hemos resuelto el problema? —Louise Moos se dirigió furiosa al representante de la CIA—. No, no hemos resuelto nada. Habrá otros Abir Nasr. Volverán a matar, aquí o en otros lugares, pero seguirán haciéndolo.

—Tiene razón, señora Moos, esto es una guerra, volverán

a matar, y nosotros a defendernos, hasta que gane uno de los dos bandos —respondió Turner.

—No... no... nadie ganará, ése es el problema, seguiremos matándonos los unos a los otros, pero nadie ganará. No habrá una batalla final. —La voz quebrada de Jacob les hizo guardar silencio.

—Bien... ahí fuera hay unas cuantas personas esperando... les debemos una explicación —concluyó Louise Moos.

Una secretaria abrió la puerta del despacho de la jefa de la seguridad belga e indicó a Andrew Morris que pasara; iba acompañado de Joseph Foster, el director del Canal Internacional. Todos se pusieron en pie, pero ninguno de los presentes encontró las palabras para darles el pésame.

Louise Moos tomó aire y tendió la mano a Morris.

—Me dijeron que no correría peligro... me lo prometieron... la engañaron a ella... me engañaron a mí... —Apenas podía hablar.

Jacob se dirigió hacia él.

—Lo siento. El plan era mío. Creíamos que Abir Nasr saldría de su escondrijo y así ha sido. Pensamos que podríamos detenerlo, pero él... él...

—Pero él... él se ha llevado a Helen —musitó Andrew, desesperado.

Se quedaron en silencio. Incómodos. Sintiéndose culpables.

—Y ahora alguien me debe una explicación: ¿por qué Abir Nasr iba a querer ver a Helen? ¿Porque era la mejor periodista con el mejor programa de actualidad internacional? No... no... Ustedes me deben una explicación. Mi esposa me aseguró que si todo salía bien ella me contaría por qué Abir Nasr estaba dispuesto a verla. Ella no podrá cumplir con su compromiso, pero ustedes tienen la obligación de hacerlo.

Se miraron los unos a los otros sin atreverse a romper el silencio que había seguido a la pregunta de Andrew Morris. Louise Moos carraspeó en un esfuerzo por encontrar las palabras con las que dar la explicación requerida por Morris. Pero en ese momento Jacob cruzó su mirada con la de Alba Fernández y la española le hizo una seña.

—Señor Morris... soy Jacob Baudin. Su esposa, Helen Morris, en otro tiempo se llamaba Marion Cloutier, en realidad, Marie Hélène Cloutier. Pero cuando era adolescente le gustaba que la llamaran Marion, que, como sabe, es lo mismo que Marie. Aunque cuando usted la conoció ya había decidido suprimir el «Marie» y dejar sólo el «Helen». Creo que por aquel entonces usaba el apellido de su tercer marido. Hill, Denis Hill, un periodista de su canal. Antes, como usted sabe, estuvo casada brevemente con un británico, tuvo otras relaciones...

»Su esposa es... era una mujer excepcional. Valiente, decidida, a la que no le regalaron nada; ella misma me dijo que había pagado un precio por todo lo que había conseguido.

—No le entiendo, señor Baudin —le interrumpió Andrew Morris.

—Su esposa es francesa, eso debería saberlo, vivió toda su infancia y adolescencia en París. Durante los últimos cursos del liceo tuvo como amiga a una joven de origen libanés-magrebí, Noura Adoum, prima de Abir Nasr. Abir se enamoró de Marion... y ella... bueno, ella nunca le tuvo en cuenta, le despreciaba y él llevó siempre esa herida.

—¿Quiere convencerme de que ese terrorista ha matado a mi esposa porque estuvo enamorado de ella cuando era un adolescente? Está usted loco, señor Baudin.

—Es parte de la verdad.

—Pero ella... no entiendo por qué aceptó reunirse con él...

—Porque Abir Nasr mandó ese *pendrive* a su programa,

porque cuando ella escuchó su voz le reconoció, porque él envió a su propio hermano con un cinturón bomba al canal, porque murieron muchos de sus compañeros, porque sabía que él quería impresionarla y sólo había una manera de pararle, y por eso aceptó, para intentar evitar más muertes. Por eso, por todo eso, señor Morris.

—Me está diciendo que no conocía a mi esposa...

—Usted conocía a Helen Morris pero no a Marion Cloutier, porque cuando usted la conoció, Marion ya no existía. Ella la había dejado atrás. Era Helen y no quería ser otra.

Andrew Morris se llevó las manos a la cara durante unos segundos, el tiempo suficiente para reprimir las lágrimas. Joseph Foster le dio una palmada en el hombro. Los miró a todos, uno por uno, mientras intentaba poner en orden sus pensamientos.

—Andrew... señores... Helen ya es parte de la leyenda del periodismo. Lo único que les pedimos es que jamás, jamás, trascienda la historia de Marion Cloutier y Abir Nasr. Lo que pasó es que Abir Nasr quería publicidad y sabía que el mejor programa de política internacional lo hacían Helen Morris y Benjamin Holz, por eso les envió el comunicado con sus amenazas. Helen demostró ser más lista que toda la policía y los servicios de seguridad juntos y consiguió, a través de distintos contactos, una entrevista con Abir Nasr, pero él, viéndose perseguido y acorralado, decidió suicidarse matándola también a ella. Eso es lo que ha sucedido. No existe Marion Cloutier, sólo Helen Morris. ¿Están de acuerdo? Si no lo están... en fin... todos ustedes tendrán que asumir la responsabilidad de la tragedia y, por tanto, el asesinato de Helen.

Joseph Foster acababa de improvisar una explicación que por su tono solemne impresionó a los allí reunidos.

Todos asintieron. Era la mejor versión que podían dar de

lo sucedido. Helen sería considerada una heroína y el prestigio de los servicios de inteligencia no quedaría demasiado malparado.

Era un buen trato.

Cuando Morris y Foster se fueron, Louise Moos preguntó si no habría fugas de información. No hubo dudas: se asumió el compromiso unánime de mantener la versión del director del Canal Internacional.

—Es lo mejor... y ahora, señor Baudin, dígame: ¿quién era realmente la mujer que se jugó la vida para atrapar a Abir Nasr, Helen Morris o Marion Cloutier? —preguntó Louise Moos.

—Señora Moos, las mujeres como usted tienen una sola vida, no pueden comprender a las mujeres como Marion o Helen. Es demasiado para ustedes.

No había acritud en la respuesta de Jacob, se había limitado a describir la realidad.

Jacob se levantó y salió de la estancia. Alba Fernández le siguió.

—Te curarás —le susurró mientras le cogía del brazo.

—¿Y Nora?

—Han detenido a toda la familia Adoum. Ella colaboró con nosotros, no le pasará nada. Te prometo que haré todo lo posible por ayudarla. Quizá algún día podáis miraros a la cara.

—Sabes que no, Alba, sabes que no. Se siente engañada por mí. Nunca le dije que era judío. Piensa que ha traicionado doblemente a Abir.

—Algún día, Jacob... quizá algún día...

Epílogo

Tel Aviv
Jacob

Ya había pasado un mes desde que regresó a Tel Aviv. Dor y Natan Lewin le habían ordenado que se tomara unas vacaciones y visitara a la doctora Tudela. Pero se sentía incapaz de hablar con nadie, salvo con Alba, que le había llamado en un par de ocasiones. Ella no intentaba consolarle, sólo acompañarle en su dolor, y él agradecía que no le compadeciera.

Dejaba transcurrir los días corriendo por la playa en compañía de Luna y escuchando una y otra vez las últimas palabras de Abir Nasr que llevaba grabadas en el móvil: «Vendrás conmigo al Infierno».

No sólo se había llevado a Marion, también le había arrastrado a él. Los tres vivirían en el Infierno.

Abir Nasr había ganado la partida.

Agradecimientos

A David Trías, Núria Tey, Virginia Fernández, Leticia Rodero y a todo el equipo de Penguin Random House que me viene acompañando libro tras libro.

Gracias también a Núria Cabutí por su apoyo.

A Isidre Vilacosta y Asun Cascante, que siempre responden con paciencia todas mis preguntas.

A Fermín y Álex, por estar siempre cerca.

Aprendí mucho sobre el movimiento *refusenik* gracias a la lectura del libro *Rompiendo filas* de Ronit Chacham.

Y no quiero olvidarme de Argos, que me ha acompañado durante la escritura de esta novela.